KERSTIN ARBOGAST

Die Braut des Winters

DRACHENMOND VERLAG

Drachenmond Verlag GmbH
Auf der Weide 6
50354 Hürth
http: www.drachenmond.de
E-Mail: info@drachenmond.de

Lektorat: Nina Bellem
Korrektorat: Michaela Retetzki
Satz & Layout: Astrid Behrendt

Umschlagdesign: Michelle N. Weber
Bildmaterial:
Shutterstock & Depositphotos

Druck: Booksfactory

ISBN 978-3-95991-541-0

Kapitel eins

Die List des Winters

Es war einer dieser Winter, die mit Leidenschaft und voller Wonne durch die Täler und Hügel fuhren. Er ließ das Land am Nordmeer ungern aus seiner eisigen Umarmung, fegte Sturm um Sturm durch Türritzen und feuchte Kleider, heulte des Nachts, ließ die Kinder in ihren Krippen wimmern, verscheuchte die Sonne bei Tage, wie es ihm beliebte. Die Nächte waren so dunkel, dass die Sterne sich hinter den Wolken verkrochen, die Tage voller Kälte, Nebel und Raureif. Des Winters Griff wurde fester und fester, obwohl die Tage länger wurden und die Sonne allmählich an Kraft gewinnen wollte. Er zog sich nicht zurück, ließ dem nahenden Frühling nicht den Vortritt. Nein, er schickte Winde voller eisiger Kälte und stacheliger Hagelkörner, peitschte die Wellen auf und erschreckte die Männer auf hoher See und die Eheweiber zu Hause. Fast schien es, als lachte er auf, wenn er den Wind zum Sturm anspornte und flauschige Schneeflocken in biestige Ungeheuer verwandelte, die Schabernack trieben und in den Nacken der Menschen bissen.

Prinz Aywen Nyivalor, der am Fenster stand und sich die Hände rieb, als wartete er auf den Frühling, der jeden Moment angeritten kommen könnte, schüttelte den Kopf. *Genug!* Die Fenster waren so vereist, dass sie sich kaum mehr öffnen ließen – nicht, dass er Lust dazu verspürt hätte, den lästigen Winterwind einzuladen. Aber das Feuerholz nahm ab, und es prickelte in seinen Armen und Beinen, sich fernab der Burg auszutoben, einen Hasen zu fangen oder gar einen Fasan. Er entschloss sich dazu, seinen Hengst zu satteln und auszureiten. Es sollte das letzte Aufbäumen des Winters gewesen sein.

Sein Vater, König Radrann, warnte ihn, sich derart früh im Jahr in die Wälder zu wagen. Die Böden seien vereist, die Stürme unberechenbar, die Äste morsch vom vielen Schnee.

Doch Aywen Nyivalor hatte es satt, sich von Nüssen und eingelegtem Fisch zu ernähren. Von den Äpfeln, die an dem Baum wuchsen, der immerzu Blüten und Früchte trug. Er hatte es satt, mit seinem Vater Schach zu spielen und stets zu verlieren, weil seine Gedanken in die Wälder hinaus wanderten, den ewig gleichen Geschichten der Magd zu lauschen und dem Stallburschen Tollvin Reitunterricht im beengten Hof zu geben.

»Ich habe es satt. Ich will nicht länger auf den Frühling warten. Ich werde den Winter verscheuchen.« Aywen verspürte so viel Lebenslust in sich, die ausbrechen wollte. Und je mehr sein Vater zögerte und ihn daran hindern wollte, umso mehr verlangte es ihn hinauszuziehen. Nicht in die weite Welt, nein, nur hinaus in den Forst jenseits des Felsens, auf dem die Burg vor der Küste inmitten des Meeres thronte und der See und dem Salz und dem Wind trotzte.

»Als hätte das jemals ein Mensch geschafft.« Müde saß der König auf dem hölzernen Thron, das Kinn auf die Faust gestützt. Die matten Augen suchten nicht einmal den stürmischen Blick des Sohnes.

»Mit Gewissheit hat dies auch noch niemand versucht.« Aywen lachte und wollte strammen Schrittes den Thronsaal verlassen.

»Der Winter tut, was er will. Er nimmt sich, was er will. Er kommt und geht, wie er will. Was sollte ein einzelner Mensch da ausrichten?«

Aywen Nyivalor stockte und blieb im Türrahmen stehen. Es gab keine Wache vor dem Saal, die stehend ein Nickerchen hielt oder ihm gar die Ehre erwies, nachdem er die schweren Türen geöffnet hatte.

Stattdessen hockte die Katze davor, eine ehemalige Streunerin, die nachts am liebsten auf dem vorgewärmten Thron schlief und tagsüber die Reste von der langen Tafel stibitzte. Sie huschte an Aywen vorbei, sobald die Tür einen Spaltbreit offen stand. Flugs hüpfte sie auf den Tisch, sein Vater zu müde, das lästige Tier zu verscheuchen. »Ein einzelner Mensch kann immer mehr ausrichten als gar keiner«, entgegnete Aywen unbedarft, obwohl er wusste, dass nicht einmal eine Armee dem Winter Einhalt gebieten konnte. Voller Trotz drehte er sich zum Vater um, reckte das Kinn.

»Dann such dein Glück! Ich habe es längst verloren.« Die Stimme des Königs verstummte, ein Schleier zog über seine Augen.

Aywen ließ den Vater im Thronsaal allein.

Außer ihren persönlichen Gemächern und der Küche war dies der einzige Raum, den sie im Winter bewohnten und heizten. Doch Aywen war jedes Mal froh, wenn er den zugigen Thronsaal verlassen und den noch zugigeren Stall aufsuchen durfte. Wenn sein Vater ihn entließ, weil es nichts mehr zu sagen gab.

Tollvin, der Stalljunge, fütterte die Hühner, als Aywen ihn aufscheuchte und zu einem Ausritt aufforderte. Nur zögerlich stellte er die Schüssel mit den Körnern beiseite und folgte seinem Herrn. Gemeinsam putzten und sattelten sie die beiden Pferde – mehr standen nicht im Stall –, ritten über die Zugbrücke und die steinerne Brücke, die die Burg auf dem Felsen im Meer mit dem Festland verband. Die Wellen peitschten gegen den Stein, als würde ein Seeungeheuer Tentakel nach ihnen werfen, um sie in den Schlund der offenen See zu ziehen. Ebenso ungezähmt und wild benahmen sich die Pferde nach einem langen Winter im Stall und im Burghof, als sich das Wasser wie Fangarme um ihre Hufe kräuselte. Sogar der etwas behäbige und in die Jahre gekommene Zelter Tollvins, das Pferd, auf dem Aywen als Junge das Reiten gelernt hatte, spannte den Hals an und schnaubte protestierend. Die Tiere hüpften wegen harmloser

Pfützen zur Seite, scheuten, als eine Wasserfontäne sie nass spritzte, und galoppierten kopflos davon. Tollvin, der selbst bei Windstille und äußersten Sicherheitsbedingungen unsicher auf dem Pferderücken kauerte, geriet ins Wanken und musste sich in der spärlichen Mähne des braunen Tieres festkrallen. Seine Arme wackelten, seine Knie schlotterten, als bestünden sie aus saurer Milch.

Aywen lachte, als Estenidas, sein feuriger Hengst, mit einem großen Satz die steinerne Brücke verließ und bockend durch den schmatzenden Schnee galoppierte. »Halt dich bloß fest!«, rief er dem Burschen zu. »Allzu lange wird es nicht dauern, bis dem dicken Tobi die Luft ausgeht.«

Und Aywen sollte recht behalten. Kaum hatten die beiden die Burg und ihre Schatten hinter sich gelassen, drosselten die Tiere von selbst die Geschwindigkeit und zockelten schnaubend und tänzelnd Richtung Wald.

Aywen ließ das Pferd am langen Zügel durch den Schnee stapfen. Der lag so hoch, dass der sonst so hitzige Hengst Mühe hatte, sich durch die weißen Massen zu kämpfen. Schweißtropfen glitzerten im roten Fell um seine Augen, und Aywen war froh, dem Tier die grüne Decke mit dem aufgestickten Emblem des Hauses Nyivalor übergeworfen zu haben. Es zeigte ein goldenes Band, das sich um die Burg Nyivalor und die Wellen, die die Burg zu verschlingen versuchten, wand. Doch statt mit einem Zinnenkranz besetzt zu sein, wurde die Burg auf dem Wappen durch ein ausladendes Hirschgeweih vor Feinden geschützt.

Aywen sah sich um, und obwohl er fror und seine Kleidung durchnässt war, genoss er, was er sah. Die Schneemassen, die den zaghaften Sonnenstrahlen trotzten, die Äste, die unter der weißen Last beinahe brachen, die Rehe, die nach Gräsern und Knospen suchten, an Hecken knabberten, der Wald, der aussah wie ein Turm aus gezuckertem Gebäck.

»Ist die Luft hier nicht viel frischer?«, frohlockte Aywen.

»Und eisiger.« Tollvin konnte die Lippen kaum bewegen und saß regungslos auf dem Zelter mit dem zotteligen Winterfell. Es machte beinahe keinen Unterschied zu seiner normalen Reithaltung.

»Aber so viel frischer! Nicht, als hätte man sie schon Hunderte Male ein- und ausgeatmet und die Katze ihren fischigen Atem untergemischt.«

»Oder wenn Ihr Eure Stiefel auszieht, Prinz«, neckte Tollvin.

Aywen verzog den Mund zu einem schiefen Grinsen, und nachdem sie den Waldrand erreicht hatten, packte er einen tief hängenden Ast, auf dem schwerer Schnee lag. Er ließ ihn schnalzen und gab Estenidas die Sporen. Der Prinz preschte bereits durch das Gehölz, als er Tollvins wütendes Schnauben vernahm, während der Schnee auf ihn prasselte und der dicke Tobi bockend davongaloppierte.

»Was machen wir überhaupt hier draußen, mein Herr? Es ist noch viel zu früh … und viel zu kalt«, keuchte Tollvin, als er wieder aufgeschlossen hatte und sich den Schnee von den Schultern und aus dem Haar fegte.

»Dem Winter den Garaus machen!«

»Und wie sollen wir das anstellen?« Tollvin ritt neben ihm her, seine Nase war rot wie eine Tollkirsche. »Wir sind nur zu zweit, und ich glaube kaum, dass sich der Winter von zwei Burschen und zwei Schwertern einschüchtern lässt.«

»Den einzigen Burschen, den ich hier sehe, bist du! Ich zähle sechs Lenze mehr als du!« Zwanzig Lenze, um genau zu sein. Manchmal pochte Aywen darauf, manchmal wünschte er sich, er hätte diese jugendliche Unbekümmertheit wie der tapsige Tollvin. Und dessen Leben. Das Dach ausbessern, Boden schrubben, Wäsche aufhängen. Nicht, dass sich Aywen diese Tätigkeiten wünschte, geschweige denn sie ausführen könnte. Aber oftmals wäre es schön, wenn sein Leben nur aus Stall, Pferd und Mist bestehen würde. Denn allmählich wurde es Zeit, sich Gedanken darüber zu machen, wie es sein würde, wenn er die Burg übernahm. All die Verantwortung, all die Last, all die Einsamkeit. Rasch schüttelte er den Kopf, um die Gedanken zu vertreiben. »Wenigstens zeigen wir dem Winter, dass wir Menschen im Norden noch da sind. Und nicht so schnell gehen werden. Solange die Burg steht, solange sie noch dem Meer und den Gezeiten und dem Wetter trotzt, bleiben wir.«

Es kam nicht selten vor, dass sich Aywen in wärmere Gefilde sehnte, sich den lieben langen Tag in der Sonne aalen und die Burg weit hinter sich lassen wollte. Doch die Burg war nicht nur sein Erbe, sondern auch sein Leben. Und das seines Vaters und vieler Generationen zuvor. Die Heimat seiner Mutter …

Die Hufe von Aywens Pferd hinterließen ein Band aus knospenden Glöckchen und sprießenden Blättchen auf dem schmalen Pfad, den sie nahmen, nachdem Aywen dem Pferd die Waden an den Leib gedrückt hatte. Schnell wie ein Pfeil setzte das Tier durch den Wald, sodass Tollvin auf dem betagten Zelter kaum hinterherkam. Das Herz schwoll Aywen an und er ließ die ledernen Zügel los, breitete die Arme aus. Er hätte die Welt umarmen können, selbst wenn die Welt, wie er sie kannte, beengt und dunkel war. Nicht einmal im Sommer herrschte hier sattes Grün. Fast schien es ihm, als wagten sich weder Frühling noch Sommer so hoch hinauf in den Norden. Als wäre der Weg zu mühsam, zu steil.

Es ist zu früh!

Die Worte des Vaters hallten noch immer in seinen Ohren und entfernten ihn Wort für Wort, Herzschlag für Herzschlag, Galoppsprung für Galoppsprung von der väterlichen Burg. »Es ist nie zu früh!«, frohlockte Aywen und die ersten Vögel stimmten ein. Das Pferd keuchte, doch die Kälte in den Knochen und die langen Tage im Stall stachen das junge Tier wie die Biene den hungrigen Bären. Aywen fühlte sich frei und wild und unbesiegbar. Es war mutig, sich so früh im Jahr in den Wald zu wagen, sich dem Winter zu stellen, der Kälte zu trotzen. Denn der Winter hier oben war genauso frei, wild und unbesiegbar. Doch der Prinz genoss die vor Kälte prickelnden Hände, den Wind, der die Haare liebkoste. Es fühlte sich an, als striche die Hand der Mutter hindurch, selbst wenn er sie nie kennengelernt hatte. Sie starb nach seiner Geburt, konnte nur noch den Namen ihres Sohnes hauchen. Aywen sollte er heißen. *Sohn der Sonne*. Sein Vater war eher der Griesgram des Winters. Aywen seufzte. Ebenso mürrisch wie die Katze, die sich auf der Burg eingenistet hatte und sich nicht vertreiben ließ.

Doch je weiter ihn Estenidas von der väterlichen Burg davontrug, umso mulmiger wurde ihm zumute. Ein unangenehmes Kribbeln wanderte vom Genick über den Rücken und machte sich im Bauch breit. Nebel hatte sich über Büsche und Äste gelegt, neckte die Pferde, und ihr Trab wurde staksig und steif. Seltsam hohl klang Aywens Stimme, als er dem Hengst beruhigend zuredete. Von überall und nirgends drangen Geräusche zu ihnen. Als hockten Wölfe im Gebüsch und über ihnen in den Zweigen. Die Tritte der Pferde wurden immer kürzer, die Schweife immer höher getragen. Nebelschwaden krochen zwischen den Baumstämmen hin und her, als wänden sich Schlangen aus südlicheren Landen durch den Schnee, und raubten den zwei Reitern die Sicht, sobald die Schwaden höher stiegen und sich verdichteten. Nur dumpf hörte Aywen den Hufschlag des dicken Tobis, sein schweres Schnauben.

»Tollvin? Tollvin? Bist du noch da?«

»Ich bin direkt hinter Euch, Herr.« Ängstlich und unsicher klang der Junge. Voller Höflichkeit und Respekt. Beides brachte er nicht allzu oft auf, und Aywen hoffte inständig, dass dies kein Zeichen war, dass sie bald der Mutter der Erde gegenüberstehen würden.

»Lass Tobi den Weg bestimmen! Er wird sich an Estenidas halten.«

»Ja, Herr.«

Aywen schüttelte den Kopf. Waren sie hier nicht schon einmal vorbeigekommen? Der aufziehende Wind hatte zwar die Hufspuren verweht, die aufkeimenden Pflänzchen unter einer neuen Schicht Schnee begraben und der Nebel verwehrte ihm stetig die Sicht, aber kam ihm dieser Baumstumpf nicht bekannt vor? Und dieser verwachsene Ast? Und was war mit dieser Weggabelung? Waren sie hier nicht bereits dreimal abgebogen? Aywen wurde das Gefühl nicht los, dass der Nebel sie im Kreis trieb, als wollte er nicht, dass sie weiter in den Wald vordrangen. Oder den Weg nach Hause fanden.

Das Herz schlug ihm plötzlich bis zum Hals. Er hatte die Verantwortung für Tollvin und die Pferde, für die Burg, seitdem sein Vater den Lebenswillen verloren hatte.

»Wir müssen aus dem Wald hinaus, Tollvin!«, rief er dem Jungen zu und drehte sich im Sattel um. Das Quietschen des Leders erschreckte ihn, da der dichte Nebel beinahe sämtliche Geräusche schluckte.

Der Bursche kauerte auf seinem Pferd und ließ die Schultern hängen.

»Versuche, Anschluss zu halten!« Aywen wollte sich nicht ausmalen, was passierte, wenn er Tollvin verlieren würde. Er kniff die Augen zusammen und versuchte, sich jede Kleinigkeit in der Umgebung einzuprägen. Jeden noch so krummen Ast, jedes Eisglöckchen, das unter den Hufen noch nicht begraben wurde. Lieber würde er sich am Stand der Sonne orientieren, doch der Nebel verschluckte jedes Licht und bald auch jede Zuversicht. Dicke, flauschige Schneeflocken trudelten vom Himmel und verwandelten den Wald um ihn herum aufs Neue. Aywen seufzte auf. Der Wald narrte ihn. Bald würden sie im Schnee versinken und jeder Baum dem anderen gleichen.

Die Tritte des Hengstes wurden mit jedem Schritt langsamer, er ließ den Kopf hängen, selbst die Ohren spitzte er nicht mehr. Die Decke, die auf seiner Kruppe lag, war klamm, und Aywen befürchtete, Estenidas könnte Fieber bekommen, so verschwitzt, wie er war. Die Nebelschwaden griffen mit langen Fingern nach Aywen, zupften an seinem Umhang, lockten ihn in die dichten Büsche abseits des Weges.

Nebelgeister! Nein, das konnte nicht sein!

So viele Geschichten hatte Lunrah, die Magd, ihm am behaglichen Feuer in der Küche erzählt, als er noch ein kleiner Junge gewesen war. Stets hatten sie ihn davon abgehalten, sich mitten im Winter aus der Burg zu schleichen und in die nahe gelegenen Wälder zu fliehen, um dort mit seinem neuen, glänzenden Messer Figuren und Tiere aus Ästen zu schnitzen oder eine Flöte. Fast jede Nacht hatte er von den Nebelgeistern geträumt, die versucht hatten, ihn aus seinem kalten Bett in die noch kälteren Wälder hineinzulocken. Jeden Tag hatte er voll Sehnsucht am Fenster gestanden und in die Ferne geblickt, weil er dachte, das Kreischen und Quieken spielender Kinder zu hören, die im Wald Burgen aus Feuerholz bauten und aus Schneeklumpen Skulpturen formten. Der Wald hatte bei Tag immer so einladend gewirkt. Mit den Spitzen voller Schnee und Eis auf den Ästen, mit den glitzernden Sonnenaufgängen. Doch in der Nacht hatte er sich unter seiner kratzigen Bettdecke verkrochen, weil er das Gefühl nicht losgeworden war, der Wald rückte mit jedem Atemzug näher an ihn heran, und die Nebelgeister müssten nur den kleinen Finger ausstrecken, um eine Ritze zwischen den Steinmauern zu finden.

Aywen zitterte und zog den Umhang enger um sich. Er würde sich nicht von Schauermärchen ins Bockshorn jagen lassen! Es waren der aufkommende Hunger und die durchdringende Kälte, die ihm Trugbilder vorgaukelten. Die Dunkelheit, die ihn narren wollte. Es gab keine Nebelgeister! Lunrah wollte ihn immer nur davor bewahren, hungrigen Wölfen direkt vors Maul zu laufen, auf den eisigen Klippen auszurutschen oder Räubern in die Hände zu fallen. Sie war sich nicht einmal zu schade, den Nordklippenwald in flüsternde Wälder umzutaufen, nur um ihre Geschichten glaubhafter zu machen.

Lachend schüttelte Aywen den Kopf, und für einen Moment machte es den Anschein, als rückte der Nebel zurück. Wie konnte es nur geschehen sein, dass er den Wald im Winter nie betreten hatte? Er war doch kein Feigling. Oder etwa doch? Er dachte immer, er sei in all den Jahren ein gehorsamer Sohn gewesen, der den Anordnungen seines Vaters, des Königs, Folge geleistet hatte. Winter für Winter hatte er es sich in der Burg gemütlich gemacht, die Fechtkünste verfeinert, sein Talent im Bogenschießen entdeckt und dem Pferd kleine Kunststückchen beigebracht. Er machte Tollvin sogar glauben, Estenidas könnte zählen, dabei gab er ihm nur heimlich ein Zeichen, sobald er mit dem Scharren aufhören durfte. Ein weiteres Mal lachte er auf, als er daran dachte, dass er beinahe angefangen hätte, sich im Sticken und Filzen zu versuchen, wenn Lunrah noch weiter auf ihn eingeredet hätte.

»Tollvin? Bist du noch da?«

»Ja, Prinz Aywen«, stotterte er. Seine Zähne klapperten.

»Bleib dicht dran!« Eine plötzliche Windböe fuhr unter seinen Mantel und er bauschte sich auf wie das Segel eines Schiffes. Estenidas scheute und Aywen hatte Mühe, sich mit seinen durchgefrorenen Knochen auf dem Rücken des Pferdes zu halten.

»Die Nebelgeister!«, entfuhr es Tollvin. Unwillkürlich zügelte er sein Pferd.

»Unsinn, Bursche!« Aywen hatte sein Gleichgewicht längst wiedergefunden, doch Estenidas trippelte weiter, lief nur noch seitwärts voran. »Ruhig, mein Junge«, flüsterte er, nahm die Zügel in eine Hand und tätschelte ihm den verschwitzten Hals mit der anderen. »Bald sind wir daheim.« Aywen wurde das Gefühl nicht los, er würde den Hengst anlügen – und sich selbst.

»Aber Ihr kennt doch die Geschichten!«, beharrte Tollvin.

»Ja, Geschichten! Es sind Geschichten! Nichts weiter!« Er drehte sich im Sattel um, Tobi und sein Reiter waren nur noch dunkle Schemen in dem aufgewühlten Nebel. Fast schien es dem Prinzen, als tanzten die grauweißen Schwaden zwischen ihm und dem Stalljungen. »Und jetzt reite voran! Ich kann dich kaum mehr sehen!«

»Aber die Nebelgeister! Sie sehen mich! Sie sind gekommen, um mich zu holen.«

»Und was sollten sie von dir wollen, Tollvin?«, versuchte Aywen, den Jungen mit einem Scherz zu beruhigen. »Feuerholz aus dir machen? Eine kräftige Suppe? Dafür bist du zu dünn und zu fade. Zu zäh.«

»Und wenn sie gekommen sind, um Euch zu holen, Herr? Ihr seid kräftig und stark. Von edlem Geblüt.«

»Ich danke dir sehr. Das verschafft mir doch Zuversicht! Außerdem beschreibst du mich wie eine Zuchtstute.«

»Sehr gern, Prinz Aywen.«

Aywen schüttelte den Kopf und grinste in sich hinein. »Und jetzt schließ auf, sonst gebe ich den Nebelgeistern zu verstehen, dass sie dich ohne großen Aufwand dazubekommen, weil ich ihnen – als dein Herr – die Erlaubnis dazu gebe. Zwei auf einen Streich, sozusagen.«

Der Wind frischte auf, die Kronen der Bäume rauschten, er wirbelte den Schnee umher und die Finger der Nebelschwaden wurden zu Krallen, ihre Gesichter zu Fratzen mit Hakennasen und gebleckten Zähnen. Wie alte Hexen, die um ein Feuer tanzten, stob der Nebel auf. Und der heranziehende Schneesturm machte jeden Schritt so schwer, als erklömme man einen Berg. Die Luft war schneidend wie ein Messer und biss in Nase und Rachen. Estenidas kämpfte sich durch den Schnee und Aywen kauerte sich auf dessen Rücken zusammen, den Kopf eingezogen, einen Arm vor der Brust verschränkt, in der anderen Hand hielt er die Zügel. Jeder Atemzug schmerzte, der eisige Wind verbrannte seine Kehle, als schluckte er Nägel. Es war ihm, als wollte der Wald ihn mit aller Macht davon abhalten, diesen Weg weiterzureiten. Doch er trieb Estenidas voran, selbst als dieser stockte, den Kopf schüttelte und scheute. »Weiter, mein Junge, weiter«, flüsterte Aywen. »Zu Hause wartet eine Extraportion Hafer auf dich. Und wenn du Glück hast, schaffe ich es sogar, aus Lunrahs Vorratskammer einen Apfel für dich zu stibitzen.« Er wusste nicht, wem er mehr Hoffnungen machen wollte, dem Pferd oder sich selbst.

Die Flocken wurden immer dichter, sie türmten sich auf dem Boden und den Ästen, die unter der schweren Last ächzten. Sie knacksten bedrohlich, vor ihnen prallten mehrere Zweige auf die Erde auf. Schnee wirbelte durch die Luft, Estenidas drehte sich auf der Hinterhand um und galoppierte in die entgegengesetzte Richtung davon. Aywen, der im Sattel gelungert hatte wie auf einem Sack Kartoffeln, wurde auf den Hals des Pferdes geschleudert. Er verlor einen Steigbügel, und ihm blieb nichts anderes übrig, als sich in der üppigen roten Mähne festzukrallen. Als sie beinahe in den entgegenkommenden Tobi gekracht wären, drosselte der Hengst von selbst die Geschwindigkeit.

»Nebelgeister? Oder einfach einen miserablen Reitlehrer gehabt?« Tollvin grinste, obwohl seine Lippen so aussahen, als könnten sie bei jeder noch so kleinen Bewegung platzen. Blau und rissig waren sie, Frost klebte daran.

Aywen verdrehte die Augen und wendete Estenidas. Wortlos. Er erschrak, als auf einmal der Weg vor ihm aufhörte. Dichtes und dorniges Gestrüpp türmte sich vor ihm auf wie eine Wand, durch die es kein Durchdringen gab. Er war sich sicher gewesen – nein, er wünschte sich, sicher gewesen zu sein –, nicht vom Weg abgekommen zu sein, als Estenidas durchgegangen war. Nein, dieser Weg führte weder nach Hause noch sonst wohin. Er unterdrückte einen Fluch. Tollvin sollte nicht merken, dass ihn die Unsicherheit heimsuchte wie nächtliche Albträume. Er konnte nichts dagegen tun.

Aywen griff nach dem Schwert, das er am Gürtel trug, obgleich er sich bewusst war, dass es sich nicht lohnte, mit seinen Fechtkünsten gegen den Winter anzutreten. Selbst wenn das Schwert einen ehrbaren Namen trug und der Vater einige Schlachten damit gewonnen hatte. Dennoch zückte er es und fing an, auf die Dornen einzuschlagen.

»Bleib hinter mir, Junge!«

Es sah aus, als erwachte das Geäst, als streckte und reckte es sich, und Estenidas begann, rückwärts auszuweichen. Voller Angst wieherte er und tippelte immer weiter zurück. Dornen versuchten sich um die Hufe zu schlingen, sich in Mähne und Schweif zu krallen. Aywen teilte Hieb um Hieb aus, drängte die Zweige zurück, die zischend ihren Unmut äußerten.

»Mylord!«, rief Tollvin. »Hier ist etwas! Im Schnee!«

»Ein Loch, durch das wir nach Hause rutschen können? Ein Wegweiser?« Aywen hackte einen Ast ab, der sich um seinen Fuß zu schlängeln versuchte, ehe er zu dem Jungen blickte, der sich vor Kälte und Müdigkeit kaum mehr auf dem rumpeligen Ross halten konnte.

»Ich befürchte, weder noch, Herr«, stammelte der.

Aywen wendete den Hengst, in dessen Fell Nebeltropfen und Eiskristalle hockten, und kehrte zu dem Stalljungen zurück, der auf eine Stelle abseits des Weges zeigte. »Was ist es dann? Verlassene Fuchswelpen? Lunrah wird nicht begeistert sein, wenn wir ihr weitere Mäuler zum Stopfen unterschieben wollen«, keuchte er gehetzt.

»Seht selbst.« Tollvin kletterte von seinem stämmigen Ross hinab. Auf wackeligen Beinen schritt er auf die Stelle zu, von der er den Blick nicht nehmen konnte.

»Zück dein Schwert und halte das Dornengestrüpp in Schach! Lass es nicht aus den Augen!« Die Knöchel traten weiß hervor, so fest umklammerte Aywen das Heft des Schwertes, nachdem er abgestiegen war. Sein Nacken prickelte unangenehm, weil er nicht wusste, was ihn erwartete. »Bei der Mutter der Erde«, wisperte er. »Was haben wir denn hier?« Aywen bückte sich. Voller Erleichterung atmete er aus, doch das Kribbeln in seinem Genick wollte nicht vergehen. Er vernahm Tollvins Keuchen, während der Junge die Dornen abwehrte, das helle Ächzen der Klinge, als sie auf das Holz traf. Aywen wusste, sie sollten von hier verschwinden, doch nun war er es, der sich nicht von dem Anblick, der sich ihm bot, lösen konnte.

Wie ein Kitz lag sie im Schnee. Er sah aus, als bildete er eine schützende Decke, um sie vor unerwünschten Blicken zu bewahren. Es war ein Wunder, dass Tollvin sie entdeckt hatte. Denn beinahe zur Gänze verborgen lag eine junge Frau zu Aywens Füßen, Eisglöckchen, so dunkel wie der Ozean im Winter, und rosa Winterveilchen sprossen um ihr Haupt herum, bildeten eine farbenfrohe Krone in all dem Weiß. Ihre Haut glitzerte wie reinster Bergkristall. Aywen erschrak, als er das viele Blut bemerkte, das in den Schnee sickerte. Er sank auf die Knie, um das Mädchen aus seinem eisigen Grab zu befreien, aber das Blut war kein Blut. Das Haar des Mädchens war so rot wie Wein, so rot wie glänzende Lippen, und umschlang seinen Körper wie lodernde Flammen, wie um ihn warm zu halten. Eine Hand hatte die junge Frau im Schnee vergraben, als hielte sie sich daran fest, als hielte der Winter sie fest, die andere hatte sie unter ihre Wange gebettet, als schliefe sie. Kaum ein Atemzug entrann ihren Lippen, auf denen Frostkristalle saßen wie Edelsteine in einem Schmuckstück. Scheu und unschuldig und schutzlos lag sie da, die Beine angezogen, als wäre sie soeben erst geboren worden, und Aywen begriff in jenem Moment, dass er in seinem Leben nie wieder etwas derart Schönes sehen würde. Nicht bei der Geburt seines ersten Kindes, nicht beim Betreten des hellen Lichtes, das am Ende auf ihn wartete. Sie war so schön, dass es in seinem Herz stach, als stünde sie auf und rammte ihm einen Dolch in sein warmes Fleisch.

»Sie braucht Hilfe«, wisperte der Junge und wich den Dornen aus, die nach ihm schlugen.

»Das sehe ich auch«, knurrte Aywen und konnte doch den Blick nicht von ihr lösen. Kurz schloss er die Augen und schüttelte den Kopf, ehe er den Schnee um ihren Körper herum wegschaufelte und die zarten Blumen ausriss. Seine Hände schmerzten, als fasste er in Flammen, sobald er den Schnee berührte und die Fremde in seinen Armen barg. Nur ihr langes Haar bedeckte den Körper, und voller Scham sah er weg, als er dessen gewahr wurde. Seine Wangen prickelten, während er die junge Frau in seinen grünen Filzmantel wickelte, ihren Herzschlag wahrnahm und auf sein Pferd hievte.

»Die Dornen, sie kriechen weg, Mylord! Ich glaube, ich habe sie besiegt! Seht doch!«

Aywen drehte sich zu dem Jungen um. Die Dornenäste zogen sich zurück, nur vereinzelte Zweige peitschten noch durch die Luft, doch Aywen parierte sie mit geschickten Hieben. Dicklicher Saft ergoss sich über ihn, der unangenehm auf der Haut juckte. Tollvin preschte zu dem Busch und verteilte letzte zornige Streiche, ehe das Gestrüpp erstarrte.

»Lass es gut sein! Reite nach Hause, Tollvin. Lunrah soll ein Bett herrichten … und heißes Wasser … und was man sonst noch braucht, wenn man knapp dem Tode entronnen ist.«

Der Junge riss die Augen auf.

»Gib Tobi die Zügel. Vertrau ihm. Er wird den Weg nach Hause finden.«

Tollvins Augen waren immer noch aufgerissen. »Aber die Nebelgeister!«

»Wenn du keine Angst hast, werden sie verschwinden.«

Tollvin verzog den Mund.

»Wenn du ihnen deine Angst nicht zeigst, werden sie verschwinden.«

»Aber …«

»Vertrau dir.« Aywen blickte ihn fest an und rückte die Decke auf Tobis Kruppe zurecht.

»Das habt Ihr bei meinem ersten Galopp auch gesagt. Und ich bin im Dreck gelandet.«

»Siehst du, du bist nur im Dreck gelandet. Nur im Dreck. Kein Beinbruch, keine gequetschten Rippen. Dein Kopf sitzt immer noch auf deinem Hals.« Aywen schluckte. »Und jetzt sitzt du wieder obenauf.« Er streichelte Tobis Hals.

»Ich weiß, was Ihr vorhabt, Herr.« Tollvin richtete seinen Umhang, nachdem er in den Sattel geklettert war und die Zügel aufgenommen hatte.

Aywen nickte. »Und jetzt los! Die Zeit drängt!«

Kapitel zwei

Zweifel und Blut

Prinz Aywen Nyivalor schob Äste voller Eis beiseite und stapfte durch den Schnee. Das Pferd mit der federleichten Last trottete neben ihm her. Der Winter hatte wieder begonnen zu wüten, sobald er den Nachhauseweg eingeschlagen hatte – zumindest hoffte er, den Nachhauseweg eingeschlagen zu haben –, und es hatte keine drei Wimpernschläge gedauert, bis er seinen Entschluss bereut hatte, die Fremde mitzunehmen. Die Zehen froren ihm ab, die Wölfe heulten, und es war ihm, als bliesen sie ihren heißen Atem in sein Genick; die Schneeflocken, die der Wind von weit her brachte, bissen in seine Wangen wie wütende Schlangen.

Was, wenn er eine verurteilte, aber geflohene Verbrecherin nach Hause schleppte und sein Leben riskierte? Was, wenn sie eine Diebin war, die es auf das schmucklose Tafelsilber abgesehen hatte? Was, wenn sie dem fahrenden Volk angehörte, das rastlos durch das Land zog? Wenn sie ihn mit einem Fluch belegte oder er bald die Münder einer Horde hungriger Familienmitglieder zu stopfen hatte? König

Radrann würde ihn enterben, wenn er mehr zu vererben hätte als einen aussterbenden Titel und eine Burgruine. Lunrah, die Küchenmagd, würde ihn selbst die Kartoffeln schälen lassen. Eimerweise.

Aywen seufzte. Es war zu spät. Sie lag auf seinem Sattel, ihre zarten Hände klammerten sich sogar im Schlaf in die Mähne des Hengstes. Der Wind zerrte an dem Umhang, in den er sie gewickelt hatte, er zerrte an der Mähne und dem Schweif des Fuchses, sodass sich ihr Haar mit dem des Pferdes vermischte und wie ein Feuer in dem eisigen Weiß um sie herum loderte. Der Wind fuhr durch sein Wams, die ledernen Hosen. Er fror, und ihm wurde bewusst, dass sein Vater recht hatte. Es war zu früh.

Aywen kämpfte gegen den Sturm an, der plötzlich drehte, als wollte er ihn wieder zurückschicken. Er senkte den Kopf und kniff die Augen zusammen, denn selbst wenn er nicht wusste, wo er war, fühlte er doch, dass er sich auf dem richtigen Weg befinden musste. Estenidas spitzte die Ohren, als könnte er bereits das Heu im Stall rascheln hören.

Der Sturm peitschte den Schnee auf, ließ Zweige ächzen und Äste krachen. Bald mussten sie über heruntergefallene Äste steigen, umgestürzten Stämmen ausweichen. Das Tosen nahm zu, doch Aywen hielt stur geradeaus, denn er konnte das Gefühl nicht abschütteln, dass ihn der Wald dazu zwingen wollte, einen anderen Weg einzuschlagen. Konnte er da vorne, durch die Schneise hindurch, nicht bereits die Sonne sehen, gar ein offenes Feld? Konnte er nicht das Meer rauschen hören? Oder war es nur der Wind, der durch die Kronen pfiff?

Fest umklammerte er die ledernen Zügel, hielt den Unterarm vor die Augen, um sich vor herabfallenden Zweigen und Blättern und Stacheln zu schützen.

Was war das?

Aywen drehte sich um und griff nach dem Heft seines Schwertes. Viel zu kühl lag es in seiner Hand.

Hatte er nicht das Schnappen eines Gebisses gehört? Ein Knurren? Ein Zähnefletschen? Glühende Augen gesehen? Ein ganzes Rudel glühender Augen?

Wölfe.

Sie hatten ihn umzingelt. Es war ihm, als könnte er bereits ihren blutig-warmen Atem riechen. Ein eisiger Schauder rann ihm über den Rücken.

Er hielt Estenidas an, griff nach dem Köcher mit den Pfeilen, der an den Sattel geknotet war, sowie dem Bogen. Gespannt hielt Aywen Ausschau. Er sah nichts, hörte nur das Tapsen von Dutzenden Pfoten, das Rauschen von Schnee und das Rascheln von Tannenzweigen. Ganz so, als ob sie es darauf abgesehen hätten, dass er sie bemerkte, aber nicht sehen konnte. Ganz so, als ob sie nicht auf Jagd wären, weil sie Hunger hatten. Sie waren auf Hatz, um des Vergnügens willen. Doch es gab keinen Weg zurück. Hinter ihm versperrten umgefallene Bäume den Weg, sodass ihm ein rascher Rückzug verwehrt blieb.

Aywen legte einen Pfeil an und spannte den Bogen. Als würden Tausende Nadeln in seinem Nacken stecken, so fühlte es sich an, die Augen eines Rudels Wölfe auf sich gerichtet zu wissen. Er wartete darauf, dass das erste Tier aus dem Gebüsch sprang. Auch Estenidas trippelte neben ihm hin und her, die Ohren gespitzt, den Schweif aufgestellt, die Nüstern gebläht. Als er den Hals reckte, plötzlich ganz stillstand und vor Anspannung fauchend Luft ausstieß, schickte Aywen beinahe den ersten kostbaren Pfeil los.

Reiß dich zusammen, Aywen!

Wie viele Pfeile hatte er dabei? Wie schnell konnte er sie zücken? Was, wenn sich die Wölfe auf Estenidas und das Mädchen stürzen würden?

Er wollte nicht darüber nachdenken. Die Angst würde ihn lähmen, zu sehr ablenken. Er wartete auf den ersten Schritt, den ein Tier aus dem Wald heraus wagte. Auf ihn zu. Auf seine Pfeilspitze zu.

Und da war er!

Der erste Wolf schritt geduckt aus dem Gebüsch heraus, angespannt bis in die Rute war er. Die Ohren angelegt, die Lefzen hochgezogen, setzte er vorsichtig eine Pfote vor die andere. Das Fell auf seinem Rücken sträubte sich. Aywen überlegte nicht, er handelte, schickte den ersten Pfeil los. Er wollte den Wolf nicht töten. Er hasste es, töten zu müssen, um zu überleben. Er hasste es, einem Huhn den Hals umzudrehen, damit Lunrah eine kräftige Suppe kochen konnte. Jedes Mal war er froh, wenn sie ihm diese Arbeit abnahm. Doch es war zu spät.

Der Pfeil steckte bereits im Fell, Blut tropfte auf den schneebedeckten Boden, der Wolf jaulte auf, fiel, rührte sich nicht mehr.

Zweige raschelten. Zwei, nein, drei weitere Tiere verließen den Wald und schlichen auf ihn zu. Geifer perlte auf den Boden, Estenidas wich kopfschüttelnd zurück, Aywen hoffte, dass der Hengst nicht durchging.

Ohne nachzudenken, jagte Aywen den Tieren weitere Pfeile in den Pelz. Nicht alle trafen.

Das nächste Tier, es war grau wie Stein, stürzte auf ihn zu, Aywen ließ den Bogen fallen und griff nach dem Schwert. Kühl und schwer lag das Heft in seiner Hand. Der Wolf hetzte auf ihn zu, würde ihn mit voller Wucht umwerfen, doch er sprang direkt in die Schneide hinein, kaum dass Aywen sie vor den Brustkorb führte. Blut spritzte und das Tier kippte zur Seite, riss Aywen beinahe von den Füßen und das Schwert aus seiner Hand. Nur mit Mühe konnte er sich auf den Beinen halten, einen sicheren Stand gewinnen. Mit beiden Händen ergriff er das Heft, ehe der nächste Angriff erfolgte. Der dritte Wolf, der größte und muskulöseste mit prächtigem weißem Fell, womöglich der Anführer, schoss auf ihn zu. Doch als ob er beobachtet hätte, wie der Prinz mit dem Schwert umging, achtete er auf die Klinge und wich ihr geschickt aus, während der vierte Wolf, ein Tier mit schattengrauem Fell, in Lauerstellung hinter ihm verblieb.

Hieb um Hieb teilte Aywen aus, doch der schneeweiße Wolf wich zurück oder duckte sich unter ihnen hindurch, als ahnte er jeden Schlag bereits im Voraus, noch ehe Aywen ihn ausführte. Ihm brach der Schweiß aus und er war froh, dass er den Umhang nicht mehr trug. Denn der Wolf forderte ihm alles ab. Er biss um sich, taxierte ihn, parierte seine Hiebe. Die Arme wurden Aywen schwerer und schwerer, er wurde das Gefühl nicht los, er wirbelte einen Baumstamm umher statt eines Schwertes. Auch die Beine konnten bald nicht mehr mit der Geschicklichkeit des Raubtieres mithalten, Aywens Schritte wurden langsamer, nahezu behäbig. Die Knie fühlten sich an, als gösse jemand Blei hinein. Oder als bestünden sie aus zerbrechlichem Glas. Noch einen Schritt und er würde umknicken, der Wolf über ihm thronen, Geifer in sein Gesicht tropfen. Er blinzelte, musste sich von dem lähmenden Gedanken freimachen. Schnee wirbelte um den

Wolf, und Aywen bildete sich ein, er formte Flügel um den Leib des Tieres. Aywen blinzelte ein weiteres Mal, und plötzlich war da nichts als Schnee, Fell und eisiger Wind, der ihm ins Gesicht schnitt.

Prompt stolperte Aywen, konnte sich nicht mehr fangen, und der helle Wolf stand über ihm. Das Schwert fiel dem Prinzen aus der Hand. Er konnte den Atem seines Angreifers riechen – nach Eis, Schnee und Winter, nach Kräutern und Laub. Der Brustkorb des Tieres pumpte, die Zunge hing heraus. Auch der Wolf schien erschöpft von dem Kampf. Er zog die Lefzen so hoch, dass Aywen rotes Zahnfleisch aufblitzen sah. Und lange, spitze, solide Zähne.

Aywen schluckte schwer, wagte einen raschen Blick zur Seite. Der dunkle Wolf schlich um Estenidas herum, schnüffelte an den bloßen Füßen des Mädchens, die schutzlos herunterbaumelten. Der Hengst stand so still, als hätte man ihn mit Eisenketten festgebunden. Die Adern in seinem feinen Gesicht waren überdeutlich zu sehen – trotz des Winterfells. Der Rücken war gespannt wie die Sehne eines Bogens, die Ohren angelegt, sodass man sie kaum noch ausmachen konnte. Die Flanken zitterten, der Bauch war hochgezogen.

Der weiße Wolf folgte Aywens Blick. Ihm war es, als umspielte ein Lächeln die Lefzen, und in dem Moment überrumpelte er das Tier und hieb ihm den Ellenbogen in die Brust. Der Wolf keuchte auf, schüttelte sich einmal und sah mit schräg gelegtem Kopf auf Aywen hinab.

»Hätte ich dir doch gleich einen Pfeil in die Brust gejagt, du struppiges Mistvieh!«, zischte der, und der Wolf knurrte. Zum Dank schnappte er nach ihm, ritzte seine Wange auf. Augenblicklich schmeckte Aywen Blut auf den Lippen. »Es ist nun einmal die Wahrheit!« Aywen hatte Mühe, den Mund zu öffnen, seine Worte waren nur bebende, wütende, vor Blut blubbernde Laute. Die Kehle des Wolfes zitterte, er heulte auf. »Für Höflichkeiten scheint es mir bereits zu spät, mein Freund.« Das Raubtier spitzte die Ohren, als hörte es ihm zu. Das Blut rauschte in Aywens Ohren, die aufgerissene Wange pochte, doch er biss die Zähne zusammen und gab vor, es nicht zu spüren.

Gemeinsam rollten sie über den Boden, voller Zorn und schwindender Kraft. Schnee wirbelte um sie herum. Immer wieder schnappte das Tier nach Aywen, riss am ledernen Wams, verbiss sich in einem

Arm oder Bein. Aywen hätte vor Schmerz aufschreien können, doch diese Genugtuung wollte er dem Angreifer nicht gönnen, selbst wenn dieser ohnehin die Oberhand hatte. Das Schwert lag außerhalb Aywens Reichweite im Schnee, die letzten Pfeile zerbrochen im Köcher auf seinem Rücken, die Fäuste fühlten sich bei jedem Hieb an, als bestünden Muskeln und Sehnen aus feuchtem Stroh.

Aywen jagte dem Wolf einen Schlag in den Bauch, dem Tier entfuhr ein Heulen, es fuhr herum und biss nach dem Prinzen, packte ihn am Ärmel, zerfetzte knurrend den ohnehin schon fadenscheinigen Stoff. Mit der Faust erwischte Aywen die empfindliche Flanke des Tieres, verpasste ihm mit Sicherheit den einen oder anderen Bluterguss. Der Wolf ließ von seinem Arm ab, spuckte den Stofffetzen aus, den er aus Aywens Hemd gerissen hatte.

Währenddessen bemerkte Aywen, dass der Wolf mit dem schattengrauen Fell begann, nach den Füßen der Fremden zu schnappen, weil er sie vom Pferd ziehen wollte. Estenidas erwachte aus seiner Starre, wieherte und trippelte zur Seite, das Mädchen drohte hinabzurutschen.

Hätte ich ihm doch einen tödlichen Pfeil verpasst!

Der Hengst schnappte nach dem Angreifer, packte ihn im Genick und schleuderte ihn davon. Estenidas drehte sich auf der Hinterhand um und keilte aus, solange der Wolf noch am Boden lag. Mit jedem Tritt rutschte die Unbekannte ein Stückchen aus dem Sattel heraus, und Aywen wand sich unter seinem Angreifer, weil er der Fremden nicht zu Hilfe eilen konnte.

Der dunkle Wolf knallte gegen einen Baumstamm, doch er rappelte sich rasch auf, schüttelte sich und stürzte erneut auf Estenidas und die junge Frau zu und versuchte, sie an sich zu reißen. Ihre Beine baumelten knapp über dem Boden. Immer wieder schnappte er nach ihnen, bekam jedoch nur den Umhang zu fassen, weil Estenidas zur Seite auswich oder Schlag um Schlag mit den Hufen austeilte.

Aywen begann zu zittern, sein Bauch krampfte sich zusammen, mit letzter Verzweiflung schlug er dem weißen Wolf das Knie in die Eingeweide, als dieser über ihm stand. Er musste das Mädchen retten! Doch das Tier zuckte nur zusammen, stellte die Vorderpfoten auf Aywens Brust, schnürte ihm die Luft ab und duckte sich zu dem Prinzen hinunter. Ihre Nasenspitzen berührten sich beinahe. Augen, so klar und eisig wie ein zugefrorener See, starrten ihn an. Der Wolf zog die Lefzen hoch, Blut und Speichel tropften in Aywens Gesicht, kitzelten an seinen Nasenflügeln. Das leise Knurren ging Aywen durch Mark und Bein.

»Das intensiviert unsere gewöhnungsbedürftige Freundschaft natürlich beträchtlich«, keuchte Aywen. Seine Finger krallten sich in den Schnee, wühlten darin – auf der Suche nach dem Heft des Schwertes. Er würde als Narr sterben, nicht als Held, sollte er es nicht finden. Darauf hoffend, seinen Angreifer abzulenken, setzte er hinzu: »Nun gut, ich sehe es ein, uns bleibt also doch genügend Zeit, um Höflichkeiten auszutauschen. Ihr müsst wissen, ich bin das längst nicht mehr gewohnt. Darf ich mich vorstellen? Ich bin Prinz Aywen Nyivalor. Mein Vater ist König Radrann.«

Der Wolf legte den Kopf schief, nickte dann dem dunklen zu, und das Tier hörte sofort auf, nach dem Mädchen zu schnappen, das er längst erstritten hätte, wüsste Estenidas nicht Hufe und Zähne wirksam einzusetzen. Aywens Finger suchten weiterhin den Griff des Schwertes, Schweiß perlte ihm über die Stirn und er versuchte, so unauffällig wie möglich zur Seite zu robben, den Arm zu strecken, die Finger lang zu machen. Seine Muskeln protestierten, als läge er auf einer Streckbank. Da er nur Schnee zwischen den Fingerspitzen spürte, unterdrückte er ein Stöhnen und biss sich auf die Unterlippe. Seine Waffe lag in unerreichbarer Ferne. Seine Finger gruben sich in den Schnee, immer tiefer, bis er Holz zu fassen bekam. Einen heruntergefallenen Ast. Aywens Herz setzte für einen Schlag aus, in seinem Magen rumorte es, wenn er an das Risiko dachte. Er hatte nur einen Versuch.

In einer blitzschnellen Bewegung ergriff er den Stock, nutzte den Augenblick der Unaufmerksamkeit und rammte dem Wolf mit zitterndem Arm das spitze Ende ins Auge. Das Holz splitterte, und das Tier sackte jaulend zur Seite. Mit der Schnauze fing es an, über den mit Schnee bedeckten Boden zu reiben, um den Ast loszuwerden. Während es sich verzweifelt wälzte, streifte es immer und immer wieder mit den Pfoten über den Stock, bis es ihn endlich herausziehen konnte. Blut tropfte aus der hässlichen Wunde, benetzte das dichte weiße Fell und der Wolf winselte, begann zu taumeln. Eine eisige Böe fuhr um Aywen und das Tier herum, schickte messerscharfe Eiskristalle. Er kniff die Augen zusammen, konnte das Gefühl nicht abschütteln, als würden dem Wolf riesige, flauschige Schwingen wachsen. Die Schmerzen benebelten seine Sinne. Er konnte nicht mehr klar denken. Der Anblick des blutenden Wolfes peinigte ihn. Doch Aywen sammelte seine letzten Kräfte, kämpfte sich auf die Füße, schleuderte das sich krümmende Tier zur Seite, hechtete auf Estenidas zu und versetzte dem dunkelgrauen Wolf einen Tritt in die weiche Flanke. Er reichte ihm bis zur Hüfte, und würde er sich auf die Hinterbeine stellen, überragte er Aywen sicherlich um einen bis zwei Köpfe. Der Wolf war ein derart gewaltiges Tier, dass Aywen ins Straucheln geriet, als sein Stiefel auf die harten Muskeln und die Knochen aus purem Stein traf. Estenidas scheute und galoppierte los.

»Nein! Estenidas! Nein!«, formten Aywens Lippen lautlos.

Die Fremde stürzte, der Hengst stoppte abrupt, der Umhang wickelte sich auf, ihre langen roten Haare bildeten eine Lache wie Blut, als sie auf dem Boden landete. Sie regte sich nicht, kein Laut verließ ihren Mund.

Aywen humpelte auf das Mädchen zu, mit schweren Armen und zitternden Händen bedeckte er es mit dem Umhang, vermied jeden Blick auf seinen nackten, schutzlosen Leib. Er hob es auf, sackte mehrmals auf die Knie, der dunkle Wolf wankte, näherte sich ihnen jedoch unaufhörlich. Aywen biss die Zähne zusammen, kämpfte um jeden Hauch, der ihn von dem Tier wegbrachte. Doch plötzlich war der Hengst zur Stelle und stieg und trat mit den Vorderhufen auf das verletzte Tier ein. Als es endlich zu Boden ging, ergriff Aywen die Zügel und zerrte Estenidas, der wie von Sinnen war, zur Seite. Es kam Aywen wie eine Unendlichkeit vor, ehe Estenidas einigermaßen stillstand und er das Mädchen in den Sattel hieven konnte.

»Bleib ruhig!«, zischte er, und jede Silbe quälte ihn. »Bleib stehen!«

Estenidas tänzelte, schäumte vor Aufregung und schlug mit dem Kopf. Nur mit Mühe schaffte es Aywen, sich selbst auf den Rücken des Tieres zu ziehen, während er die sich vor Schmerz krümmenden Wölfe beobachtete. Sein Herz schlug schnell, setzte immer wieder aus, weil er ahnte, dass sie sich allzu rasch erholen würden. Der eine spitzte das Ohr, der nächste zog die Lefzen hoch.

Doch da sah Aywen etwas im vor Blut überströmten Schnee aufblitzen. Sollte das sein Schwert sein? Konnte er es wagen?

Ohne zu überlegen, stieg er wieder ab, führte den widerspenstigen Estenidas zu der Stelle, an der er sein Schwert ahnte, die Fremde kauerte sicher über dem Hals des Hengstes. Er suchte den Schnee ab, Estenidas eilte immer wieder zurück, wieherte, die Zügel drohten Aywen zu entgleiten. Doch er ließ nicht locker.

Sein Schwert! Er brauchte sein Schwert! Er würde es schaffen!

Ein Knurren in seinem Rücken. Es war leise, von Pein erfüllt. Nein, er würde sich nicht umdrehen. Da! Wieder ein Aufblitzen! Der grüne Edelstein stach aus dem Meer aus Weiß und Rot heraus. Nur noch wenige Schritte, die ihn von seiner Waffe trennten. Vielleicht würde sie ihm noch einmal dienen müssen, bevor er zu Hause war. Er ignorierte die Laute hinter sich, das Knistern im Schnee. Aywen bückte sich, hob das Schwert auf, gab sich keine Mühe, die blutige Klinge an seinen Hosen abzuwischen. Die Zeit, das Schwert in die Scheide zu stecken, nahm er sich ebenfalls nicht.

Dieses Mal fiel ihm das Aufsteigen ein bisschen leichter, obwohl der Hengst noch immer zappelte. Auch er spürte die Gefahr, die ihnen noch immer drohte. Kaum hatte Aywen den rechten Fuß in den Steigbügel gestellt, den Arm um die Hüfte der Fremden gelegt und die Zügel aufgenommen, galoppierte Estenidas auch schon los. Aywen krachte in den Rücken der Unbekannten, nicht ein Schluchzer oder Wehlaut entfuhr ihr. Noch immer war sie bewusstlos.

Als Erstes hörte Aywen ein leises Winseln, ein Scharren, dann Tritte. Tritte, die immer schneller wurden, die aufschlossen. Er wagte es nicht, sich umzudrehen. Er wusste es auch so.

Einer der Wölfe setzte ihnen nach und versuchte, dem Pferd in die Hinterhand zu beißen. Das Zuklappen seines Kiefers hörte sich an, als fiele eine schwere Tür ins Schloss. Bei jedem Auskeilen prallte Aywen gegen das Mädchen, sein Griff um ihre Hüfte wurde fester. Er durfte sie nicht verlieren!

Er spornte Estenidas ein letztes Mal an, dennoch holte der Wolf zu ihnen auf, verbiss sich im Schaft seines Lederstiefels. Aywen schrie auf, umklammerte die vor Schweiß und Nässe steifgefrorenen Zügel, Estenidas machte vor Schreck einen Satz zur Seite. Doch Aywen fing sich rasch wieder und ein Blick nach unten zeigte ihm, dass es der helle Wolf war. Der, dessen Auge er zerstört hatte. Eine klaffende, triefende schwarze Höhle prangte ihm entgegen, und vor Ekel wandte er den Blick ab.

Blut sickerte durch das Leder des Stiefels, quoll aus dem geschundenen Auge des Wolfes, und Aywen konnte nicht ausmachen, was davon ihm gehörte und was dem Raubtier. Der Schmerz zerrte an seinem Verstand und an seinem Mut. Im Zickzack ließ er den Hengst durch den Wald galoppieren, in dem verzweifelten Versuch, den Wolf abzuschütteln. Halb rannte der Angreifer neben dem Hengst her, halb wurde er mitgeschleift. Aywens Tritte und Hiebe mit dem Schwert wurden wütender und hilfloser, die Angriffe des Wolfes ließen jedoch nicht an Hartnäckigkeit nach. Er konnte sich kaum noch auf dem Pferderücken halten, seine Knie bebten, es war ihm, als spürte er jeden einzelnen Zahn durch das brüchige Leder hindurch.

Als er Estenidas einen scharfen Haken schlagen ließ, züngelte der Schmerz durch seinen Unterleib und ihm schwanden beinahe die Sinne. Aywen konnte sich selbst nicht erklären, was er vorhatte. Sein Vorhaben war riskant, nahezu verzweifelt. Er nahm die Zügel kürzer, presste die Unterschenkel an den Leib des Pferdes, obwohl jede Bewegung weitere Qualen durch sein Bein schießen ließ. Er zwängte Estenidas wie in einen Schraubstock ein, denn er durfte nicht Gefahr laufen, dass er sich ihm widersetzte. Aywen schnalzte mit der Zunge, damit der Hengst seinen Galoppsprung verlängerte. Der Prinz visierte einen dicken, fast kahlen Stamm an, drosselte weder Geschwindigkeit noch änderte er die Richtung. In Aywens Bauch rumorte es, Schweiß lief ihm die Stirn hinab, die Unbekannte hielt er fest in einem Arm. Am liebsten hätte er die Augen zusammengekniffen, fürchtete er sich doch vor dem Scheitern seines gefährlichen Vorhabens. Er hatte nur einen Versuch.

Mit zusammengebissenen Zähnen trat Aywen mit dem Fuß um sich, in der Hoffnung, dass sich der Wolf noch tiefer in seinem Stiefel verbeißen und in seinem Blutrausch nichts bemerken würde. Der tat ihm den Gefallen, zerrte an dem Leder, schüttelte seine Beute, sträubte das Nackenfell. Vor Schmerz wurde es Aywen schwarz vor Augen.

Der Baum kam näher und näher, Aywen spürte, dass der Hengst zögerte, aber er hielt die Zügel fest, ließ ihm keinen Raum für Ungehorsam.

Aywen fixierte den mächtigen Stamm, konzentrierte sich auf den schweren Atem des Hengstes, das Schlittern des Wolfes durch den Schnee, nachdem er Estenidas erneut angespornt hatte. Keinesfalls durfte Aywen hinabblicken in das eisig blaue, herrschaftliche Auge des Wolfes, in die klaffende Wunde, die er verursacht hatte. Mitleid war hier fehl am Platz. Er hatte nur einen Versuch! Es musste klappen! Nichts durfte schiefgehen!

Sein Griff um die Zügel wurde so fest, dass das Leder ihn in die Finger schnitt, die Knie drückte er ans Sattelblatt. Unwillkürlich hielt Aywen den Atem an. Er presste die Lippen aufeinander, als der Hengst mit unverminderter Geschwindigkeit an dem Baum vorbeifegte, einen Hauch von seinem Knie entfernt. Tief herunterhängende Äste ziepten an seinem Haar, verfingen sich für einen Moment in den Ärmeln seines Hemdes. Der Stoff riss, ließ ihn frei. Der Druck, der verging, als sich die Zähne des Raubtiers ruckartig aus Haut und Fleisch lösten, war für einen kurzen Augenblick unbeschreiblich, ehe ihn die Qualen der offenen Wunden erneut heimsuchten.

Das Geräusch von brechenden Knochen und zerfetzendem Leder, die warmen Blutspritzer auf seinem Gesicht, das gepeinigte Jaulen ließen den Prinzen trotz dessen ausatmen. Er parierte den Hengst durch, unwillig legte dieser sich auf die Trense und sperrte das Maul auf. Nur widerwillig fiel er in den Trab, er wollte weg, nur weg von dem Grauen, und als Aywen zurückblickte, sah er, dass der Wolf mit dem Unterleib gegen den Stamm geprallt war. Zuckend lag er am Boden, die Hinterläufe nach oben gereckt, einen Fetzen des Stiefels in seinem Maul.

Das markerschütternde Jaulen, das der Wolf ausstieß, hallte durch den Wald und rauschte in Aywens Ohren, auch noch, als der gequälte Schrei verstummt war.

Aywen wendete den Hengst, gemeinsam setzten sie über alles, was ihnen vor die Füße fiel. Der Atem des Hengstes ging so schwer, dass die Wölfe ihn auch dann noch hören würden, wenn sie längst seine Fährte verloren hätten. Aber Aywen war um jeden Galoppsprung froh, der ihn von den Wölfen fortbrachte. Immer noch konnte er ihren Atem riechen, das vergossene Blut, sah die bernsteinfarbenen, wachen Augen, die ungewöhnlichen eisigen Augen des weißen Tieres, hörte ihr Knurren und Heulen. Der Wind brachte die Geräusche und die Gerüche mit sich, ganz so, als wären die Wölfe ihnen dicht auf den Fersen. Doch Aywen hoffte, dass sie ihre Wunden leckten. Vielleicht riefen sie auch ihr Rudel zusammen, um sie erneut zu umzingeln.

Fest krallte er die Finger in Estenidas' Mähne, beugte sich über seinen Hals, presste die Beine gegen seinen pumpenden Leib. Wann würden sie nur endlich den Wald verlassen? »Schneller, Estenidas, schneller!«, keuchte er. Der Geschmack von Kupfer auf seiner Zunge wollte nicht vergehen. »Es wird bald dunkel.« Seine Stimme war schrecklich rau. Er schmeckte Blut. Zu viel Blut.

Der Wind und das Schneetreiben nahmen ab, sobald sie sich dem Waldrand näherten. Durch die Äste konnte er ein schwaches rotgoldenes Leuchten erkennen, die Sonne, die im Meer versank. Die mit Fackeln beleuchtete Burg. Auf jeder Zinne eine, wie eine Wache. Wie eine Armee, die ihn beschützte und ihm den Weg wies. Tollvin war ein guter Junge! Ein kluger Junge! Aywen seufzte auf. Die Arme waren schwer, er hielt die Fremde darin, Kälte und Nässe fraßen ihn beinahe auf, die Augen fielen ihm immer wieder zu und er hatte Mühe, sich auf dem Pferderücken zu halten. Doch auch Estenidas schienen die Kräfte zu schwinden. Er fing an zu stolpern, seine Sprünge wurden behäbig, die Ohren kippten zur Seite. Das Fell glitzerte im Abendrot dunkel vor Schweiß.

»Wir sind bald da. Halte durch!«

Es würde noch dauern, das wusste Aywen. Der Schnee war tief und schwer. Ein beschwerlicher Weg lag hinter und vor ihnen. Die Burg war nicht mehr als ein dunkler Schemen in der Dämmerung, das Feuer darin nicht mehr als eine Sehnsucht. Die Glieder schmerzten ihm und er kauerte sich auf dem Pferderücken zusammen.

Der Winter war bereit, ihn zu verschlingen, doch Aywen war nicht bereit aufzugeben. Je näher sie der Ebene, den Klippen und der Burg kamen, desto schwächer wurde der Wind. Als verlöre er Macht und

Siegeswillen. Schneeflocken trudelten wie trunken um ihn herum, schwirrten Schmetterlingen gleich durch die Luft. Estenidas' Decke flatterte wie ein grünes Band durch das weiße Dickicht. Und endlich, endlich spuckte der Wald Ross und Reiter aus. Die Galoppade nahm an Leichtigkeit zu, sobald das Pferd die flache Ebene erreichte und den heimischen Stall und Tobi witterte.

Aywen sah sich immer wieder um, biss sich vor Schmerz auf die Zunge, doch er konnte die Wölfe weder sehen noch hören. Sie befanden sich in Sicherheit. Dennoch wagte er es nicht, das Schwert in die Scheide zurückzustecken. Er atmete aus, die raue Kehle peinigte ihn. Mit steifen Fingern parierte er den Hengst durch. Die Schneeflocken hatten sich in Küstennähe in Schneeregen verwandelt, der Boden war schwer und nass. Seine Knie zitterten.

Tollvin wartete auf der Zinne über dem Zugtor auf ihn und ließ die Brücke herunter, nachdem er den Prinzen auf der Klippe erspäht hatte. Der war bereits abgestiegen, um Estenidas zu schonen, und kämpfte sich mühsam durch kniehohen Schnee und eisigen Regen, der den Schnee wegzuwischen versuchte – wie Lunrah den Staub in der Burg. Kälte und Schmerz schossen bei jedem Schritt durch Fuß und Wade. Weiße Flocken saßen auf Aywens hängenden Schultern wie Schmetterlinge, die Haare waren vereist. Er konnte den Kopf kaum mehr heben.

Sein Vater blickte aus dem Fenster des Schlafgemachs. Hinter ihm loderte Feuer, doch es hatte nichts Einladendes an sich, selbst wenn sich Aywen nach Wärme und einer gemütlichen Bank sehnte. Fürs Erste sollte das tröstliche Geräusch von Estenidas' klappernden Hufen auf der hölzernen Zugbrücke genügen. Er hatte es geschafft. Sie waren zu Hause.

»Ihr seid spät, Herr.« Tollvin beäugte ihn ohne Zurückhaltung von oben bis unten und schnalzte mit der Zunge. »Ihr seht miserabel aus. Wo ist der Rest Eures Stiefels?«

Aywen rollte mit den Augen, es kostete ihn die letzte Kraft, den Mund zu öffnen, nachdem der Stallbursche ihn begrüßt hatte. »Ich wurde … aufgehalten.« Er schluckte schwer.

»Die Nebelgeister?« Tollvins Augen leuchteten. Er erwartete eine Geschichte beim Abendbrot. »Was wollen sie mit Eurem Stiefel? Was ist das für eine Teufelei?«

»Meine Angreifer waren eher weltlicher Natur.« Aywen griff sich an die Wange, wo sich das Blut bereits in Schorf verwandelt hatte. Das seine und das seiner Angreifer. »Wölfe.«

»Nur Wölfe? Keine Bären?« Tollvin zog eine Schnute.

»Sie waren …« Er wollte ihm zeigen, wie groß die Tiere waren, doch Pein und Müdigkeit züngelten durch die Arme. Letztendlich überreichte er dem Jungen die Zügel. Aywen schaffte es kaum, die Hand zu bewegen, die Haut war gräulich-weiß, fest und ohne Gefühl. Er erschrak. »Bring Estenidas in den Stall. Reibe ihn ab, decke ihn ein. Ich habe ihm eine Extraportion Hafer versprochen. Und einen Apfel. Er muss schnell wieder zu Kräften kommen. Und sieh zu, dass alle Tore und Riegel heute Nacht verschlossen sind.« In einem unbeobachteten Moment versuchte er, sich mit Schneeresten das Blut aus seinem Gesicht zu waschen. Danach hievte er mit ungelenken Bewegungen die Fremde aus dem Sattel, der Schmerz fuhr ihm von den Fingerspitzen bis in die Eingeweide. Ihr rostrotes Haar erinnerte ihn an die Farbe von getrocknetem Blut, an die lodernden Augen der Wölfe. »Falls wir heute Nacht unerwünschten Besuch erhalten sollten.«

Die junge Frau war immer noch ohnmächtig. Vielleicht war es besser so. Sie bettete die Wange an seine Schulter, federleicht war sie und doch so schwer in seinen Armen. Vor allem, wenn er an die vielen Stufen dachte, die noch vor ihm lagen.

Tollvin führte den Hengst in den Stall, während Aywen die Fremde über den Hof trug. Er war leer – wie immer. Die wenigen Ziegen und Schafe, Hühner und Schweine, die sie zu versorgen hatten, schliefen in ihren dunklen Ställen, der Hofstaat bestand nur aus dem König und ihm selbst, Lunrah und dem Waisenjungen Tollvin. Burg Nyivalor war die letzte Bastion hoch oben im Norden. Sommers wie winters war es hier so kalt, dass sich weder Freund noch Feind herverirrten, und über die vielen dunklen Tage hinweg vergaß Aywen sogar, wer Freund und wer Feind war. Der größte Feind im Norden des Landes waren der Hunger, das Meer, die Kälte, die lange Dunkelheit, das nasse Feuerholz, die Langeweile … Tollvin, wenn er beim Kartenspielen schummelte. Aywen hätte die Liste endlos fortsetzen können. Der größte Freund, der sich am rarsten machte, war die Sonne. Farbe. Lachen.

Humpelnd trug er die Fremde in die düstere Eingangshalle, in der nur eine Handvoll Fackeln Licht spendeten, danach die Treppe hoch, hinauf in einen der vielen windschiefen Türme, hinein in das Zimmer, das Lunrah ihr zugewiesen hatte. Er legte sie in die Laken, die genauso weiß waren wie ihre Haut. Aywen sah schnell weg, als Lunrah sie aus seinem Umhang wickelte und ihm den klammen Stoff wieder reichte. Er schlang ihn um sich, obwohl die feuchte Wolle ihm keine Wärme schenken würde, sondern um sich vor Lunrahs eindringlichen Blicken zu schützen.

Die Magd hatte das Feuer im Kamin angefacht und legte der Fremden heiße Steine ans Fußende des Bettes, die sie vom Rost im offenen Feuer geholt und in Stofffetzen eingewickelt hatte. Augenblicklich wehrte sich die junge Frau und strampelte sich aus den Laken frei. Sie gebärdete sich wie eine Wilde, und dennoch konnte Aywen den Blick nicht abwenden. Ihr unbändiges lockiges Haar loderte wie Flammen auf.

»Was habt Ihr uns da nach Hause geschleppt? Hätte nicht auch ein Wurf mutterloser Fuchswelpen gereicht? Oder ein solches Bündel, in das auch Tollvin eingewickelt war?« Lunrah wischte sich die Hände an der Schürze ab.

Aywen blickte betreten zu Boden. Er war froh um die Dunkelheit, die bei seiner Ankunft hereingebrochen war, um die Düsternis, die in der alten Burg herrschte. Jetzt musste er versuchen, in dem schwach beleuchteten und engen Raum vor Lunrah sein immer noch mit Blut verschmiertes Gesicht zu verbergen, seine zerrissene Kleidung unter dem Umhang, seine ungelenken, steifen Bewegungen. Er konnte sich kaum noch auf den Beinen halten, sein Kiefer quälte ihn, jedes Wort fiel ihm schwer, er war müde, so unendlich müde. Aywen wagte ein schmerzverzerrtes Grinsen. »Ich werde der Mutter der Erde deine Wünsche mitteilen.«

»Wagt es ja nicht, mein Junge!« An ihren Mundwinkeln zupfte ein Lächeln.

Er wandte Lunrah den Rücken zu und stocherte im Feuer herum, während sie sich der Fremden widmete. Aus dem Augenwinkel nahm er wahr, dass sie erneut versuchte, die junge Frau zu beruhigen und zuzudecken. Sie streichelte ihr über die Stirn, strich ihr die vor Schnee und Schweiß feuchten Strähnen hinters Ohr. Dennoch jammerte sie: »Sie wird uns Ärger bringen. Noch hat jedes Mädchen, das diese Schwelle überschritten hat, Ärger in dieses Haus gebracht. Scht, Mädchen, scht.« Sie nahm die Karaffe, goss Wasser in einen Krug und setzte ihn der Fremden an die spröden Lippen. »Und Arbeit, so viel Arbeit. Ganz zu schweigen davon, dass ich Euch auch zusammenflicken muss.« Sie seufzte laut auf, Aywen hüstelte. »Dachtet Ihr, mir würde das nicht auffallen? Dann wäre ich eine ziemlich schlechte Magd. Das Blut, das zerschlissene Wams, die kaputten Hosen und Stiefel? Derart grau sind meine Augen auch nicht. Das können nicht die Nebelgeister gewesen sein.«

Aywen schlug die Augen nieder. »Wölfe. Vier Tiere waren es.«

»Ich wünschte, ich könnte sagen, sie sei all das wert.«

Aywen wagte nicht, Lunrah anzusehen, geschweige denn nachzuhaken, was sie meinte.

»Und jetzt hört auf, im Feuer herumzustochern. Ihr bringt zu viel Unruhe.« Funken stoben auf. »Raus mit Euch, Prinz Aywen, das ist nichts für die Augen eines Thronerben.« Die Magd scheuchte ihn aus dem Zimmer wie eine Schar Hühner, und er wehrte sich nicht. Er war der Thronerbe, er war nicht dazu gemacht, Betttöpfe zu leeren und Kräuterwickel zu wechseln.

»Wer ist sie, die Fremde?«

Aywen erschrak. Beinahe hätte er salutiert. Er hatte nicht damit gerechnet, dass sich sein Vater zu ihm gesellen würde, als er auf der Fensterbank vor dem Zimmer der Fremden Platz genommen hatte, um sich einen Moment auszuruhen und auf das tosende Meer zu starren. Das Meer, das kam und ging und doch nie frei war. Genauso wie er.

Sein Vater schälte sich aus den Schatten.

»Immer noch eine Fremde.« Aywen zog den feuchten Umhang enger um die Schultern, um zu verbergen, dass er zitterte und ins Bett gehörte.

»Und eine Diebin.«

»Sie hat niemandem etwas zuleide getan. Sie hat Fieber und ist dem Tode nahe.« Er blickte weiterhin aufs Meer, es war berechenbarer als sein Vater. Er wollte ihm sein geschundenes Gesicht nicht offenbaren. Seine Dummheit, seine Unbedarftheit. Seine ungeschickten Kampftechniken.

»Sie stiehlt unser Feuer, unser Wasser, unsere Zeit. Unsere Gedanken.« Des Königs Augen waren dunkel wie die Schatten, die sie umgaben. Seine Worte Vorboten, die Aywen verscheuchte wie eine Schar Mäuse.

»Ich hätte dem Mädchen das Leben gestohlen, wenn ich es nicht aus dem Schnee gerettet hätte«, antwortete er so schlicht wie wahrheitsgemäß. Er sah zum Vater auf, den Umhang bis zum Kinn hochgezogen.

»Eine Heldentat für einen Helden.« Der König sah an ihm vorbei, sein Blick verschleiert wie ein nebliger Morgen. Seine Stimme so rau und kalt wie der Stein, auf dem Aywen saß. »Nun gut, sie ist, was sie ist. Die Zeit wird es zeigen.« Sein Umhang flatterte auf, er ließ König Radrann wirken wie eine alte Krähe, die vor einer Vogelscheuche erschrak. »Noch ist es zu früh. Ich habe es dir gesagt.«

Kapitel drei

Erwachen

In jener Nacht machte Aywen kein Auge zu. Es waren nicht nur die Schmerzen, die an ihm nagten, der Husten, der durch Brust und Lunge donnerte, die Kopfschmerzen, die hinter den Schläfen pochten. Es war das unruhige Rascheln im Nordklippenwald. Als wollten die Wölfe, dass er wusste, dass sie ihn beobachteten. So wie er sie.

Er stand am Fenster, eine kratzige Decke um die Schultern geschlungen, und spähte in die Nacht hinaus. Immer wieder zog eine Böe auf, immer wieder ein Schneeschauer, doch weder Wind noch Schnee erreichten die Burg. Genauso wie die Wölfe nie den Wald verließen, als wäre der letzte Baum, die letzte Hecke eine unsichtbare Grenze, die sie nicht zu überschreiten wagten. Womöglich warteten sie aber auch nur auf den einen Moment, in dem sich Aywen wieder in Sicherheit wiegte, sein Pferd sattelte und achtlos den Wald ansteuerte. Vielleicht … vielleicht wagten sie sich wirklich nicht in die Nähe der Burg. Dorthin, wo König Radrann herrschte, der Herr von Nyivalor.

Aywen konnte sich an keine einzige Begegnung mit einem Wolf außerhalb des Waldes entsinnen, selbst wenn er als kleiner Junge die Ziegen auf der Ebene unweit der Küste grasen gelassen hatte oder auf Tobi über die Wiesen galoppiert war. Nein, weder Wölfe noch Bären noch Füchse, die die Hühner aufzuscheuchen gedachten, hatte er in seiner Kindheit auch nur in der Nähe der Burg gesehen.

Und jetzt streiften Wölfe am Waldrand entlang, als hielten sie dort Wache. Es schauderte ihn, doch sie würden es nicht wagen, die Burg anzugreifen. Sie waren Tiere, die ihrem Instinkt folgten, dem Hunger, die einer leichten Beute im Wald nachstellten, aber nicht Mauern und Holz attackieren würden, selbst wenn sie auf der Burg nur zu viert waren. Zu fünft. Und entweder zu alt, zu jung oder zu krank.

Er lachte. Es schmerzte. Er ließ es sein. Der Morgen würde zeigen, wen oder was er nach Hause auf die Burg gebracht hatte. Womöglich war sie eine Diebin, womöglich gehörte sie dem fahrenden Volk an, womöglich wurde sie von ihrer Familie verstoßen. Die kommenden Tage würden es zeigen.

Eine Weile blieb er noch am Fenster stehen, lenkte sich mit den Eisblumen auf den Scheiben ab. Mit den Fingerspitzen strich er über sie und genoss die Kühle. Sie erinnerte ihn an die eisig kalte Haut der Fremden.

Ihm brach der Schweiß aus. Die Wärme hatte sich in den letzten Stunden in seinem Körper in Wellen ausgebreitet und seine Finger glühten nun rot und pochten. Wieder strich er über das kalte Glas, obwohl er wusste, dass er seine Hände lieber in die Schale mit warmem Wasser hätte tauchen sollen, die Lunrah ihm gebracht hatte, nachdem sie seine Wunden versorgt und verbunden hatte. Um die Schmerzen zu betäuben, ballte er die Hände zu Fäusten und schlug gegen das Fenster. Die Wölfe antworteten mit mitternächtlichem Heulen. Sein Schwert, das er unter Schmerzen vom Blut befreit und poliert hatte, wartete neben seinem Bett auf sie.

Aywen spürte, dass die Wölfe sich zurückgezogen hatten. Ebenso merkte er es an Estenidas' und Tobis Verhalten. Sie rissen nicht mehr bei dem kleinsten Geräusch die Köpfe hoch, mümmelten nicht mehr widerwillig an ihrem Heu herum. Vermutlich trieben Hunger und leichtere Beute die Wölfe wieder in die Wälder zurück, während sie sich auf der Burg verschanzt und ausgeharrt hatten.

Jetzt war es der Wind, der wütete wie ein Rudel Wölfe. Jede Nacht stimmte er sein Klagelied an, rüttelte an den Fenstern. Bei Tage biss er um sich und fletschte die Zähne, sobald Aywen nur die Nase aus der Tür streckte. Doch in der Nacht hielt er Aywen wach, als wäre er aus Fleisch und Blut, als würde Aywen noch einmal den vier Ungeheuern gegenüberstehen. Der Fieberwahn tat sein Übriges.

Geduckt und in seinen Filzumhang gehüllt eilte Aywen über die glatten Pflastersteine des Innenhofes, fütterte und striegelte die Pferde im Stall, um die dunklen Tage zu überstehen. Wenn er die Pferde nicht fütterte und striegelte, schnitzte er neue Pfeile, schleifte die Klinge des Schwertes, ging dem Vater aus dem Weg, kurierte das Fieber aus, das sich in seinem Körper eingenistet hatte, ließ Prellungen und Wunden heilen und schlich vor den Gemächern der Fremden herum.

»Lungert Ihr schon wieder vor ihrem Gemach, Prinz Aywen? Solltet Ihr Euch nicht lieber ausruhen und Eure Verletzungen auskurieren?« Lunrah kam den Flur entlang. Sie trug ein dunkelbraunes Leinenkleid, darüber eine grobe Schürze. Die krausen Haare, die mit grauen Strähnen durchsetzt waren, hatte die Magd zu einem unordentlichen Dutt zusammengebunden.

»Ich lungere nicht, ich halte Wache.« Aywen drückte die Schultern durch, legte das Buch zur Seite, in das er schon seit Stunden starrte, und stand von der Fensterbank auf.

»Ihr dürft Euch nützlich machen, wenn Ihr es nicht mehr im Bett aushaltet. Glaubt Ihr, ich habe nicht bemerkt, dass Ihr Euch bereits in den Ställen herumtreibt?« Sie verstummte, als sie merkte, dass es ihr an Höflichkeit und Ehrerbietung mangelte, und senkte den Blick. »Verzeiht. Falls Ihr wollt, dürft Ihr mir gern zur Hand gehen, Kronprinz. Sie ist wach.« Sie nickte ihm zu. Doch noch ehe er zu einer Antwort ansetzen konnte, drückte Lunrah Aywen ein Tablett in die Hände. Sie betätigte den Riegel. Die Tür knarzte.

Aywen blickte verdutzt drein, bevor sie ihn ins Zimmer drängte. Kräutertee schwappte über. »Mylady, Ihr holt Euch den Tod!« Verlegen blieb Aywen im Türrahmen stehen. Die Tasse mit dem Kräuteraufguss, den die Magd zubereitet hatte, bebte noch immer. Er hatte die Fremde vor dem offenen Fenster entdeckt. Nur ein Nachthemd, das ihre nackten Arme entblößte, trug sie am dünnen Leibe. Abertausende Male und Narben zierten ihre Haut, ließen sie schimmern wie die Frostblumen auf dem Fensterglas. Wer hatte ihr all das angetan? Sie gequält und dem Sterben überlassen. Schrecken erfüllte ihn, aber er verbarg ihn unter einer Prise Humor. »Oder zumindest einen Schnupfen. Oder einen gehörigen Husten. Und wenn ich von mir ausgehe, wünsche ich mir dann stets den Tod.« Er hüstelte, doch die Fremde hörte ihn nicht. Nicht, weil der Wind ohrenbetäubend durch den Raum pfiff, sie nahm Aywen gar nicht wahr. Stumm und regungslos blieb sie vor dem Fenster stehen und starrte auf den Wald hinaus. Aywen müsste lügen, wenn es ihn nicht kränkte. Schließlich hatte er sie aus der Eiseskälte gerettet. Doch was hatte er erwartet? Sie war knapp dem Tode entronnen, erst seit wenigen Stunden bei Bewusstsein, sie hatte keine Zeit für Dankbarkeit.

Lunrah schüttelte den Kopf, nahm Aywen das Tablett ab und stellte es auf den Nachttisch. »Sie sehnt sich nach dem Tode«, raunte sie ihm zu. »Und wenn Ihr nicht bald den Blick abwendet, wohnt in Euch wohl die gleiche Sehnsucht inne.« Sie räusperte sich. »Weiß die Mutter der Erde, was Ihr uns da ins Haus gebracht habt. Als wäre die verfressene Katze nicht schon genug!« Lunrah eilte mit einer wollenen Decke in den Händen auf die Fremde zu und achtete nicht länger darauf, wo Aywens Blick verweilte.

Das dünne Hemd flatterte um den ausgemergelten Körper des Mädchens, entblößte und verdeckte seine zierliche Gestalt zugleich, der Wind zerrte und zog an seinen roten Locken. Doch Aywen konnte sich nicht des Eindrucks erwehren, dass die Strähnen im Wind tanzten. Sie loderten wie Flammen, die der Wind immer wieder anfachte. Er schmiegte sich an das Haar der Fremden, nur um im nächsten Augenblick an ihm zu reißen. Der Wind liebkoste ihre Wangen, ließ sie erröten, streichelte ihre Brüste. Ein Lächeln huschte über ihre trockenen Lippen. Aber Aywen konnte und wollte den Blick nicht abwenden.

Später sollte er sich fragen, ob das der Moment gewesen war, in dem er ihr verfallen war. Wie sie so dastand im Wind. Schutzlos ausgeliefert, ruhig und aufgewühlt wie die See zugleich, und doch starr und stark wie eine Säule aus kostbarem Marmor.

Ach, er verliebte sich einfach zu schnell, wehte doch sonst allzu selten ein derart junges und hübsches Ding auf die karge Burg, in sein trostloses Leben. Aywen schüttelte den Kopf. Auch Lunrah würde ihm das vorwerfen und ihn mit allem gebotenen Respekt einen dummen Burschen nennen, wenn er nicht alsbald den Blick abwandte. Aber die Nächte wurden auf der Burg jeden Winter länger, die Tage kürzer, sein Vater veranstaltete keine Bankette mehr, um den Einzug des Frühlings zu zelebrieren, nicht einmal einfache Bauernmädchen verirrten sich zwischen die feuchten und zugigen Gemäuer, um mit Eiern und Ziegenkäse zu handeln. Aywen war jung und unerfahren, die Fremde mysteriös und unheimlich wie der Ruf einer Eule. Warum sollte sein Herz da nicht schneller schlagen? Sein Nacken prickelte und er senkte die Augenlider.

»Sie ist im Fieberwahn.« Lunrah legte die Decke um die Schultern der Fremden und schob sie zum Bett. Erst in diesem Moment fielen ihm ihre seltsam rostfarbenen Augen auf, die so gar nicht zu ihrer kristallen schimmernden Haut passen wollten. Sie wirkten wie ein Laubblatt, das inmitten eines Wintersturms hin und her flatterte. »Steht nicht so rum, Prinz! Schließt das Fenster!«

Aywen gehorchte dem Befehl der Bediensteten und schritt zum Fenster. Der Wind rüttelte am Rahmen, wehrte sich mit aller Macht, schnitt ihm ins Gesicht, als führte er den Degen gegen ihn. Als Aywen seine eisigen Wangen berührte, spürte er warme Blutstropfen auf den Fingerspitzen. Die Wunde war aufgeplatzt. Mit Wucht knallte er das Fenster zu, fühlte sich, als hätte er einen Sieg auf dem Schlachtfeld errungen.

»Was ist mit ihr geschehen?« Verlegen nickte er in Richtung der Male der Fremden.

Die Magd zuckte mit den Schultern. »Es ist geschehen, was geschehen ist. Vor langer Zeit. Die Zeichen auf ihrer Haut bereiten ihr keine Pein. Es scheint, als gehörten sie zu ihr«, raunte sie ihm verschwörerisch zu.

Aywens Augenbrauen schossen vor Verblüffung nach oben.

»Sie ist, was sie ist. Wir können es nicht ändern«, sagte Lunrah.

»Du hörst dich an wie mein Vater.«

»Das ist doch für eine Magd gar nicht so schlecht, sich wie ein König anzuhören.« Lunrah blinzelte Aywen verschmitzt zu.

»Dann hat sie noch nicht gesprochen?«

»Nein. Ich glaube, sie hat mich noch nicht einmal wahrgenommen.« Sie warf der Kranken einen besorgten Blick zu, hielt Aywen im nächsten Augenblick die Wasserschüssel hin, die auf dem Nachttisch stand. »Sie muss das Fieber ausschwitzen. Sie braucht neue Wadenwickel.« Lunrah wischte sich den Schweiß von der Stirn. Obwohl hier oben im Norden kaum die Sonne schien, glänzte ihre Haut goldbraun. Sie war zerfurcht wie ein trockener Acker. »Das ist unser dringlichstes Problem. Der Rest kommt dann vielleicht von ganz allein. Und nun geht!«

Prinz Aywen Nyivalor sparte sich, Lunrah darauf hinzuweisen, dass er als Prinz … dass er als Kronprinz nicht dazu gemacht war, Leinentücher zu zerreißen, Wasser aus dem Brunnen zu holen und zu erhitzen, sich die Hände zu verbrühen. Doch insgeheim war er froh über jede Arbeit, die sie ihm auftrug. Über jede Ausrede, die er nutzen konnte, um der Fremden nahe zu sein. Über jeden Augenblick, den er nicht im Bett verbringen musste, um sich auszukurieren, oder während Tollvin ihm half, die Verbände zu wechseln. Also riss der Prinz Leinentücher entzwei, hackte Holz und fachte das Feuer in der Küche neu an. Seinen Fingern, die unter den Nachwirkungen der Erfrierungen litten und ihm noch nicht gehorchen wollten, tat die Beschäftigung gut – und irgendwann schaffte er es sogar, sich die Finger nicht zu verbrühen, während er die Wickel ins siedende Wasser tauchte.

In den düsteren und kalten Nächten vermischte sich das Rauschen der Wellen mit dem Blöken der Schafe im Stall und dem Wimmern der frierenden Kinder, das der Sturm von den weit entfernten Dörfern auf die Burg und in Aywens Schlafgemach trug. Jede Nacht wälzte er sich hin und her, auf der Suche nach Stille, nach Ruhe und neuen Abenteuern. Er träumte davon, mit der schönen Unbekannten über blühende Wiesen zu galoppieren, die Frühlingssonne auf den Wangen zu spüren, ihre Hand zu halten, ihre Lippen zu berühren, den Geruch ihrer warmen Haut einzuatmen, seine Finger in ihre flammenden Locken zu krallen. Doch Lunrah gestattete es ihm noch nicht einmal, der Fremden einen heißen Tee mit Kräutern einzuflößen, geschweige denn, ihr die Wadenwickel anzulegen, sie zuzudecken, wenn sie sich vor Frost in den Knochen und Fieber in den Adern schüttelte. Stattdessen beherrschte er es mittlerweile meisterlich, das Tablett auf dem Nachttisch der Fremden abzustellen, ohne den Tee zu verschütten, er hatte gelernt, wie man Nägel in den Holzrahmen schlug, damit das Mädchen das Fenster in seinem Gemach nicht mehr öffnen konnte, um den Winter einzuladen.

Aywen hatte so vieles gelernt. Über sich, über die Arbeit auf der Burg, die er sonst nur allzu gern Lunrah und Tollvin überließ. Er hatte wenig über seinen Vater erfahren, der ruhelos die Gänge abschritt, die Rüstung polierte, die Schwerter schärfte. Als wartete er auf einen Feind. Dabei warteten sie doch alle nur auf den Frühling.

Nichts hatte er über die Fremde gelernt. Stumm saß sie auf ihrem Bett, starrte auf das Fenster, das nun mit Brettern verbarrikadiert war. Aywen kam sich vor, als wollte er einen verängstigten Hund zähmen. Er näherte sich ihr nicht mehr als nötig, wollte ihr aber zeigen, dass sie ihm vertrauen konnte und seine Nähe nichts Furchteinflößendes an sich hatte.

»Ihr könnt gehen, wie es Euch beliebt, wenn Ihr wieder gesund seid«, sagte er ihr jedes Mal, wenn er in gebührendem Abstand und mit Lunrah als tugendsamer Gesellschaft in ihrem Gemach Platz nahm.

Doch sie blickte auf die Wand, als könnte sie durch Stein und Mörtel und Holz hindurchsehen. Der Gedanke daran, dass zerfurchter Stein und wurmstichiges Holz ansehnlicher sein könnten als er, machten sein Herz schwer.

Er ähnelte seinem Vater. Das konnten beide nicht leugnen. Auch das Gemälde im Thronsaal nicht, das seinen Vater und seine Mutter zeigte. Doch dem König war die jugendliche Kühnheit in all den

Jahren verloren gegangen, der Schalk, der in den Augen aufblitzte, die frühlingshafte Anmut. Der Lauf der Zeit hatte all das sogar aus dem Familienporträt gewischt. Es war grau und fleckig geworden, das Antlitz seines Vaters alt und müde, während die feinen Züge seiner Mutter strahlten wie die Sonne selbst. Und in einer winzigen Ecke hatte Prinz Aywen Tobi und sich verewigt – mit Kohle und ungelenken Strichen –, ehe Lunrah ihn verscheucht hatte. Aywen konnte sich nicht mehr daran erinnern, wann er sich in den Thronsaal geschlichen und auf dem Porträt herumgekritzelt hatte. Aber er wollte doch ein Teil dieser Familie sein, wenn auch nur auf dem verstaubten Ölgemälde. Als kleiner Junge hatte er gedacht, sich auf diese Weise Mutter und Vater näher fühlen zu können, selbst wenn die Mutter schon lange tot war und der Vater dem Tode näher als dem Leben.

Doch was sah die Fremde, wenn sie ausnahmsweise nicht durch Aywen hindurchsah?

Die glänzenden braunen Locken, die auf seine Schultern fielen? Die Zöpfe, mit denen er sie zu bändigen versuchte? Den Bart, den die Männer hier im Norden trugen? Die Muskeln, die die Stallarbeit, das Fechten, das Bogenschießen und die karge Kost mit sich brachten? Seinen wachen Verstand? Die blitzenden Augen? Seine Wärme? Womöglich sogar den Helden, der sie vor dem sicheren Tod gerettet hatte? Oder sah sie nur den stotternden Trottel, der stolz auf sich war, in ihrer Gegenwart auch nur ein Wort herauszubekommen oder den Tee nicht zu verschütten?

Aywen hatte zumindest nicht gelernt, wie er es schaffen sollte, den Blick von ihr zu wenden, geschweige denn, wie er sie aus seinen Träumen bei Tag und bei Nacht verbannen sollte. Sie war ein größeres Mysterium als der Regenbogen, der nach dem letzten eisigen Schneeschauer den Himmel in ein Meer aus Farben getaucht und die Härchen auf seinen Armen zum Kribbeln gebracht hatte.

Er erzählte ihr davon, doch das schlechte Gewissen suchte ihn heim, sobald er den Mund geschlossen hatte. Schließlich verwehrten sie ihr den Blick in die Ferne, während er etwas von Regenbogen und Freiheit faselte.

Sie öffnete den Mund, doch kein einziges Wort verließ ihre Lippen. Aywen senkte den Blick, schenkte ihr Tee nach, obwohl sie an ihrem Krug nicht einmal genippt hatte. Lunrah machte sich daran, Staub zu wischen, dort, wo kein Staub mehr lag und sie das blanke Holz nur noch blanker polierte, nur um nicht von ihrer Seite weichen zu müssen.

Und Aywen? Hunderte Male las er denselben Satz in demselben Buch, das tagein, tagaus in seinem Schoß lag. Siebenundsiebzig Male drehte es Lunrah herum, sodass es nicht mehr auf dem Kopf stand. Hunderte Male versuchte er, an dem Gemach der Fremden vorbeizugehen, sein Pferd zu striegeln, Holz zu hacken. Er schaffte es kein einziges Mal. Stattdessen klopfte er jedes Mal an ihrer Tür, schob den Riegel zurück, setzte sich zu ihr, fragte sie nach ihrem Namen, woher sie käme, wer ihre Familie sei. Sie blickte ihn nur an. Das war ihm genug. Sein Puls pochte, als galoppierte er an den Klippen entlang.

Er blieb an ihrer Seite sitzen, und obwohl das Feuer im offenen Kamin lichterloh brannte und er ständig Holz nachlegte, fröstelte es Aywen, wenn er sich in ihrer Nähe befand. Müdigkeit sank in ihn hinein, als tauchte er in die eisige See. Das Rauschen der Wellen vernahm er so deutlich, als wiegten sie ihn, wie die Amme es einstmals in ihren fleischigen Armen getan hatte. Doch wärmen konnten sie ihn nicht. Seine Finger begannen zu prickeln, ebenso seine Zehen. Irgendwann konnte er sich gegen die Müdigkeit nicht mehr wehren. Er sah deutlicher als je zuvor und erkannte doch die Wahrheit nicht, ehe ihm nach einer Weile die Augen zufielen. Dabei wollte er doch jeden einzelnen Augenblick mit ihr genießen und nicht mit Schlaf vergeuden.

Aber auch im Schlaf war sie stets an seiner Seite. Ihre Augen leuchteten wie Bernstein. Er sah die weiße Haut, die lodernden Haare, während sie an den Klippen stand, der Wind unter ihr Nachthemd fuhr und der Stoff unbändig um sie herum flatterte. Sie streckte ihm die Hände hin, ging rückwärts auf den Abgrund zu. Er hielt sie fest, aber nur mit dem Blick. Er wagte nicht, sie zu berühren. Und auf einmal erstrahlte in ihren Augen ein dunkler Sternenhimmel, Sternschnuppen sausten durch sie hindurch, eine Mondsichel ging auf, sie sang und heulte zugleich. Als der Wind auffrischte, verwandelte sich das Leinenhemd in flatternde Flügel, deren Federn wie Schneeflocken zu Boden rieselten.

»Er kommt!«, flüsterte sie, ihre Stimme nur ein raues Krächzen. Sie breitete die Schwingen aus, drehte sich im Kreis, der Wind verfing sich in den Abertausend Federn, sie trudelte auf den Abgrund zu.

Aywen hörte das sachte Tapsen von Pfoten.

Er wachte auf. Schweißgebadet. Die Katze hatte sich ins Zimmer geschlichen und sich auf ihn gelegt. Mit den Pfoten traktierte sie seine Brust und schnurrte genüsslich. Keuchend rieb sich Aywen über die Stirn, über die müden Augen, spürte die Narbe unter dem leichten Bart. Das Feuer im Kamin war erloschen, Lunrah über ihrer Stickarbeit eingenickt. Die Fremde war in einen friedlichen Schlaf gesunken.

Kapitel vier

Stillleben

Sie wusste nicht, warum sie hier war.

Sie wusste nicht, wo sie war.

Sie wusste nicht einmal, wer sie war.

Sie sah die Frau, die sie umsorgte, den jungen Mann, der sich sorgte.

Doch sich selbst sah sie nicht.

Nur allmählich ebbten die Krämpfe ab, die ihren Leib schüttelten, nur langsam schöpfte sie Kraft, behielt die Suppe bei sich, die ihr die Frau mit den krausen Haaren einflößte.

Die Male auf ihrer Haut juckten unentwegt, sie kratzte sich, doch auch unter dem Schorf waren sie noch wunderschön. Sie funkelten in denselben Farben wie die Eisblumen auf dem Glas des Fensters, das sie so gern zwischen den Brettern berührte, sobald sie allein war und nicht mehr unter Beobachtung stand. In einem himmlischen Blau, in einem gleißenden Weiß, wie es sonst nur der Mond zustande brachte, in einem zittrigen Blaugrünton glitzerten die gewundenen

Linien. Diese waren so fein, dass man sie mit bloßem Auge kaum sehen konnte, doch das Funkeln und die Hitze, die davon ausgingen, hielten sie Tag und Nacht wach. Nur selten fand sie Schlaf. Sie wusste nicht, ob sie überhaupt jemals in ihrem Leben den Schlaf gesucht oder gar gefunden hatte. Vielleicht war sie einfach bloß da. Immer.

Nicht so wie der junge Mann. Er suchte ihr Zimmer jeden Tag auf, suchte sie auf. Er quälte sie mit seinen Blicken, mit seinen ausgesprochenen Fragen, mit seinen unausgesprochenen Fragen. Sie wusste doch selbst nicht, wer sie war, woher sie stammte, warum sie hier war. Warum sie nicht ging. Ihre Füße trugen sie, sie liebten die Kälte des Steinbodens, doch sie wagte nur die Schritte bis zur Tür und zu dem verbarrikadierten Fenster. So oft stand sie davor und kratzte mit den Fingernägeln über das Holz. So oft und ohne Unterlass, bis ihre Fingerkuppen blutig waren. Die Frau mit den krausen Haaren und der krausen Stirn tupfte das Blut ab, jedes Mal, und es fiel ihr auf, dass sie dem jungen Mann die Wunden verheimlichte.

Doch sie sehnte sich nach dem, was draußen lag. Von dem ihr der junge Mann immer berichtete. Mit funkelnden Augen und eifrigen Gesten. So, als könnten seine Hände die Geschichte selbst erzählen. Sie fühlte sich so viel älter als er und schmunzelte über seine Erzählungen, die er mit derart Glut in der Stimme und Unbändigkeit in den Worten vortrug, in sich hinein … und doch war sie genauso jung und unwissend wie er. Sie kannte die Welt dort draußen ebenso wenig wie er. Er kannte nur den Wald, langweilige Schachpartien, Fechtduelle mit dem Stalljungen, das Warten auf etwas Unbekanntes, das sein junges Leben bestimmte. Sie sehnte sich nach nächtlicher Stille und Dunkelheit, nach Schatten und Mondlicht. Sie wusste, dass sie die Welt jenseits der Burgmauern sehen wollte, und dass etwas sie davon abhielt. Nicht nur die Mauern und das verbarrikadierte Fenster. Womöglich sie selbst.

Sie hätte gehen können, sich heimlich nachts hinausschleichen, erkunden, was jenseits der Klippen auf sie wartete und nach ihr rief, wenn die Burg schlief. Doch sie tat es nicht. Sie lag wach und sehnte sich. Nach allem und nichts. Sie genoss die nächtliche Stille und ertrug sie doch nicht. Sie lauschte dem Huschen der Mäuse, dem Flügelschlag der Fledermäuse, Tollvins Wimmern im Schlaf. Sie ließ das Feuer ausgehen und beobachte dennoch jedes rote Glimmen, jeden aufsteigenden Funken.

Denn sie sehnte sich nach dem Morgen, darauf, die Tritte des jungen Mannes auf den Treppen und Gängen zu hören, die in ihr Zimmer hoch oben im Turm führten. Sie sehnte sich nach dem Geräusch, wenn er klopfte und vorsichtig den Türriegel zurückschob, für einen Moment die Luft anhielt und unter einem Vorwand ihr Zimmer betrat. Er brachte ihr Tee und Brot, obwohl sie beide wussten, dass sie das Mahl kaum anrühren würde. Er brachte Feuerholz und frische Tücher, obwohl von beidem genug in den Ecken lag. Er benahm sich wie ein Bediensteter gegenüber der Frau, die er Lunrah nannte und die ihn umherschickte, als wäre er der Knecht. Doch sie ahnte, dass es umgekehrt sein musste. Die Art seiner Kleidung – selbst wenn das Hemd mehrmals gestopft, der aufgestickte Hirsch kaum noch zu erkennen war, das feine Wildleder des Wamses fleckig und abgegriffen, der Filz des Umhangs staubig und voller Heu, die Stiefel ausgetreten – verriet es ihr. Die Art, wie er sprach, die Art, wie er den Hals oder trotzig das Kinn reckte.

Er hatte sich ihr vorgestellt. *Aywen. Sohn der Sonne.*

All das zeigte ihr, dass er der nächste Herr der Burg sein musste. Er konnte nicht der gegenwärtige Herr der Burg sein, denn dann würden seine Augen mehr leuchten, er würde seine Stimme mehr erheben, er hätte ihr seinen Titel genannt, er wäre mehr er selbst. Nein, ein Schatten lag über ihm, genauso wie über der Burg, die tagein, tagaus dem Sturm trotzte, der an den Außenwänden schabte und den Weg durch jede noch so schmale Ritze fand.

Immerzu stellte sie sich die Frage, ob sie sich wirklich nach Aywen sehnte oder nach der Abwechslung, die mit ihm hereinwehte wie eine frische Brise. Womöglich hätte ihr die Katze ebenso gut Gesellschaft leisten können. Sie traute sich nicht, sich diese Frage zu beantworten, und so lauschte sie ihm, anstatt der Katze das struppige Fell zu kraulen.

Heute sah sie, dass Farbflecken auf der Haut und in den Fältchen seiner Hände hockten. Sie nickte, und er begriff sofort, was sie meinte. Er war versucht, die Hände zu verstecken und sich herauszureden, doch ein erneuter Blick von ihr ließ ihn anfangen zu stammeln: »Ich … ich male. Mit Öl. Alles, was mir gefällt.« Seine Ohren überzog eine plötzliche Röte. Malte er auch sie? »Landschaften. Tiere. Menschen. Nun gut, die Auswahl ist recht begrenzt hier auf der Burg, und Lunrah hat längst die Lust verloren, so lange stillzuhalten. Sie müsse arbeiten, sagt sie jedes Mal. Und es gefalle ihr nicht, jeden Morgen aufzustehen und aus tausend Augen angeblickt zu werden. Ihr müsst wissen, ihre Kammer ist klein, die Bilder stapeln sich schon. Ich kann die Porträts von ihr schlecht in meinen eigenen Gemächern aufhängen oder gar im Thronsaal oder in der Ahnengalerie.« Er lachte, blickte sie schüchtern an. Wollte er sie um Erlaubnis bitten, sie zu malen?

Sie lächelte ihn an, sie wusste, dass er sie schon Hunderte Male auf einer Leinwand verewigt hatte.

Er schlug die Augen nieder. Nach einer Weile sagte er: »Vielleicht … vielleicht könnte ich Euch ein paar meiner Bilder zeigen.«

Sie nickte und er eilte davon, kam mit einer ledernen Mappe voller loser Blätter wieder. Sie zeigten stürmische Klippen, Schneeflocken, die auf einer rostigen Krone lagen, deren Edelsteine längst herausgebrochen oder gegen Getreide und Fleisch eingetauscht worden waren, ein Mädchen – halb Reh, halb Mensch –, das in einer Schneewehe kauerte. Ein Laken, das über den Klippen schwebte. Sie schluckte schwer, senkte den Blick, Tränen lauerten hinter den Lidern. Ihre Haare, die im Wind tanzten, genauso wie die Flammen im Kamin. Das war ihre Geschichte.

Am nächsten Tag brachte er Papier, Kohlestifte und eine Vase, in der ein Zweig steckte, drückte ihr die Zeichengerätschaften in die Hände und stellte die Vase auf den kleinen Tisch in der Nähe des Fensters.

»Wenn das der König erfährt.« Lunrah legte die Stirn in Falten. »Was denkt er, was Ihr treibt, wenn Ihr Euch hier aufhaltet?«

»Studien. In meinen Gemächern. Solange ich ihm nicht ständig vor die Füße stolpere, ist es ihm gleichgültig, was ich so anstelle.« Aywen biss sich auf die Unterlippe, kniff die Augen zusammen. Er sah aus, als versuchte er, sich die Verzierung auf der Vase einzuprägen. »Außerdem sind das hier auch Studien. Ich versuche mich am Zeichnen eines Stilllebens.«

Lunrah hüstelte. »Studien. Soso …«

Die junge Frau dachte ebenfalls, dass es keine gute Idee sei, wenn er sich so oft bei ihr aufhielt. Sie wartete zu viel, er hoffte zu viel.

Aber es bereitete ihr eine zu große Freude …

Er setzte sich neben sie aufs Bett, sodass sie beide beinahe denselben Blickwinkel auf die Vase hatten. Flink huschten seine Finger über das Papier, zunächst zittrig, dann beruhigten sie sich immer mehr. Aywen beachtete sie nicht, sein Blick wanderte zwischen Vase und Papier hin und her, und dennoch brodelte es in ihrem Bauch. Die Hitze breitete sich in ihrem Körper aus, bis in Fingerspitzen und Zehen hinein. Es fiel ihr immer schwerer, das Papier in den Händen zu halten und den Blick nicht schweifen zu lassen. Zu seinen langen Wimpern hin, seinen Fingern, seiner Brust, die sich in aller Ruhe hob und senkte. Die Kohle entglitt ihren Händen, ihr Körper konnte sich nicht entscheiden, ob er frieren oder schwitzen wollte. Schweiß perlte von ihrer Stirn und sie meinte innerlich zu verglühen. Unweigerlich rückte sie von ihm ab.

Lunrah, die die ganze Zeit auf einem Stuhl gesessen hatte und einer Näharbeit nachgegangen war, klatschte in die Hände. »Ich glaube, es wird Zeit zu gehen, junger Herr.«

Aywen schüttelte den Kopf und blinzelte, ganz so, als wäre er soeben erst aufgewacht. »Aber …«

»Kein Aber, Prinz Aywen. Es wird Zeit. Sie … sie ist noch nicht so weit.« Lunrah legte ihr die Handfläche auf die Stirn und es fühlte sich mehr als tröstlich an. Fast so, als schenkte ihr die kühle Haut Linderung. Unweigerlich seufzte die junge Frau.

»Es tut mir leid, Mylady. Lunrah hat recht. Es ist zu früh.« Aywen verbeugte sich leicht, klaubte die Malutensilien zusammen und verließ die Kammer. Der oberste Bogen Papier fiel zu Boden, doch in der Hektik bemerkte es der junge Prinz nicht. Das Papier flatterte in dem Luftzug auf, als er die Tür schloss, und landete zu Füßen der Fremden. Sie hob den Bogen auf. Er hatte nicht die Vase gezeichnet, er hatte *sie* gezeichnet. Wie sie an den Klippen stand und die Arme ausbreitete, bereit zum Sprung. Bereit zum Abheben? Sie konnte die Andeutung eines Flügels sehen, der ihrem Rücken entsprang. Lange Federn, die über den Boden schabten.

Zu mehr war er nicht gekommen. Lunrah hatte ihn aus dem Zimmer gescheucht.

Ihr schauderte. Sehnte sie sich wirklich so sehr nach dem Ende?

Aber warum sollte sie sich nach dem Ende sehnen, wo sie doch nicht einmal wusste, was hinter ihr lag? Lief sie vor etwas davon? Ein neuer Schauer lief ihr über den Rücken, und Lunrah nahm ihr die Zeichnung ab, betrachtete sie mit gekräuselter Stirn, ehe sie sie auf den Nachttisch legte. Ohne ein weiteres Wort hob ihr die Magd die Beine ins Bett, deckte sie zu. Sie wollte sich wehren, sie wollte die Wärme nicht, doch ihr fehlte die Kraft.

»Schsch«, machte Lunrah und strich ihr die verschwitzten Strähnen aus dem Gesicht. »Schsch.«

Ihre Haut war fahl wie frisch gefallener Schnee. Schweißperlen rannen an ihrem Körper hinab wie Regentropfen. Sie war müde. So unendlich müde. Und so ließ sie es geschehen, dass Lunrah das Feuer erneut anfachte und ihr heiße Steine ins Bett legte.

»Euch wird es bald wieder besser gehen«, flüsterte Lunrah. Sie nahm ein Leinentuch, tauchte es in das eiskalte Waschwasser, das auf dem Nachttisch stand, und wrang den Stofffetzen aus. Einige Tropfen landeten auf der Kohlezeichnung. Aus den Flügeln wurden düstere Wolken. »Das war zu viel. Zu früh.« Aus dem Augenwinkel heraus erhaschte sie einen Blick auf die Zeichnung, während Lunrah ihr die heiße Stirn abtupfte. »Vielleicht auch zu spät.«

Sie schloss die Augen, doch die Gedanken, die durch ihren Kopf sausten, konnte sie nicht so schnell aussperren wie Lunrahs besorgten Blick.

Kapitel fünf

Der Turm der Königin

So verstrichen die Tage, der Winter zog gemächlich seine scharfen Krallen ein – handzahm wurde er allerdings nicht – und der Frühling kehrte auf die Burg zurück.

Die Fremde kam zu Kräften, spuckte den gepökelten Fisch nicht mehr aus, nahm ihr Mahl an dem Tischchen vor dem Fenster ein. Nachdem der Winter den Rückzug eingeläutet hatte, entfernte Tollvin die Bretter vom Turmfenster. So oft stand sie dort und blickte auf Land und Meer hinaus, dass Aywen nicht umhinkam zu denken, sie sehnte sich noch immer nach dem Tod. Denn obwohl das Fieber aus ihr gewichen war und ihr Körper sich allmählich erholte, erblühten weder Wangen noch Augen. Die Wangen waren fahl und eingefallen, die Augen leer wie das Gemach, in dem sie nächtigte. Dort standen Bett, Nachttisch, Waschschüssel, Tisch und Stuhl, ein harter Sessel. Keine Bilder, keine Blumen, keine Schriftstücke oder heimliche Briefe, keine Erinnerungen. Ihr Leben und ihre Vergangenheit bestanden nur aus dem Zimmer. Und Aywen wünschte sich so sehr, dass ihre Zukunft aus der Burg und ihm bestehen könnte, dass er es sich gestattete, sich einzubilden, sie stünde am Fenster, um Ausschau nach ihm zu halten.

Denn Aywen unternahm wieder Ausritte und lungerte seltener vor den Gemächern der Fremden herum. Hauptsächlich, weil Lunrah ihn ständig fortschickte. Das Mädchen sollte in Ruhe gesund werden und nicht durch seine Malstunden belästigt werden. Im ersten Moment fühlte sich Aywen gekränkt und musste seine Gefühle vor der Magd verbergen. Im zweiten Moment ging er hinaus in die Kälte und sattelte den Hengst, der bereits vor Feuer in den Beinen glühte. Zu lange hatte er das Tier Tollvin überlassen, der es die letzten Wochen im Innenhof der Burg nur im Schritt geführt hatte.

Außerdem hatten sich die Wölfe zurückgezogen. Aus den Nordklippenwäldern und aus seinen Träumen. Sie suchten ihn nicht länger heim, genauso wie die Schmerzen in seinen Eingeweiden und Gliedern ihm nicht länger nachstellten. Er hatte einige Narben davongetragen, die immer noch juckten, manchmal sogar pochten, um ihn stetig an die Begegnung zu erinnern. Doch Tollvin neckte ihn damit, dass die aus ihm erst einen richtigen Ritter machten. Gedankenverloren strich er über die Narbe in seinem Gesicht, die ihm der weiße Wolf verpasst hatte. Sie reichte von seiner Wange bis hin zum Mundwinkel und ließ sein Lächeln von nun an immer ein wenig schief wirken.

Sein Vater zog sich noch mehr als sonst in seine Gemächer zurück, oder in die Bibliothek oder in den Turm der verstorbenen Mutter. Früher war er immer auf Handelsreisen gegangen, sobald das Wetter es zuließ. Monatelang war er dann fort gewesen. Von einem Tag auf den anderen. Heute verkroch er sich nur noch in der Burg, kümmerte sich nicht mehr um Handelsbeziehungen und diplomatische Vorteile.

Estenidas hinterließ schmatzende Hufspuren im aufgeweichten Boden. Feine Eisglöckchen erblühten in den Pfützen, die seine Hufe verursachten. Eichhörnchen keckerten frech in den Büschen, an denen sie vorbeigaloppierten. Vögel zwitscherten in den Kronen über ihren Köpfen. Aywen und Tollvin hielten sich am Waldrand auf, in Sichtnähe der Burg. Er hatte es dem Stalljungen versprechen müssen, der bereits bei dem Wort *Ausritt* grün angelaufen war.

Nachdem sie den Waldrand abgeritten waren, um durch das Dickicht zu spähen und hineinzulauschen, ob sie nicht doch das

Funkeln bernsteinfarbener Augen sehen oder ein Knurren oder vorsichtiges Tapsen hören konnten, zog es Aywen zu den Klippen. Er liebte es, wenn sein Pferd schneller rannte als der Wind, wenn das Meer sich zurückzog wie ein alter Mann ins Bett. Er lachte wieder, weil er wusste, dass da jemand auf ihn wartete, wenn er die Burg betreten würde.

Zumindest bildete Aywen sich das ein. Denn die Fremde blickte nicht mehr durch ihn hindurch, wenn sie durch die Gänge der verlorenen Burg schritt und sie sich wie zufällig begegneten. Sie sollte zu Kräften kommen, sich bewegen, frische Luft schnappen. Lunrah bemutterte sie wie ein eigenes Kind.

Manches Mal schenkte die Unbekannte Aywen sogar ein schüchternes Lächeln und er schenkte ihr ebenfalls eines. Er lieh ihr Bücher aus, die er besonders lesenswert fand. Über Pferdezucht oder die Westwinde – die Bibliothek war karg. Er traute sich nicht, sie zu fragen, wie sie ihr gefallen hatten. Er wollte sie nicht bloßstellen, weil sie womöglich des Lesens nicht mächtig war. War Tollvin an seiner Seite, klopfte dieser ihm nach jeder Begegnung gönnerhaft auf die Schulter, schimpfte ihn einen törichten Tölpel, und Aywen ließ es geschehen. Es war ihm gleichgültig. Womöglich war er töricht, womöglich sogar ein Tölpel. Aber er fühlte einen hauchfeinen Faden aus Glück, der sich von seinem Mundwinkel bis zum Herzen spannte und vibrierte, wenn er die Fremde sah.

Gleichgültig waren ihm auch die Blicke, mit denen ihn der König bedachte, mit denen er seine heilenden Wunden inspizierte. Dagegen störte es ihn, wie sein Vater die Fremde, deren Namen und Herkunft er immer noch nicht kannte, abschätzte. Misstrauen lag in seinen Augen, als traute er weder ihr noch dem aufkeimenden Frühling. Als erwartete er jeden Moment die Rückkehr des Winters. Mit voller Wucht, wütend darüber, dass der Frühling die kalte Hand aus den Gemäuern der Burg zu vertreiben versuchte.

Sie ist eine Fremde, dachte sich Aywen. Trotz allem. Sein Vater musste Zweifel hegen. Genauso wie Burg Nyivalor sich gegen Fremde mit dicken Mauern, einer Zugbrücke und Pech und Schwefel wehrte. Es lag in seiner Natur, er war als König geboren, ein König, der das Land und die Familie schützte, seinen Sohn, den Thronerben. Vor einer Liebschaft mit einem einfachen Mädchen, das sich als meisterhafte Diebin in die Gemäuer geschlichen hatte. Mit ihrer ruhigen Art, mit ihrer unbändigen Anmut, mit ihren unergründlichen Augen.

Aywen rieb Estenidas' verschwitztes Fell mit Stroh ab, nachdem sie auf die Burg zurückgekehrt waren, und fütterte danach die Hühner, Schafe und Ziegen. Tollvin kümmerte sich glücklicherweise um die Schweine. Sie hatten gewettet, falls Tollvin ohne einen Sturz oder ohne eine Begegnung mit den Nebelgeistern die Burg wieder erreichte, müsste der Junge die Schweine versorgen, der Prinz die restlichen Tiere. Aywen hatte natürlich recht behalten, dennoch roch er nach Mist und Heu und Schweiß, als er auf den Eingang der Burg zuschritt.

Über dem Portal war ein Hirsch in den Stein gemeißelt. Mit einem prächtigen Geweih und acht Beinen. Beinahe überall in der Burg beherrschte der König des Waldes das Dekor. Türgriffe aus Holz waren in der Form eines Geweihs geschnitzt, auf verschlissenen Wandteppichen schliefen Hirsche in üppigen Blumenwiesen, auf dem Steinboden im Thronsaal konnte man die Reste einer Waldszenerie erkennen. Doch nach unzähligen Banketten und Tanzabenden, die lange vor Aywens Geburt auf Nyivalor stattgefunden haben mussten, und nach der gründlichen Arbeit Dutzender längst verstorbener Dienstmägde sah man nur noch vereinzelte Blätter und Blüten, Flügel und Schnäbel, Ranken und Ornamente. Die Burg musste einstmals prächtig gewesen sein. Lunrah konnte er danach nicht fragen, sie war erst seit seinen Kindheitstagen im Dienst des Königs. Und der König selbst hüllte sich in Schweigen. Was die Burg betraf und seine Mutter. Und so blieben Aywen nur Träume, die ihm die Mauern der Burg im Schlaf zutrugen und die er bei Tage in Gemälde verwandelte. Sie zeigten goldene Bänder und Fahnen, die von den Zinnen wehten. Blütenteppiche, die die Gänge bedeckten, als Radrann seine Soljara ehelichte. Lachende Kinder, die im Burghof spielten, Hirsche, die auf den Wiesen davor ästen.

Und so nahm Aywen die heruntergebrannten Kerzen, die abgewetzten Teppiche, die schief hängenden Bilder und die feuchten Wände kaum wahr, als er durch die Eingangshalle schritt.

Sein Vater kam die Treppe herab. Er trug Festtagskleidung. Zumindest das, was Aywen für Festtagskleidung hielt, schließlich kannte er seinen Vater nur im schlichten Leinenhemd und abgetragenem Wams. Jetzt trug er eine Weste aus feinstem grün schillerndem Samt und einen Mantel darüber, ebenso reichlich verziert und bestickt, aus hellgoldenem Brokat. Er hatte eine goldene, mit Smaragden bestückte Kette angelegt, die Aywen nur kannte, weil er sie als Junge regelmäßig auf Hochglanz hatte polieren müssen. Die Kleidung hing schlaff an ihm herunter und verhöhnte den König beinahe. Der vor Kraft strotzende Mann, der er einstmals gewesen war, war nichts als eine blasse Erinnerung. Die Stirn glänzte fiebrig, seine Bewegungen waren fahrig. »Ich wünsche, dass die Fremde heute mein Gast ist. Ich wünsche, dass sie heute Abend mit uns speist.« Sein Vater machte auf dem Treppenabsatz halt. Aywen war zu verblüfft über dessen Erscheinungsbild und seine Forderung, um etwas zu erwidern. »Im Thronsaal.«

Aywen schluckte. Lieber hätte er mit Lunrah und Tollvin in der Küche gegessen, lieber hätte er das Mädchen von seinem Vater ferngehalten. Stattdessen nickte er nur, versuchte, sich sein Unbehagen nicht anmerken zu lassen, blickte seinem Vater ungerührt in die Augen. Seine Schultern waren angespannt. »Ich werde es ihr ausrichten.« Erst nachdem er an seinem Vater vorbeigeschritten war, die Treppe erklommen hatte und im nächsten Gang verschwunden war, erlaubte er es sich, haltzumachen und auszuatmen.

Auch Lunrah und das Mädchen waren nicht begeistert, als er ihnen die *Bitte* seines Vaters unterbreitet hatte, und Lunrah begann sofort, die langen Haare des Mädchens zu bändigen. Sie schickte Aywen in die Gemächer seiner verstorbenen Mutter, die Fremde könne schließlich nicht im Nachthemd oder einem alten Kleid von ihr am Tisch des Königs sitzen. Aywen wusste, dass sie recht hatte, dennoch war ihm mulmig dabei zumute, die Treppe zum Turm zu erklimmen und das oberste Zimmer zu betreten. Niemand wagte sich mehr in die Gemächer von Königin Soljara. Nur der Vater sowie Lunrah, um Mäuse und Motten zu verscheuchen, Spinnweben und Staub zu entfernen.

Aywens Schritte klangen seltsam hohl auf dem Stein, jeder Atemzug kam ihm so laut vor, als stünde eine Herde wilder Stiere hinter ihm.

Zögerlich griff er nach dem mit Blüten und Blättern verzierten Riegel. Er hielt inne, weil er hoffte, dem Vater kein zweites Mal zu begegnen. Die Tür quietschte, als er sie öffnete. Ungewöhnlich hell war das Zimmer, die Frühlingssonne strahlte durch die vielen Fenster, die die Wände durchbrachen, und spiegelte sich in großen und kleinen Spiegeln an der gegenüberliegenden Wand wider. Im ersten Moment musste Aywen die Augen mit dem Handrücken schützen, doch im nächsten wurde er sich bewusst, dass er keinen Augenblick hier oben verpassen wollte.

Als kleiner Junge hatte er sich mehr als einmal hinauf in den Turm geschlichen, der fernab von den Gemächern seines Vaters lag und nach Süden zeigte. Doch nie hatte er es gewagt, den Riegel zu betätigen, geschweige denn, die Tür einen Spaltbreit zu öffnen. Die Zimmer der Königin waren wie ein Schrein, den man mit schmutzigen Schuhsohlen und verschwitzten Haaren nicht betreten durfte. Auch jetzt, Jahre später, fühlte er sich unwohl, einfach in ihre Gemächer einzudringen. Er stank nach Mist, Schweiß klebte ihm im Nacken, sein Hemd war verschmutzt. Er wunderte sich, warum Lunrah ihn ausgerechnet heute hierhergeschickt hatte. Als müsste er nur Eier aus dem Hühnerstall holen oder eine der Ziegen melken.

Deshalb stand er eine Weile bloß da, traute sich nicht, sich zu rühren oder gar nach den Kleidern seiner Mutter zu wühlen, sog den Anblick in sich auf. Die mit Gänseblümchen bestickten gelben Vorhänge, das Himmelbett mit den hellblauen Stoffbahnen, die hellen Teppiche, der bodentiefe Spiegel mit der vergoldeten Sonne als Verzierung. Auf einem Tischchen neben dem Bett lagen Bücher, eines aufgeschlagen, als hätte sie es soeben erst zur Seite gelegt. Aywen schluckte schwer. Das verlassene Zimmer einer Toten wirkte lebendiger als die Burg selbst.

Immer und immer wieder schweifte sein Blick umher, weil er das Zimmer nicht verlassen, aber auch nicht weiter darin eindringen wollte, um die Kleider zu suchen. Da entdeckte er die Truhe. Rehe und Hirsche tranken aus einem Bach auf einer Lichtung, Schmetterlinge kreisten neckend um ihre Köpfe. Vielleicht ein Geschenk des Vaters zur Hochzeit. Zaudernd trat er auf die Truhe zu und öffnete mit zittrigen Fingern den Deckel. Ein Duft nach Blumen, Gras und Sonne strömte Aywen entgegen, und er wünschte sich, er würde seine Mutter in dem Duft wiedererkennen. Doch die Erinnerungen blieben ihm verwehrt. Es roch nach Sommer, so wie er sich den Sommer vorstellte, denn auch in der Mitte des Jahres war das Land so hoch oben im Norden weder besonders grün noch besonders bunt, weder schien die Sonne gleißend noch verbrannte man sich die Haut. Er kannte all das nur aus Büchern. Und er glaubte all das genauso, als würde man ihm Geschichten über den Mond erzählen.

Behutsam strich er über die edlen Stoffe, die glänzenden Knöpfe, die feinen Verzierungen. Er badete nahezu in einem Meer aus Rot, Gold, Weiß und Himmelblau. Die Stoffe waren warm und einladend, ganz so, als hätte die Mutter die Kleider eben erst ausgezogen. Sie waren weich und kostbar, aber nicht wegen der eingenähten Perlen und Edelsteine.

Aywen seufzte und griff nach dem obersten Kleid. Er zwang sich, praktisch zu denken. Es sollte seinem Gast passen und ihm stehen. Das helle Blau und die bunten Stickereien sollten beide Anforderungen erfüllen. Er stand auf und klappte den Deckel zu. Schnellen Schrittes verließ er die Gemächer, bevor ihn das schlechte Gewissen einholen konnte, weil er seine Mutter in ihrer ewigen Ruhe gestört hatte.

Aywen wusste nicht, ob er sich auf den Augenblick freuen sollte, in dem die Fremde die Prunktreppe herabschreiten und er sie in der Eingangshalle in Empfang nehmen würde, oder ob er ihn fürchten sollte.

Kapitel sechs

Flüsternde Dunkelheit

Das prachtvolle Kleid schmeichelte ihr, obwohl sie dünn wie ein Grashalm war. Das fest geschnürte Mieder zauberte ihr eine Taille, der schimmernde Stoff verschaffte ihr mit den aufgestickten Röschen aus rosa Garn und den bunten Schmetterlingen eine frische Leichtigkeit. Dennoch wollte sie keinen weiteren Blick in den Spiegel wagen. Es war so ein ungewohnter Anblick, denn sie wusste nicht, ob dies ein Blick in ihre Vergangenheit oder ihre Zukunft war.

Lunrah nickte ihr immer wieder ermutigend zu, zupfte an dem Kleid herum, an ihren Haaren. Sie hatte sie hochgesteckt und einige der Strähnen hüpften in Locken auf ihren Schultern auf und ab. Die langen Ärmel mit der Spitzenborte und der hohe Ausschnitt verbargen gekonnt die Male auf ihrer Haut, der himmelblaue Stoff lenkte von ihren bernsteinfarbenen Augen ab. So hoffte sie zumindest, denn diese glühenden Sonnen passten nicht zu ihrer hellen Haut. Sie ließen sie so anders wirken. Sie zeigten sofort, dass sie nicht hierhergehörte. Doch ihre feuerroten Locken, die konnte sie nicht verstecken.

Sie wusste nicht, wie sie sich bewegen, wie sie sich verhalten sollte. Sie konnte nicht sprechen und ahnte, dass der König genau dies von ihr erwartete. Antworten auf all seine Fragen.

Was hätte sie dem König auch erzählen können?

Ihre Erinnerungen reichten nur bis zu dem Moment zurück, in dem Aywen sie im Schnee gefunden und in seinen Armen geborgen hatte. Nein, noch nicht einmal daran konnte sie sich wirklich entsinnen. Sie erinnerte sich nur an seine Erzählungen und die Tollvins. An Aywens schüchterne, an Tollvins ausgeschmückte Erzählungen voller Bären, Nebelgeister und riesiger Wölfe. Als sie das erste Mal die Augen in dem kargen Zimmer aufgeschlagen hatte, daran konnte sie sich hingegen gut entsinnen. An die Leere in ihr. An die Fülle an Fragen.

Jedes Wort wäre eine Lüge gewesen, auf die der alternde König vermutlich nur wartete. Ein Grund, um sie vor die Tür zu setzen. Vielleicht wäre es besser so. Vielleicht sollte sie heute Abend kostbares Besteck stehlen, einen silbernen Kandelaber, damit er sich nicht vor seinem Sohn rechtfertigen musste, damit der keinen Streit entfachte, wenn der König sie der Burg verwies.

Sie versuchte, den Mund zu öffnen, einen Ton über die Lippen rollen zu lassen. So wie Aywen und Lunrah es taten. Voller Mühelosigkeit und Selbstverständlichkeit. Nachts, wenn sie allein war. Doch niemals verließ auch nur eine einzige Silbe den Mund. Nicht einmal ein heiseres Krächzen. Ihre erbärmlichen Versuche hinterließen nur eine raue Kehle und Zweifel. Lunrah versuchte sie zu trösten. Die eisige Kälte habe ihre Kehle verbrannt, behauptete sie immerzu, und flößte ihr im gleichen Atemzug Kräutertee ein. Sie ließ es über sich ergehen, selbst wenn sie glaubte, dass dieses widerliche Gebräu eher ihre Stimme verscheuchte als anlockte.

Nun schritt sie die Treppe hinab, die in die düstere Eingangshalle führte. Doch heute brannte dort das Feuer in kupfernen Körben und schickte tanzende Schatten an die brüchigen Wände. Am Fuß der Treppe wartete er. Prinz Aywen Nyivalor, der Thronerbe. Sie wusste nicht um die Bedeutsamkeit von Nyivalor. Sie ahnte nur, dass es ein wichtiger Titel sein musste. Selbst wenn die Burg und deren Einrichtung nicht darauf hindeuteten, vermutete sie, dass die verblichenen Wandteppiche, die abgenutzten Stufen und die abgewetzten Türriegel, die sie auf den Streifzügen durch die Burg entdeckt hatte, Geschichten zu erzählen hatten. Geschichten aus sonnigeren Zeiten.

Auch Aywen hatte sich zurechtgemacht. Dunkelgrüne Hosen trug er zu ledernen Stiefeln. Das Wams aus lindgrünem Wildleder war nur dezent bestickt, aber edel. Ungetragen sah es aus, als ob er seine Festtagskleidung nur selten zur Schau tragen könnte. Die dunklen Haare hatte er zu einem ordentlichen Zopf zusammengebunden. Sein Blick schweifte umher. Als wagte er es nicht, ihr in die Augen zu sehen, das Kleid zu betrachten, das sie trug. Dennoch klopfte ihr Herz, ganz so, als würde sein Blick auf ihr ruhen. Aywen biss sich auf die Unterlippe, das sah sie im Schein des Feuers genau. Immer wieder schloss und öffnete er die Fäuste, und ihr wurde flau im Magen. Um nicht zu stolpern, senkte sie den Blick, achtete auf jede einzelne Stufe. Doch ihr Herz wollte nicht aufhören zu flattern – wie ein Vogel im Sturm. Sie legte die Hand auf dem Treppengeländer ab, der Stein schenkte ihr einen Hauch Kühle.

Aywen lächelte sie an, sein Lächeln war schief und aufgeregt … und traurig zugleich, als sie am Fuß der Treppe ankam. Seine Augen funkelten, sie sah deutlich, wie sein Kehlkopf auf und ab hüpfte. Er reichte ihr die Hand, blickte sie an, dann rasch wieder weg, und sie legte die ihre hinein. Seine Hand war warm, sie spürte seinen Puls, er zuckte zusammen, als er ihre kühle Haut fühlte, fasste sich aber schnell wieder, sein Griff wurde fest. Es beruhigte sie, dass er ebenso aufgewühlt zu sein schien wie sie, und sie versuchte durchzuatmen.

Gemeinsam durchschritten sie die Eingangshalle. Tollvin öffnete die Flügeltüren, die zum Thronsaal führten. Auch er trug heute Abend nicht seine gewöhnlichen braunen Leinenhosen und das fleckige Hemd mit dem speckigen Kragen, sondern dunkle Hosen, Strumpfhosen und ein Wams aus schwarzem Samt, das ihn wohl zwickte. Nicht umsonst zupfte er ständig an seiner Kleidung herum, ehe er Aywen zuzwinkerte. Dieser räusperte sich vor Verlegenheit, presste den Mund zusammen und rollte mit den Augen.

Die Kerzen auf dem großen Kronleuchter, der in der Mitte des Saales hing, brannten. Ansonsten lag der Festsaal in beinahe vollständiger Dunkelheit. Nur hier und da spendete eine Kerze Licht, im Kamin loderte ein Feuer. Augenblicklich spürte sie eine Schweißperle, die ihren Rücken hinabrann. Doch das Zwielicht spendete ihr Sicherheit, als Aywen sie an die Tafel führte und ihr den Stuhl rückte, bevor sie Platz nahm. Er setzte sich ihr gegenüber hin, der König saß bereits am Kopfende des Tisches, die Hände vor der Brust gefaltet. Sie vermied es, ihn anzusehen, deutlich spürte sie seinen lauernden Blick auf sich. Wie ein Adler, der seine Beute erspähte. Ihr schauderte und sie ließ unauffällig den Blick durch den Raum schweifen, auf der Suche nach Lunrah. Sie wusste, sie würde ihnen das Essen an den Tisch bringen.

Als sie sie endlich entdeckte, atmete sie erleichtert aus. Sie würde an ihrer Seite sein. Selbst wenn sie nur am Ende des Raumes stand und die Augenlider gesenkt hielt.

Sie nahmen das Essen – Brot und Fleisch – in aller Stille ein, und Aywen wagte keinen einzigen Augenaufschlag in ihre Richtung. Sehr wohl spürte sie aber noch immer den Blick König Radranns auf sich lasten. Argwöhnisch nahm er seinen Gast in Augenschein und achtete darauf, was und wie viel er aß. Fast vergaß der König darüber, sein eigenes Mahl zu sich zu nehmen, während Aywen ein Stück Brot nach dem anderen abbrach. Doch vor Aufregung fiel ihr jeder Bissen schwer. Ihre Finger zitterten; die Katze, die ihr schon auf den Streifzügen durch die Burg gefolgt war, strich um ihre Beine, schnurrte lautstark. In aller Heimlichkeit versuchte sie, ihr den einen oder anderen Happen Fleisch unter dem Tisch zuzuwerfen, obwohl sie befürchtete, dass ihr Schmatzen sie beide verraten könnte.

Durch die Hilfe der Katze leerte sich ihr Teller allmählich, und Aywen reichte ihr Fleisch nach. Doch als sie den Kopf schüttelte und die Hand über den Teller legte, damit Aywen ihr nicht nachlegen konnte, berührten sich ihre Fingerspitzen. Es war, als führe eine Frühlingsbrise durch sie hindurch, ihre Blicke kreuzten sich, Erstaunen lag in Aywens Augen, die Brauen hochgerissen. Noch immer berührten sich ihre Finger, und sie fuhren erst auseinander, als des Königs Hüsteln sie aus ihrer Starre weckte. Das Geschirr klapperte, Aywen fiel beinahe die Gabel mit dem Fleischstückchen aus der Hand.

»Lunrah, den Nachtisch bitte!«, donnerte der König.

Lunrah eilte herbei, räusperte sich, als sie neben dem Tisch stand und zuerst dem Herrscher von Nyivalor und dann den anderen ein

Schälchen mit Apfelmus servierte. Sie verschwand, ohne dass sie aus Lunrahs Gesicht herauslesen konnte, wie sie sich schlug.

Aus Höflichkeit und um der Argwohn des Königs keine weitere Nahrung zu liefern, nahm sie Löffelchen für Löffelchen des süßen Muses zu sich, dachte jedoch immer an die arme Maus in ihrem Zimmer, der es viel besser schmecken würde. Bei der bloßen Vorstellung grinste sie in sich hinein.

Sie spürte den eiskalten Blick des Königs auf sich lasten, genauso wie sie aus dem Augenwinkel wahrnehmen konnte, wie sich Aywen unter der angespannten Atmosphäre wand. Die Knöchel an seinen Händen traten beinahe weiß hervor, so fest krallte er sie zusammen, sein Adamsapfel hüpfte auf und ab, eine Schweißperle drohte von einer gelösten Strähne hinab in das Schüsselchen voller Apfelmus zu perlen. Die Missgunst, die König Radrann ausstrahlte, sickerte in sie hinein, als gösse man Blei in ihren Leib. Sie fühlte sich zu keiner Regung imstande, bis die Vorstellung, wie sie den schlichten Löffel unter ihren Ärmel wandern ließ und der König sie aus der Burg scheuchte, sich erneut an die Oberfläche kämpfte. Sie sah auf das matte, fast schwarze Besteck hinab. Es entbehrte jedem Zierrat. Doch sie brachte es nicht übers Herz, Aywen derart vor den Kopf zu stoßen und ihn zu enttäuschen oder ihn gar noch in dieser Nacht zu verlassen. Er hatte es nicht verdient, dass sich die Vorurteile des Königs ihr gegenüber bewahrheiten sollten.

»Sie spricht immer noch nicht.« Als König Radrann die Stimme erhob, vergaß sie ihre Scheu und sah erschrocken auf. Er blickte seinen Sohn streng an, zu streng. Als könnte Aywen etwas dafür, dass sie sich weder an Vergangenheit noch an ihre Stimme erinnerte.

Eine hitzige Welle rann ihr über den Rücken und am liebsten hätte sie das Wort ergriffen. Doch sie wusste, ihrem Mund würden nicht einmal lallende Laute entweichen, über die sich der König womöglich noch lustig machen würde. So starrte sie ihn fassungslos vor Schreck an, weil er mit seinem Sohn derart sprach, weil er über sie sprach, als wäre sie ein Tier.

Aywens Hand verharrte mit dem Löffel in der Luft, ehe er sich wieder gesammelt hatte. »Nein.« Er begegnete dem Blick seines Vaters mit ebensolcher Härte in den glitzernden Augen.

Sie biss sich auf die Zunge, weil sie spürte, dass sich Tränen hinter den Augenlidern sammelten. Wie Dolche stachen sie gegen die dünne Haut. Sie kämpfte gegen die Tränen an, ihr Griff um den Löffel wurde fester.

»Sie ist immer noch da.«

Aywen ließ den Löffel fallen, Apfelmus spritzte auf den Tisch und auf den Boden. Die Katze war sofort zur Stelle. Doch sein Blick wich dem des Vaters nicht aus. »Sie kann dich hören!« Ein Muskel in seinen Wangen zuckte.

»Die Male«, knurrte der König.

Die Ärmel waren ihr beim Essen nach hinten gerutscht, entblößten ihre vor Angst zitternden Hände. Schnell strich sie die Spitze wieder glatt, versteckte die Hände unterm Tisch, weil Radrann wirkte, als wollte er ihr sie auf der Stelle abhacken.

»Sie hat ein Geheimnis.« Des Königs Hand ruckte zu ihrem Gesicht. Wie eine Krähe, die sich aus morschen Ästen hob. Voll überraschender Zärtlichkeit strich er eine ihrer Locken hinters Ohr und sie erschauderte, hielt aber still, als könnte er mit jedem weiteren Wort, mit jeder weiteren Berührung den Tod bringen.

»Jeder hat ein Geheimnis. Jeder auf seine Weise.« Aywen sprang von seinem Stuhl auf. Beinahe wäre er zu Boden gekippt.

»Ihre Augen bergen das ihre. Sie sind Wahrheit und Lüge zugleich.« Der König umgriff ihr Kinn, blickte ihr tief in die Augen. Sie konnte matte Tupfen auf den hellgrünen Iriden erkennen, seinen Duft wahrnehmen. Seine Finger rochen nach feuchter Erde, nach süßen Äpfeln. Ihr Magen rumorte, Galle kämpfte sich nach oben. Es kostete sie einiges an Überwindung, seinem strengen Blick nicht auszuweichen oder sich zu wehren. Ein Zittern rann durch ihren Körper. »Ihre Augen. Sie verbergen so viel und doch sind sie der Schlüssel zur Wahrheit. Sie sind leer, als wohnten ihr nichts inne, und doch bezeugen sie ihre Geschichte.«

»Und Ihr, Ihr seid die Lüge in Person!« Aywen fuhr sich durch die Haare, danach suchten seine bebenden Finger das Heft des Schwertes, das er nicht bei sich trug.

»Die Zeit bringt die Wahrheit ans Tageslicht. Immer.« Gedankenverloren ließ der König eine ihrer Strähnen durch die Finger rieseln und es fühlte sich an, als umfasste er ihr Herz. »Diese Augen, diese Farbe«, murmelte er immerzu, und sie wollte nichts lieber tun, als die Lider zu senken, doch der Blick ihres Gastgebers hielt sie fest wie eine Eisenkralle. Bis sein Blick von ihren Augen über ihre Haare zum Kleid der verstorbenen Königin wanderte. Er klebte daran wie Pech, der König beäugte jede Perle, jeden gestickten Schmetterlingsflügel, ehe sich seine Augen verdunkelten, als zöge ein Wintersturm heran. »Was trägt sie da?« Rasch griff der König nach einem der Kerzenleuchter auf dem Tisch und hielt ihn ihr vor die Nase. Heißes Wachs tröpfelte in das Schüsselchen voll Mus, und sie wagte es nicht, sich zu rühren.

»Sie …«, stotterte Aywen und war kurz davor, seinen Vater am Kragen zu packen und von ihr wegzuzerren. Doch dann hielt er inne. Ebenso verstummte seine Stimme. Er bemühte sich um eine Antwort, während sein Kehlkopf bebte und seine Finger vergeblich nach Halt suchten. Trüge er sein Schwert bei sich – sie wüsste nicht, was geschehen würde.

»Mein König …« Lunrah stand plötzlich am Kopf des Tisches und drängte sich zwischen Vater und Sohn. »Es ist ein Gewand Königin Soljaras. Ich hegte die Hoffnung, dass …«

Doch der König unterbrach seine Bedienstete. »Wag es kein weiteres Mal, Lunrah, ungefragt das Wort zu ergreifen!« Er schmetterte den Kerzenleuchter über den Tisch, Mus schwappte aus den Tellern, Most ergoss sich über die alte Tischdecke. Die Katze rannte fauchend davon. »Ihr alle! Wagt es kein weiteres Mal, mich zu erzürnen!« Er sprang von seinem Stuhl auf, polternd kippte er um. »Niemand sucht mehr Königin Soljaras Gemächer auf! Niemand!«

Lunrah eilte dem König hinterher, der überstürzt den Saal verließ und die Flügeltüren hinter sich ins Schloss krachen ließ, sodass der Kronleuchter erbebte und Kerzen auf den Tisch fielen. Aywen kippte Wasser auf die Flammen, die über die Tischdecke züngelten, die junge Frau wollte zu ihm hin, um ihn … Um was zu tun? Sollte sie ihn beruhigen? Ihm zu verstehen geben, dass sie gehen würde, damit wieder Frieden oder zumindest der Anschein von Frieden auf der Burg einkehren konnte?

Doch dann sah sie die pochende Ader auf Aywens Schläfe, erinnerte sich an den Moment, in dem sich ihre Fingerspitzen berührt hatten, und sie wusste, dass sie alles nur noch verschlimmerte. Jetzt oder später. Denn er würde sie nicht einfach so ziehen lassen, nicht mitten in der Nacht und auch nicht bei Tagesanbruch. Und mit seinen Blicken würde er sie umstimmen. Auch das wusste sie. Sie würde ihm nicht widerstehen können. Also nutzte sie den Augenblick, in dem Aywen das Feuer löschte, und verließ ebenfalls den Thronsaal. Die Katze wischte zwischen ihren Füßen hindurch und huschte mit ihr in die verlassenen Gänge.

In ihrem Kopf herrschte ein genauso großes Durcheinander wie soeben noch an der Tafel. Sie rannte durch den im Dunkeln liegenden Gang, durch die Eingangshalle, das Feuer in den Körben war beinahe abgebrannt. Schatten züngelten über die verschlissenen Wandteppiche und die schaurigen Abbilder der Ahnen Nyivalors, deren stechende Augen sie zu verfolgen schienen. Als ob sie genau wüssten, dass sie hier fehl am Platz war und sie fortzuscheuchen versuchten. Sie nahm die Prunktreppe, die hinaufführte, dann noch eine und noch eine. Sie war auf dem Weg zu ihren Gemächern, als plötzlich ein Poltern vor ihr ertönte. Dann ein Scheppern. Es hörte sich an, als drängelten sich Schafe durch die Flure und stießen Vasen und Rüstungen um. Vielleicht war es auch bloß die Katze, die ihr vorausgeeilt war und einer Maus hinterherjagte. Doch das Poltern ließ nicht nach, Schreie ertönten und hallten durch die Flure. Sie waren weder menschlicher noch tierischer Natur. Eine Gänsehaut rieselte ihr über die Arme, über den Rücken. Was war das?

Behutsam setzte sie einen Schritt vor den anderen – sie wollte auf ihr Zimmer –, als das Getrampel plötzlich lauter wurde, auf sie zuzukommen schien. Das konnte nicht die Katze sein! Vor Schreck drehte sie sich auf dem Absatz um, bog in Flure ein, die in Nischen mit verschlissenen Vorhängen endeten, in andere, die immer enger und niedriger wurden, sodass sie sich an dem feuchten Stein entlangtasten musste und es bald kein Vorankommen mehr gab. Sie kehrte um und gelangte erneut in Ecken und Nischen der Burg, die ihr nicht bekannt vorkamen. Tränen verschleierten ihr die Sicht, die unnachgiebigen Worte des Königs hallten in ihren Ohren wie ein Echo, selbst wenn sie mit ihnen gerechnet hatte. Statt auf den Weg zu achten, der zu ihren Gemächern führte, wollte sie einfach nur fort … fort von dem Thronsaal und dem König … und dem hilflos, aber zornig wirkenden Aywen. Fort von den markerschütternden Schreien, die noch immer die Wände erzittern ließen. Welche Geheimnisse barg die Burg?

Das Kleid klebte ihr auf der Haut und ihre Finger begannen zu zittern. Ihr Herz bebte, der Nacken prickelte. Sie hatte sich in der Burg verlaufen, die sich als ein Furcht einflößender Irrgarten entpuppt hatte, weil sie in Panik geflüchtet war.

Bei ihren täglichen Spaziergängen hatte sie sich streng an die Anweisungen Lunrahs gehalten und war immer nur den Weg bis zur Eingangshalle und zurück gegangen, um sich nicht zu verlaufen und um dem König aus dem Weg zu gehen. Dieser nahm hauptsächlich die schmalen Dienstbotengänge, um von seinen Gemächern zum Thronsaal oder zur Bibliothek zu gelangen.

Sie lief den Gang entlang, auf der Suche nach dem nächsten Fenster. Vielleicht böte ihr der Ausblick Orientierung und sie fände zumindest heraus, in welchem Teil der Burg sie sich befand. Doch das erste Fenster, auf das sie stieß, war zugemauert worden. Auch das gegenüber ließ sie nur auf eine Mauer aus Stein blicken, nachdem sie den staubigen Vorhang zur Seite gerissen hatte. Der Laut, als der Stoff riss, ließ sie frösteln und sie raufte sich die Haare, schüttelte den Rock aus, weil kleine Schatten über ihre Schuhe krabbelten und davonflitzten. Sie hetzte den Flur entlang, fleckige Rüstungen erschreckten sie nach jeder Abzweigung, die sie nahm. Büsten mit zerbrochenen Antlitzen sahen sie unverwandt an. Doch sie gelangte weder an eine Tür noch an ein weiteres Fenster. Am Ende des Flures erklomm sie eine Treppe, die sie hinauf in einen Turm führte. Die Stufen schienen so, als würden sie kaum betreten werden, auf dem Seil, an dem sie sich entlanghangelte, lag eine dicke Schicht Staub, Mäuse huschten vor ihr davon.

Ihr wurde schwindelig, sie schnappte nach Luft. Es war ihr, als rückten die Wände auf sie zu, als neigte sich die Decke dem Boden entgegen, als wackelte der Turm so hoch oben über dem tosenden Meer. Noch nicht einmal um Hilfe rufen konnte sie. Ihrer Kehle entkam nur ein rauer Hauch, als sie den Mund öffnete. Sie fasste sich an den Hals und keuchte, doch keine einzige Silbe verließ die Lippen. Nur Atem, der in der Kälte weiß schimmerte. Sie versuchte und versuchte es, doch wollte sie überhaupt gehört und gefunden werden? Genauso gut hätte sie eine alte Vase zertrümmern oder mit einem Schürhaken die Ritterrüstungen zum blechernen Klingen bringen können, um auf sich aufmerksam zu machen, als sie sich noch in einem der Teil der Burg befunden hatte, der bewohnter gewirkt hatte als dieser hier.

Und was, wenn nicht nur Aywen sie hörte, sondern auch das unheimliche Wesen, das durch die Flure schlich und seinen Schmerz herausbrüllte?

Sollte sie nicht lieber die Gelegenheit nutzen und sich heimlich davonstehlen? Hinaus in die Wälder, hinaus in den weichenden Winter? So, wie es sich der König offensichtlich wünschte. Genauso rasch verschwinden, wie sie aufgetaucht war.

Doch immer wenn sie sich auf der Flucht sah, drängte Aywen in ihr Blickfeld. Sie schüttelte den Kopf, um ihn aus ihren Gedanken zu vertreiben, doch er blieb. Wie der Schnee, der nicht von den Klippen und den Zinnen verschwinden wollte, der erneut jede Nacht vom Himmel fiel. Wie der Prinz mit Ölfarbe in den Haarspitzen vor ihr stand und darauf wartete, dass sie seine Bilder in Augenschein nahm. Wie er vor dem Kamin in ihrem Zimmer kniete und im Feuer herumstocherte. Wie er sie anblickte und auf stumme Antworten wartete.

Sie sah seine braunen Augen, seine zitternden Finger, wenn er das Tablett auf den Nachttisch stellte. Und sie sah die Krone, die noch nicht auf seinem Haupt thronte, obwohl er sie bediente und hofierte, als wäre sie die Königin. Doch was sah er in ihr? Die hilflose junge Frau, die er gerettet hatte und beschützen konnte wie ein Ritter? Vor seinem Vater? Vor ihrer Vergangenheit, die auf Burg Nyivalor für immer vor ihr verborgen bliebe? War die Burg nicht wie eine Festung, die sie vor ihrer Vergangenheit beschützte, wie ein Gefängnis, das ihr die Freiheit verwehrte, nach ihrem Schicksal zu suchen?

Und jetzt stand sie hier und wusste weder ein noch aus. Sie kannte nicht einmal ihren Namen, geschweige denn ihre Herkunft. Doch sie ahnte, dass sie dem Kronprinzen nie genug sein würde, gleichgültig, wie schäbig sein Herrschaftssitz auch war. König Radrann ließ es sie überdeutlich spüren. Ihre Kammer lag in einem der vielen Türme hoch über der See. Dort war es kalt und zugig, der Wind pfiff stets durch die Ritzen der Fensterrahmen hindurch. Sie liebte die Kälte, die Abgeschiedenheit, den Blick auf den Wald, in dem vielleicht ihre Vergangenheit auf sie lauerte. Vielleicht wie ein wildes Tier.

Sie spürte, dass der König nicht erpicht darauf war, dass sein Sohn Zeit mit ihr verbrachte, obwohl Aywen sich stets bemühte, seine Besuche bei ihr zu verheimlichen und die Begegnungen in den Fluren der Burg wie Zufall aussehen zu lassen. Doch sicherlich hatte der König überall Augen und Ohren. Geheimgänge, die ihn schnell von einem Ort zum anderen brachten. Flüstergänge, die eine vermeintlich heimliche Konversation neugierigen Ohren zugänglich machten. Womöglich war der heutige Abend der Versuch gewesen, Aywen davon zu überzeugen, dass sie seiner nicht würdig war. Weil sie keine Manieren besaß, weil sie keiner Unterhaltung folgen konnte. Vermutlich hatte er durch seine Provokation herausfinden wollen, ob ihre verlorene Stimme ein Spiel war, um den gutgläubigen Prinzen zu bezirzen.

Um Atem zu schöpfen und einen klaren Kopf zu bekommen, lehnte sie sich an die Wand. Sie wischte sich gerade die Tränen von den Wangen, als sie ein Zischen hörte. Was war das? Das Wesen? Eine Maus, die sich unter ihrem Rock verirrt hatte? Ein Luftzug? Aywen, der nach ihr suchte? Sie hielt die Luft an. Vielleicht, weil sie sich nicht verraten wollte, vielleicht, weil sie der Herkunft des Geräusches auf den Grund gehen wollte.

Doch das Zischen entwickelte sich zu einem Hauch, zu einem Flüstern, zu Lauten, die sie nicht verstand. Es kam ihr vor, als kämen die Laute aus den Wänden. Kurz schloss sie die Augen, um den Stimmen intensiver zu lauschen, doch sie wurden nur zu verschwommenen Klängen, die aus allen Richtungen zu ihr drängten. Nachdem sie die Augen wieder geöffnet hatte, wurden die Laute klarer, doch verstehen konnte sie sie immer noch nicht. Sie strömten etwas Ziehendes und Verheißungsvolles aus, und sie wunderte sich, weil die Burg gewöhnlicherweise etwas Abweisendes an sich hatte. Einzig Aywen, Lunrah und sogar Tollvin gaben ihr das Gefühl, willkommen zu sein.

Doch vielleicht kamen die Lockrufe nicht von der Burg, sondern von draußen?

In der Dunkelheit tastete sie sich an der feuchten Wand weiter, immer dem Wispern hinterher, die sich windenden Stufen hinauf. Sie hangelte sich an den Stimmen entlang wie an einem roten Faden, bis sie an einem kleinen Türchen am Ende der Treppe landete. Es war derart niedrig, dass sich jeder in der Burg hätte bücken müssen, um hindurchzugelangen. Der nächtliche Wind drang durch die Ritzen zwischen den Holzbrettern, die Stimmen wurden lauter, beinahe spürbar, und ohne darüber nachzudenken, schob sie den Riegel zurück und öffnete die Tür einen Spaltbreit. Sie quietschte, doch es war ihr gleichgültig. Entweder würde sie nun erfahren, was sich hinter der Tür verbarg, oder Aywen entdeckte sie. Oder das unheimliche Wesen. Wie an einem unsichtbaren Band wurde sie gezogen, und sie brauchte beide Hände, um die Tür Ruck für Ruck aufzustemmen, die knarzend über den Steinboden scharrte.

Eine Windböe schlug ihr entgegen, sobald die Tür offen stand. Der Wind zog an ihren Haaren – die aufgesteckten Locken lösten sich –, an ihrem Kleid. Der Rock klebte ihr an den Beinen, nur um sich im nächsten Moment aufzubauschen wie die Wellen, die unter ihr gegen den Felsen schlugen. Schwindel ergriff sie, der Ruf der Stimmen vermischte sich mit dem Heulen der Nacht und dem Gesang des Meeres.

Sie stand vor einem Abgrund. Nur ein unachtsamer Schritt, eine hastige Bewegung, eine zu kräftige Böe, die sie mitriss, und sie landete in der See. In den aufgewühlten Wellen, die aussahen, als würden sie die Burg verschlingen wollen. Ihr stockte der Atem, sie hielt sich am Türriegel fest. Weißer Schaum war alles, was den dunklen Ozean von der dunklen Nacht um sie herum unterschied. Gischt spritzte in ihr Gesicht und benetzte ihre wirren Locken. Das eisige Wasser weckte sie aus ihrer Benommenheit auf und sie wagte einen winzigen Schritt auf den Abgrund zu – schließlich musste es einen Grund geben, weshalb sie ausgerechnet hier gelandet war. Und sie wurde für ihren Mut belohnt. Zögerlich ertastete sie eine Stufe und ein Blick nach unten verriet ihr, dass eine steile Treppe an der Burgmauer hinabführte.

Vielleicht war sie noch immer im Fieberwahn, denn mit dem Verstand konnte sie es sich nicht erklären, warum sie die Schuhe auszog und mit bloßen Füßen die schmale Stufe betrat. Mit dem Rücken zur nassen Wand, die Finger in Stein und Mörtel vergraben, schlich sie die Treppe hinunter. Der Wind schlug ihr ins Gesicht, peitschte ihr Haar auf. Sie musste vorsichtig sein, dass sich der lange, schwere Rock nicht um ihre Beine verhedderte. Je näher sie dem Meeresspiegel kam, umso rutschiger wurden die Stufen und umso unsicherer ihre Bewegungen. Sie zuckte zusammen und verlor beinahe den Halt, als die Tür mit einem Schlag in die Angeln zurückknallte. Ein Schlüssel fiel aus dem Schloss und klapperte die Stufen hinunter. Sie sah ihm nach, wie er von den Wellen verschluckt wurde, versuchte noch nicht einmal, mit den Zehen nach ihm zu greifen. Sie wusste, es gab nur den Weg auf den wilden Ozean zu, es gab keinen Weg zurück. Selbst wenn der Weg im Meer endete. Im eiskalten, dunklen, unendlichen Meer.

Ihr schauderte, obwohl sich die Kälte so vertraut anfühlte. Das Kleid war mittlerweile völlig durchnässt und ruiniert. Der teure Brokat schleifte über den Boden, kratzte über den Stein in ihrem Rücken. Immer wieder sah sie, dass sich Perlen lösten und ins Wasser fielen. Der König würde erzürnt sein, wenn sie ihn jemals wieder zu Gesicht bekommen würde.

Sie war den Tränen nahe. Nicht wegen des Kleides. Nicht wegen des Königs. Womöglich noch nicht einmal wegen ihres eigenen ungewissen Lebens. Womöglich wegen Lunrah und Aywen, die ihr so sehr vertraut hatten, um ihr das Kleid der verstorbenen Königin zu leihen. Womöglich, weil sie sie mit ihrer Flucht enttäuschte und verletzte. Oder weil dies nicht ihre erste Flucht war. Vielleicht hatte sie bereits ihre Familie oder gar einen Gemahl verlassen, weil Stimmen nach ihr gesucht hatten und sie deren Rufen aus Torheit erhört hatte.

Die erste Träne rann über die Wange, und sie redete sich ein, dass es nur die Gischt war. Schritt für Schritt tappte sie der tosenden See entgegen. Wenn sie nach oben blickte, machte der Turm den Eindruck, als schwankte er im Wind. Ihr wurde schwindelig, ihre Finger krallten sich in die Steinmauer in ihrem Rücken. Die Fingernägel brachen, Stein und Staub gruben sich in die weiche Haut darunter. Der Schmerz stach bis tief in die Magengrube.

Für einen Moment schloss sie die Augen. *Bitte!*, dachte sie. *Bitte!* Das Rauschen der Wellen übertönte das Wispern, das sie hierhergeführt hatte, und ihre Zuversicht nahm mit jeder Stufe ab. Hier würde Aywen sie nicht finden und retten können. Hier würde sie niemand finden, wenn das Flüstern sie in die Irre gelockt hatte.

Sachte tastete sie sich weiter die Treppe hinab, bis sie schließlich an deren Ende angelangte. Die Wellen schlugen bis zu ihrer Hüfte hoch, drohten, sie mitzureißen. Wie sollte sie von hier aus an Land gelangen? War dies überhaupt die Seite, die zum Land zeigte? Sie konnte weder die lange Brücke ausmachen noch die Klippe oder gar den Wald.

Da hörte sie ein Klappern. Holz gegen Stein. Ein Boot!

Ein Boot, mit dem sich die Bewohner heimlich davonstehlen konnten, sollte die Burg von Fremden eingenommen werden und ihnen nur noch die Flucht blieb. Einen Moment der Erleichterung gönnte sie sich dennoch nicht. Womöglich war es nur Treibholz, das im Meer getrieben und sich zwischen dem Felsgestein verkantet hatte.

Sie verengte die Augen und spähte in die Nacht hinein. Nachlässig in einem Ring an der Mauer vertäut entdeckte sie schließlich doch ein Boot. Die Wellen schmetterten es gegen den Stein, und es weckte die Hoffnung in ihr, dass sie es bis an Land schaffen könnte, selbst wenn das Holz so wirkte, als hätten Zeit und Salz ihm gehörig zugesetzt. Sie fasste nach dem Tau und schaffte es, trotz ihrer eisigen Finger, das Boot näher heranzuziehen. Als sie einsteigen wollte, schleuderte eine riesige Welle das Boot jedoch gegen die Burgmauer und riss sie von den Füßen, das Seil entglitt ihren Händen. Sie rutschte auf dem glitschigen Boden aus und knallte mit dem Kinn gegen das Holz. Sie biss sich auf die Zunge, Blut quoll augenblicklich über die Lippen und sie wischte es mit dem Ärmel ab. Auf den Knien kauernd reckte sie die Finger nach dem Seil, doch immer wieder ergriffen Wellen das Boot und schlugen das Seil aus ihren zittrigen Händen. Das Meer leckte an ihrem schweren Rock und versuchte, sie zu verschlingen. Unablässig reckte sie die Finger nach dem Tau, bis ihr nichts anderes übrig blieb, als zuzusehen, wie sich der Knoten durch den Wellengang von selbst löste und das Boot davontrieb.

Sie starrte auf das tosende Wasser, weil sie sich nicht daran erinnerte, ob sie schwimmen konnte oder nicht. Doch wenn sie nicht sofort sprang, wäre das Boot verloren und somit die Passage an Land.

Sie wusste nicht, woher sie den Mut nahm, doch sie ließ sich in das eiskalte Meer gleiten. Im Nu verkrampfte sich ihr Magen und sie schluckte Wasser. Für einen Moment setzte ihr Herz aus.

Die Wellen schleuderten ihren ausgemergelten Leib umher, doch sie kämpfte gegen das immer schwerer werdende Kleid und die Gedanken an, die in ihrem Kopf trudelten. Sie ruderte mit Armen und Beinen und wurde doch immer wieder unter die Oberfläche gezogen. Angst machte sich in ihr breit, sie riss die Augen auf und dennoch versuchte sie, sich nicht panisch im Kreis zu drehen, um nicht die Orientierung zu verlieren. Sie musste wissen, was oben und unten war, sonst wäre sie verloren. Sie wand sich wie ein Fisch an Land, spuckte Wasser und hustete, sobald sie sich dem Sog der Tiefe widersetzt hatte. Ihre Finger tasteten nach dem Seil, nach dem Boot, ehe sie von der nächsten Welle erwischt und wieder unter die Wasseroberfläche gedrückt wurde.

Da! Etwas Raues! Ihr langsam schlagendes Herz machte einen Satz. Sie spreizte die Finger, presste die Lippen aufeinander, um kein weiteres Wasser mehr zu verschlucken, und mit letzter Kraft schaffte sie es, das Tau zu erreichen und sich schließlich bis zum Boot zu hangeln. Ihre Hände umfassten das Holz und einen Moment ruhte sie sich aus. Der Rock trieb durch das Wasser – so atemberaubend schön wie Seerosen in einem Teich. Doch er klebte an ihr und erschwerte ihr den Einstieg. Stück für Stück, Atemzug für Atemzug kletterte sie ins Boot, mit klammen Fingern schnappte sie sich das Ruder, das glücklicherweise trotz des starken Seegangs noch nicht verloren gegangen war. Voller Wucht knallten die Wellen gegen das Boot, und sie hatte Mühe, überhaupt von der Stelle zu gelangen. Schlag um Schlag setzte sie sich verbissen gegen das Meer zur Wehr, das sie weiter hinein in die Dunkelheit und Unendlichkeit ziehen wollte, bis sie schließlich den Strand erreichte.

Sie wusste nicht, wo sie war und wie lange sie gebraucht hatte, sie war einfach nur erleichtert, die Finger in den nassen Sand krallen und spitze Steine unter den aufgeschrammten Knien und bloßen Füßen spüren zu dürfen. So unendlich erleichtert. Sie robbte an Land, bis die auslaufenden Wellen nicht einmal mehr die Schleppe ihres Kleides erreichen konnten. Ehe sie sich auf den Rücken drehte, hustete und spuckte sie Wasser, schöpfte Atem und Kraft. Sie stützte sich auf die Ellenbogen und entdeckte die Burg, die im Meer thronte, zwei sich bewegende Fackeln, die sich über die lange Brücke dem Land näherten. Zwei Reiter. Zwei Männer. Aywen und Tollvin. Sie suchten nach ihr.

Sie wusste nicht, ob sie erleichtert ausatmen oder die Luft anhalten sollte. Aber es war geschehen. Sie war geflohen.

Kapitel sieben

Der Gesang des Waldes

Sie floh in die Wälder. In die flüsternden Wälder. Sie konnte sich nicht daran erinnern, woher sie ihren Namen kannte. Sie wusste ihn einfach. Sie hörte ihn.

Unaufhörlich wisperten die Wälder ihr zu. Vielleicht waren es aber auch nur die im Wind rauschenden Blätter, die an der Klippe brechenden Wellen, die Dunkelheit, die ihr Angst einjagte. Oder Aywen und Tollvin, die ihren Namen riefen, obwohl sie doch keinen besaß.

Und nun?

Sie war im Wald, sie war geflüchtet. Und sie wusste nicht, wohin sie ihre Füße als Nächstes trugen. Trotzdem genoss sie die Kälte, die ihre Beine hinaufzüngelte, den schmelzenden Schnee unter ihren bloßen Sohlen, den Wind, der sie liebkoste, durch ihre Haare fuhr und sie tanzen ließ. Sie lauschte dem Wispern, das durch den Wald schlich, und folgte ihm. Immer tiefer drang sie in den Wald hinein, immer weiter entfernte sie sich vom Meer und der Burg. Von den zwei Fackeln, die wie Irrlichter zwischen den Bäumen hindurchschwärmten. Die Schleppe ihres Kleides zog sie hinterher wie eine Lawine aus hellblauem Schnee, Perlen und Edelsteine kullerten weg und funkelten im Mondlicht wie eisige Kristalle. Sie fror nicht, obwohl der Stoff sich mit Wasser vollgesogen hatte, obwohl der Wind durch den zerrissenen Stoff pfiff.

Bald gewöhnten sich ihre Augen und ihr Herz an die Dunkelheit. Sie umschmeichelte sie, wiegte sie. Die Stimmen sangen ein Wiegenlied, dem sie bereitwillig folgte. Sie folgte ihnen in das dunkle Herz des Waldes.

Rehe scheuten vor ihr und stoben davon. Blätter fielen von den Bäumen und bildeten einen Teppich, auf dem sie gehen konnte, Schneeflocken kitzelten ihre Zehen. Tausende Glühwürmchen lösten sich aus dem Gebüsch und schwebten ihr entgegen. Sie tanzten auf sie zu, wieder von ihr weg, formten sich zu goldenen Ranken und Ornamenten, zu Blüten mit großen Kelchen. Luden sie ein, streckten ihr die Hände hin, verbeugten sich vor ihr. Sie nahm die Einladung an und begann, sich im Takt der zuckenden Ranken zu bewegen. Sie wirbelte im Kreis umher, reckte die Arme in die Luft, spielte mit ihrem Rock und den zerzausten Locken, bis ihr die Fußsohlen brannten, die Fingerspitzen zu glühen begannen. Sie fühlte Freude, so unbändige Freude. Sie schloss die Augen und tanzte mit dem Wald. Die Glühwürmchen kitzelten sie an der Nase, trockneten Kleid und Haare.

Doch das Licht um sie herum wurde immer heller, immer gleißender. Sie konnte nicht widerstehen und öffnete die Augen, und die verspielten Ornamente änderten ihre Gestalt. Aus Blütenranken wurden Linien, Kreise, Vierecke, Rauten. Runen, Zeichen in einer fremden Sprache, die auf sie zu drängten. Wie ein Feuer breiteten sie sich aus. Sie zupften an ihrem Haar, versengten den Saum ihrer Schleppe, ließen die feinen Narben auf ihrer Haut vibrieren. Neckten sie. Sie konnte sie nicht lesen, konnte sie nicht deuten. Doch sie wollten sie nicht hierhaben. Das spürte sie überdeutlich. Wie Kinder, die ein anderes beim Fangenspielen drangsalierten. Die Freudenhüpfer, die ihr Herz anfangs veranstaltet hatte, verwandelten sich. In angsterfüllte Sätze, einem scheuenden Pferd gleich, das davonzurasen versuchte. Die Hitze kam näher und näher, wurde unerträglich, und sie musste die Hand vor die Augen halten.

Die rätselhaften Symbole zischelten auf sie zu, brandmarkten ihre Haut, ihr langes, seidiges Haar fing Feuer. Sie warf sich auf den Boden, in den Schneematsch, sie wälzte sich, klopfte auf das Kleid und ihre Locken, Funken stoben davon. Ein Glühen bahnte sich von ihrem Bauch die Kehle hinauf. Ein Schrei. Sie wollte schreien. Ihre Kehle schmerzte, als sich der Ton einen Weg suchte. Sie setzte sich auf die Knie, die Hände in die Oberschenkel gekrallt, den Kopf in den Nacken gelegt. Und plötzlich schrie sie. Ihr Mund formte zwei Silben. »Aywen«, rief sie, »Aywen!«

Immer noch tanzten die Runen um sie herum. Sie rotteten sich zu einem Freudenfeuer zusammen, das Funken, Licht und Wärme in die kalte Nachtluft hinaufschickte, während sie verbrannte. Immer und immer wieder schrie sie des Prinzen Namen, duckte sich vor dem Feuer, das nach ihr züngelte.

Sie hörte ihn ebenfalls rufen. »Wo bist du? Wo bist du?«, schallte es durch den Wald. Eulen flatterten auf.

Sie rappelte sich auf, versuchte sich auf wackeligen Knien einen Weg durch die glühenden Zeichen zu bahnen. Doch die Flammen schlugen nach ihr und sie zuckte vor der Hitze zurück. Die Runen bildeten Wächter, an denen es kein Vorbeikommen gab. Wächter, die nicht nur ihren Geist bändigten, sondern auch ihr Innerstes. Sie spürte, dass ihre Knochen kurz davor standen zu brechen, dass sich Sehnen und Muskeln verformen wollten, dass sich ihre Haut dehnte, dass in ihrem Blut ein zweites Herz loderte. Die Linien auf ihrer Haut glühten bläulich.

Ihr wurde schwarz vor Augen und schwindelig, sie schmeckte Galle auf der Zunge. Ihre Kehle war rau, und bald brachte sie keinen Ton mehr heraus. Sie fasste sich an den Hals, doch jede Berührung bereitete ihr Qual. Erneut gaben ihre Beine nach und sie sank auf die Knie, wälzte sich vor Schmerz und Sehnsucht. Seine Stimme. Sie war nicht echt. Es waren wieder nur die flüsternden Wälder. Sie wollten sie ins Feuer locken.

»Da ist sie!«, ertönte plötzlich eine Männerstimme, die sie kaum mehr wahrnahm, weil sie die Hände auf die Ohren presste. »Dort! Zwischen den Bäumen!«

Sie rührte sich nicht, wollte die Stimmen nicht hören, die flammenden Runen nicht sehen. Eine Hand berührte sie. Sie war viel zu warm und sie drehte sich weg. Strampelte und schlug um sich, als plötzlich mehrere Hände sie zu fassen versuchten. Sie waren so heiß wie die Runen selbst. Die aufgeregten Stimmen vermischten sich mit dem Flüstern der Symbole, dem Wispern des Windes. Nein! Sie wollte nicht, dass die Runen sie berührten, sie festhielten, sie fortschleppten. Sie versengten ihre Haut. »Geht weg! Lasst mich in Ruhe!«

Sie wehrte sich mit Händen und Zähnen und brüllte, brüllte wie ein Tier, so lange, bis sie an Armen und Füßen geschnappt und davongeschleift wurde.

»Sie ist im Fieberwahn!«

Obwohl sie in der Luft schwebte, trat sie immer noch um sich, versuchte zu beißen, sich loszureißen, doch die Finger um ihre Knöchel und Handgelenke hielten sie zu fest. Als würden die Runen Schlingen bilden, die sich in ihr Fleisch bohrten. »Lasst von mir ab! Sie verbrennen mich, die Runen!«, brabbelte sie mit heiserer Stimme.

»Sie gebärdet sich wie ein wildes Tier.«

»Und sie hat die Kraft von zehn Stieren«, röchelte eine zweite Stimme.

»Sie ist so widerspenstig wie eine Herde Ziegen.«

Etwas schnüffelte an ihr. Es roch nach Wiese und Luft und Erde. Sie erschauderte, als sie heißen Atem in ihrem Nacken spürte, als raues Fell sie an der Wange berührte. Sie hielt die Augen fest geschlossen, weil sie das Monster nicht sehen wollte. Das Monster aus der Burg. Doch es schnüffelte weiter an ihr, vorsichtig, stieß brummige Geräusche aus. Sie ließ es geschehen und ihr Atem beruhigte sich, sie hörte auf, sich zu wehren. Die Neugierde packte sie und sie öffnete die Augen.

Zuerst erkannte sie nur dunkle Schemen – ihre Augen waren noch immer geblendet –, dann widerborstiges Fell, große Ohren und einen riesigen Schädel. Das Tier stampfte mit dem Vorderhuf auf, Schneematsch spritzte auf.

Dahinter wieherte ein anderes Tier. Hell wie eine Glocke im Wind, die zur Andacht läutete.

Sie kniff die Augen zusammen, versuchte, sich zu konzentrieren.

Es war ein Pferd. Nur ein Pferd. Der dicke Tobi. Sie erkannte ihn. Die rosa Nase. Die breite weiße Blesse in dem Gesicht mit dem schwarzen zotteligen Winterfell. Den kräftigen Hals. Die stämmigen Beine mit dem langen Behang. Vom Fenster aus hatte sie beobachtet, wie der Prinz dem Stalljungen Reitunterricht im Burghof erteilt hatte. Immerzu hatte er ihm Anweisungen zugebrüllt. *Hände ruhig, Hacken nach unten, Setz dich auf deinen Hintern.*

Es war der dicke Tobi.

Es waren Aywen und Tollvin.

»Aywen«, flüsterte sie mit rauer Stimme. »Ihr habt mich gefunden. Seid Ihr es wirklich?«

»Wir sind es. Tollvin und ich.« Er strich ihr über die Stirn.

»Bringt mich nicht auf die Burg. Die schrecklichen Schreie. Das Ungeheuer.« Dann wurde ihr schwarz vor Augen und die Nacht umarmte sie.

Kapitel acht

Anwielle

»Geht der ganze Aufwand nun wieder von vorne los?« Lunrah wischte sich den Schweiß von der Stirn. »Was hat sie sich bloß dabei gedacht, mitten in der Nacht zu fliehen?« Sie klang verärgert – und besorgt.

»Das kannst du sie nachher selbst fragen.« Aywen saß auf der Bettkante und hielt der Fremden die Hand. »Hm, sie ist wohl einfach die Gefühlsausbrüche des Königs nicht gewohnt. Sie hat ihn ein Ungeheuer genannt.« Er lächelte schief und verschmitzt, doch das Auf und Ab seines Adamsapfels konnte er nicht verbergen. Genauso wenig konnte er den Blick von dem Mädchen wenden.

Lunrah sah ihn mit großen Augen an, während sie ein Leinentuch über einer Schüssel mit Wasser auswrang. »Sie kann sprechen?«

»Sie hat mich beim Namen gerufen. Wir hätten sie sonst nicht gefunden. Wir sind die Klippen und den Strand an der anderen Landzunge abgeritten, umhergeirrt, bis wir schließlich auf ein Holzboot gestoßen sind, das am Strand trieb. Dann sind wir ihren Fußspuren gefolgt, doch erst als wir ihre Schreie gehört haben, konnten wir sie finden. Sie war halb wahnsinnig vor Furcht. Sie gebärdete sich wie ein wildes Tier.«

Lunrah runzelte die Stirn und blickte von Sorge erfüllt auf die Kranke hinab. Schweißperlen liefen der Fremden über die Stirn, sie stammelte wirres Zeug im Schlaf, den Lunrah mit einer Kräutertinktur herbeigerufen hatte, nachdem sie ihr unter Toben und Schreien einige Tropfen eingeflößt hatte.

»Immerzu hat sie etwas von Runen gestammelt, die sie verbrennen und gefangen halten. Weit und breit waren jedoch keine Runensteine auszumachen. Nur Wald. Nichts als düsterer Wald.« Er raufte sich die zerzausten Haare. »Sie meinte, schreckliche Stimmen auf der Burg gehört zu haben.« Er schluckte. »Ich habe sie auch gehört.«

»Stimmen? Womöglich hat euch alle der Streit einfach zu sehr mitgenommen. Oder es war der Wind. Das Meer.« Lunrah ließ das Mädchen nicht aus den Augen.

Er atmete tief durch. »Womöglich …«

»Was denkt Ihr, Prinz?«

Aywen seufzte. »Ich weiß nicht, was ich denken soll. Ich weiß nicht einmal, wie sie die geheime Hintertür gefunden hat. Wie sie zu dem Boot gelangen konnte. Wie …« Er verstummte und fuhr sich rastlos über das müde Gesicht.

»Nun ja, immerhin ist es noch einmal gut ausgegangen. Ich sehe doch, dass Ihr Euch Vorwürfe macht.« Lunrah lehnte sich an den Fensterrahmen und beobachtete die Morgendämmerung, die der Welt schmeichelte und sie in ein sanftes nebliges Weiß tauchte.

Aywen zog die Augenbrauen hoch. Vorwürfe waren nicht ganz das treffende Wort. *Schuld* … »Das sind keine Fieberschübe mehr.« Er strich sich über den Bart. »Es war der Wald. Die flüsternden Wälder.«

Lunrah lachte auf, verschränkte die Arme vor der Brust. »Ach, Kindchen. Die gibt es doch gar nicht. Die existieren nur in meinen Geschichten. Es sind bloß die Nordklippenwälder, die Ländereien Eures Vaters – und die sind düster, neblig und schaurig genug, wenn man sich des Nachts darin verläuft.«

»Aber warum?«, fragte er, ließ widerwillig die Hand der Fremden los und gesellte sich zu Lunrah ans Fenster. Vielleicht würde die Beständigkeit der Wellen auch ihm Trost spenden.

»Manchmal werden Albträume wahr, nur weil man an sie glaubt.« Sie strich ihm eine verschwitzte Locke aus der Stirn. Eine Geste, die sie nicht mehr gewagt hatte, seitdem er zum Mann herangewachsen war, doch der zukünftige Herrscher von Nyivalor ließ es geschehen. »Und wie es nicht anders zu erwarten war, habt Ihr Euer bestes Wams ruiniert.« Sie zupfte an den losen Fäden herum. »Das ist einer meiner Albträume.« Lunrah lachte, doch der Klang ihrer Stimme hatte etwas derart Trauriges an sich, dass es Aywen schauderte.

»Aber es waren meine Albträume über die flüsternden Wälder. Als Kind. Nicht ihre.«

Lunrah zuckte mit den Schultern. Sie wollte beiläufig klingen, es mit dieser Geste unterstreichen, aber Aywen konnte sie nichts vormachen. »Genauso, wie es die Bilder in ihren verborgenen Erinnerungen waren, die Ihr gezeichnet habt. Nicht die Euren.«

»Ich habe noch nie von einer Feuersbrunst geträumt«, insistierte er, weil er nicht darüber nachdenken wollte, was sie mit ihren Worten beabsichtigte.

»Wer weiß, was sie in ihrem bisherigen Leben alles durchgemacht hat, was sie nun allmählich verarbeitet.« Lunrah seufzte, ihr Blick wanderte zu den Malen auf der Haut der Fremden.

Aywen nickte. »Die Narben, die ihre Haut übersäen«, flüsterte er bestätigend. Es war ihm, als zöge sich sein Magen zu einem harten Klumpen zusammen, als er sich vorstellte, was ihr zugestoßen sein könnte. Vielleicht war auch dies der Grund, warum er sie mutterseelenallein im Wald gefunden hatte? Er senkte den Blick, betrachtete das angesengte Haar der Fremden. Das seidige Haar war kraus, das rostrote Flammenmeer ein karger Acker. »Aber wie kann es sein, dass meine kindlichen Albträume zu den ihren werden?«

»Die Magie der Seelen.« Lunrahs Stimme nahm etwas Schwärmerisches an. Ihre Augen begannen zu glitzern.

Aywen räusperte sich, blickte schnell zur Seite, kringelte einen losen Faden um den Finger. »Magie der Seelen? Was soll das sein?«

»Einen Hauch gewöhnlicher wäre es, diesen Zustand *Liebe* zu taufen.« Sie lächelte ihn schelmisch an.

»Ich kenne sie doch gar nicht!«, empörte sich Aywen.

»Manchmal braucht es keine Zeit, um sich zu verlieben.« Sie blickte aufs Meer und den Wald hinaus. Das Meer tobte. »Als ich Euch das erste Mal in meinen Armen gehalten habe, dauerte es keinen Wimpernschlag und ich war in Euch verliebt, Prinz Aywen.«

Er sah sie plötzlich vor sich – etliche Jahre jünger, das Haar noch nicht ergraut, die Stirn weniger faltig –, wie sie mit ihm über die Ebene getollt war, wie sie ihm beigebracht hatte, die Ziegen zu melken, oder ihm gezeigt hatte, aus Birkenblättern einen Tee zu brauen. »Das ist doch etwas anderes!«

»Natürlich, mein Prinz, wie recht Ihr doch habt.« Liebevoll strich sie ihm über die Schulter und lachte. »Ich bin per Gesetz dazu verpflichtet, den zukünftigen Herrscher Nyivalors zu ehren und zu lieben.«

Aywen stimmte in ihr Lachen ein, die Fremde stöhnte.

Lunrah legte den Zeigefinger an die Lippen.

»Und wie soll *Liebe* ihre verkohlten Haare erklären? Das verbrannte Kleid?« Aywen schnalzte mit der Zunge.

»Tja, ich bin nur die Magd. Weder eine Weissagende noch eine Hexe noch eine Zauberin noch eine Gelehrte.« Sie stieß sich von der Wand ab und ging auf die Fremde zu, die in einen unruhigen Schlaf gesunken war und sich im Bett wälzte. Ein vorwitziger Zug umspielte Lunrahs Mundwinkel, während sie ihr die feuchte Stirn mit einem nassen Lappen abtupfte.

»Und in diesem Fall keine große Hilfe, Lunrah.« Müde lächelte er sie an.

»Geht und findet Schlaf. Und schickt den Jungen ebenfalls ins Bett.«

»Aber …«

»Ihr habt für heute genug getan. Bald bricht ein neuer Tag an. Vielleicht einer, der zeigen wird, wer sie ist und woher sie kommt.«

»Vielleicht sollte dieses Geheimnis niemals gelüftet werden.«

»Geheimnisse gehen sonderbare Wege. Aber sie finden immer das Tageslicht. Früher oder später.«

»Jetzt hörst du dich doch an wie ein Orakel.«

»Genauso, wie Ihr Euch manches Mal anhört wie ein Thronerbe und manches Mal wie ein verliebter Bauernbursche.«

Aywen erhob die Stimme. »Lunrah!«, polterte er.

»Wie gesagt«, sie lächelte noch immer, »jedes noch so tief im Herzen verborgene Geheimnis findet einen Weg.«

Sein Magen rebellierte, er knetete sich die Finger, um deren Zittern zu verbergen. »Und was ist mit dem Geheimnis meines Vaters?« Er hatte nicht die Absicht, auf Lunrahs freche Anspielung einzugehen.

»Das ist eine Geschichte, die nur er erzählen kann.«

In seinen Gemächern fand Aywen keine Ruhe, geschweige denn Schlaf. Also machte er sich am frühen Morgen auf den Weg zum Stall. Am liebsten wäre er gleich zur Kammer der Fremden geeilt, aber er wollte nicht aufdringlich wirken. Oder sich vor Lunrah die Blöße geben, dass er wegen seines Gastes kein Auge zugemacht hatte.

Estenidas und Tobi ging es trotz der Strapazen der letzten Nacht gut – ganz im Gegensatz zu ihm. Müdigkeit und Kälte steckten ihm noch immer in den Knochen. Die Haut war fahl, um die Augen herum grau, die Glieder schmerzten. Die Pferde knabberten genüsslich an ihrem Heu, doch fast war es Aywen, als atmete sein Hengst erleichtert aus, nachdem Aywen den Stall verlassen hatte, ohne den Sattel zu holen. Er ging noch einmal zu den Tieren zurück und überraschte sie mit Äpfeln, die er aus der Küche stibitzt hatte. Ihre Augen glitzerten, als er ihnen die Hälse klopfte.

Und nun verharrte seine Hand in der Luft, ehe er es wagte, mit dem Fingerknöchel gegen das Holz der Tür, die zu den Gemächern der Fremden führte, zu hämmern. Wie sollte er ihr gegenübertreten? Was sollte er sagen? Was würde sie sagen? Würde sie überhaupt sprechen?

Mit der Stirn lehnte er sich gegen die Tür, um darüber nachzudenken, wie er sie am besten ansprechen könnte. *Guten Morgen? Wie geht es Euch? Könnt Ihr Euch an die gestrige Nacht erinnern? Wie lautet Euer Name?* Wäre das passend? Zu gewöhnlich? Gar zu forsch? Sein Herz schlug so laut, dass es ein Klopfen an der Tür sicherlich ersetzte. Aywen grinste in sich hinein, doch nur so lange, bis ihn die Befürchtung befiel, sie könnte längst wieder verschwunden sein. Schließlich war sie keine Gefangene. Was erwartete ihn? Ein leeres Zimmer? Oder war sie womöglich gar nicht bei Sinnen und gebärdete sich wie in der vergangenen Nacht?

Er geriet aus dem Gleichgewicht, als sich die Tür plötzlich öffnete. Tölpelhaft stolperte er in das Zimmer hinein.

»Prinz Aywen.«

Sie stand vor ihm. Für einen Moment war er verblüfft darüber, ihre Stimme zu hören. Sie klang hell und rau zugleich. Er bemühte sich, sich seine Verwunderung nicht anmerken zu lassen, und biss sich auf die Unterlippe. Die roten Haare fielen ihr nunmehr bis zu den Schultern – Lunrah musste ihr die verkohlten Spitzen in aller Frühe abgeschnitten haben –, ihr Gesicht war sauber. Der Schmutz, die Tränen, die Asche, die gestrige Nacht waren darin nicht mehr zu sehen. Ihre Augen leuchteten wie reinster Bernstein. Ihre Haut glitzerte wie frisch gefallener Schnee, auf den die Morgensonne schien. Die Male auf ihren Handflächen blitzten unter den Rüschen des Hemdes hervor. Die größte Überraschung für ihn war jedoch die Kleidung, die sie trug. Hemd und Wams, Hosen und kniehohe Stiefel, die er selbst als Junge getragen hatte. Er hielt sich die Hand vor den Mund, um sein Grinsen vor ihr zu verbergen, nachdem er sie gemustert hatte. Lunrah hatte sich in Schweigen gehüllt ob des Zustandes der Fremden. Nun wusste er warum.

»Guten Morgen.« Sie streckte den rechten Arm aus, wie um ihn in ihre Gemächer einzuladen.

»Guten Morgen«, stotterte er. »Es ist doch ein guter Morgen? Oder?«

Mühelos rollte jedes Wort über ihre Zunge. »Besser als der gestrige Abend.« Rasch drehte sie sich weg, als würde sie ebenfalls ein Grinsen verstecken. Sie nahm eine Decke und setzte sich auf die Einbuchtung vor dem Fenster. Noch immer war das ihr Lieblingsplatz. »Es tut mir leid«, begann sie.

»Nein, mir muss es leidtun.«

Sie sah ihn nicht an, starrte auf die Klippen und den Wald. »Es ist wohl besser, wenn ich dies hier trage. Falls es Euch nicht stört. Es war Lunrahs Einfall.«

Doch er blickte sie an. Eindringlich. Die langen Wimpern. Die feinen Male auf ihrer Haut. Die hellblaue Weste, die er als junger Bursche getragen hatte. »Als ich das erste Mal von Tobi gefallen bin, hatte ich diese Weste an. Sie muss noch einen Grasfleck haben, dort, an der Stelle, die abgewetzt ist.« Er stand neben ihr am Fenster, versucht, den himmelblauen Brokat anzufassen. Seine Finger zuckten zurück. Es war schon unschicklich genug, sie allein in ihren Gemächern aufzusuchen.

»Zeigt ihn mir. Zeigt mir Tobi.«

Aywen starrte sie ausdruckslos an. Er … verstand nicht.

»Zeigt mir Eure Pferde.« Sie sah noch immer auf das Meer hinaus. Auf die Wellen, die sich am frühen Morgen beruhigt hatten, nachdem die Sonne über ihnen aufgegangen war. »Dann müssen wir nicht über die letzte Nacht sprechen.«

Aywen nickte. Langsam.

»Es war Tobi, der mich gestern … ins Leben zurückgeholt hat.« Sie schluckte schwer. »Er war es.«

Aywen knirschte mit den Zähnen. Vielleicht hatte er sich andere Worte gewünscht. Vielleicht hatte er hören wollen, wie dankbar sie ihm gegenüber war, weil er sie erneut gerettet hatte. Aber um ehrlich zu sein, war es der schwere Zelter gewesen, unter dessen Berührung sie Ruhe gefunden hatte, nicht seine. Aywen war bloß derjenige, der sie wieder auf die Burg gebracht hatte, zu dem Ort, vor dem sie fliehen wollte.

Aywen kam ihrem Wunsch nach und führte sie in die Ställe. Sie hatte ihn mit ihrer Bitte überrumpelt, doch ihm war alles recht, Hauptsache, sie würde nicht sofort wieder an Flucht denken. Oder ihn mit ihren unbedachten Worten verletzen.

Andererseits hätte er so gern mit ihr gesprochen, ihrer ungewohnten Stimme gelauscht. Er hatte so viele Fragen, erwartete so viele Antworten. Er wollte sie mit ihrem Namen ansprechen. Ihn flüstern. Doch sie wich ihm aus, als ob sie ahnte, dass zu viele Worte auf seiner Zunge brannten. Stets lief sie ihm ein paar Schritte voraus, öffnete die Türen, konnte es gar nicht erwarten, ins Freie zu gelangen. Sie hatte sogar den Überwurf abgelehnt, den Lunrah ihr aufs Bett gelegt hatte. Er hingegen zog den Umhang enger um sich, sobald sie ins Freie traten. Die Frühlingssonne kroch zwischen den Wolken hindurch, streckte müde ihre Strahlen aus, Frost und Raureif wollten jedoch nicht weichen. Sie hockten auf Dachschindeln und dürren Ästen.

Tobi und Estenidas knabberten an Heu und Stroh, hoben die Köpfe und spitzten die Ohren, als das Mädchen die Stalltür aufriss und sie näher kamen. Tobi brummelte, als er die Schritte seines ehemaligen Reiters auf dem Steinboden hörte.

»Das ist Tobi.« Aywen streichelte ihm über die breite Blesse, über die weichen Nüstern. Sein Fell war tröstlich warm. »Und der, der so griesgrämig dreinblickt, ist Estenidas.«

»Estenidas. Das ist ein schöner Name.«

»Er bedeutet *Flamme in der Nacht*. Es war Lunrahs Einfall, ihn so zu taufen. Wegen seiner Fellfarbe. Der Name stammt aus ihrem Heimatland. Estenidas war ein Geschenk meines Vaters, des Königs, zu meinem siebzehnten Geburtstag.« Er hoffte, sie würde ihm nun ebenfalls ihren Namen verraten. Genauso, wie er es getan hatte. *Sohn der Sonne.*

Sie ging weiter zu Estenidas' Verschlag und blies ihm ihren Atem in die Nüstern, um ihn zu begrüßen, als er den Kopf über die halbhohe Holztür reckte.

»Ist das Sitte in Eurem Land?«, fragte Aywen verblüfft.

Sie blickte zu ihm auf, runzelte die Stirn. Eine Röte huschte über ihr Gesicht. »Ich weiß es nicht. Ich habe es einfach getan. Genauso, wie ich gestern ins Wasser gesprungen bin und schwimmen konnte.«

»Lehrt man Frauen bei Euch das Schwimmen?« Er wollte nicht hochmütig klingen, und dennoch verriet ihn seine Stimme.

Sie zuckte mit den Schultern.

Eine Frage zu viel.

Stille legte sich über sie wie eine raue Decke, Aywen lauschte den Pferden, die genüsslich am Heu zupften, und beobachtete die Schwalben, die durch den Stall sausten. Worte kratzten in seinem Hals. Mehrmals räusperte er sich, während sie das Holz der Tür umklammerte.

Ungeduld breitete sich in ihm aus. Er wollte nicht einfach nur neben ihr stehen und die Zeit verrinnen sehen. »Erinnert Ihr Euch auch an Euren Namen?«, platzte es voller Hoffnung aus ihm heraus.

Sie blickte ihn nicht an, nickte nur sacht und hauchte dem Hengst ihren Namen ins Ohr, kaum hörbar für Aywen. »Anwielle.« Sie sprach ihren Namen so aus, als wäre es selbstverständlich für sie. Als hätte sie sich schon Hunderte Male damit vorgestellt. Estenidas legte das Kinn auf ihrer Schulter ab und sie kraulte ihm den Hals.

»Was bedeutet er?« Aywen hielt den Atem an. *Anwielle* … Endlich kannte er ihren Namen. Auch wenn er keine Bedeutung für sie hatte. Aber er hatte eine Bedeutung für ihn. Endlich wusste er, welchen Namen er in die Dunkelheit flüstern konnte, wenn er in der Nacht an sie dachte.

Anwielle – der Name klang erhaben, als käme sie aus hohem Hause. Doch König Radrann und er lebten so weit weg vom Hofgeschehen in den Nordlanden, dass er keine Königstochter kannte, die diesen Namen trug. Vielleicht stammte sie aus einem Geschlecht jenseits der Meere. Vielleicht entstammte sie dem Volk der Feen, das es nur in Büchern und Geschichten am Herd gab. Womöglich war die Vorstellung, sie könnte eine Feentochter sein, wahrscheinlicher als die einer Königstochter, die in sein Leben geschneit war.

»Daran erinnere ich mich nicht. Es tut mir leid.« Sie vergrub die Hände in Estenidas' leuchtender Mähne.

»Euch muss nichts leidtun. Ihr könnt nichts dafür, dass Ihr Euer Gedächtnis verloren habt.« Es war ungewohnt, mit der Fremden zu sprechen. Deshalb vergewisserte er sich nach jedem Wort mit einem Seitenblick, dass sie auch wirklich neben ihm stand. Doch bevor sie seinen Blick spüren konnte, sah er stets rasch weg. So oft hatte er sich in der Nacht vorgestellt, wie er sich mit ihr unterhalten würde, wie sie Geschichten austauschten, wie sie miteinander lachten, wie sich ihre Lippen näherten. Er hatte sich nie ausgemalt, dass die Unterhaltungen mit ihr so zäh werden würden. In seinen Träumen sprudelten die Worte nur so aus ihnen heraus. Alles war selbstverständlich und ohne Scheu. Viel lieber wäre es ihm nun, sie würden ganz ohne Worte auskommen. Er seufzte.

»Lasst uns die Pferde hinausbringen«, sagte sie plötzlich und öffnete den Riegel der Stalltür. Sie streichelte den Hals des Fuchshengstes, ließ die rotgoldene Mähne durch die Finger fließen.

»Ihr wollt doch nicht wieder fliehen?«, fragte Aywen bestürzt. »Es tut mir leid, dass wir Euch in Euer Zimmer eingesperrt hatten. Es war nur zu Eurem Besten, bitte glaubt mir.«

Anwielle rollte mit den Augen. »Wollten wir nicht ruhen lassen, was geschehen ist?«

»Wie kann ich etwas ruhen lassen, das Euch so sehr mitgenommen hat?«, versuchte Aywen es in versöhnlicherem Ton.

»Welche Erklärung sollte ich Euch geben, wenn ich doch selbst nicht weiß, was geschehen ist? Was mit mir geschehen ist.« Sie erhob die Stimme und Estenidas wich vor ihr zurück. Eine Ader auf ihrer Stirn pochte, ihre bernsteinfarbenen Augen loderten. »Ich habe mich benommen wie ein kleines Kind. Euer Vater hat sich benommen wie …« Anwielle verstummte, senkte den Blick, das Lodern in ihren Augen verglühte.

»Ich kenne ihn. Nur zu gut«, gestand Aywen und gab ihrem Wunsch auch dieses Mal nach. Womöglich würde ihnen frische Luft und Bewegung guttun, selbst wenn er letzte Nacht genug frische Luft und Bewegung genossen hatte. Womöglich würde es ihre Zunge lösen, wenn sie miteinander spazieren gingen. »Er war kein guter … Gastgeber.« Er war wie ein Ungeheuer.

Mit zittrigen Händen legte er den Pferden die ledernen Halfter an. Ohne Anwielle anzublicken, geschweige denn sie zu berühren, übergab er ihr Tobi, der brav hinter ihr hertrottete, sobald sie sich in Bewegung setzte. Die morgendliche Sonne blendete Aywen, als sie in den Burghof hinaustraten, und für einen kurzen Moment musste er die Augen zusammenkneifen.

Sie liefen nebeneinander her, führten die Pferde über den Hof und scheuchten die Hühner und Gänse auf, die Tollvin schon bei Morgengrauen aus den dunklen Ställen entlassen hatte. Kieselsteine knirschten unter den Hufen. Estenidas schüttelte mehrmals unwillig den Kopf. Die Burg mit ihren zig Türmen thronte über Aywen wie die tausend Fragen, die in seinem Kopf herumschwirrten.

»Ich will nicht darüber sprechen. Über die gestrige Nacht. Das müsst Ihr doch verstehen«, wisperte sie nach einer Weile. »Ihr haltet mich für verrückt. Ihr habt keine glühenden Runen gesehen.«

»Ich halte Euch nicht für verrückt. Nur für …« Er stockte. Die Unterhaltung verlief nicht so, wie er sich das erhofft hatte.

»Für was haltet Ihr mich dann?« Es war das erste Mal während des Spaziergangs, dass sie ihm direkt in die Augen blickte. Die ihren begannen wieder rotgolden zu glühen.

Er räusperte sich. »Ich … ich weiß es nicht. Ich kenne Euch kaum. Ich sehe nur Eure bernsteinfarbenen Augen, Euer rotes Haar, die Male, die Eure Haut überziehen. Und ich kann mir keinen Reim darauf machen, wer Ihr seid oder woher Ihr kommt.«

»Vielleicht seht Ihr nur das, was Ihr sehen wollt?«

»Oder das, was Ihr mir zu sehen erlaubt.« Er legte den Kopf schief.

»Meine Vergangenheit ist ausgelöscht. Was erwartet Ihr zu sehen?«

»Und was seht Ihr, wenn Ihr Euch anblickt, wenn Ihr in Euch hineinblickt, Anwielle?« Estenidas stupste Aywen mit der Nase in den Rücken, als sein Schritt langsamer wurde.

»Sind Gegenfragen nicht etwas unhöflich?«

Aywen knirschte mit den Zähnen, ehe er bemerkte, dass ein leises Lächeln Anwielles Mundwinkel umspielte. »Wenn Ihr noch eine Weile bleiben und mir die Gelegenheit geben würdet, Euch besser kennenzulernen, dann müsste ich Euch keine Gegenfragen stellen.« Er wagte sich vor und machte sich Hoffnungen, wo es doch keine Hoffnung gab. Warum sollte sie bei ihm bleiben? Auf einer düsteren Burg? Mit einem abweisenden Gastgeber? Sein Herz hüpfte in der Brust, und er hatte Angst, Anwielle könnte es bemerken.

»Das kann ich Euch nicht versprechen, Prinz Aywen. Ich weiß nicht, woher ich komme, wohin ich gehöre. Ich kann hier nur haltmachen, nicht bleiben.«

Aywen schluckte. Der Klang ihrer Stimme war so voller Wehmut und Endgültigkeit, als sie seinen Namen aussprach. »War das der Grund für Eure Flucht?« Er wollte sie verstehen. Er musste sie verstehen. Doch sein Herz wurde schwer wie Blei, weil er die Antwort nicht hören wollte.

»Ich will Euch nicht länger zur Last fallen. Eure Gastfreundschaft ausnutzen.« Sie wich ihm aus und blickte für einen Moment auf den Boden, und Aywen ahnte, dass hinter ihren Augen eine andere Wahrheit lauerte. Genau so, wie sein Vater es ihm prophezeit hatte.

»Das tut Ihr nicht. Gewiss nicht.« Aywen blieb stehen. Der Hengst hielt artig hinter ihm an.

»Lunrah behauptet etwas anderes.« Anwielle lächelte.

»Solange Ihr nicht mehr flüchtet und mit Fieberkrämpfen zurückkehrt.« Spöttelnd zog Aywen eine Augenbraue hoch.

Ein Zittern schwang in ihrer Stimme mit, der starre, lodernde Blick kam nicht zum Vorschein. »Es waren keine Fieberkrämpfe. Es waren … es waren die Runen. Warum wollt Ihr mir nicht glauben?« Ihre Augen glänzten, sie ließ den Strick fallen. Tobi trabte davon und suchte sich eine Ecke, in der spärliches Frühlingsgras wuchs. »Woher sonst sollen meine versengten Haare stammen?« Hektisch fuhr sie sich durch die kurzen Strähnen. »Und das Kleid! Es sieht mit Bestimmtheit nicht nur so zerschlissen aus, weil ich die Burgmauern heruntergeklettert bin und das Salz des Meeres an dem Stoff genagt hat, so wie Lunrah es mir weismachen will.«

Aywen schwieg, dann gestand er: »Vielleicht verarbeitet Ihr bloß Eure Vergangenheit.« Er mied den Blick auf ihren mit Malen übersäten Handrücken. »Womöglich wart Ihr in ein Unglück verwickelt. Bevor ich Euch im Wald gefunden habe.« Aywen wagte nicht, die Feuersbrunst anzusprechen, der sie zum Opfer gefallen sein könnte. Er wollte sie nicht noch mehr aufregen.

»Wie gut, dass Ihr mehr über mich wisst als ich selbst.« Trotzig reckte sie das Kinn, ehe sie Aywen den Rücken zuwandte und davoneilte.

Sie ließ Aywen verwundert zurück, und ihm blieb nichts anderes übrig, als ihr hinterherzublicken. Schließlich nahm er dem Hengst das Halfter ab und entließ ihn ebenfalls. Estenidas machte auf dem Absatz kehrt, buckelte und schlug mit den Hinterbeinen aus, galoppierte davon, scheuchte die Hühner und Gänse auf und gesellte sich zu Tobi und dem frischen Gras. Aywen verdrehte die Augen, doch im nächsten Moment eilte er Anwielle hinterher, selbst als er den Blick des Vaters im Nacken spürte. Vermutlich stand er am Fenster des Thronsaales und beobachtete ihn voller Argwohn oder gar Schadenfreude.

Anwielle rannte eine hölzerne Treppe hinauf, hielt erst an, als sie auf dem Wehrgang angekommen war. Sie stand zwischen zwei Zinnen und ihr nunmehr schulterlanges Haar wehte im Wind. Kurz schloss Aywen die Augen, weil ihn das Bild an seinen Traum erinnerte, in dem Anwielle an den Klippen stand, dem Abgrund nahe. Er verharrte auf der Treppe, weil er nicht wusste, ob er sich ihr nähern sollte. Als die Katze an ihm vorbeiwischte wie ein schwarzer Blitz, erschrak er und hielt sich am Geländer fest. Sie strich um Anwielles Beine und schnurrte, so lange, bis diese sie bemerkte und auf den Arm nahm. Unweigerlich atmete Aywen auf und erklomm die restlichen Stufen.

Tollvin fegte den Burghof. Er gab vor, den Burghof zu fegen. Über Aywen sausten die Möwen, unter ihm brandeten die Wellen gegen die Burgmauern. In ihm polterte sein Herz. Er fühlte sich unwohl. Seine Hand umklammerte noch immer das Treppengeländer. Die Knöchel traten weiß hervor, ehe er an Anwielle herantrat. Unschlüssig blieb er hinter ihr stehen, während die Katze die Vorderpfoten auf Anwielles Schulter ablegte und das Kinn in ihre Halsbeuge schmiegte. »Die Katze hat sich bereits an Euch gewöhnt«, war das Erste, das Aywen einfiel.

Anwielle drehte sich nicht zu ihm herum. »Sie ist zufrieden mit dem, was sie hat.« Ihre Worte wurden aufs Meer hinausgetragen.

»Eigentlich …«, er räusperte sich, »ist es nicht eher so, dass Katzen immer nach etwas Höherem streben?«

Anwielle kicherte. »Dann wäre sie in der Tat genauso dumm wie Ihr, Prinz Aywen.«

Er war froh darum, hinter ihr zu stehen, so konnte sie die Röte nicht sehen, die sich auf seinen Wangen abzeichnete. Er blickte auf den Apfelbaum, der unter ihnen auf einem Felsvorsprung wuchs und dessen Krone er selbst von hier oben noch sehen konnte. Der Wind fuhr in die Blütenpracht und nahm die weißen Blütenblätter mit sich. Er schluckte. »Ich bin mir ziemlich sicher, dass die Katze klüger ist, als ich es bin.« Noch immer rochen Anwielles Haare nach Feuer und Ruß, nach eiskaltem Wasser und einem Hauch Seife.

Anwielle lachte auf, die Katze sprang erbost aus ihren Armen auf den Boden und huschte fauchend davon. Die junge Frau drehte sich zu Aywen um und kam ihm dadurch plötzlich viel zu nah. »Und sie landet immer auf allen vieren.« Die Haare wehten ihr ins Gesicht, immerzu musste sie sich einzelne Strähnen aus dem Mund zupfen. »Im Grunde bin ich wohl diejenige, die einiges mit ihr gemeinsam hat. Auch für die Katze gibt es kein Gestern und kein Morgen. Nur ein Jetzt und Hier.« Der Wind nahm ihre Worte und ihr trauriges Lächeln mit sich. Über das Funkeln in ihren bernsteinfarbenen Augen zog ein Schleier.

»Vielleicht sollten wir das ändern?«, fragte Aywen forsch. »An der Vergangenheit kann ich nicht rühren. Aber vielleicht sollten wir Euch einen Grund geben, damit Ihr Euch auf den nächsten Tag freuen könnt?« Er versuchte sich an einem zaghaften Lächeln.

»Und was würde ich Euch da in den Sinn kommen?«

Sein Herz machte einen Satz, weil sie ihn nicht gleich abgewiesen hatte.

»Doch nicht etwa Zeichnen oder Malen?« Etwas Spöttisches lag in ihrer Stimme, doch leichter Spott war ihm lieber als diese Traurigkeit in den Augen.

»Ich bin gut im Bogenschießen und Fechten und Reiten«, fiel ihm spontan ein. »Holzhacken und Feuermachen gehören ebenfalls zu meinen Stärken. Lunrah würde selbstredend etwas anderes behaupten.« Sein Adamsapfel begann zu hüpfen, doch er schluckte den Kloß schnell hinunter, als er sein Missgeschick bemerkte.

»Dann lasst es uns doch mit Reiten versuchen«, schlug sie vor und blickte ihn eindringlich an. Aywen war es kaum möglich, ihrem intensiven Blick auszuweichen. »Von Feuer habe ich erst einmal genug.«

Er zog eine Augenbraue hoch. »Nun gut.« Er konnte sein Grinsen nicht verbergen, die plötzliche Leichtigkeit in ihrer Stimme überraschte ihn und wirkte ansteckend. »Lektion eins: Nie einfach den Strick oder die Zügel auf den Boden fallen lassen. Am Ende steht man vielleicht ohne Reittier da.« Aywen versuchte sich an einem Zwinkern.

»Ihr seid streng.« Anwielle neigte den Kopf.

Aywen blickte aufs Meer hinaus und hoffte, dass die Wellen ihm den Mut schicken würden, die Bitte, die auf seiner Zunge lag, auszusprechen. »Lektion zwei: Bitte geht nicht wieder, ohne mir Lebewohl zu sagen.«

Kapitel neun

Ein Hauch von Freiheit und Asche

Anwielle blickte in den Spiegel, runzelte die Stirn und starrte ihre gekürzten Haare an. Es war nicht die fehlende Haarpracht, die sie störte, sondern die Frage, die seit jener Nacht in ihr rumorte: Was war geschehen?

Hatte sie den Schrei eines wilden Tieres in den Gängen der Burg vernommen oder hatten Angst und Düsternis nur ein gemeines Verwirrspiel mit ihr veranstaltet? Hatte sie wirklich Stimmen gehört, die sie aus der Burg herausgelockt hatten? Hatte sie mit Runen getanzt und sich an ihnen verbrannt? Oder hatte sie einen Rückfall erlitten und sich im Fieberwahn im Wald verirrt? Aber wie könnten Schüttelfrost und Fieberkrämpfe ihre verbrannten Haare erklären? Die Brandmale auf ihrer Haut? War sie womöglich Opfer eines Verbrechens geworden?

Doch Aywen und Tollvin hatten am nächsten Tag das Gelände abgesucht und keine Spuren menschlicher Anwesenheit gefunden. Außer ihrer eigenen. Auch hatten sie keine Zeichen entdeckt, die in

Steine oder Baumstämme geritzt worden waren. Lunrah säte in ihr weitere Zweifel, weil sie darauf beharrte, dass sie im Fieber Sinnestäuschungen erlegen sein müsste. Bald wusste Anwielle selbst nicht mehr, woran sie glauben sollte. Die Nacht war so weit weg und die Erinnerungen daran verschwommen. Der Streit, ihre Flucht, das eiskalte Wasser, das Feuer, Aywen, der sie gerettet hatte.

Sie seufzte.

Außerdem bestand der König darauf, dass sie von nun an jedes Mahl im Thronsaal einnahm und nicht mehr in ihrem Zimmer. Eisiges Schweigen herrschte dort, vorsichtiges Geschirrklappern, aber all das war ihr lieber als sein durchdringender Blick und seine misstrauischen Fragen, die sie nicht beantworten konnte und die er aufgegeben hatte zu stellen. Er war es leid, ihrem Unwissen zuzuhören, denn jedes Stirnrunzeln, jedes Schulterzucken, jeder ausweichende Blick war für den König eine einzige Lüge, die sein Bild von ihr vervollständigte.

Den halben Tag zerbrach sie sich den Kopf darüber, wie sie sich zu Tisch benehmen sollte, und die andere Hälfte, wie sie sich danebenbenehmen könnte. Wie ein Tier kam sie sich vor, das man zum Vergnügen zur Schau stellte. Sie wunderte sich, warum Radrann sie nicht in den Kerker sperrte oder gleich vor die Tür setzte. Beinahe wünschte sie es sich. Denn seine frostklirrende Höflichkeit bescherte ihr jedes Mal eine Gänsehaut, und sie fürchtete sich mehr vor ihm als vor den Geschöpfen, die in Verliesen und im Wald auf sie warteten.

Manche Nacht hielt ein unheimliches Poltern sie wach, riss sie aus unruhigem Schlaf. Eine Tür, die im Wind klapperte, redete sie sich ein. Einer der vielen baufälligen Türme, die der Wind erschütterte. Die Katze, die Büsten umwarf, als sie eine Maus jagte. Dann ein Ruf, ein Schrei. Womöglich wieder die Katze. Ein Fuchs, der sich im Burghof verirrt hatte. Tollvin, der aus einem Albtraum aufschreckte. Lunrah behauptete, sie schliefe von der vielen Arbeit viel zu fest, um mitten in der Nacht aufzuwachen. Aywen meinte, er habe sich in all den Jahren an die Geräusche der Burg und des Meeres gewöhnt.

Um sich abzulenken, schmiedete Anwielle Fluchtpläne und verwarf sie wieder. Aywen freute sich so sehr, ihr die erste Reitlektion erteilen zu dürfen, während Lunrah darauf bestand, dass sie sich weiterhin schonen musste. Außerdem hatte sie ihm mit einem sachten Nicken zu verstehen gegeben, wenn nicht sogar versprochen, dass sie nicht gehen würde, ohne sich von ihm zu verabschieden. Zumindest diese Geste wäre sie ihm schuldig, sobald sie einen Entschluss gefasst hätte.

So zogen die Tage und Nächte erneut an ihr vorbei, sie ruhte sich aus und spazierte über den Burghof, zusammen mit Lunrah fertigte sie Näharbeiten an, spürte die Blicke Aywens und seines Vaters auf sich lasten. Und sie fühlte sich schwächer, je sonniger und wärmer es und je unternehmungslustiger Aywen wurde. Ihre Arme und Beine waren schwer wie Blei, Kopfschmerzen plagten sie, die Stickereien verschwammen vor ihren Augen, und bei den gemeinsam eingenommenen Mahlzeiten brachte sie vor lauter Anspannung kaum einen Bissen herunter. So oft wie möglich stahl sie sich in die Küche und stibitzte Brot, selbst wenn sie es nicht lange bei sich behalten konnte.

Doch die Mauern der Burg engten sie ein und raubten ihr die Luft, sodass sie nun vor dem Spiegel stand, über die kostbare elfenbeinfarbene Brokatweste strich und die ledernen Reithosen aus Aywens alten Kleidertruhen bewunderte. Heute würde er ihr die erste Reitstunde geben. Sie hatte entschieden, dass es an der Zeit wäre, nach vorne zu sehen und die Krankheit und jene Nacht hinter sich zu lassen. Dennoch kämpften Vorfreude und Furcht in ihr, weil sie nicht wusste, ob sie jemals auf einem Pferd gesessen hatte oder ob ihre Angst sie einholen würde, sobald sie sich auf dem schwankenden Pferderücken befand. Aber trotz der Anspannung, die ihr die Kehle zuschnürte, sah sie sich schon über den Burghof traben und an den Klippen entlanggaloppieren. Freiheit spüren.

Doch den Hintergedanken, dass sie sich auf sich allein gestellt in der Wildnis besser zurechtfinden würde, je kräftiger und beweglicher sie wurde, schob sie weit von sich.

Mit weichen Knien ging sie durch die Flure, die Katze begleitete sie, wusste sie doch, dass jeder zweite Happen an der Tafel im Thronsaal ihr zufiel. Doch als sie bemerkte, dass Anwielle den Weg zu den Ställen einschlug, schlenderte die Katze mit zuckendem Schwanz davon.

Aywen wartete bereits auf sie, er hatte Tobi und Estenidas draußen im Burghof an einem Holzbalken angebunden. Die Sonnenstrahlen stachen in ihren Augen wie eine Horde Bienen, sobald sie ins Freie gelangte. Das Pochen hinter ihren Schläfen nahm zu. Anwielle hatte erwartet, dass sie sofort in den Sattel klettern würde, doch Aywen schickte sie in den Stall und drückte ihr eine Mistgabel in die Hand.

»Jeder Reiter fängt erst einmal am Boden an.« Er zeigte sein schiefes Grinsen und rollte einen hölzernen Karren heran.

Anwielle neigte den Kopf, zog eine Schnute.

»Ihr stellt Euch an wie Tollvin! Aber wenn Ihr eine gute Reiterin werden wollt, gehört auch diese Arbeit dazu. Selbst wenn Lunrah wieder sagen würde, dass sich das für eine junge Frau nicht schickt. Übrigens genauso wenig wie Hosen zu tragen und zu reiten wie ein Mann.«

»Ihr seid unerbittlich.«

»Genauso wie Ihr.« Aywen sah sie ohne Scheu an, mit verschränkten Armen lehnte er lässig im Türrahmen.

Rasch wandte sie den Blick ab, zog die Weste aus und krempelte die Ärmel des Hemdes hoch, nur um nicht auf seine Bemerkung eingehen zu müssen. Wie so oft herrschte Schweigen zwischen ihnen, während sie Gabel für Gabel nasses Stroh aus dem Stall räumte und in den Karren hievte, Aywen Heu brachte und die Wassertränken schrubbte. Sie schwitzte und wischte sich mit dem Unterarm über die Stirn, als Aywen einen Lederbeutel mit Bürsten holte, damit sie Tobi den Schmutz aus dem Fell kämmen konnte. Sie unterdrückte ein Seufzen und einen Blick auf ihre Hände, an denen frische Blasen pochten, und ließ sich von ihm zeigen, wie man Erde und getrockneten Schweiß aus dem Haar entfernte, wie man sattelte und die Trense anlegte.

»Seid Ihr bereit, Lady Anwielle?« Er schmunzelte, als er Tobi mitten auf dem Burghof zum Stehen brachte und die Steigbügel für sie einstellte.

»Ich weiß es nicht.« Ihr Herz hämmerte, und nicht nur, weil Aywen sie anstrahlte.

»Ich könnte auch immer noch meine Zeichenutensilien holen und wir könnten uns an einem Stillleben versuchen. Eine Kartoffel und ein Stück Brot? Ein Teller und ein Messer? Ihr müsst wissen, ich bin ein Meister im Malen eines Tellers. Teller zeichnen kann ich in allen Variationen. Ton, Zinn, Holz. Und meine Gemälde mit Kartoffeln sind nahezu göttlich.«

Sie lachte und ihre Augen glitzerten. »Die göttliche Kartoffel.«

»Das ist gut. Wenn man lacht, atmet man. Und wer atmet, entspannt sich.«

»Das ist also die dritte Lektion nach Ausmisten und Putzen, die Ihr mir erteilt? Lachen?«

Zur Antwort stellte er einen Schemel neben den Zelter, damit Anwielle in den Sattel klettern konnte.

Sie ergriff die raue Mähne des Tieres, stellte den linken Fuß in den Steigbügel, spürte das weiche Leder des Sattels, hörte sein Knirschen. Ausgeliefert kam sie sich vor, als sie auf dem Rücken saß und Tobi antrat. Genauso wie in dem morschen Boot auf hoher See während ihrer Flucht. Sie wollte nicht daran denken und sog die Unterlippe ein. Tobis ausladende, aber ruhige und regelmäßige Schritte, Aywen, der die Zügel in der Hand hielt und das Pferd über den Hof führte, vermochten ihr keine Sicherheit zu verschaffen. Ein Knoten setzte sich in ihrem Bauch fest, ihre Finger krallten sich in die spärliche Mähne. Ihre Knie wurden weich, und sie merkte erst, dass sie sich auf die Unterlippe biss, als sie Blut schmeckte.

»Wenn Ihr lachen würdet, würdet Ihr atmen und Euch entspannen«, riet ihr Aywen.

»Ich sehe momentan keinen Grund zum Lachen. Ich fühle mich eher, als würde ich seekrank werden. Aber wenn Ihr mir einen Grund geben würdet zu lachen, dann …«

»Soll ich Euch eine lustige Posse erzählen? Wobei, allzu oft erzählt man sich auf Burg Nyivalor keine Possen.« Er zog die Stirn kraus.

»Dann erfindet eine.«

»Wie wäre es, wenn Ihr die Augen schließen würdet?«

»Die Augen schließen?« In ihrem Bauch rumpelte es, und die Fingerknöchel traten weiß hervor, als sie sich noch fester in Tobis Mähne klammerte.

»Um die Bewegung zu spüren. Um sich darauf einzulassen«, erklärte Aywen und tätschelte Tobi im Gehen den Hals. »Um loszulassen.«

Statt die Augen zu schließen, riss sie sie auf.

»Traut ihm nicht, Mylady!« Tollvin sauste heran, einen Eimer in der Hand, aus dem das Putzwasser schwappte. Schweißtropfen hockten in seinem zerzausten Haar.

Aywen verzog den Mund und hielt Tobi an. »Hast du nichts Besseres zu tun, Junge?«

»Das Wasser im Eimer ist schmutzig. Also habe ich meine Arbeit bereits getan.« Er stellte den Eimer ab und verschränkte die Arme vor der mickrigen Brust.

Anwielle kicherte.

»Seht Ihr, Prinz? Sie kichert. Sie atmet. Sie entspannt sich.« Tollvin kletterte auf den Rand des Brunnens und setzte sich auf den grauen Stein. »Ich bin hier überaus nützlich.«

»Wenigstens hast du diese Lektion gelernt. Selbst wenn du sie selbst nie beherzigst.« Aywen schnalzte mit der Zunge, damit Tobi wieder antrat. »Ich hoffe, du kannst wenigstens dein Gleichgewicht halten, solange du auf dem Brunnenrand sitzt. Das Loch ist tief und unsere Seile kurz.«

Tollvin verzog den Mund, hielt sich rasch fest und Aywen lachte auf.

»Und wie ist Euer Gefühl, Lady Anwielle?« Aywen blickte zu ihr hinauf.

»An Fliegen kommt es noch nicht heran«, stotterte sie.

»Das ist auch besser so«, krakeelte Tollvin. »Ich bin am Anfang bei fast jeder Reitstunde vom Pferd geflogen.«

»Was aber nicht an deinem Lehrer lag!«

»Ich weiß, dass ich Euch nicht widersprechen darf, Herr, aber …«

»Wie wäre es dann, wenn du dein Wissen ausnahmsweise einmal einsetzen würdest, Tollvin? Nur ein einziges Mal?«

»Das bin ich nicht gewohnt, Herr.«

Aywen konnte gar nicht mehr aufhören zu lachen und Tobi schüttelte den Kopf. Der Prinz ließ die Zügel los und drückte sie Anwielle in die Hände. »Dann lasst es uns so versuchen. Probiert es auf Euch allein gestellt aus.«

Sie knabberte auf der Unterlippe herum und verkrampfte die Finger. »Ich bin mir nicht sicher.«

»Der erste Schritt in die große Freiheit.«

Sie hielt den Atem an. *Der erste Schritt in die große Freiheit.* Er wandte den Blick ab, zog sich mit einer angedeuteten Verbeugung zurück, ließ sie und Tobi allein. Vielleicht ahnte er, was diese Worte für sie bedeuten mussten. Was es für ihn bedeutete, wenn sie erst einmal davon gekostet hatte.

»Euer Blick und Eure Schultern weisen ihm den Weg«, gab er ihr als kühlen Ratschlag und setzte sich zu Tollvin auf den Rand des Brunnens. Er verschränkte die Arme vor der Brust und beobachtete sie gespannt. Sein Adamsapfel hüpfte aufgeregt auf und ab, während er sich nervös über den Bart fuhr.

Kurz schloss Anwielle die Augen, bevor sie die Schultern durchdrückte und das Kinn reckte. Sie wollte alles richtig machen. Sie versuchte, ruhig ein- und auszuatmen, sich zu entspannen, den Rücken des Tieres zu fühlen, während Tobi brav seine Runden zog und die Hühner gackernd vor ihm davoneilten. Er spitzte die Ohren, nur um sie im nächsten Moment nach hinten zu recken, zu ihr, um ihr zuzuhören und um auf sie achtzugeben. Er schnaubte, und das Geräusch schenkte ihr Vertrauen und Behaglichkeit. Wie in jener Nacht, als Aywen sie im Wald gerettet hatte.

Mit jeder Runde gewann sie an Mut und Selbstsicherheit, ritt hier einen Kringel und dort, lockerte den Griff um die ledernen Zügel, ließ sich tragen, bis die Wärme in ihrem Bauch zu ihrem Herz hinaufwanderte, hin zu ihren Lippen.

»Bravo, Lady Anwielle! Bravo!« Tollvin klatschte in die Hände.

Aywen atmete erleichtert aus und sprang vom Rand des Brunnens auf.

Anwielle parierte durch und streichelte Tobis kräftigen Hals.

»Die morgige Lektion fängt mit Sattelputzen an. Wir wollen doch nicht, dass Ihr abhebt, Lady Anwielle.« Aywen blieb neben Tobi stehen, biss sich in die Innenseite der Wange.

Ihr Herz begann wieder zu flattern, als Aywen sie anlächelte, und seine braunen Augen funkelten. Sie zuckte mit den Schultern, ganz so, als wäre Reiten das Selbstverständlichste auf der Welt für sie, als wäre ein lächelnder Aywen so selbstverständlich wie die Möwen, die über ihnen kreisten, so selbstverständlich wie Ebbe und Flut.

»Und jetzt nehmt beide Füße aus den Steigbügeln und schwingt das rechte Bein über den Widerrist, dann lasst Euch einfach zu Boden gleiten.«

Anwielle krauste fragend die Stirn.

»Das ist die eleganteste Art, um abzusteigen.« Er legte die Hand auf Tobis Kruppe. »Tollvin kennt aber Dutzende weniger elegante Arten. Wenn Ihr lieber ihn fragen wollt …« Abwartend zog er die Augenbrauen hoch.

»Ihr seid ein Schuft, Aywen Nyivalor.« Anwielle erwiderte sein unschuldig wirken wollendes Lächeln, schlüpfte aus den Steigbügeln und hob ihr Bein über Tobis Hals, doch als sie am Sattel entlangrutschte, verlor sie das Gleichgewicht. Rasch umgriffen Aywens Hände ihre Hüften, sodass sie sicher auf dem Steinboden landete. Sein Griff war zaghaft und fest zugleich, sein Lächeln plötzlich unsicher, sein Blick flackerte hin und her.

Er räusperte sich. »Alles in Ordnung?«

»Alles in Ordnung«, hauchte sie zur Antwort.

Seine Hände waren warm, er roch nach Kräutern und süßem Apfelmost, nach Pferd und Heu. Sie sah die Flecken auf seinem offen stehenden wildledernen Wams, die ausgefransten Schnüre an seinem Hemd, doch sie vermied den Blick in seine funkelnden Augen. Dazu war er ihr viel zu nah. Sie hörte nur seinen Atem, der immer schneller ging. Wie der ihre. Tobi stupste sie in den Rücken, sodass sie auf Aywens Brust landete. Sie keuchte auf. Sein Duft umhüllte sie, seine Wärme deckte sie zu. Sie konnte nicht umhin, nun doch zu ihm aufzusehen. Ein Muskel in seiner Wange zuckte, seine Lider flatterten, seine Hände in ihrem Rücken verbrannten sie.

»Tststststs. Wenn das Lunrah sehen würde.« Tollvin schnalzte mit der Zunge. »Zuerst Stallarbeit, dann Reiten ohne Damensattel und dann … nun ja … dies hier eben.« Er fuchtelte mit den Händen herum, geriet aus dem Gleichgewicht. »Es war zwar Lunrahs Einfall, Euch in die Kleider von Aywen zu stecken, aber das geht nun doch zu weit.« Er spitzte die Lippen.

Anwielle und Aywen fuhren auseinander wie eine Herde Schafe, in der ein Wolf wütete. Aywen strich sich die verschwitzten braunen Locken hinters Ohr und senkte den Blick, Anwielle drehte sich rasch um und griff nach den Zügeln. »Nie die Zügel loslassen, nicht wahr?«, versuchte sie zu scherzen. Noch immer spürte sie Aywens Herz an ihrem schlagen. Seinen Atem auf ihren erhitzten Wangen.

»Schluss jetzt! Das reicht! Oder soll ich Lunrah erzählen, dass du hier Maulaffen feilhältst, anstatt die Schweine zu füttern oder Brot zu backen?«, donnerte plötzlich Aywen. Er scheuchte Tollvin auf, der beinahe vor Schreck vom Brunnenrand gefallen wäre und nun mit klapperndem Eimer davoneilte. Mit sanfter Stimme wandte er sich wieder an Anwielle. »Wir sollten für heute Schluss machen, Lady Anwielle.« Er sah sie nicht einmal an, als er sich die Zügel schnappte, sie dabei versehentlich berührte und Tobi schnurstracks in den Stall führte.

Anwielle folgte ihm langsam. Sie musste Tobi den Schweiß aus dem Fell bürsten und seine Hufe säubern, ihn füttern, sich bei ihm bedanken. Sie wusste, dass Aywen dies von ihr erwartete. Aber sie ahnte auch, dass sie ihn lieber allein lassen sollte. Etwas hatte ihn verstimmt. Trotzdem lehnte sie sich an den Türrahmen und beobachtete, wie er Tobi die Trense abnahm, ihn absattelte und mit gleichmäßigen Strichen über dessen Rücken wischte. Die Katze gesellte sich zu ihnen und schnurrte um Anwielles Beine. Sie hob sie hoch und schmiegte die Nase in ihr struppiges mitternachtschwarzes Fell.

»Sollte nicht lieber ich das tun?«, fragte Anwielle nach einer Weile in die Stille hinein. Die Sonne schien durch die schmutzigen kleinen Fenster und ließ den Staub in ihren Strahlen tanzen.

»Ihr solltet Euch ausruhen«, brummte Aywen und konzentrierte sich auf jeden Bürstenstrich. »Das war genug für heute.« Er wandte ihr den Rücken zu, sie sah lediglich die verschwitzten Locken in seinem Nacken.

»Aber gehört diese Arbeit nicht auch dazu, wenn man ein richtiger Reiter werden will?«, versuchte sie einen erneuten Vorstoß und stieß sich vom Türrahmen ab. Die Katze sprang von ihren Armen in einen Haufen voller Stroh, Anwielle klaubte einen Halm heraus und neckte sie damit, nachdem sie sich zu ihr gesetzt hatte.

»Und wenn man gesund werden will, gehören ausgiebige Ruhezeiten ebenfalls dazu.«

»Ich wusste nicht, dass Ihr mit Lunrah einen Pakt geschlossen habt.« Anwielle reckte das Kinn, obwohl Aywen es nicht sehen konnte. Bloß die Katze tat es und fauchte sie an.

»Und ich hätte wissen müssen, dass Ihr zu töricht seid, um Ratschläge anzunehmen.«

»Wenn ich gehen soll, dann sagt es einfach. Sagt, wenn ich Eure Gastfreundschaft überstrapaziert habe.« Abrupt erhob sich Anwielle, Aywen hielt in seiner Arbeit inne. Immer noch stand er mit dem Rücken zu ihr.

»Wir sollten uns umziehen. Für das Mahl mit dem König. Und davor solltet Ihr Euch ein wenig hinlegen. Mehr wollte ich damit nicht sagen.« Aywen steckte die Bürste in den Lederbeutel, der an der Tür hing, ehe er Tobis Hufe nach eingeklemmten Steinen absuchte.

Anwielle biss sich auf die Unterlippe. Sie wollte ihm sagen, dass sie keinen Wert darauf legte, vom König wie ein exotisches Tier behandelt zu werden, dass sie dessen Gesellschaft nicht genoss. Sie wollte Aywen fragen, warum *er* nicht atmete, um sich zu entspannen. Sie wollte ihn fragen, warum er nicht loslassen konnte.

»Lasst uns gehen.« Aywen schloss die Tür hinter Tobi und verließ strammen Schrittes den Stall. Er erwartete wohl, dass Anwielle ihm folgte.

Sie schluckte die Worte hinunter, die ihr auf der Zunge brannten. Sie war immer noch Gast auf Burg Nyivalor. Und wusste doch nicht, wohin sie gehen sollte, wenn sie ein weiteres Mal die Flucht ergreifen würde. Nicht einmal, wo sie nach einer Antwort für ihre Herkunft suchen sollte. Lunrah behandelte sie beinahe wie eine eigene Tochter, und Prinz Aywen … So viel Kälte hatte er noch nie ausgestrahlt. Seine Augen wirkten eisig, sein Kinn verspannt, während der Muskel in seiner Wange immer noch zuckte. Seine Schultern waren steif. Er gab vor, neben ihr zu laufen, während sie auf das Innere der Burg zuhielten. Doch er lief einen Hauch vor ihr her, damit sie ihm nicht direkt ins Gesicht sehen konnte.

Ihre Finger zuckten. Am liebsten hätte sie die Hand auf seine Schulter gelegt. Aber was dann? Was hätte sie dann gemacht? Hätte sie ihn gefragt, warum er plötzlich so abweisend war? Hätte sie ihm sagen können, dass sie ihn, dass sie die Burg verlassen wollte? Dass sie gehen würde, wenn er es verlangte?

Nein, sie hätte es nicht geschafft. Selbst wenn es ihr Wunsch war.

Stumm schritten sie durch die Gänge der Burg, und Anwielle war froh darum, dass die Katze sich zu ihnen gesellte und zwischen ihnen hin und her hüpfte, als ob nichts gewesen wäre.

Aywen blickte sie erst wieder an, nachdem er sie zu ihrem Zimmer begleitet hatte und sich dort von ihr verabschiedete. Er sagte keinen Ton, sah sie nur an, knirschte mit den Zähnen. Er ballte die Hände zu Fäusten.

Anwielle räusperte sich, um ihre Stimme in den Griff zu bekommen. »Wir sehen uns im Thronsaal.« Ihre Hände suchten nach dem Türriegel in ihrem Rücken.

Aywen nickte ihr zu und eilte strammen Schrittes davon. Wie gern hätte sie ein paar Worte von ihm gehört. Ein *Wir sehen uns* oder ein *Das war ein schöner Tag heute*. Aber er ließ sie mit nichts zurück. Nur mit diesem ausweichenden Blick.

Als sie selbst noch nicht des Sprechens fähig gewesen war, war Aywen nur so vor Worten übergesprudelt. Wie ein wilder Fluss. Heute war er derjenige, der nach Worten rang, und sie begriff zum ersten Mal, wie er sich in all der Zeit gefühlt haben musste. Wenn es so viel zu reden und fragen gab und die Worte einfach nicht über die Lippen kommen wollten. Wenn man sich nach nur einem einzigen Wort sehnte.

Anwielle hätte sich in ihr Zimmer zurückziehen und sich ausruhen können, doch sie wartete, bis Aywen um die nächste Ecke gebogen war und seine Schritte auf dem Stein verhallten. Dann machte sie sich auf den Weg, um die Bibliothek aufzusuchen. Sie wusste nicht, was sie dort erwartete, geschweige denn, was sie dort suchen sollte. Sie hoffte nur, dass der König in seinen Gemächern war und sich nicht in der Bibliothek aufhielt. Und wo sonst, außer in einer Bibliothek, konnte es Antworten auf Fragen geben – vielleicht sogar auf ihre? Hier gab es doch nur Stein und Fels, Wasser und Wind.

Die Katze schlenderte neben ihr her, sprang über Kommoden und wich Büsten mit zerschellten Nasen aus, und Anwielle hoffte, dass das Tier vor ihr bemerken würde, falls ein Bewohner der Burg oder etwas anderes ihren Weg kreuzen sollte. Immer wieder blickte Anwielle sich um, das Herz klopfte ihr bis zum Hals und ihre Tritte hörten sich unnatürlich laut auf dem Steinboden an, obwohl sie doch nichts Verbotenes tat. Dennoch hielt sie inne und lauschte an der Tür, die zur Bibliothek führte, ehe sie den Riegel langsam zurückschob. Sie öffnete sie einen Spaltbreit und spähte in die Dunkelheit hinein. Nirgends sah sie eine brennende Kerze, noch waren die Vorhänge geöffnet. Die Bibliothek war leer. Kaum hörbar atmete sie aus. Bevor sie in den Raum huschen konnte, wischte die Katze an ihr vorbei. Anwielles Herz machte einen stolpernden Schlag und sie fasste sich an die Brust.

»Oh, ich weiß nicht, ob du in die Bibliothek darfst«, flüsterte sie mit erstickter Stimme. »Aber jetzt ist es eh schon zu spät.« Leise schloss sie die Tür hinter sich und verharrte einen Moment in der Dunkelheit, in dem sich ihre zitternden Finger und ihr laut pochendes Herz allmählich beruhigen konnten. Sie wusste, dass sie nichts Unerlaubtes tat – schließlich hatte ihr niemand verboten, die Bibliothek zu betreten. Aber genauso wenig hatte man es ihr gestattet, durch die Flure und Gänge zu streifen und die privaten Gemächer des Königs aufzusuchen.

Durch die verschlissenen Vorhänge hindurch bahnte sich die Sonne ihren Weg, sodass sich Anwielle, nachdem sich ihre Augen an die Düsternis gewöhnt hatten, sicherer fühlte und sachte vorantastete. Sie war hier, um sich auf die Suche nach ihrer Vergangenheit und ihrem Erbe zu begeben, denn sie war des Lesens mächtig und somit kein einfaches Bauernmädchen. Aywen hatte ihr Bücher geliehen. Über Gartenbau und Baukunst – und nur aus Langeweile hatte sie hineingelesen. Wenn sie Glück hatte, könnte sie sogar das Geheimnis der brennenden Runen ergründen, denn in jeder Bibliothek gab es verbotene Bücher über Hexerei und Zauberei. Anwielle wusste nicht, woher sie dieses Wissen nahm, schließlich konnte sie sich nicht daran erinnern, jemals in einem Raum gewesen zu sein, der nur dazu da war, alte Schriften und Traditionen zu überliefern. Doch sie würde jetzt nicht haltmachen, bloß weil sie sich keine schriftliche Erlaubnis geholt hatte. Beinahe amüsiert schüttelte sie den Kopf. Sie wagte sich zu den Fenstern vor und zog einen der Vorhänge ein Stück auf. Staubwolken stiegen empor, sie begann zu husten. Etwas huschte fiepend über ihre Stiefel. Es war nicht die Katze.

Ein Blick aus dem schmutzigen Fenster zeigte ihr, dass die Bibliothek zum Meer hinausführte. Also beschloss Anwielle, die Vorhänge weiter aufzureißen – niemand würde es bemerken –, während sich die Katze dazu entschloss, es sich in der Wärme der Frühlingssonne bequem zu machen. Sie hüpfte auf die Fensterbank und rollte sich auf dem Stein zusammen. Anwielle streichelte ihr kurz über den Kopf, bevor sie sich umdrehte, um die Bibliothek in Augenschein zu nehmen.

Der Raum war riesig. Die Regale reichten bis zur Decke, über Treppen und Leitern gelangte man zu den obersten Fächern, es gab gemütliche Sitzrunden und Studierplätze an den Fenstern, überall standen Kandelaber mit abgebrannten Kerzen. Auf dem Boden, auf Tischen und Kommoden. Über einem Kamin, in dem kalte Asche lag, thronte das Geweih eines Hirsches. Erst jetzt fiel ihr auf, dass das Treppengeländer wie Äste und Blätter geschnitzt war, dass an den verrußten Wänden Rehe und Hirsche durch den Wald tollten, dass Stuhl- und Tischbeine geformt waren wie Bäume. Doch die Düsternis und die Vernachlässigung, die Berge an Staub und die dicken Teppiche aus Spinnweben in allen Ecken erstickten den frühlingshaften Eindruck, den der Raum eigentlich erwecken wollte. Sie konnte sich nicht erklären, warum das König Radranns Lieblingsplatz war. Womöglich weil der Raum genauso leer war wie sein Herz. Denn das, was eine Bibliothek erst zu einer Bibliothek machte, fehlte beinahe bis zur Gänze: Bücher.

Niedergeschlagen blickte sich Anwielle um. Gähnende Leere herrschte in den Regalen, auf den Tischen stapelte sich nur Staub, aber weder aufgeschlagene Bücher noch Papierrollen. Anwielle schüttelte ungläubig den Kopf. Dafür, dass König Radrann täglich Stunden hier verbrachte, gab es eindeutig zu wenig Lesestoff. Doch es würde erklären, warum Aywen ihr nur Bücher über Ackerbau und Viehzucht gebracht hatte, keine Gedichte, keine Märchen.

Sicherlich würde sie in dieser Bibliothek kein einziges Wort finden, das beleuchten würde, wer die Nyivalors waren oder gar wer sie war. Warum auch? Vielleicht war sie doch nur eine einfache Bauerntochter, die einem Verbrechen zum Opfer gefallen war, als sie die Gänse gehütet hatte? Niemand würde einem Bauernmädchen einen Vers in einem Gedicht widmen. Aber warum sollte sie sich mit Gänsen oder Ziegen im ausklingenden Winter im Wald aufhalten? Und wenn doch, wäre ihre Familie dann nicht längst auf der Suche nach ihr? Vielleicht war sie auch geflüchtet? Vor einem ungeliebten Ehemann, einem zu strengen Vater.

Aber wie sollte sie sich die Male erklären, die ihre Haut übersäten und glühten? Die bernsteinfarbenen Augen, die so gar nicht zu ihrer weißen Haut passen wollten? Ihre Sehnsucht nach der Kälte da draußen? Die Bestimmtheit, die sie Tag für Tag ergriff, dass sie das Leben am Hofe kannte. Sie erwischte sich dabei, dass sie bestimmte Tanzschritte in aller Heimlichkeit tanzte, dass sie Sonette in fremdländischen Sprachen rezitieren konnte. Überhaupt: Sie konnte lesen. Welches Bauernmädchen war dazu imstande? Auf Tobis Rücken hatte sie sich Runde für Runde sicherer gefühlt, sie hatte instinktiv gespürt, wie sie ihre Hilfen einzusetzen hatte. Sogar Lunrah hatte stirnrunzelnd bemerkt, dass Anwielles Nadelstiche exakter ausgefallen waren als ihre eigenen. Wohingegen sie von der Stallarbeit heute Blasen an den Händen bekommen hatte und ihr der Rücken schmerzte.

Aber wenn sie hohen Blutes wäre, dann müsste König Radrann sie doch erkannt haben? Ihre Familie müsste sie doch vermissen und einen Suchtrupp losgeschickt haben? Es sei denn … es sei denn, sie wäre ein Bastard. Ein Bastard, der einen Thron bedrohte, ein Bastard, dessen man sich entledigen wollte. Es würde erklären, warum sie über ein gewisses Maß an Bildung verfügte, aber dennoch nicht vermisst wurde. Aber was, wenn König Radrann davon erfahren hatte und sie deshalb loswerden wollte, um sich nicht selbst in Gefahr zu bringen? Oder wenn er sie hier gefangen hielt, um seinen Widersacher zu erpressen?

Anwielle schwindelte der Kopf. So viele Fragen. Fragen, die sie sich lieber nie gestellt hätte. Am liebsten hätte sie es der Katze gleichgetan. Sich auf der Fensterbank zusammengerollt und den Tag vorbeistreichen lassen, sich nicht den Kopf darüber zerbrochen, wer sie war und woher sie stammte. Die Katze hatte sich auf Burg Nyivalor eingeschlichen und es sich hier gemütlich gemacht. Sie war einfach nicht mehr gegangen, weil sie des Lebens draußen in der Wildnis überdrüssig geworden war. Es wäre so leicht gewesen, dem sanften Werben Aywens nachzugeben, Herrin der Burg zu werden, ihre Fragen ruhen zu lassen.

Doch der heutige Tag hatte ihr gezeigt, dass sie nicht für immer hierbleiben konnte. Sie konnte sich Aywen nicht sicher sein, er hatte sich heute wie ein unbemerkt heranziehendes Sommergewitter benommen. Vielleicht wurde ihr aber auch bloß deutlich, dass es dort draußen so viel mehr gab, was es zu erkunden galt. Und der Ritt auf einem Pferd war erst der Anfang …

Anwielle schritt die Regale entlang, in der Hoffnung, etwas zu finden, das von Interesse war. Stammbäume, Landkarten, Chroniken diverser Adelsfamilien, Bücher über Schriftzeichen oder gar Magie. Doch es gab bloß Schriftstücke über Ackerbau und Steinmetzarbeiten, Reitvorschriften und Almanache über das Wetter. Enttäuscht ließ sie die Schultern fallen, senkte die Hand, deren Finger kurz zuvor noch voller Vorfreude über die Buchrücken gestrichen hatten, schloss den Mund, der den Staub von den vergoldeten Buchstaben und Ziffern gepustet hatte. All ihre Hoffnungen zerfielen zu Staub. Genauso wie die Bücher, deren Seiten auseinanderfielen, sobald man sie berührte, über deren Blätter winzige Käfer huschten. Ihr schauderte.

Aber Anwielle stockte erst, als sie den Kamin erreichte und entdeckte, dass darin nicht nur Feuerholz verbrannt wurde. Verkohlte Blätter und verstümmelte Buchrücken stachen aus der Asche hervor. Goldene und silberne Buchstaben auf brüchigem Leder glühten wie Kohlestücke in dem pulverigen Grau. Anwielle keuchte. Sollte sie womöglich doch wohlbehüteten Geheimnissen auf die Spur gekommen sein?

Denn aus einem ihr noch nicht ersichtlichen Grund vernichtete hier jemand Bücher. Sie konnte sich nicht vorstellen, dass Lunrah oder Tollvin Bücher verbrannten, um den Raum einzuheizen. Nein, es sah eher so aus, als steckte eine andere Absicht dahinter.

Anwielle kniete sich auf den Boden und versuchte, mit zitternden Fingern ein Stück Papier aus der Asche zu ziehen. Es zerfiel, sobald sie es berührte. Dann fiel ihr Blick auf ein weiteres. Sie klaubte es ebenfalls heraus. Die Ränder waren schwarz, das Blatt rußig. Als sie sanft darüberpustete, musste sie einen Hustenanfall unterdrücken, die Katze reckte erbost den Kopf, doch es kamen Buchstaben, gar ganze Wörter und Sätze zum Vorschein. Klopfenden Herzens eilte sie zum Fenster hinüber. Warum sollte König Radrann Bücher verbrennen? Wissen, das seit Generationen überliefert und gehütet wurde?

Ihr Blick blieb bei den Resten einer Zeichnung hängen, die nur noch den Saum eines Rockes mit langer Schleppe und Stiefelspitzen zeigte. Unter dem Bild konnte sie folgende Zeilen lesen: *Kronprinzessin Soljara Lithuviel geht den Bund der Ehe mit König Radrann Nyivalor auf Burg Nyivalor ein. Ein Jahr darauf gebärt sie ihm einen Sohn. Kronprinz Aywen Nyivalor.*

Anwielle stockte der Atem, die Buchstaben verschwammen vor den Augen. Sie hatte tatsächlich etwas gefunden! Für einen Moment betrachtete sie den Himmel, um sich wieder zu sammeln. Wolken zogen heran. Regen. Zu gern hätte sie Aywens Mutter gesehen, seinen Vater in jungen Jahren. Rasch überflog sie das Papier, das Schriftstück sprach vom Tod der Königin kurz nach der Geburt Aywens, dass ihre Familie nicht zu ihrer Seebestattung kam. Der Rest der Seite war leer. Als ob es danach nichts mehr über die Nyivalors zu erzählen gäbe. Als wäre ihre Geschichte genauso leer und einsam wie diese Burg. Ein Schauder lief über Anwielles Rücken, und zum Dank fauchte die Katze sie an, als sie zur Beruhigung ihr struppiges Fell streicheln wollte. Schnell zog sie die Hand zurück.

Vielleicht war der frühe Tod der Königin der Grund für das zurückgezogene Leben des Königs und seines Sohnes?

Hektisch drehte sie das Blatt um, doch auf der Rückseite war noch weniger zu entziffern. Nur einzelne Wörter konnte sie ausmachen: *verstoßen*, *gegen das Gesetz der Mutter der Erde*, *überstürzt*. Sie sah Fragmente verschiedener Wappen auf dem vergilbten Papier: eines mit einem Hirschgeweih, das andere mit Schmetterlingsflügeln, die die Knospe einer Rose bildeten.

Anwielle konnte sich keinen Reim darauf machen, ob sich diese Worte ebenso auf König Radrann und seine verstorbene Gemahlin bezogen, ob ihnen nur diese eine Seite gewidmet war oder ob womöglich das ganze Buch die Geschichte der Nyivalors nachzeichnete. Noch einmal drehte sie das Blatt herum, um sich zu vergewissern, dass ihr nichts Wesentliches entgangen war, und stocherte danach in der Asche herum. Doch der Buchrücken war nicht mehr leserlich, der Rest nur grauer Staub. Sie rieb sich gerade die Hand an der Hose ab, als die Tür zur Bibliothek aufgerissen wurde. Vor Schreck wäre Anwielle beinahe das Schriftstück aus der Hand gefallen, während sie hinter den staubigen Vorhang huschte. Die Katze sprang von der Fensterbank und witschte zwischen ihren Füßen hindurch, ehe sie sich unter einem Sessel versteckte.

Anwielle hielt den Atem an, als König Radrann und Aywen die Bibliothek betraten. Aywen hatte die Stimme erhoben, während der König ihm nur zischelnd antwortete und Anwielle nicht umhinkam, dem Streit zu lauschen.

»Ich weiß nicht, warum sie hier ist, aber sie wird nicht finden, was sie sucht.«

Anwielle spähte durch einen Riss im Vorhang, während eine Spinnwebe sie an der Nase kitzelte. Sie durfte sich nicht bewegen, geschweige denn niesen. Kurz schloss sie die Augen, versuchte, tief durchzuatmen. *Atmen entspannt.*

»Sie hat überhaupt keinen Grund, hier zu sein.« Aywen strich sich durch die Haare, während er an den Regalen entlangschritt.

Das Herz klopfte ihr bis zum Hals, als sie bemerkte, dass Vater und Sohn über sie sprachen.

»Du gibst ihr einen Grund, hier zu sein.«

»Ich gebe ihr nichts. Ich habe ihr nichts zu geben.« Aywen blieb vor dem Kamin stehen und stützte sich an dem Sims ab. Er starrte auf die Wand, auf der ein Hirsch und ein Reh auf einer Lichtung zu sehen waren.

»Und doch nehmen sie immer alles.«

Aywen erstarrte, dann horchte er auf. »Was meint Ihr damit, Vater?«

Radrann ging auf das Fenster zu, blickte auf das Meer hinaus. Anwielle stockte der Atem. Nur einen Hauch von ihr entfernt stand er nun, der König der Nordlande, und sie konnte seine eingefallenen Wangen sehen, die graue Haut um die trüben Augen, das abgewetzte Wams, das schon weitaus bessere Zeiten erlebt haben musste. Falls er sie entdecken sollte, könnte sie behaupten, dass sie ein Buch zurückbrächte. Aber wie sollte sie erklären, was sie hinter dem Vorhang machte? »Sie, sie alle kommen, um das Leben zu suchen, und finden doch nur den Tod.« Er klang müde.

»Was wollt Ihr damit sagen? Redet Ihr über Mutter? Königin Soljara?« Aywen ging auf seinen Vater zu. Er atmete schwer, die Brust bebte, Anwielle konnte seinen auf und ab hüpfenden Adamsapfel erkennen, so nahe war der Prinz ihr. Sie wollte den Blick abwenden, doch sie schaffte es nicht. Wie gebannt sah sie ihn an. Die hochgezogenen Augenbrauen, die verkrampften Finger, die pochende Ader an seinem Hals, die Narbe, die seine Wange zierte.

Der König blickte seinen Sohn nicht an. »Sie hat dir das Leben geschenkt und wurde um das ihrige beraubt.«

»Wollt Ihr mir das noch immer vorwerfen?« Aywen konnte sich kaum zügeln, die Knöchel an seinen Fäusten traten weiß hervor.

»Ich werfe es mir vor. Und ihr. Diesem Land.«

Anwielles Hände zitterten, sie biss sich auf die Fäuste – zerknitterte aus Versehen die Seite –, weil sie Angst hatte, ein Flattern des Vorhangs könnte sie verraten. Wer trug die Schuld an Königin Soljaras Tod? War es nicht bloß das Kindbettfieber, wie es das verkohlte Schriftstück andeutete?

»Und warum sollte sich die Geschichte noch einmal wiederholen?« Aywen wandte sich endlich von seinem Vater ab und lief rastlos den Raum auf und ab. Anwielle atmete erleichtert aus, obwohl die angespannte Stimmung noch immer an ihr nagte.

»Weil sie genauso wenig hierhergehört wie deine Mutter.«

»Wir wissen doch gar nicht, wohin sie überhaupt gehört.«

»Nicht hierher!« Abrupt drehte sich der König um und Anwielle zuckte zurück. »Siehst du es nicht? Oder willst du es nicht sehen?« Die Müdigkeit aus des Königs Stimme war wie weggewischt. Er straffte die Schultern. »Das ständige Fieber? Die Abwehr durch die Runen? Die weiße Haut und die Augen, die gar nicht zu ihr passen wollen?«

»Was wisst Ihr über die Runen, Vater?« Plötzlich hellhörig geworden, spannte Aywen den Rücken an.

»Nichts. Sie ist verrückt.« Mit einer schneidenden Handbewegung machte der König deutlich, dass er nichts mehr davon hören wollte.

»Aber bringt sie denn nicht auch ein bisschen Wärme auf diese Burg? Licht und Helligkeit?«

Voller Hohn lachte der alte König auf, es hörte sich an, als kratzten Krallen über Glas.

»Aber was ist es dann, wenn es keine Wärme ist? Ihr sanftes Lächeln, ihr leises Summen, die gemurmelten Lieder?«

Hatte Aywen sie gehört, womöglich beobachtet, als sie singend und summend durch die Burg gestreift war? Ein Prickeln kroch von ihrem Hals zu ihrem Bauch hinab.

»Lieder? Es ist das Heulen des Windes! Das Wimmern eines Kindes in der kalten Krippe.«

Die kribbelnde Wärme in ihrem Bauch verwandelte sich in einen kalten, schweren Stein.

»Was sagt Ihr da, Vater?«

»Die Wahrheit, die du noch nicht siehst. Nur die Wahrheit.«

»Aber sie ist in Not. Sollten wir ihr nicht wenigstens eine vorübergehende Zufluchtsstätte bieten? Selbst wenn sie nur ein einfaches Mädchen vom Lande sein sollte. Nur so lange, bis ...«

»Ein Mädchen vom Lande? Das glaubst du noch immer? Du siehst zu viel mit dem Herzen und zu wenig mit dem Verstand.« Erneut lachte der König, fing an zu husten. Wie eine alte, zerfledderte Krähe sah er aus, als er die Hand vor den Mund hielt und sich vor Schmerz krümmte.

»Ist es denn so wichtig, wer sie ist und woher sie stammt?« Wenn sie doch nur Aywens Gesicht sehen könnte, um herauszulesen, wie ernst er seine Worte wirklich meinte.

»Du wirst es sehen. Bald. Wenn es zu spät ist. Vielleicht müssen wir alle dieselben Fehler begehen«, krächzte der König, nachdem sich seine Stimmbänder und seine Lunge beruhigt hatten. Er strebte auf die Eingangstür zu. »Sie sucht den Tod. Und sie bringt ihn.«

»Was wisst Ihr, Vater? Sagt es mir!«, flehte Aywen ihn an, während er ihm folgte. »Was verheimlicht Ihr? Welches Geheimnis hütet die Bibliothek, die Ihr mit aller Macht zu zerstören versucht?«

»Das nächste Mal, wenn du in der Bibliothek deinen Studien nachgehst, schließ die Vorhänge.« Der König klang wieder müde und alt. Der heftige Sturm war aus seiner Stimme gewichen.

»Ihr seid ein abergläubischer Narr, Vater!«, beschimpfte Aywen den König.

Der blieb im Türrahmen stehen und stützte sich daran ab, den Rücken Aywen zugewandt. Ein weiterer Hustenanfall schüttelte ihn, sein Sohn reichte ihm ein Taschentuch. Spuckte er bereits Blut?

»Besser als ein verliebter Narr, mein Sohn.« Seine Schritte verstummten, nachdem er die Bibliothek verlassen hatte.

Schmerz stach in Anwielles Brust und kostete sie den Atem. Nicht, weil der König ihr gegenüber Argwohn hegte. Nicht, weil er sie beschuldigte, den Tod zu bringen oder verrückt zu sein. Nein. Aywen wollte ihr lediglich Zuflucht bieten. Kein Zuhause. Kein Heim. Keine Arme, in die sie sich schmiegen durfte.

Aber was hatte sie auch erwartet?

Sie selbst hatte ihm gesagt, dass ihre Suche nicht auf Nyivalor enden werde, sie hatte ihm nie Anlass dazu gegeben, mehr von ihr erwarten zu dürfen.

Kapitel zehn

Eine Krone aus Blumen und Wind

Ich würde mich gern nützlich machen.«

Am nächsten Tag stand Anwielle vor Aywen, als dieser gerade den Pferdestall mistete. Verblüfft sah er auf, drehte sich halb zu ihr um, mit dem Ellenbogen auf die Mistgabel gestützt. Sie trug dunkle Hosen, Stiefel, ein helles Hemd sowie ein braunes Wams. Und ein falsches Lächeln im Gesicht. Sie wollte es sich nicht anmerken lassen, dass sie sich gekränkt fühlte, weil Aywen sie nach der gestrigen Reitstunde ignoriert und kein Wort mit ihr gewechselt hatte beim abendlichen Mahl, selbst nicht, als sie allein gewesen waren und er sie zu ihren Gemächern begleitet hatte. Vielleicht steckte das Streitgespräch mit dem Vater ihm noch immer in den Knochen, aber der Fels in der Brandung, der er einst für Anwielle gewesen war, wackelte. Sie wusste nicht, was sie Aywen mit dieser Bitte beweisen wollte. Aber sie hatte es satt, die Tage einsam in ihren Gemächern zu verbringen oder mit Lunrah Stickarbeiten nachzugehen. Sie wollte nicht den ganzen Tag darüber nachsinnen, was mit Aywen los war oder woher sie stammte.

Sie wollte auch nicht in der kargen Bibliothek herumlungern auf der Suche nach weiteren Antworten, die vermutlich nicht weniger unbefriedigend ausfallen würden als die gestrigen. Sie wollte sich wirklich nützlich machen, da ihr der Mut fehlte für den letzten und einzig wahren Schritt: Burg Nyivalor und ihre Bewohner zu verlassen.

»Wie wäre es mit Ziegen und Schafe hüten? Die Tiere würden gern frische Luft schnappen und Gras fressen.« Tollvin, der gerade Stroh und Heu in den Stall schaffte, wischte sich über die Stirn, nachdem er die Schubkarre abgestellt hatte. »Ich bin hier fertig und kann Euch zeigen, was Ihr zu tun habt.«

»Ich weiß nicht, ob das die richtige Arbeit für eine Lady ist.« Aywen funkelte den Burschen an.

»Das ist genau die richtige Arbeit!« *Jetzt erst recht*, dachte Anwielle. Eine Tätigkeit fernab der Burg! Frische Seeluft, eine nach Kräutern duftende Wiese und herumtollende Ziegen wären im Moment genau das Richtige für sie. Vor allem, da Aywen dagegen zu sein schien. Sie stemmte die Hände in die Hüften. Womöglich würde die Seeluft ihre Kopfschmerzen lindern, ihre Sehnsucht nach Freiheit, ihre Sehnsucht nach mehr.

»Möchtet Ihr nicht lieber die Hühner füttern? Sattel und Trense putzen?«, fragte Aywen zögerlich, als er ihre Entschlossenheit bemerkte.

»Nein, ich möchte Ziegen und Schafe hüten.« Sie verschränkte die Arme vor der Brust und reckte das Kinn empor. »Ich habe keine Lust auf Stickarbeiten, Wolle filzen oder … Stillleben!« Anwielle wusste, dass sie Aywen damit verletzte, besonders, als Tollvin zu hüsteln begann. Anwielle sah Aywen direkt in die Augen, sodass er nicht anders konnte, als ihr zuzunicken, selbst wenn er mit den Zähnen knirschte und die Augen zusammenkniff.

»Wie Ihr wünscht, Mylady.« Aywen wedelte mit der Hand und verbeugte sich leicht – auf eine eher spöttische Art und Weise –, und Anwielle bemerkte, wie etwas in ihr rebellierte. »Aber behauptet am Ende nicht, ich hätte Euch nicht gewarnt.« Er biss sich auf der Unterlippe herum und fing sofort wieder an, Mist in die Karre zu schaufeln.

»Ich würde Euch doch nie die Schuld an etwas geben, für das Ihr offensichtlich nichts könnt.« Sie erwiderte Aywens Verbeugung mit einem angedeuteten Knicks, obwohl er sich längst von ihr abgewandt hatte. Tollvin grunzte vor sich hin. Voller Zufriedenheit verließ Anwielle den Pferdestall, dennoch bedrückte es sie, dass Aywen sie kaum beachtet hatte. Oder noch schlimmer: sie nicht ernst genommen hatte. Kurz verzog sie den Mund, blickte ein letztes Mal zurück, aber Aywen ließ nicht von seiner Arbeit ab.

Erst als sie gemeinsam mit Tollvin die Ziegen und Schafe über den Burghof und über die Steinbrücke hinaus auf die weite Ebene trieb, stahl sich ein Lächeln auf ihre Lippen. Ein echtes.

Frischer Wind tobte über die Brücke und die karge Wiese, stachelte die Tiere zu waghalsigen Bocksprüngen und halsbrecherischen Wettrennen an. Sie konnte es ihnen nachempfinden, denn auch ihr schlug die Düsternis auf der abgelegenen Burg aufs Gemüt und sie freute sich darauf, den Tag auf der Wiese zu verbringen, von der salzigen Meeresluft umarmt zu werden, sich darüber klar zu werden, warum sie immer noch blieb.

Sie seufzte. Nur zu gern hätte sie gemeinsam mit Aywen die Burg verlassen. Doch stattdessen hüpfte nun Tollvin um sie herum, der mit einem Stab versuchte, die Tiere im Zaum zu halten, die gar nicht daran dachten, an dem frischen Gras zu knabbern. Sie bockten und tollten über die Wiese, galoppierten über die Ebene, und Anwielle lachte laut auf.

»Lass sie, Tollvin! Je mehr du versuchst sie einzuengen, umso mehr werden sie sich von dir entfernen. Lass sie gehen! Sie werden zurückkommen, sobald sie sich ausgetobt haben. Vertrau mir.« Sie schluckte und ahnte warum.

Tollvin antwortete mit hochrotem Kopf: »Wenn das der König sieht. Oder gar Lunrah.«

»Dann werden sie sehen, dass ich früher oder später recht behalten werde.« Anwielle drehte sich im Kreis, und ihre schulterlangen Haare flatterten um sie herum wie die Flügel einer Möwe.

»Dann hoffe ich, dass die Ziegen lieber früher als später zur Besinnung kommen werden.«

Tollvin versuchte, die ausgebüxten Tiere auf ein Stückchen Wiese zu locken, wo das Gras besonders grün und saftig wirkte und auf dem die Schafe bereits grasten. Vergeblich. Schließlich ließ er sich seufzend ins Gras fallen, während sich Anwielle Runde für Runde im Kreis drehte, in den blauen Himmel blickte, die frische Brise auf der Zunge schmeckte und den Wind in den Haaren fühlte, bis ihr schwindelig wurde und schwarz vor Augen. Aber es war besser als das taube Gefühl im Bauch, das ihr Aywen beschert hatte. Immer und immer wieder drehte sie sich im Kreis, bis die Klippen, die Ebene, der Wald und die Burg eins wurden und sie nicht mehr an Aywen und seinen Vater denken musste.

Mit wackeligen Beinen legte sie sich neben Tollvin, obwohl sie wusste, dass es sich nicht schickte, mit dem Stalljungen das Vieh zu hüten, geschweige denn, mit ihm auf einer Wiese zu liegen und die Tiere und den Himmel zu betrachten, sich den Bauch vor Lachen zu halten. Denn Tollvin konnte nicht aufhören, über die übermütigen Ziegen zu schimpfen und sich auszumalen, wie Lunrahs Strafe für ihn ausfallen könnte, sollte er die Tiere nicht bis zur Dämmerung in den Stall zurückgetrieben haben.

»Lunrah wird mich bei den Ziegen schlafen lassen. Sie wird mich vor einen Karren spannen. Sie wird mich …«

»Womöglich wird sie glücklich sein, wenn sie plötzlich mehr Milch geben.« Anwielle atmete schwer. »Ich habe das in einem der langweiligen Bücher gelesen, die mir Aywen geliehen hat.« Oh, hätte sie doch nicht seinen Namen erwähnt! Jetzt musste sie wieder daran denken, wie mürrisch und abweisend er die letzten Stunden zu ihr gewesen war.

Tollvin kaute auf einem Grashalm herum. »Wenn Ihr bleibt, dann könntet Ihr Euch immer um die Ziegen und Schafe kümmern. Dann bräuchte ich keine Angst mehr vor Lunrah zu haben.«

»Du hast so oder so keine Angst vor Lunrah.« Anwielle zwinkerte ihm zu.

Tollvin zuckte mit den Schultern. »Wenn Ihr bleiben würdet, würdet Ihr irgendwann die Herrin der Burg werden. Ich glaube kaum, dass Ihr dann noch die Schafe hüten dürftet.« Er seufzte, rupfte Gras und flocht die Halme zusammen.

»Streng genommen dürfte ich noch nicht einmal jetzt die Schafe hüten.« Anwielle lachte und schüttelte den Kopf. »Für eine Lady schickt sich das nicht. Sie sollte nähen und sticken und Gedichte rezitieren.« Sie ahmte den Klang von Aywens Stimme nach, und Tollvin hielt sich vor Lachen den Bauch.

»Wärt Ihr die Lady von Nyivalor, dann hätte ich also diese störrischen Viecher immer noch am Hals. So oder so.« Er grinste über das ganze Gesicht und pustete sich eine blonde Strähne aus der Stirn.

Anwielle spürte, wie sich eine verräterische Röte über den Hals bis hinauf zu den Wangen zog. Schnell blickte sie zur Seite und zupfte an einem Grashalm herum. »Wie kommst du denn darauf?«, stotterte sie.

»Das ist doch klar!« Tollvin setzte sich auf, sodass sie seinem eindringlichen Blick nicht mehr entkommen konnte. »Prinz Aywen ist unverheiratet. Wir bekommen nicht viel Besuch auf Burg Nyivalor. Schon gar keinen weiblichen.« Er schnalzte mit der Zunge. »Er ist jung und gut aussehend. Das muss ich zugeben. Nicht so drahtig wie ein gewisser Stalljunge. Aber ja, er ist recht ansehnlich.« Seine Augen blitzten auf. »Und Ihr seid hier. Ihr habt keine Familie, wenn ich das so sagen darf.«

Anwielle schluckte.

»Und Ihr seid ebenso jung und anmutig.« Rote Flecken tanzten augenblicklich auf seinen schmalen Wangen.

»Ganz so einfach ist das nicht.« Sie lachte, um ihren Kummer zu überspielen.

»Nun gut, da wäre noch der König.« Seine Stimme nahm einen verschwörerischen Klang an. »Der – unter uns gesagt – ein ziemlicher Griesgram ist. Sowie die Frage nach Eurer Herkunft.« Er legte eine Pause ein und tippte sich gespielt nachdenklich ans Kinn. »Und natürlich die wichtigste aller Fragen: Ist Liebe im Spiel? Ich weiß, ich weiß, üblicherweise ist diese Frage in Euren Kreisen nicht wichtig. Es zählen Handelswege, politische Vorteile, Machtstrukturen und so weiter und so fort. Aber wir sind am Ende der Welt. Wer soll uns hier schon angreifen? Das Meer? Der Wind? Der Winter?«

»Tollvin!« Anwielle sprang auf und klopfte sich die Hosen aus.

»Es tut mir leid, Mylady, wenn ich Euch …« Er stand auf, den Blick gesenkt.

»… zu nahe getreten bin?«, vervollständigte Anwielle den Satz. Ihre Augen begannen zu glühen, ihr Puls beschleunigte sich.

»Es tut mir leid, Lady Anwielle. Wirklich.« Tollvin verbeugte sich vor ihr und sah zu Boden.

Sie atmete durch, ehe sie den Jungen sanft an der Schulter berührte. »Schon gut, Tollvin. Schon gut.« Sie drehte sich von ihm weg und er folgte ihr. »Es ist nur so: Wenn ich nicht weiß, wohin ich gehöre, kann ich mich hier nicht zu Hause fühlen.«

»Ich weiß auch nicht, wohin ich gehöre, dennoch fühle ich mich hier wohl. Burg Nyivalor ist mein Zuhause.«

»Aber das ist doch etwas anderes. Du wurdest …« Ihre Stimme brach ab.

»Ausgesetzt? Das ist doch das Wort, mit dem *Ihr* mir nicht zu nahe treten wolltet?« Ein verschmitztes Grinsen stahl sich wieder auf sein Gesicht, doch es erreichte seine Augen nicht.

Anwielle lächelte verlegen, anstatt ihm zu antworten.

»Ich war nicht gewollt.« Eine Ziege hüpfte neben den beiden her. »Aber wer weiß, vielleicht bin ich auch ein verschollener Prinz?« Er zwinkerte ihr zu und deutete eine galante Verbeugung an. »Vielleicht wartet irgendwo ein Königreich auf mich? Ein glanzvolles Schloss? Eine versprochene Braut? Vielleicht soll ich irgendwo Frieden bringen, wo der Krieg lauert?«

Anwielle blieb stehen und streichelte eine Ziege, die anfing, an ihren Stiefeln zu knabbern. »Und wenn das Gleiche für mich gilt? Womöglich bin ich zu etwas Höherem bestimmt? Oder ich werde einfach nur schmerzlich vermisst.« Sie seufzte. »Oder ich wurde fortgeschickt, weil ich eine Gefahr darstelle.« So wie die angestaute Energie aus den Ziegen herauswollte, so mussten die Worte Anwielle verlassen. Lunrah würde sie nur voller Mitleid betrachten, Aywen sie mit flehendem Blick bedenken, allein Tollvin konnte nachvollziehen, wie es ihr gehen musste, selbst wenn er nur der Stallbursche war.

»Und wenn Ihr bleiben würdet, würdet Ihr das nie erfahren«, meinte er ernst.

Sie nickte.

»Ihr könntet die Nordlande bereisen und selbst auf Kundschaft gehen.«

»Das habe ich auch schon bedacht.« Anwielle runzelte die Stirn. »Aber was, wenn ich eine Bedrohung für einen Herrscher oder eine Herrscherin bin?« Sie stockte. »Wenn ich ein … Bastard wäre? Würde ich dann nicht auch die Burg und ihre Bewohner in Gefahr bringen?«

Tollvin nickte.

Sie setzten sich wieder in Bewegung und spazierten über die Wiese.

»Ich glaube, ich möchte nie erfahren, warum ich ausgesetzt wurde. Für mich zählt allein, dass König Radrann mich gefunden und bei sich aufgenommen hat. Manchmal glaube ich jedoch, ich war ein Menschenopfer, um den König zu besänftigen. Oder Lunrah, wenn sie mit dem falschen Fuß aufgestanden ist«, scherzte er, und Anwielle stimmte in sein Lachen mit ein.

»Möglicherweise hat der König an dir sein gutes Herz bewiesen.« Anwielle blickte aufs Meer hinaus, auf den Horizont, und dachte an Aywen. An die einsamen Stunden, die er als Kind durchstehen musste, die Mutter tot, der Vater abweisend.

»Hm, diese Möglichkeit habe ich noch gar nicht bedacht, Mylady.«

»Ich zuvor auch noch nicht.«

»Vielleicht sehen wir sein gutes Herz nicht, weil es hier oben in der Einöde nicht so viele Möglichkeiten gibt.«

»Ich denke eher, er lässt sie verstreichen.«

»Ihr seid so weise, Lady Anwielle.« Er reichte ihr den Kranz aus Gras und weißen Gänseblümchen, den er geflochten hatte, und Anwielle setzte ihn sich aufs Haar. Wie eine Krone. »Ein kleiner Vorgeschmack, Herrin von Nyivalor.« Er deutete eine Verbeugung an, legte den Kopf schief und grinste sie frech an.

»Wohl eher Herrin der Schafe.« Sie drückte Tollvin einen freundschaftlichen Kuss auf die Stirn, nachdem sie sich zu ihm hinuntergebeugt hatte.

»Oh nein, die Ziegen! Sie rennen in den Wald!«, rief der Junge plötzlich und wandte sich von ihr ab. »Ich hab's doch gewusst!«

Zuerst dachte sie, er wollte von dem Kuss und seinen heißen Wangen ablenken, doch dann folgte Anwielles Blick seinem dürren Zeigefinger, mit dem er Richtung Wald deutete. Die Tiere sprengten auseinander. Wie ein Schwarm Vögel. Direkt auf den Nordklippenwald zu.

Sie eilten ihnen hinterher, über die Ebene und in den Wald hinein. Im ersten Moment stockte Anwielle, als sie die Schatten der Bäume erreichte – die Erinnerungen an jene Nacht suchten sie mit voller Wucht heim. Doch dann machte sie sich bewusst, dass sie Tollvin versprochen hatte, die Tiere wieder heil in den Stall zu bringen, und folgte ihm.

Anwielle war froh darum, dass sie an ihren Halsbändern Glöckchen trugen, so konnte sie sie im Dickicht zumindest hören. Sie hüpfte über Wurzeln und kletterte über umgefallene Bäume, zerschnitt sich die Hände, als sie sich durch dorniges Gestrüpp kämpfte. Angst und Sorge wichen bald einer kindlichen Freude, sie lachte und gluckste vor sich hin – es war mitten am Tag, der Junge war bei ihr, niemand konnte ihr etwas anhaben –, während Tollvin nicht müde wurde zu schimpfen und die Ziegen dadurch nur noch mehr verschreckte. Sowie Geister, Trolle, Räuber und verfluchte Runen.

»Lunrah wird mich von den Klippen stoßen – eigenhändig –, wenn wir nicht alle Tiere zurückbringen. Sie wird mich in Stücke hacken und den Schweinen zum Fraß vorwerfen. Oder mich mit Honig und Hafer einreiben und in den Gänsestall stopfen.«

»In dieser Reihenfolge wird es schwierig werden!« Anwielle lachte auf und schnappte nach einer der entlaufenen Ziegen, doch sie wischte ihr unter den Fingern davon.

»Und Prinz Aywen erst. Er wird nicht sauer sein. Nein, bloß enttäuscht. Jeden Tag wird er mir das unter die Nase reiben. Es war immerhin mein Einfall, die Ziegen rauszulassen. Und sein Blick erst! Ihr kennt doch seinen Blick! Sauertöpfisch wie nach sieben Tagen Regenwetter wird er dreinblicken.«

Anwielle konnte sich Aywens Gesichtsausdruck nur zu gut vorstellen, verkniff sich ein Grinsen und rief Tollvin zur Antwort: »Keine Sorge! Gemeinsam werden wir es schaffen, dass alle Tiere sicher nach Hause gelangen.«

»Und die Wölfe? Die Nebelgeister? Die Hexen?«

Im Nu rieselte ein eisiger Schauer über Anwielles Rücken. »Mit deinem Gemecker hast du sie sicherlich schon alle verscheucht«, versuchte sie, sich und den Jungen zu beruhigen. Sie durfte keinen Gedanken an Raubtiere verschwenden oder an Runen, die sie fesseln und ihre Haut verbrennen könnten, denn sie hatten die Zeit vergessen und die Dämmerung war nicht mehr fern. »Lass uns keine weitere Zeit vergeuden!«

Anwielle schlich und rannte durch den Wald, überlistete eine Ziege nach der anderen, fasste sie am Halsband oder lockte sie mit süßen Beeren, die sie pflückte, oder ihrer aus Blumen und Gras geflochtenen

Krone an. So dauerte es nicht lange, bis sie alle Ausreißer eingefangen hatten. »Siehst du!«, verkündete sie stolz und stemmte die Hände in die Hüften.

»Ja, ich sehe«, murrte Tollvin. »Und ich spüre es in meinen Knien und an meinen verkratzten Armen.« An einem Seil zog und zerrte Tollvin die ausgebüxten Ziegen Richtung Burg, Anwielle trug das kleinste Zicklein unter dem Arm. Hochrot war Tollvins Kopf, sein Hemd durchgeschwitzt.

Kaum hatten die beiden den Waldrand erreicht, hörte Anwielle ein verzweifeltes Meckern. »Bleib stehen, Tollvin. Hörst du das auch? Da ist noch eine Ziege im Wald!«

Er hielt inne und runzelte die Stirn, zählte die eingefangenen Ziegen. »Deshalb wehrt sich die dicke Amiria derart unverschämt«, brummte er.

»Und nun?«

»Ich muss die anderen Tiere in den Stall bringen, noch die Schweine füttern und Feuerholz machen.«

»Such nach Aywen. Er soll mir helfen.« Sie drückte dem Jungen das Zicklein in den Arm und streichelte dem Tier rasch über den Kopf.

Eigentlich wollte sie Aywen nicht um Hilfe bitten. Sie wusste, er würde aufgebracht sein. Oder hochnäsig. Schließlich war er dagegen gewesen, dass sie gemeinsam mit Tollvin die Tiere beaufsichtigte. Aber sie sollte ihren Stolz nicht über das Wohl des verloren gegangenen Zickleins stellen, und das Einfangen der ausgebrochenen Tiere hatte so lange gedauert, dass bereits die Dämmerung nahte. In den Büschen knisterte es, die Vögel darin waren längst verstummt, ungeduldiges Tapsen und raschelnde Schatten drangen an ihr Ohr. Ein Schauer rann über ihren Rücken.

Tollvin zog die Augenbrauen hoch, während er das Jungtier an sich drückte. »Er wird wütend sein, wenn er erfährt, dass ich Euch hier allein gelassen habe.«

»Sag ihm, dass es meine Schuld ist, dass die Tiere abgehauen sind. Dass ich Euch den Befehl erteilt habe, ihn zu holen. Er … er soll sich einfach nicht so anstellen!« Anwielle vermied es, sich umzudrehen und in den Wald zu blicken. »Geh, Tollvin. Ich werde das Zicklein finden. Sicherlich hängt es nur irgendwo fest. Ganz in der Nähe. Vermutlich werde ich es schon gefunden haben, bevor du Prinz Aywen erreicht hast.« Sie wedelte mit den Armen und Tollvin setzte sich in Bewegung. Mehrere Male sah er zurück, ehe er sich davonmachte, die störrischen Ziegen und die aufgebrachten Schafe im Schlepptau. »Mach schon! Beeil dich!«, rief sie ihm hinterher.

Anwielle zögerte, ehe sie sich durch das Dickicht wühlte, während Tollvins Tritte und sein Jammern stetig leiser wurden. Ihr Herz klopfte so laut, dass sie beinahe die Rufe des Zickleins und das Läuten der kleinen Glocke um seinen Hals nicht mehr wahrnehmen konnte. Inständig hoffte sie, dass sie weder Wildschweinen noch Wölfen, geschweige denn Wegelagerern über den Weg laufen würde. Oder noch Schlimmerem.

Eine Schweißperle rann ihr über den Rücken, es fühlte sich an, als würde ein Finger sie antippen. Sie drehte sich um. Nein, da war niemand. Insgeheim hatte sie die Hoffnung gehegt, Aywen könnte bereits hinter ihr stehen. Aber sie war zu weit entfernt von der Burg, als dass der Prinz schon bei ihr hätte sein können. Um sich zu sammeln, schloss sie kurz die Augen. *Ich schaffe das! Niemand verirrt sich in die Wälder so weit oben im Norden!*

Zumindest keine Menschen …

Sie lauschte den Geräuschen und Stimmen des flüsternden Waldes, doch sie hörte nichts, nur ihren rasenden Herzschlag und ihren rasselnden Atem. Sie lehnte sich an einen Baumstamm in ihrem Rücken und gönnte sich eine Verschnaufpause, bis sich ihre Augen an die nahende Dunkelheit gewöhnt hatten. Hörte sie da nicht das leise Bimmeln des Glöckchens? Ein verzagtes Jammern?

Anwielle stieß sich von dem Baum ab und tastete sich in der Dämmerung voran. Sie stolperte über Wurzeln und fiel in morastigen Schlamm, Dornen schnitten in ihre feinen Hände und rissen an ihrem feuerroten Haar, doch das klägliche Meckern des Zickleins wurde lauter und lauter. Und endlich sah Anwielle sein weißes Fell im Mondlicht aufblitzen. Es steckte in einem stacheligen Gestrüpp fest.

Kurzerhand zog Anwielle das Wams aus und band sich den Stoff um die rechte Hand, um das Tier aus den Dornen herausziehen zu können. Sie kniete sich hin und flüsterte dem Tier beruhigende Worte zu. Es blickte sie an und hielt still, als wüsste es, dass Anwielle gekommen war, um es wieder zu seiner Mutter zu bringen. Dennoch kostete es sie Überwindung, in die Dornen zu greifen. Sie biss sich auf die Unterlippe, als sie sich in die Finger stach und die Blutstropfen bemerkte. Der Schmerz stach ihr bis in den Rücken, und es dauerte eine Weile, bis sie das Zicklein aus seinem Gefängnis befreit hatte. Klopfenden Herzens wickelte sie es in die Weste, damit es nicht frieren würde, und drückte es sich an die Brust. Anwielle hoffte, dass der Mond ihr den Weg nach Hause … zu der Burg zeigen würde.

Anwielle stand auf. Aus welcher Richtung war sie gekommen?

Sie drehte sich langsam im Kreis und wischte sich den Schweiß von der Stirn. Das Mondlicht tauchte den Wald in ein nebliges Silber, die Bäume wirkten auf einmal so riesig, als könnten sie mit ihren Kronen den Nachthimmel küssen. Der Wald wirkte friedlich, und dennoch erweckte er nicht den Eindruck, als schlummerte er. Im Gegenteil. Er schien zum Leben zu erwachen. Fledermäuse huschten um sie herum, blitzende Augen starrten sie aus dem Blätterwerk an, der Frühlingswind sang ein leises Lied.

Auf einmal hörte Anwielle eilige Schritte. *Aywen.* Erleichtert seufzte sie auf. Doch als sie sich dem Geräusch zuwandte, sah sie eine Gestalt vorübergleiten. Sie trug einen sonnengelben Umhang und hastete mühelos durch das Unterholz. Nein, das war nicht Aywen. Das waren nicht die Farben Nyivalors. Ein Schauder nach dem anderen rann Anwielle über den Rücken, ihr Nacken begann zu prickeln. Sie presste das Tier enger an sich.

Gib ja keinen Laut von dir, kleines Zicklein, dachte sie und starrte der Gestalt hinterher. Wer war sie? Für einen Jäger oder Räuber war sie zu schrill gekleidet, doch ihr flatterndes Herz wollte sich nicht beruhigen.

Leise und andächtig bewegte sich das Geschöpf durch den Wald, als tanzte es zur Melodie der im Nachtwind rauschenden Kronen. Als die Gestalt sich zu ihr umdrehte, die Hände in die Höhe gereckt, erkannte sie, dass es sich um eine junge Frau handelte. Lange braune Zöpfe baumelten um ihre Schultern, sie trug ein weißes, knielanges Kleidchen, auf das grüne Blätter gestickt worden waren. Anwielle erschrak, als sie sich der Maske gewahr wurde, die ihr Gesicht bedeckte. Ihr entwich der Atem. Sie hatte nicht bemerkt, dass sie ihn überhaupt angehalten hatte.

Rote Ohren mit weißem Flaum, ein kleines Geweih, das mit Blüten und Girlanden verziert war, helle Punkte auf rotem Fell. Wie eine Ricke, ein Reh, wirkte die Frau, die durch den Wald tanzte und hüpfte und vor Freude zu singen begann. Anwielle verstand kein Wort, doch die Melodie klang wie ein Kinderlied, das lockte und köderte.

Plötzlich ein lauter Ruf, der eine Eule aufflattern ließ. Das Zicklein zappelte in Anwielles Armen, und nur schwerlich konnte sie es bändigen, als ein junger Mann durch das Unterholz brach und an ihr vorüberstürmte. Sein Oberkörper war nackt. Unzählige Zeichen und Symbole zierten seine Haut. Anwielle wurde flau im Magen, als sie glaubte, die Runen darin zu erkennen, die sie an jenem Abend in Flammen gesetzt hatten. Ein ausladendes, im Mondlicht silbern glänzendes Geweih trug er auf dem Kopf, die blonden Locken schillerten wie pures Gold. Die Fremde drehte sich zu ihm um, lachte, neckte und lockte ihn, versteckte sich hinter einem Baum.

Der junge Mann hatte es nicht auf Anwielle abgesehen, selbst wenn die Runen, die seine nackte Haut schmückten, im Mondlicht aufblitzten wie Flammen, die der Wind immer wieder aufs Neue entfachte. Ihr schauderte bei dem Gedanken, dass die Zeichen womöglich nicht auf seine Haut gemalt, sondern in sie hineingeritzt worden waren und das frische Blut im Silberlicht des Mondes glänzte.

Der Fremde rief nach der jungen Frau, und seine Rufe vermischten sich mit ihrem Gesang. Als heulten die Wölfe mit dem Wind, als sängen die Wale mit dem Rauschen der Wellen. In Anwielles Bauch wurde es ganz warm, als entzündeten die Runen ein Feuer in ihm. Auch das Zicklein spürte die Hitze und Unruhe, die Anwielle ergriff, und versuchte, sich freizustrampeln.

Was geschah hier?

Anwielle wusste nicht, ob sie dem Pärchen hinterherrennen oder sich in die entgegengesetzte Richtung aufmachen sollte. Sie wusste nur, dass die Neugier sie gepackt hatte. Genauso, wie die Ziegen sich in den Wald aufgemacht hatten. Hin- und hergerissen blickte sie dem Mann und der Frau hinterher, die sich jagten und neckten, sich umarmten und dann doch wieder freiließen. Es ging keine Gefahr von den beiden aus, dessen war sich Anwielle sicher. Sie hatten nur Augen für ihr Gegenüber. Doch vielleicht würde sie mehr über die Runen erfahren, wenn sie ihnen folgte? Vielleicht bargen die Runen das Geheimnis ihrer Herkunft? Oder womöglich erkannte jemand aus dem Dorf, aus dem die jungen Leute stammten, Anwielle?

Sie hatte so viele Fragen, und ihre Antworten jagten vielleicht gerade mit dem Pärchen durch den Wald. Anwielle klemmte sich das Zicklein fester unter den Arm und verließ den Schatten, in den sie sich zurückgezogen hatte, eine dunkle, tiefe Melodie ertönte, als jemand nach ihrem Ellenbogen griff.

Kapitel elf

Im Herzen der Nacht

Aywens Nacken prickelte, als er Estenidas sattelte und es ihm nicht gelingen wollte, nicht an die Wölfe zu denken, die womöglich in der Dämmerung auf ihn warteten, an ihre glühenden Augen, ihre kämpferischen Herzen. Tollvin reichte ihm einen Beutel mit Proviant, den er mit fahrigen Fingern entgegennahm, nachdem er sich in den Sattel von Estenidas geschwungen hatte. Er knotete ihn am Hinterzwiesel fest und nickte dem Jungen zu, ehe er dem Hengst die Schenkel an den Leib drückte und über die Zugbrücke galoppierte.

Selbst wenn er nicht wusste, welche Richtung er einschlagen sollte, sobald er dort angekommen war, nahm er den Weg zum Wald. Er musste sich auf sein Gefühl verlassen, vielleicht hatte er Glück und das verschollene Zicklein würde noch immer nach der Mutter schreien. Estenidas stürmte durch die Nacht, wirbelte Erdklumpen und Grasbüschel auf, seine Mähne wehte unbändig im Wind und Aywen spornte ihn weiter an, er wollte keine Zeit verlieren.

Er parierte den Hengst erst durch, als er am Waldrand angelangte. Gespannt stellte sich Aywen in die Steigbügel, hielt inne und lauschte in das Dickicht hinein. Estenidas tänzelte auf der Stelle und spitzte die Ohren, schnaubte voller Ungeduld. Hörte er womöglich das Zicklein oder gar Anwielle? Doch Aywen vernahm nichts als den eigenen Atem und den eigenen Herzschlag.

Der Hengst tippelte hin und her, warf unwillig den Kopf. Aywen nahm die Zügel kürzer, doch je mehr er das Tier einengte, umso mehr sträubte es sich. Aywen schüttelte den Kopf, lockerte jedoch schließlich die Zügel und ließ Estenidas den Weg durch das Dickicht finden, in der Hoffnung, dass der Hengst von seinem Instinkt gelenkt wurde. Aywen bückte sich über dessen Hals und schützte die Augen mit dem Arm, wenn es das dornige Gestrüpp nötig machte, durch das sich Estenidas hindurchzwängte. Er machte sich ganz leicht, als sich der Wald lichtete und das Tier eilig über Äste und Wurzeln trabte. Doch als Aywen etwas Gelbes zwischen den Schatten der Bäume aufblitzen sah, fasste er unwillkürlich in die Zügel und lehnte sich zurück. Voller Widerwillen hielt das Pferd an, stampfte mit einem Vorderhuf auf und probierte, Aywen in den Unterschenkel zu zwicken, als dieser ihn nicht sofort wieder vorwärtsstürmen lassen wollte. »Was war das?«, flüsterte Aywen, doch auch seine leise Stimme konnte den Hengst nicht beruhigen. Seitwärts versuchte er, unter ihm davonzueilen.

Ruckartig drehte sich Aywen im Sattel um. Wieder huschte etwas Gelbes an ihm vorbei. Kinderstimmen erklangen, so rein und klar, als wären Feen auf die Erde gestiegen und hätten ihnen ihre Stimmen geliehen. Nur Bruchstücke und einzelne Wörter verstand Aywen, die Melodie hatte etwas Unbeschwertes und Vergnügliches an sich. Die Kinder sangen von Feuer und Neubeginn, von einer Feenkönigin, die mit ihrem Gefolge über die Felder ritt und neues Leben schenkte. Ausgelassenes Gelächter drang durch den aufziehenden Nebel und ließ Aywen frösteln. Was taten Kinder mitten im Wald, wenn Mitternacht nahte? Ihm wurde mulmig zumute. Zumal er sich fragte, woher sie stammen könnten. Weit und breit gab es hier kein Gehöft, geschweige denn ein Dorf oder eine Siedlung. Was wollten sie hier? So hoch oben an der rauen und kargen Küste. Wo waren ihre Eltern?

Von Neugier getrieben lockerte er die Zügel und Estenidas trat an. Sein Schritt wurde hastig, und Aywen ließ ihn gewähren. Er wollte die Kinder nicht aus den Augen verlieren, die vor ihnen durch den düsteren Wald huschten. Sie trugen weiße Gewänder und gelbe Umhänge darüber, die im Mondlicht wie flüssiges Gold durch den Nebel waberten. Immer wieder blitzten die hellen Röcke auf, ließen die Kinder wie Geister wirken. Doch sie waren zu weit entfernt, das Licht zu diffus, um Genaueres erkennen zu können. Aywen hoffte inständig, dass es sich bloß um Menschenkinder handelte – und nicht um Kinder des Nebels.

Ob sich Anwielle unter ihnen befand?

Die Gesänge ebbten ab, als die Kinder in den Nebelschleiern verschwanden und die weißen Schwaden nicht nur ihre hellen Stimmchen verschluckten, sondern auch ihr Lachen. Stille kehrte in den Wald ein, noch nicht einmal die Kronen rauschten mehr, das Rascheln im Gebüsch verstummte. Aywen vernahm nur noch seinen eigenen Atem und den des Pferdes. Mehrmals drehte er sich um – das Leder des Sattels knirschte ungewohnt laut – und ließ den Blick schweifen, aber die Kinder waren verschwunden. Als hätte der Wald sie zu sich geholt. Aywen schluckte, als Estenidas' Bewegungen immer steifer und staksiger wurden.

Tiefe, düstere Gesänge setzten plötzlich ein, und ein Schauder nach dem anderen jagte über Aywens Rücken. Estenidas stockte, der Prinz bemerkte aus dem Augenwinkel, dass mehrere Menschen an ihm vorüberzogen. Jeweils zu zweit schritten sie an ihm vorbei. Wie in einer Prozession. Sie schienen nur ein Ziel zu kennen und blickten stur geradeaus. Auch sie trugen sommergelbe Umhänge und führten mit Blumen geschmückte Tiere mit sich. Blüten und Getreide zierten die Hörner eines Bullen, Kränze aus Beeren und Blättern die Hälse von munteren Ziegen und braven Pferden. Estenidas spitzte flehmend die Lippen.

Aywen hielt den Atem an, als einer der Menschen die Kapuze vom Kopf zog und Hasenohren entblößte. Er sah sich um, und Aywen erkannte, dass es sich um einen jungen Mann handeln musste – der Gang, die Statur, der Blick. Unter der Kapuze eines anderen blitzten Widderhörner hervor, unter der nächsten der Schädel einer Ziege.

Aywen richtete Estenidas rückwärts, um schnellstmöglich zwischen den Schatten zu verschwinden.

Er musste Anwielle finden! Die Kinder schützen! Aywen konnte sich nicht erklären, was in den Wäldern vor sich ging, doch die düsteren Masken aus Tierknochen, Fell und Leder bescherten ihm eine Gänsehaut und versprachen Unheil.

In sicherem Abstand ritt er der Prozession hinterher, verlor sie beinahe aus den Augen, doch ihr unheildrohender Gesang leitete ihn durch den Nordklippenwald. In seine Schatten, durch den Nebel, ins finsterste Herz hinein.

Die Orientierung hatte Aywen längst verloren, ihm blieb einzig die Hoffnung, dass er sich bei Tage wieder zurechtfände oder zumindest einen breiten Pfad erreichte, der ihn zu einer Siedlung brächte. Estenidas' Schritte wurden langsamer, je dichter die Nacht auf sie zu drängte. Die Schatten wurden länger, die Äste der Bäume hingen tiefer, wie knorrige Finger stachen sie im Mondlicht heraus. Aywen schauderte.

Die Prozession schlängelte sich durch den Wald, ihr düsterer Gesang wickelte sich Aywen wie eine Schlinge um den Hals. Er kam nicht von ihm los, selbst wenn er gewollt hätte. In seiner Düsternis war er erschreckend schön und samtig, er legte sich auf ihn, als bedeckte man ihn mit Erde. Das Mondlicht und der Nebel neckten ihn, gaukelten ihm Fratzen mit Hörnern und langen Zungen vor, entstellte Gesichter, deren Häupter Blumenkränze schmückten, gelbe Umhänge, die davonflatterten wie Schmetterlingsflügel, als sie in ein Freudenfeuer flogen. Aywens Augen wurden schwerer und schwerer – er konnte sie kaum noch offen halten –, ebenso seine Arme. Er stützte die Hände auf dem Widerrist auf, die Zügel entglitten ihm und er gab sich den Gesängen hin. Als schwömme er auf hoher See und die Wellen verschluckten ihn, zögen ihn tiefer, hinunter auf den Grund des Meeres.

So gefangen war er von der Melodie, dass er gar nicht merkte, dass Estenidas immer weiter von der Gruppe abdriftete. Erst als der Hengst stehen blieb, aufgeregt schnaubte und den Kopf schüttelte, wachte Aywen aus der Benommenheit wieder auf. Er rieb sich die Augen, fuhr sich über den Bart und die Narbe.

Ein Mädchen kauerte im Gebüsch vor ihm und starrte in die Dunkelheit. Anwielle. Es konnte nur Anwielle sein. Die roten Haare, die leuchteten wie das Fell eines Fuchses. Sie trug das Zicklein im Arm und zitterte. Aywens Herz machte vor Erleichterung einen Satz.

Er musste sie von hier wegbringen! So schnell wie möglich! Rasch schwang er sich aus dem Sattel und schritt auf sie zu. Aywen streckte den Arm nach ihr aus, doch verschreckt drehte sie sich zu ihm um, als ein Fremder aus der Dunkelheit auftauchte und sie am Ellenbogen packte.

Kapitel zwölf

Flammende Nacht

Anwielle blickte in Aywens Augen, doch sie wurde in einen gelben Umhang gehüllt und von dem Prinzen und seiner Wärme fortgebracht. Ein Lachen nach dem anderen hallte durch den Wald, kindliche Stimmen, Stimmen von älteren Männern. Ein Baby weinte, ein Hund bellte aufgeregt. Aywen, der nicht müde wurde, ihren Namen zu rufen, drang mit seiner kräftigen Stimme kaum durch das Getöse.

Das Zicklein wurde Anwielle entrissen, aufgebracht schnappte sie nach Luft. Unsanft wurde sie auf den Rücken eines Pferdes gehievt und durch den Wald getragen, sie strampelte. Sie hielt nach Aywen Ausschau, doch um sie herum hüpften nur Kinder, humpelten Alte, die Kühe an Stricken führten. Kränze aus Getreide und roten Beeren wurden ihnen um Hörner und Hals gelegt. Die Menschen trugen Masken aus Knochen, Holz und Fell. Manche wirkten entzückend. Wie Kitze oder junge Vögel. Kindliche Stimmen und süßes Gelächter drangen unter ihnen hervor. Andere schauerlich. Entstellte Fratzen mit großen Mündern und hakigen Nasen, mit Furchen auf der Stirn und riesigen Augen, die sie musterten. Nicht aus Argwohn oder gar Hass oder Wut. Sie strahlten nichts Böses aus, und dennoch rieselte eine Gänsehaut über Anwielles Rücken. Unwillkürlich schüttelte sie sich.

Eine kräftige Hand griff nach ihr und umschlang die ihre. Sie drehte sich um.

»Ich bin hier«, hauchte Aywen, und weder seine Hand noch sein Blick ließen sie in dem Moment los. Er ritt neben ihr, auf seinem feuerroten Hengst.

Wärme floss durch ihren Bauch, und es war das erste Mal, dass es sich nicht unangenehm anfühlte. Es war, als strömten Aywens Erleichterung und Mut, sein tapferes Herz durch sie hindurch. Sie drückte zu und hielt ihn fest, selbst als die Pferde auseinanderzudriften drohten. Doch mit Erstaunen stellte sie fest, dass niemand Estenidas an den Zügeln hielt. Einhändig ritt Aywen neben ihr her, wo er doch einfach dem Pferd die Fersen in den Leib hätte drücken, davongaloppieren und sie mit sich reißen können. Warum blieb er an ihrer Seite, obwohl sie doch gemeinsam fliehen könnten?

Erst jetzt bemerkte sie, dass auch er in einen der gelben Umhänge gewickelt worden war und dass man ihm eine Krone aus getrockneten Blüten und Blättern auf den Kopf gesetzt hatte. Sie wollte ihn fragen, was hier vor sich ging, wer die Menschen waren, doch der Gesang schwoll mit einem Mal an. Die Menschen streckten die Arme in die Luft und drehten sich im Kreis, sie verabschiedeten den Winter und hießen den Sommer willkommen. Plötzlich verstand Anwielle die Worte, die sie sangen.

Sie traten auf eine Lichtung hinaus, doch vor lauter Rauch konnte Anwielle zunächst nichts erkennen. Er biss ihr in der Nase und roch nach Kräutern und Laub und Gras. Das Gelächter nahm zu, Funken stoben auf. Als sie durch den Rauch hindurchgetreten waren, hielten sie vor zwei riesigen Feuerstellen an, die Feuer und Funken spuckten wie ein Drache. Holz, Äste und Laub stapelten sich bis weit über ihre Köpfe hinweg. Menschen tanzten um sie herum. Eng umschlungen wiegten sich Paare im Takt der Gesänge, sie küssten und streichelten sich, lachten und wisperten sich Worte zu. Unter ihnen erkannte sie das junge Paar aus dem Wald mit der Rehmaske und dem Hirschgeweih. Ihre nackten Arme und Beine zeigten ein Gewirr aufgemalter

Ornamente, Blüten und Blätter, auf der Brust und dem Rücken des Fremden glänzten Schweißperlen im Schein der Flammen. Anwielles Wangen röteten sich, schnell blickte sie weg.

Andere Gäste fassten sich an den Händen oder hakten sich unter und hüpften um das Feuer, Röcke und Haare flogen um sie her wie Schmetterlinge. Kinder tanzten mit bunten Bändern um einen Busch herum, der zwischen den beiden Feuern wuchs und mit Schleifen geschmückt war. Bei jedem Schritt und jedem Hüpfer flochten sie hübsche Zopfmuster mit den schillernden Stoffbändern. Schafherden wurden unter tosendem Klatschen zwischen den Feuern hindurchgetrieben, Schwangere tanzten durch die Funken, während die Ältesten Gebete murmelten und Mutter Natur um ihr Wohlwollen baten, um fruchtbare Erde und Schutz von Mensch und Tier.

Anwielle sah zu Aywen hinüber. Vermutlich hatte auch er ein solches Fest, derlei Riten noch nie zu Gesicht bekommen. Mit hochgezogenen Augenbrauen, roten Wangen und entrücktem Lächeln beobachtete er die Szenerie, während Estenidas unter ihm tänzelte und bei all dem Trubel nicht mehr stillzuhalten vermochte. Holz knirschte und knackste, Funken stoben auf, Flammen züngelten, Menschen flogen in unbändigen Tänzen umher.

Anwielle zuckte zusammen, als ein junger Bursche sie an der Hüfte packte und vom Pferd zog. Er lachte sie an und stellte sich vor, während er sie durch die Luft wirbelte. »Ich bin Kenrik.« Seine Kapuze rutschte herab und entblößte kleine Hörner aus Zweigen und Blättern. Selbst an seinem Wams hatte man Blüten und feine Äste befestigt. Er sah aus wie der Herr des Waldes.

»Anwielle«, stotterte sie, weil ihr der Atem stockte.

Kaum berührte sie mit den Fußspitzen den Boden, steckte ihr eine junge Frau einen Kranz voller Blüten und Schleifen ins schulterlange Haar und grinste sie an, als sie offenkundig bemerkte, dass Anwielle nicht die leiseste Ahnung hatte, wo sie sich befand und was hier vor sich ging. Lachend hakte die Fremde sich bei Kenrik unter, während Anwielle den Kranz zurechtrückte.

»Wer seid ihr? Und wo sind wir hier?«, fragte Anwielle und blickte sich unsicher um.

»Heute Nacht ist weder Zeit für Fragen noch für Antworten. Lasst uns um die Freudenfeuer tanzen!«, antwortete die junge Frau, deren Gesicht eine Maske voll Rabenfedern zierte. Den gelben Umhang hatte sie abgelegt, das weiße leichte Kleid flatterte im Abendwind. Sie streichelte über den Hals des Hengstes, ehe sie Aywen an der Hand fasste und ihm bedeutete, abzusteigen. Mit gerunzelter Stirn kam er ihrer Bitte nach, bevor die junge Frau ihn zu Anwielle zerrte und seine Hand in die Anwielles legte.

»Was ist mit Estenidas?«

Doch er hatte seine Frage noch nicht zu Ende gestellt, als bereits einer der Ältesten herangehumpelt kam, die Zügel aufnahm und den Hengst aus dem Trubel herausführte. Aywen blickte dem Tier nach, und es war ein Leichtes für Anwielle, seine Gedanken zu lesen. Er hoffte inständig, dass sie keinen Betrügern in die Hände gefallen waren, die es auf den edlen Hengst abgesehen hatten. Anwielle nickte ihm zu, denn wenn sie sich umblickte, schienen es die Gäste nicht nötig zu haben, ein Pferd zu stehlen. Um sie herum tummelten sich schwere Kaltblüter und feingliedrige, temperamentvolle Rösser, die eines Edelmannes würdig gewesen wären, Schafe und Ziegen, muskulöse Bullen. Wein floss im Überfluss, Brot wurde gereicht, genauso wie saftige Beeren und würzig riechendes Fleisch.

»Ich bin Brianne. Das eben war mein Großvater. Er wird sich um das Pferd kümmern, auch um euer Zicklein. Vertraut mir. Habt keine Angst. Wir sind hier, um zu feiern. Bis der erste Sonnenstrahl am Morgen in den Boden taucht und die Erde fruchtbar macht.« Sie strahlte über das ganze Gesicht, als sie ein gelbes Band aus ihrer Schürzentasche nestelte und es um Anwielles und Aywens Hände wickelte.

Wärme hämmerte durch Anwielles Körper wie die durchdringenden Schläge der Trommler, und ihr Herz ahmte den Takt augenblicklich nach. Ihr war es, als zuckten Blitze zwischen ihren Fingern hin und her.

So viele Fragen lagen Anwielle auf der Zunge, doch sie ahnte, dass Brianne ihr keine einzige beantworten würde. Stattdessen würde sie sie nur belächeln und ihr zweideutige Blicke zuwerfen, und Anwielle würde rot anlaufen. Dessen war sie sich gewiss. Also schwieg sie und starrte auf den Boden. Sie rang mit sich, zu Aywen aufzusehen, dessen Hand so heiß in der ihren lag. Was hielt er von diesem Fest? Jenen Bräuchen? Von ihrer Berührung? Anwielle wollte nicht daran denken, dass er sie vor wenigen Stunden noch ignoriert hatte.

Doch Brianne überrumpelte sie und zog die beiden kurzerhand mit sich. Kenrik hakte sich bei Anwielle unter, Aywen rannte auf ihrer anderen Seite, sodass ihre Hände noch immer durch das Band zusammengehalten wurden. Nahe den Feuerstätten machten sie halt, inmitten der Tanzenden. Zusammen mit Brianne und Kenrik drehten sie sich im Kreis und tanzten um eines der Freudenfeuer herum, aus dem die Funken aufstoben und im nächtlichen Himmel versanken. Aywen trat ihr ständig auf die Füße und stolperte über die eigenen, weil er sich immer wieder nach seinem Hengst umsah und die Tanzenden nicht beachtete.

»Dein Pferd ist dort drüben!« Kenrik deutete auf Estenidas, dem Briannes Großvater soeben den Sattel herunternahm und eine Decke auflegte, ihn mit Heu und Wasser versorgte.

Anwielle lachte laut auf, denn Aywens verschämtes Grinsen wirkte ansteckend, nachdem er bemerkt hatte, dass sogar das Zicklein mit Milch versorgt wurde. »Seid Ihr nun beruhigt?« Sie stellte sich auf die Zehenspitzen, lehnte sich leicht an ihn und flüsterte ihm ins Ohr, damit er sie über die Musik hinweg hören konnte. Überdeutlich spürte sie den Schauder, der durch seinen Körper floss wie ein Wasserfall und ihre Stimme erzittern ließ.

Aywen nickte nur. Mit hochroten Wangen und Schweißperlen auf der Stirn. »Es ging mir nur um Lunrah. Was sie gesagt hätte – und getan –, wenn eines der Tiere verloren gegangen wäre.«

»Natürlich.« Anwielle zwinkerte ihm zu.

»Diese Nacht gehört uns allen«, frohlockte Brianne und zog den Prinzen zu sich.

Aywen ließ Anwielle los. Das gelbe Band löste sich, flatterte in Anwielles Händen wie ein Sonnenstrahl. Doch ihr blieb keine Zeit zu protestieren, denn sie landete augenblicklich in Kenriks Armen. Er wirbelte sie durch die Luft und dem Nächsten in die Arme. Vollbart trug er und ein wildes Lachen im Gesicht. Die Maske hatte er sich längst vom Kopf gezerrt. Der Nächste war ein Jüngling mit winzigen

Hörnern im Haar, der sich schüchtern auf die Unterlippe biss und sie im Kreis drehte, ehe Aywen nach dem Band in ihrer Hand schnappte. Er zupfte daran und zog sie Schritt für Schritt zu sich. Anwielle zuckte mit den Schultern, als sie dem Blick des Jungen begegnete, grinste, bevor sie endlich in Aywens Umarmung sank. Er umfasste ihre Hüften, als wollte er sie nie, nie wieder loslassen, und drängte sich an sie, als gehörte die Nacht nur ihnen. Sein Atem ging schnell, die Ader an seinem Hals pochte.

»Das ist Beltane!«, frohlockte Kenrik, der auf einmal wieder neben ihr tanzte und den Zauber des Moments flüchtig erschienen ließ. »Nur so begrüßt man den Sommer und verabschiedet den viel zu langen Winter.«

Beltane … Kannte sie dieses Fest? Hatte sie bereits um ein Feuer getanzt und sich in die Arme fremder Männer geworfen? Anwielle runzelte die Stirn bei der bloßen Vorstellung und sog die Unterlippe ein.

Doch als Aywen sie fest anblickte, wusste sie, dass nur *dieses* Beltane zählte. Aywen drückte sie an sich – und er war weder Prinz von Nyivalor noch sie die Fremde ohne Gedächtnis. Die düstere Burg auf den sturmumtosten Klippen war so weit weg wie ihr früheres Leben. König Radrann nur eine Rauchfahne, die sich in der kalten Luft verflüchtigte.

Sie wirbelten um das Feuer herum, lachten und sangen, und es dauerte nicht lange, bis sie sich fühlte wie ein Funke, der gen Nachthimmel strebte. Ihr war heiß und kalt zugleich, als Aywen die Schnur löste, die ihren gelben Umhang zusammenhielt. Ein Schauder nach dem anderen lief ihr über den Rücken, Sternschnuppen gleich, als seine warmen, zitternden Fingerspitzen auf ihrem nackten Halsansatz zum Liegen kamen, ehe er mit der anderen Hand den Überwurf wegwarf. Anwielle lächelte verlegen, als sie aufblickte und Aywens erhitzte Wangen und glitzernde Augen bemerkte. Und weil Aywen ebenso unsicher erschien, wirbelten sie über den Grasboden, flogen in die Arme anderer Männer und Frauen, tanzten mit mehreren Kindern an den Händen. Sie lachten und konnten sich an dem Trubel und der Freude rings um sie herum nicht sattsehen.

Während die Musik träger wurde, ließ sich Anwielle endlich in Aywens Arme sinken und bettete ihre Wange an seine pochende

Brust. Sie schwieg und lauschte den Sängern, Aywens schlagendem Herz, sie genoss es, wie sein Atem über ihren Scheitel strich. »Ihr solltet weniger Zeit auf dem Rücken Eures Pferdes verbringen, dann wärt Ihr auch nicht so sehr außer Atem«, neckte sie ihn.

»Vielleicht finde ich es ganz schön, außer Atem zu sein.«

Unter der Wange spürte Anwielle, dass sein Herz Bocksprünge vollzog wie ein Fohlen, und sie war erleichtert, dass sie nicht antworten musste, weil Brianne auf sie zukam und ihr einen Kelch reichte. Sie nickte, grinste und verschwand mit Kenrik in einem Zelt. Scheu blickte Anwielle weg, nachdem Brianne den Eingang mit einem Fell verhängt und Kenrik sie lachend in das Innere gezogen hatte. Stattdessen begutachtete Anwielle das getöpferte Gefäß, auf dem sich Beeren und Blätter rankten, ehe sie an dem roten und süßen Wein nippte.

Augenblicklich floss Wärme durch ihre Kehle, sammelte sich in ihrem Bauch. Sie übergab Aywen den Kelch, und nachdem er einen Schluck zu sich genommen hatte, wischte er sich mit dem Handrücken über den Mund. Er lächelte sie an, und sie ließen den Wein zwischen sich hin und her wandern, während sie sich weiter im Takt der Musik wiegten. Der Streit am Morgen schien in weite Ferne gerückt zu sein. Ein Blick in seine Augen zeigte ihr, dass es ihm ähnlich erging. Sie leuchteten, rote Funken spiegelten sich darin, der Griff um ihre Hüfte wurde fester, ganz so, als müsste er sich an ihr festhalten. Vielleicht lag es am Wein, vielleicht an der Leichtigkeit, die sie beide ergriff.

Anwielle genoss es, in seinen Armen zu liegen, denn sie vergaß alles andere darüber. Dass sie nicht für immer auf Nyivalor bleiben konnte, dass Aywen ihr nur eine Zufluchtsstätte anbot. Doch wenigstens blieben ihnen diese kostbaren Augenblicke. Damit wollte sie sich begnügen. Der Wein ließ ihre Knie weich werden, sie schmiegte sich enger an ihn. Er roch nach Waldboden im Sommer, nach Wiesen mit blühenden Wildblumen und Kräutern, obwohl sie nicht wusste, ob sie all diese Düfte jemals gerochen hatte. Doch die Musik, der Wein, ihr Tanz, ihre Umarmung reichten bis weit in die Zeit hinein. In all das davor und danach, und Anwielle schloss die Augen, sie musste den Trubel nicht mehr sehen, das Feuer und die Funken, Aywens glänzende Augen, denn all das fühlte sie in sich.

»Wart Ihr schon einmal auf einem Beltanefest?«, flüsterte sie nach einer Weile.

»Nein«, gestand er und nahm ihr den Kelch ab, trank einen großen Schluck. »Aber wenn ich mich hier umsehe, wird es sicherlich nicht das letzte Mal gewesen sein.« Er ließ den Blick umherschweifen und seine Stimme wurde so leise, dass sie sie kaum noch über dem Prasseln des Feuers wahrnehmen konnte. »Ich frage mich, warum mein Vater mich noch nie auf ein solches Fest mitgenommen hat. Ein Fest, auf dem das Leben willkommen geheißen wird.«

Ohne zu überlegen, legte sie den Zeigefinger auf seine warmen Lippen. So nah war sie ihm noch nie gekommen, und Anwielle wunderte sich darüber, wie vertraut sich diese Berührung anfühlte. Unwillkürlich senkte Aywen den Blick, die Schatten seiner langen Wimpern tanzten über seine Wangen. »Lasst uns den Augenblick genießen. Gleichgültig, wie lange er dauert.« Der König und sein Herrschaftssitz waren so weit weg. Genauso wie Prinz Aywens Erbe und ihre geheimnisvolle Herkunft. Sie wollte keinen Gedanken daran verschwenden, dass sie seiner nicht würdig sein könnte. Zumindest nicht während der heutigen Nacht, die sich wie Samt auf ihre Haut legte.

Er nahm ihre Hand, küsste ihre Fingerspitzen, Finger für Finger, dann die offene Handfläche. Jede Liebkosung entzündete ein zartes Flämmchen in ihrem Innersten und sie wiegte sich weiter im Takt. »Ihr wart in der Bibliothek, als ich mit meinem Vater gestritten habe«, stellte er mit rauer Stimme fest. Seine Lippen verharrten über ihrem Handgelenk, kitzelten die empfindsame Haut. »Ich habe die Katze gesehen. Und ich weiß, dass sie an Euch hängt wie eine Klette.«

Sie errötete. »Ich habe nach Antworten gesucht.«

»Und? Habt Ihr welche gefunden?«

Er hauchte einen Kuss auf ihr Handgelenk, seine Locken strichen über ihren Unterarm. Anwielle biss sich auf die Unterlippe, schmeckte den süßen Wein, obwohl sie doch lieber … »Nein. Und Ihr wisst auch warum.«

Er hob den Kopf, nickte und räusperte sich, um die sanfte Rauheit in seiner Stimme verschwinden zu lassen. Es fühlte sich an, als frischte der Wind auf. Obwohl er ihre Hand nicht losließ, fröstelte Anwielle augenblicklich. »Die Bibliothek ist karg. Sie war es schon immer. Ich kenne sie gar nicht anders. Aber doch fehlt jeden Tag ein weiteres Buch. Es sei denn, ich horte sie in meinen Gemächern.« Er zuckte mit den Schultern, als berührte es ihn nicht, was auf der Burg geschah, was mit dem König geschah. Doch seine Augen sprachen eine andere Sprache. »Ihr habt gehört, was ich zu meinem Vater gesagt habe, nicht wahr?«

Sie legte den Kopf schief, eine Röte überzog ihre ohnehin schon heißen Wangen. »Ich habe Dinge gehört, die mich nichts angehen.«

»Und ich habe Dinge gesagt, die ich nicht so gemeint habe.« Er nippte an dem Kelch, sicherlich um zu verbergen, dass in seinem Hals ein Kloß festsaß.

»Und manches Mal liegt in der Wut die enttäuschende Wahrheit.«

»Und manches Mal nur verletzter Stolz.« Er küsste ihre Fingerknöchel, und Anwielle ließ es geschehen. Vielleicht war es der Wein, der sie Nachgiebigkeit lehrte, oder der Funken Wahrheit, der in seiner Antwort verborgen lag. Vielleicht auch nur die Sanftheit seiner Berührung. »Können wir nicht einfach da weitermachen, wo wir soeben aufgehört haben?«, hauchte er auf ihre Haut, und Anwielle erschauderte. Es war ihr, als begannen die Zeichen auf ihrer Haut zu vibrieren, zu tanzen. Wie die Gäste des Festes. »Heute ist kein Abend für Fragen und Antworten. Das ist das Gesetz dieses Festes.«

Aywen glich seinem Vater, selbst wenn er dies nicht wahrhaben wollte. Denn genau wie König Radrann verbarg er Geheimnisse.

Bedachtsam strich Anwielle mit den Fingerspitzen über seinen Bart, das Knistern ahmte die Freudenfeuer nach und schickte unzählige Funken durch ihren Bauch. Als sie seine Narbe berührte, stieß Aywen zischend Luft aus. Weitere Funken ergossen sich in ihrem Innersten, als der Hauch seines Atems ihre empfindsame Haut liebkoste. Wie zur Antwort pochten die Linien darauf bläulich auf. »Woher stammt sie, die Narbe?«, murmelte sie.

»Ist das Eure letzte Frage?« Jedes Wort fiel ihm schwer.

»Möglicherweise.«

»Als ich Euch im Wald gefunden habe. Wir wurden von Wölfen angegriffen.«

Anwielles Augen weiteten sich, ihre Male begannen zu prickeln. Wölfe. »Ich erinnere mich an nichts. Ihr habt nie einen Kampf erwähnt.« Sie hielt die Hand an die Schläfe. »Warum habt Ihr das verschwiegen?« Die Funken in ihrem Bauch zerfielen zu Asche.

»Ihr habt nicht gefragt. Ich empfand es nicht als wichtig.« Aywen wich ihrem Blick aus. »Sie waren nur hungrig. Der Winter war lang und kalt.«

»Eine der Tugenden eines edlen Ritters. Bescheidenheit.« Sie schmunzelte. »Und der Preis eines edlen Ritters. Eine hübsche Narbe, die Frauen Vermutungen anstellen lässt.«

»Ja, der Preis, den wir alle zahlen müssen.« Sein Blick glitt in die Ferne, er wurde glasig, als würde er sich den Angriff in Erinnerung rufen, als würde er Antworten auf Fragen suchen.

Doch ihre Erinnerungen lagen in Dunkelheit. Sie entsann sich nicht an Zähne, die an ihr schabten, Krallen, die an ihr rissen, das Hecheln der Tiere auf der Jagd nach ihnen, und sie wusste nicht, ob sie den Teil ihrer Vergangenheit nicht dort belassen wollte, wo er war.

»Danke«, wisperte sie, und er beugte sich zu ihr hinab.

Wie um die dunklen Gedanken zu verbannen und die Geheimnisse in Schach zu halten, presste sie auf einmal die Lippen auf Aywens Narbe, ehe ihr Mund zu seinem wanderte – ohne jegliche Scheu. Seine Lippen waren warm und weich und einladend, und doch hatte sie das Gefühl, sie verbrannte sich an ihnen. Achtlos ließ Aywen den Kelch fallen, Wein benetzte ihre Hose, und mit beiden Händen umfasste er ihr Gesicht, strich mit der Kuppe seiner Daumen über ihre Wangen. Leicht lehnte sie sich zurück, Aywen drängte nach, hielt sie, fing sie auf. Sie schmolz, obwohl der Kuss sanft und unschuldig war. Doch er war all den Schmerz wert, der unweigerlich folgen würde. Sie schmeckte den süßen Wein und die süße Trauer.

Anwielle schöpfte Atem, legte die Handflächen auf seine Brust. Ein Sturm wütete darin. Ebenso in seinen Augen. Sie hatte ihn entfacht. Aywen streichelte ihre Taille, fuhr ihre Arme auf und ab. Als er die glühenden Zeichen auf ihrem Handrücken bemerkte, hielt er inne.

»Sie sehen aus wie frisch gefallene Schneeflocken, nicht wahr?«, murmelte sie zögerlich, weil Aywen keine Worte fand. »Wie Frostblumen auf Fensterscheiben.«

Seine warmen Fingerspitzen fuhren zu ihrem Hals hinauf, er lockerte die obersten Schnüre ihres Hemdes, wo er ihr Schlüsselbein und weitere Male entblößte. »Und in Euren Augen lodert ein Feuer«, erwiderte er heiser, den Blick nicht von den feinen Linien nehmend.

Es war ihr, als zeichnete er mit der Fingerspitze jedes Mal nach und als ginge bei jeder Berührung eine Sonne in ihr auf. Seine Hände kletterten ihr Rückgrat hinunter, zerknitterten das Hemd, eine Gänsehaut übergoss ihren Körper, er küsste sie. Drängend und tief dieses Mal. Anwielle war froh, dass er ihr keine weiteren Fragen stellte, dass sie ohne Worte auskamen. Sie wollte die kostbaren Momente genießen, in denen sie nicht von Lücken in ihrer Vergangenheit und ihrer ungewissen Zukunft heimgesucht wurde. Ihre Finger krallten sich in seine Schultern, dann in sein lockiges Haar. Aywen stöhnte auf. Seine Nähe und Zärtlichkeit brannten in ihr, als wollte die Frühlingssonne den Winter in ihrem Herzen verscheuchen. Jede Berührung schmerzte, und doch sehnte sie sich nach mehr.

Die Welt verschwamm vor Anwielles Augen, sie bestand nur noch aus Aywens Lippen und Fingern, aus den Funken, die durch den Himmel und ihr Herz stoben. Wie aufflatternde Vögel.

Als er sich keuchend von ihr löste, murmelte sie schmunzelnd an seiner Wange: »Ich habe es Euch ja gesagt: Ihr solltet weniger Zeit auf Eurem Ross verbringen.«

Er lachte in ihr Haar hinein und hielt sie fest.

Sie tanzten den Abend und die Nacht hindurch, ließen sich in ein Bett aus Stroh und Decken sinken und betrachteten das Feuer, das niemals zu Asche werden wollte. Doch Anwielle ahnte, dass am Morgen Kälte und Grau wieder Einzug halten würden. Sie schmiegte das Kinn in Aywens Halsbeuge und küsste die Stelle, an der seine Ader pochte. Sie wollte seine Wärme spüren, die Unendlichkeit der Nacht. Gedankenverloren zeichnete er mit den Fingerspitzen die Sterne und Schneeflocken auf ihrer Haut nach, während sie die schmalen Zöpfe in seinem Haar löste. Sie wickelten sich das gelbe Band um die Hände, spielten mit ihm Spiele, die Lunrah Aywen als Kind gezeigt hatte. Anwielle lauschte den Gesängen, die stetig leiser wurden, und den regelmäßigen Atemzügen Aywens, bis sie in einen ruhigen Schlaf sank, die Sonne aufging und die Welt in einen Topf voller Farbe und Licht tauchte.

Kapitel dreizehn

Aschgrauer Morgen

Der erwachende Morgen unter den Gästen des Festes war so ganz anders als auf der Burg.

Erneut stimmten sie ihre Gesänge an, dieses Mal traurig und gedämpft, während sie die letzten Blütenranken und Kränze in das sterbende Feuer warfen und mit der Glut Kerzen und Fackeln entzündeten. Manche der Anwesenden brachen bereits auf und kehrten nach Hause zurück, Fackeln in den Händen. Anwielle runzelte die Stirn. Womöglich wollten sie das Herdfeuer daheim damit anheizen. Oder Kerzen in den Fenstern anzünden. Vielleicht sollte das magische, immerwährende Feuer unerwünschte Gäste fernhalten. Oder das Glück im Hause bewahren. Vielleicht sollte auch sie eine Fackel mit auf die Burg nehmen?

Anwielle grinste in sich hinein. Aywen bewegte sich, flüsterte etwas, doch er schlief weiter. Sie wagte nicht, sich zu rühren. Er hatte den Kopf auf ihrem Bauch gebettet und den Arm um ihre Hüfte geschlungen. Das Feuer in ihrem Inneren loderte, doch sie wusste, dass es nicht mehr lange dauern würde, bis sich Aschewölkchen auf ihr Herz legten. Sie betrachtete seine Wimpern, strich durch seine dunklen Locken, über die Narbe auf seiner Wange. Er zuckte im Schlaf, zitterte vor Kälte. Behutsam zog sie den gelben Umhang enger um Aywen und sich, das Bett aus Stroh knisterte.

Unruhe kehrte plötzlich auf der Lichtung ein. Ein Gast nach dem anderen deutete zum Himmel hinauf, danach verstohlen zu Aywen und ihr. Hatten sie Aywen erkannt und festgestellt, dass sie mit ihrem zukünftigen Herrscher getanzt, gescherzt und getrunken hatten? Fürchteten sie nun Repressalien durch König Radrann, weil sie sich ungebührlich verhalten hatten gegenüber dem Kronprinzen?

Eilig packten sie ihre Sachen zusammen, trugen schlafende Kinder in Wagen, vor die sie bereits Ochsen oder Ziegen gespannt hatten. Andere wuschen sich hastig die Gesichter mit Morgentau, ehe sie aufbrachen. Sie winkte ihnen zum Abschied zu, doch die Menschen mieden ihren Blick. Beunruhigt sah sich Anwielle nach Estenidas und dem Zicklein um. Beide dösten in unmittelbarer Nähe, das Zicklein war in eine Decke gewickelt. Anwielle schloss die Augen, als könnte sie so die Welt aussperren. Oder sie zumindest für einige Momente anhalten. Der Morgen war angebrochen, der Alltag zog sogar wieder bei den Gästen des Festes ein. Die letzte Nacht gehörte der Vergangenheit an. Sie waren wieder der Prinz und die Unbekannte mit den geheimnisvollen Augen.

Aywen regte sich und seine Finger krallten sich in ihre Hüfte, ehe seine Lippen den Weg zu ihren fanden. Beinahe genauso kalt wie ihre waren sie. Graue Schatten lagen um seine Augen. Seine Bewegungen waren träge, trunken vor Müdigkeit, sein Atem ging langsam. Sie kostete den Augenblick aus, hieß ihn willkommen und gab sich Aywens bedächtigen Berührungen hin, als stünde die Welt still. Sie wollte nicht daran denken, wie er sich fühlte, sobald der Wein und die Magie der Beltanenacht aus ihm gewichen waren und sie vor den Toren von Nyivalor standen.

»Wir sollten aufbrechen«, hauchte er mit rauer Stimme an ihre Lippen. »Das Zicklein braucht seine Mutter.«

Und ich brauche dich, wollte sie flüstern, doch stattdessen schenkte sie ihm einen Kuss.

Nur allmählich lösten sie sich voneinander. Immer wieder küssten sie sich und schmiegten sich aneinander, als könnten sie verhindern, dass sich der Zauber der Nacht wie ein Traum verflüchtigen würde.

Mit den Fingerspitzen berührte Anwielle den Boden. Erst da bemerkte sie den Schnee, der um sie herum lag und in Aywens Locken glitzerte. Dann den Kreis, den man um sie herum gestreut hatte. Sie streckte die Finger danach aus, leckte an ihrer Haut. Es war Salz. Ein Salzkreis. Ein Schutz vor bösen Kräften. Anwielle fasste sich vor Schreck an die Kehle. War sie selbst das Böse? Oder lauerte es dort draußen auf sie? Hatte das Ungeheuer aus der Burg sie heute Nacht womöglich heimgesucht? Oder wilde Tiere? Wölfe? Denn mittlerweile waren alle Feiernden verschwunden, das Feuer erloschen. Als wäre die letzte Nacht nie geschehen. Auch ihre Gastgeber, Kenrik, Brianne und deren Vater, konnte sie nirgends entdecken. Stattdessen fand sie die beiden Kränze, die man ihnen geschenkt hatte. Zertreten lagen sie zwischen Matsch und Unrat, die Blütenblätter verdorrt, die Beeren von Tieren abgenagt.

Anwielle stand auf, richtete ihre Kleidung und fuhr sich mit den Fingern durchs Haar. Sie wollte Aywen nicht in Unruhe versetzen, der sich den Schnee aus den Locken schüttelte, dann das Hemd in den Hosenbund steckte. Mit zitternden Fingern flocht sie seine zerzausten Haare zu einem Zopf, ehe sie sein Wams schloss. Sichtlich genoss er jede Berührung, beugte sich zu ihr hinab und legte die Wange an ihre Schläfe. Sie war erleichtert darüber, dass Aywen nicht den Blick in ihre Augen suchte. So konnte er Anwielles Unsicherheit nicht herauslesen, wenn ihm auch ihre zitternden Hände auffielen. Er schloss sie in seine und blies heißen Atem in die Höhle, die sie bildeten.

»Wir sind bald zu Hause«, hauchte er auf ihre Haut. »Lunrah wird Euch ein heißes Bad einlassen – vielleicht habe ich Glück und sie ist ebenso gnädig mit mir – und im Nu werdet Ihr nicht mehr frieren.« Aywen lachte. »Ich dachte, wir hätten gestern den Winter vertrieben.« Er löste sich von ihr und knetete seine kalten Hände, den Blick auf den Himmel gerichtet, in dem die Schneeflocken tanzten wie die Funken in der gestrigen Nacht. »Der Winter will sich wohl doch nicht so schnell geschlagen geben hier im Norden.« Er seufzte und zuckte mit den Schultern. »Trotz allem war es nicht anders zu erwarten.«

Zu Hause. Ihr wurde ganz warm im Bauch bei diesen Worten. Gestern noch hatte sie sich nach diesen Worten gesehnt, jetzt suchte sie Schutz hinter den Mauern der Burg. Der Wald beunruhigte sie mit einem Mal. Wieder schien er ihren Namen zu flüstern, zu singen. Wie ein Wiegenlied, das in den letzten Schlaf lockte.

Aywen wandte sich von ihr ab und schritt aus dem Kreis aus Salz und Schnee, ohne ihn zu bemerken. Über die Schulter hinweg rief er ihr zu: »Ich sehe nach den Tieren. Gleich sind wir aufbruchsbereit.«

Versehentlich trat er einen Stein zur Seite, und Anwielle sah das Aufblitzen einer Rune. Bestürzt machte sie einen Schritt nach hinten, kniff die Lippen aufeinander und versuchte, Aywen aufmunternd zuzunicken. Was war hier los, bei der Mutter der Erde? Die ganze Nacht durften sie die Gastfreundschaft der Menschen dieses Landstriches genießen, und nun wollten sie sie an diesen Ort fesseln? Warum? Und warum nur sie?

Aywen hatte die Kraft der Runen nicht gespürt. Er war aus dem Kreis aus Salz und Runensteinen herausgetreten, als ob er nicht vorhanden wäre. Nun strich er Estenidas, der an einem Baum festgebunden war, über den Rücken. Er begutachtete dessen Beine mitsamt den Schnittwunden, die Briannes Vater mit einer Kräuterpaste behandelt hatte, ehe er ihn aufzäumte und sattelte, das Zicklein in eine Packtasche setzte.

Aywen war längst wieder in seinem Alltag angelangt, ohne es auch nur zu merken.

Doch wer war sie?

Warum konnte nur sie die Magie der Runen sehen und fühlen? Warum schenkte Aywen dem Schnee, der nur um sie herum fiel und der den Boden der Lichtung sonst nicht berührte, keine besondere Bedeutung?

Bildete sie sich all das nur ein?

Doch die anderen Gäste, die hatten den Schnee gesehen. Sie hatten gen Himmel gedeutet.

Anwielle kniete sich hin und griff in den Schnee hinein, doch keine einzige Flocke wollte auf ihren Fingerspitzen schmelzen. Ihre Hände waren kalt, auch ihre Wangen – kein Wunder nach einer Nacht unter freiem Himmel. Sie nahm ihren ganzen Mut zusammen und schritt auf den Runenkreis zu, nachdem sie aufgestanden war. Doch je näher sie ihm kam, umso heißer wurde es ihr. Wie eine Mauer aus Feuer ragte der Kreis plötzlich vor ihr auf, legte sich um ihren Hals wie eine Eisenkette. Rasch sprang sie in die Mitte des Kreises zurück und das Feuer versiegte. Im Nu war ihre Kehle rau, das Kratzen mit den Fingernägeln über die empfindliche Haut des Halses verschaffte ihr keine Linderung. Es fühlte sich an, als bekämpften die Runen sie von innen heraus.

Aywen war noch immer mit den Tieren beschäftigt, sodass er Anwielles stummen Kampf nicht bemerkte. Sie wollte ihn nicht rufen und um Hilfe bitten, zu groß war die Angst, er könnte sie wirklich für verrückt halten. Vermutlich würde er ihre Angst, die Wahnvorstellungen dem Übermaß an süßem Wein zusprechen.

Ihr Herz klopfte, die Finger zitterten, als sie einen erneuten Vorstoß wagte. Die Zeichen auf den Steinen loderten auf, Flammen flossen durch die in den Stein gemeißelten Linien. Jeden einzelnen Funken konnte sie in den Adern spüren, sie ließen die Male auf ihrer Haut vibrieren, als wappneten sie sich gegen einen Angriff. Anwielle drohte ohnmächtig zu werden. Sie biss sich so fest auf die Zunge, bis sie Blut schmeckte, um wieder zu sich zu kommen. Achtlos wischte sie sich mit der Hand über den Mund. Ihr kam eine Idee!

Vielleicht war es ihr möglich, den Kreis an jener Stelle zu durchschreiten, an der Aywen unbedacht eine Rune zur Seite gekickt und so die Kraft des Bannkreises versehentlich gemindert hatte? Das Glühen der Runen war dort schwächer, die Flammen schlugen nicht so hoch, sobald sie die Hand danach ausstreckte.

Ein weiteres Mal näherte sie sich dem Kreis, während Aywen vergnügt pfiff und den Hengst in ihre Richtung führte. Anwielle krallte die Finger zu Fäusten, nahm allen Mut zusammen, bevor sie sich jener Stelle näherte. Sollte sie es wagen? Ein letztes Mal reckte sie die Finger nach den züngelnden Flammen, um sich zu vergewissern, dass sie es schaffen konnte. Heiß und kalt rann es ihr den Rücken hinab, ihr wurde schwindelig. Mit geschlossenen Augen und zusammengebissenen Zähnen sprang sie über den Kreis, dank der Stiefel und Hosen konnte das Feuer ihr beinahe nichts anhaben. Trotzdem biss der Rauch in ihrer Nase.

Als Anwielle in Aywens Arme stolperte, riss der Hengst den Kopf hoch. Womöglich roch auch er den Rauch? Einen Moment lehnte sie sich an Aywen und schöpfte Atem, ihre Haut prickelte unangenehm. Den Blick zurück auf die Runensteine wagte sie nicht.

»Schade, dass alle schon fort sind. Wir konnten uns gar nicht von ihnen verabschieden.« Er sah sich um, runzelte die Stirn. Ihm schien nichts Ungewöhnliches aufzufallen.

»Wir haben lange geschlafen. Wir sind einfach den Wein nicht gewohnt«, schwindelte Anwielle, ihr Herz klopfte. »Vermutlich wollten Brianne und Kenrik uns nur nicht wecken.«

»So viel Feingespür hätte ich den beiden gar nicht zugetraut.« Er schnalzte mit der Zunge.

»Hm, ja.« Anwielle kletterte rasch in den Sattel, um Aywens prüfendem Blick auszuweichen.

Er schwang sich ebenfalls aufs Pferd, hinter Anwielle. »Mir kommt es vor, als hätte ich die gestrige Nacht bloß geträumt.« Er küsste sie in den Nacken, als könnte er dadurch die Erinnerungen zurückholen.

Anwielle nickte. Besorgt sah sie zu den Runensteinen hinab, schwarz und grau lagen sie im geschmolzenen Schnee, ehe Aywen die Fersen an Estenidas' Leib presste und er davontrabte. Die Steine schienen ihr zuzuflüstern wiederzukommen. Die eingeritzten Linien und Kreise pochten kurz auf. Als hätten sie nur auf ihren Blick gewartet, als wären sie lebendig. Wie schlagende Herzen.

»Das ist der Wein«, raunte sie und war um jeden Schritt froh, den Estenidas sie fort von der Lichtung brachte.

Sie ließ das gelbe Band fallen.

Eine Weile irrten sie durch den Wald. Es schneite, wo immer sie hinritten, und der Schnee verwischte die Hufspuren des Hengstes. Anwielle wunderte sich noch immer, denn die Menschen hatten doch in der Nacht mit Gesang und Tanz den Winter vertrieben und den Frühling willkommen geheißen. Der Schnee bedeckte knospende

Blüten und sprießendes Gras, als wollte er für immer bleiben und niemals schwinden. Der Wind kroch durch ihre Kleidung wie eine zischelnde Schlange.

»Du bist so schweigsam.«

Anwielle hielt sich an der Mähne von Estenidas fest und hatte es während des gesamten Rittes nicht gewagt, sich an Aywens Brust zu schmiegen. »Ich mache mir nur Gedanken.« Sie wusste, dass sie auf eine Lüge zusteuerte. Eine halbe Wahrheit. Doch sie konnte es nicht verhindern. Genauso wenig wie den fallenden Schnee. Sie schluckte den Kloß im Hals hinab und hoffte, dass Aywen es nicht hörte. »Ich mache mir Sorgen. Wegen deines Vaters. Sogar wegen Lunrah.« Sie log ihn nicht an. Sie sorgte sich, wie die Reaktion des Königs ausfallen würde, ebenso wie die der Magd. Weil sie eine Nacht der Burg ferngeblieben waren. Weil sie womöglich als Liebespaar zurückkehrten. Hatte er sich ihr versprochen, nur weil sie miteinander getanzt und sich geküsst hatten? Hatte sie ihm ein heimliches Versprechen gegeben? Die Gedanken wirbelten in ihrem Kopf herum wie fallende Schneeflocken.

Aywen lachte. »Du sorgst dich wegen Lunrah?«

»Sie wird uns einen Kopf kürzer machen«, murmelte sie voller Unbehagen. »Laut Tollvin ist das ihre bevorzugte Foltermethode bei ungehorsamem Verhalten.«

»Wenn sie das jedes Mal bei mir machen würde, wenn sie es androht, wäre nicht mehr viel von mir übrig.« Mit eisigen Lippen presste er einen flüchtigen Kuss auf Anwielles Scheitel. Dann schnalzte er mit der Zunge, um Estenidas anzuspornen.

Anwielle seufzte. Jeder Kuss, jede Berührung würde ihr den endgültigen Abschied erschweren.

Kapitel vierzehn

In den Schatten der Burg

Als Estenidas mit den Vorderhufen in den Schatten der Burg trat, schluckte Aywen schwer. Er hatte keine Angst vor Lunrah, selbst wenn sie ihn heute vermutlich wirklich einen Kopf kürzer machte. Er hatte auch keine Angst vor dem König.

Er hatte Angst vor Anwielle.

Während der letzten Stunden hatte er versucht, durch Redseligkeit sein Unbehagen ihr gegenüber zu überspielen. Er hatte über das Wetter geredet, über die Ausbildung eines Jungpferdes, über die Katze, die sich in der Burg eingenistet hatte, aber er hatte jedes Wort vermieden, das die letzte Nacht hätte heraufbeschwören können – oder gar die Zukunft.

Anwielle war nicht nur schweigsam, sie war stumm gewesen. Sie behauptete, sie würde frieren und wäre müde, hätte Angst vor der Reaktion des Königs, aber Aywen glaubte ihr nicht.

Er sehnte sich danach, dass sie sich an ihn lehnte – nur ein kleines Zeichen, dass er ihr etwas bedeutete. Aber nicht einmal das gestand sie ihm zu. Sie war abweisend wie ein stummer winterlicher Sturm, aber es verlangte ihn nach ihr. Selbst wenn jede Berührung, jeder Kuss ihn schmerzte, sein Herz verlangsamte, wünschte er sich doch ihre Nähe herbei.

Gemeinsam ritten sie nun durch das Tor, und das Zuschlagen der Zugbrücke hinter ihnen machte Aywen deutlich, dass die Beltanenacht der Vergangenheit angehörte. Und er wieder dem Alltag gehörte. Der Tristesse der Burg.

Lunrah kam ihnen entgegen und nahm Aywen das Zicklein ab, würdigte den Prinzen keines einzigen Blickes. Ihre Haare waren wirr, die Schatten um die Augen grauer als sonst, ihre Bewegungen fahrig. Unverzüglich hastete sie davon, um das Tier zu seiner Mutter zu bringen. Einerseits verstand er ihre Eile – das Zicklein brauchte dringend Milch und die Wärme seiner Mutter –, andererseits konnte er sich nicht erklären, warum weder sie noch sein Vater das Wort an ihn richteten. Hatten sie sich nicht einmal um ihn gesorgt?

Aywen stieg von dem Hengst ab, doch noch ehe er Anwielle helfen konnte, ließ sie sich bereits aus dem Sattel gleiten. Unschlüssig stand er hinter ihr, als sie ihre Kleidung richtete. Er brachte keinen Ton über die Lippen, geschweige denn brachte er es über sich, sie an der Schulter zu fassen und sie zu sich umzudrehen. Aywen verpasste die Gelegenheit, Anwielle ein letztes Mal zu berühren, sich ihrer zu vergewissern. Sie war ihm fremder als je zuvor, als sie ihm nun den Rücken zuwandte und so tat, als wäre er nicht hier, als hätte es die letzte Nacht nicht gegeben. Als hätte sich ein unsichtbarer Schleier über sie gelegt, der ihre Welt von der seinen trennte.

Rasch strich sie dem Hengst über die Nase, sah kein einziges Mal zurück, während sie Lunrah hinterhereilte. Aywen blickte ihr so lange nach, bis sie in dem niedrigen Stall verschwunden war. Jeder Schritt, den sie sich von ihm entfernte, stach in sein Herz. Er ließ die Schultern hängen, als ihn der Hengst mit der Nase in den Rücken knuffte. Nachdem er sich umgedreht hatte, klopfte er Estenidas den Hals. »Schon gut, mein Junge«, raunte Aywen. »Ich weiß, du hast Hunger.« Er führte das Tier in den Stall, wo bereits Tobi auf ihn wartete und brummelte, als er Estenidas' Huftritte hörte.

Tollvin sattelte den Hengst ab und rieb mit Stroh den Schweiß aus dem Fell, während sich Aywen auf einen Schemel in der Stallgasse setzte. Er fror und war müde, sehnte sich nach dem Zuber mit heißem Wasser.

»Und? Was ist der Grund für Eure heutige Verspätung, Prinz Aywen?« Tollvin hüstelte, als er die Beine des Hengstes abtastete und die letzten Spuren der Kräuterpaste bemerkte.

Aywen verzog den Mund und hob eine Bürste vom Boden auf. Er drehte sie hin und her.

»Wieder Wölfe? Ihr seht zumindest nach einer Wolfsbegegnung aus. Griesgrämig, verstockt, verbissen. Gedankenverloren.«

»Tollvin!«

»Schon gut, schon gut. Zumindest ist das Zicklein heil.« Der Junge lehnte sich mit verschränkten Armen an den Türrahmen.

»Solltest du nicht den Hengst füttern?«, fragte Aywen mürrisch.

»Wenn es nach Lunrah ginge, sollte ich mich gar nicht mehr in der Nähe der Tiere aufhalten. Ihr könnt Euch nicht vorstellen, was sie mir alles angedroht hat.« Er schmunzelte. »Und das ist nur halb so schlimm im Gegensatz zu dem, was sie Euch angedroht hat. Wo wart Ihr die ganze Nacht, wenn Ihr die Frage gestattet, Prinz?« Er senkte den Blick.

»Nein, ich gestatte die Frage nicht.«

»So schlimm?«

Aywen warf die Bürste nach Tollvin, der sich rasch duckte.

»Das ist mir Antwort genug!«, scherzte der Junge, hielt jedoch noch immer beide Arme schützend vors Gesicht.

»Es gibt keine Antwort!«, grollte Aywen. Als er aufsprang, kippte der Schemel um. »Es gibt keine Antworten.« Er senkte die Stimme und ging auf Estenidas zu. Dennoch zuckte das Tier zurück, das Weiß in den Augen trat hervor. »Es gibt nur noch weitere Fragen.« Aywens Hände bebten, als er dem Hengst durch die rote Mähne strich.

»Vielleicht solltet Ihr die Antworten nicht hier im Stall suchen, sondern bei ihr.« Tollvin fütterte Tobi mit alten, runzeligen Äpfeln, die Lunrah aussortiert hatte.

»Du hast auch auf alles eine Antwort.« Ein zittriges Lächeln zupfte an Aywens Mundwinkeln.

»Nun ja, Herr, wenn Ihr das sagt, möchte ich Euch ungern widersprechen.« Tollvin strich sich durch die Haare, biss von einem Apfel ab, kaute genüsslich.

Aywen schüttelte den Kopf. »Leg Estenidas eine Decke auf. Sofort.« Er wandte dem Jungen den Rücken zu und verschwand ohne ein weiteres Wort aus dem Stall. Doch statt direkt zu Anwielle zu gehen, machte er sich auf den Weg zu dem immerblühenden Apfelbaum.

Der Baum wuchs auf einem Felsvorsprung auf der Südseite der Burg, und nur ein schmaler Pfad hoch über dem Meer führte zu ihm. Aywen mied diesen Ort. Für die Apfelernte waren stets Lunrah und Tollvin zuständig. Doch jetzt durchschritt Aywen den überwucherten Torbogen und betrat den schmalen Fußweg. Links von ihm ragten die Mauern der Burg auf, rechts fielen die Klippen steil hinab. Lediglich ein windschiefes, morsches Holzgeländer schützten Aywens eilige Tritte.

Wie Leuchtfeuer stachen die rotbackigen Äpfel vor der düsteren Burg hervor. Die ausladenden Äste schmiegten sich an die graue Mauer, andere wiegten sich im Wind, der die weißen und rosa schimmernden Blüten auf den Ozean hinaustrug, wo sie auf der Meeresoberfläche hin- und hertrieben. Um den Stamm herum gedieh nichts als Stein und Felsen. Fußabtritte auf dem matschigen Pfad, die die Gischt noch nicht fortgewischt hatte, zeigten Aywen, dass sein Vater heute bereits dort gewesen sein muss. Erleichtert atmete er aus.

Aywen wusste nicht, welche Antworten er hier erwartete. Er setzte sich, lehnte sich an den Stamm und starrte aufs Meer hinaus. So viele Jahre war er nicht mehr hier gewesen. Früher, als Junge, war er an der Hand des Vaters hierhergekommen. Tag für Tag. Später hatte es ihn den ganzen Mut gekostet, während der heftigsten Stürme zu dem Apfelbaum zu rennen, den glänzendsten Apfel zu stibitzen und wieder zurückzurennen. Bis der König ihn dabei erwischt hatte. Aywen hatte die Ruhe der Mutter gestört und ihr Andenken befleckt, indem er den Pfad als Spielstätte benutzt hatte.

Denn an jener Stelle der Burg hatte der Vater die Asche von Königin Soljara auf das Meer hinausgeschickt, und seitdem wuchs dort in rasender Geschwindigkeit ein Apfelbaum, der immerzu Blüten und Früchte trug. Doch Aywen wunderte sich nicht mehr, warum an jenem unwirtlichen Ort dieser Baum gedieh. Warum er jahrein, jahraus süße Äpfel trug und sie über so manch harten Winter gebracht hatte, in dem wütender Sturm und beißender Schnee es unmöglich gemacht hatten, einen Fuß vor die Burg zu setzen.

Aywen schnappte sich einen heruntergefallenen Apfel und drehte ihn in der Hand. Er stellte sich vor, dass die Mutter den Baum nicht nur als Erinnerung an sie dagelassen hatte, sondern als letztes Geschenk an die Burg und ihre Bewohner. Sie mussten nie wirklich Hunger leiden. Apfelmus lagerte in Hülle und Fülle in den Vorratskammern, Met und Most versüßte so manches Mal Aywens Laune.

Er biss in den Apfel hinein. Saft floss sein Kinn hinab, und Aywen wischte mit dem Ärmel darüber. Was würde nur die Mutter über ihn denken, wenn sie wüsste, dass er eine ganze Nacht mit einer Frau getanzt und gelacht, in ihren Armen gelegen hatte? Würde sie den Kopf schütteln oder ihnen ihren Segen geben? Aywen wusste es nicht. Er kannte sie nicht. Vielleicht war die Mutter nicht viel anders gewesen als der Vater.

Aywen blickte auf die tosenden Wellen, schmeckte die Süße des Apfels und das Salz des Meeres auf der Zunge, und wehmütige Erinnerungen an die gestrige Nacht kehrten zurück, als wäre Aywen der Frühling und Anwielle der eisige Ozean.

»Genauso hat sich das Zusammensein mit deiner Mutter angefühlt. Bittersüß. Und dennoch konnte ich nie genug davon bekommen.«

Einen flüchtigen Moment lang kniff Aywen die Augen zusammen, als könnte er den Vater derart aus seiner Welt aussperren. Doch Aywen hörte das Flattern seines Umhangs im Wind, das Knirschen seiner Zähne. Bevor der König merken konnte, dass Aywen dessen Anwesenheit Unwohlsein bescherte, öffnete er wieder die Augen und sah ihn an.

Doch der König starrte aufs Meer hinaus, beobachtete die Apfelblüten, die auf den Wellen schwammen. Dem Sohn gönnte er keinen

Blick. Erleichtert atmete Aywen aus, entspannte die Finger, die sich unwillentlich um den Apfel gekrallt hatten.

»Sie zu lieben war, als wollte man den Sommer zwingen zu bleiben. Aber der Frühling siegt niemals über den Sommer.« Rau lachte König Radrann auf. Der Wind verfing sich in den grauen Haaren, er zog an seinem Umhang, unter dem der König den ausgemergelten Leib nicht länger verstecken konnte. Die Wangen eingefallen, die Lippen aufeinandergepresst, so stand er da und konnte den Blick nicht vom Meer und den umhertrudelnden Blüten nehmen. »So wird es dir mit Anwielle auch ergehen. Du wirst sie nicht halten können. Sie gehört nicht hierher.« Ein Lächeln umspielte seine Mundwinkel, und Aywen konnte nicht sagen, ob es spöttisch war oder ob sanfte Erinnerungen den Vater heimsuchten. »Und wer weiß, ob es überhaupt ihr richtiger Name ist.«

»Sie …« Doch Aywen verkniff sich, ihm zu widersprechen.

Der König war tief in seine Gedanken versunken, als wäre sein Sohn nicht zugegen. Und dennoch hatte sich Aywen dem Vater noch nie so nah gefühlt. Noch nie hatte dieser so viel über sich preisgegeben.

»Sie wird gehen. Sie ist nicht dem Herrn von Nyivalor bestimmt. Sie …« Doch der König behielt seine Gedanken für sich. Er umschritt den Apfelbaum, betastete die warme Rinde, begutachtete die Äpfel. »Begeh nicht den gleichen Fehler wie ich. Begehre niemals die Frau eines anderen.«

»Die Frau eines anderen?«, unterbrach ihn Aywen. Woher wollte sein Vater dies wissen? Anwielle war das Mädchen aus dem Wald. Ohne Vergangenheit, ohne Geschichte, ohne Herrschaftstitel.

»Sie ist die Braut eines anderen Herrn. Samhain schenkte ihr ihren Gemahl.« Behutsam öffnete König Radrann eine der rötlichen Blütenknospen. »Rostrotes Haar, schneeweiße Haut, Augen, die lodern wie Bernstein. Sie wird sich die Finger an dir verbrennen. Und dein Herz wird erkalten. So wie es das meine tat. Ihr seid nicht füreinander bestimmt.«

»Aber die letzten Stunden …« Aywen stockte. Er konnte dem Vater nicht gestehen, was in der Nacht geschehen war.

König Radrann riss die Knospe vom Zweig, zerquetschte sie zwischen den Fingern – Saft rann über die runzelige Haut –, ehe er sie die

Klippe hinabwarf. »Beltane …« Der Vater kannte also das Fest, freudvolle Erinnerungen musste er daran haben, so weich und schwärmerisch sprach er das Wort aus. »Ich weiß, wo ihr wart.« Doch im nächsten Moment klang er aufgebracht, zornig, ein Wangenmuskel zitterte, und Aywen wagte nicht, die Stimme zu erheben, denn er wusste, dass es nicht recht war, mit einem Mädchen, das er kaum kannte, eine Nacht fernab der Burg zu verbringen. Jedes Wort wäre eines zu viel gewesen.

Wieder blickte der König aufs Meer hinaus, sagte lange nichts, bis seine Stimme auf einmal ein raues Flüstern war, das mit dem Wind segelte. »Das Fest des Lichts. Nur ein Traum aus Feuer und Rauch, Kräutern und Wein. Ich kenne die Rituale. Zu gut. Nächstes Jahr, an deinem einundzwanzigsten Geburtstag, wird dir die Mutter der Erde deine Braut zeigen. Du wirst dich mit der Sonne vereinigen. Nicht mit dem Tod. Du wirst das Rad wieder vorantreiben und dich den Zeremoniellen nicht verweigern. So, wie ich es einst getan habe.« Der Vater schloss die Augen. »Deine Mutter starb wegen dieses Landes. Sie konnte hier nicht leben, genauso wenig, wie sie mich verlassen wollte.«

Aywen zog die Augenbrauen hoch. All die Jahre hatte sein Vater es ihm zum Vorwurf gemacht, dass er lebte und seine Frau gestorben war. Nun gestand er, dass das raue und kalte Land ihr den Tod gebracht hatte. Er schüttelte den Kopf. War sein ganzes Leben eine Lüge gewesen? Aywen ballte die Hände zu Fäusten.

»Sieh dich um, mein Sohn. Dies ist dein Erbe – und es wird wieder neu unter dir erblühen. Ich habe es nicht vermocht und habe den Preis dafür gezahlt. Dein Schicksal ist ein anderes als das meine.« Der König zitterte. Seine Beine waren kaum mehr in der Lage, ihn zu tragen.

Er stand auf und legte dem Vater seinen Umhang um. Aywen fröstelte bei der Berührung, konnte er sich doch nicht daran erinnern, wann er dem Vater jemals so nah gewesen war. Aywen konnte die Knochen unter dessen Kleidung spüren, das schwindende Leben, an dem der Vater nicht hing. »Kommt, lasst uns nach Hause gehen, Vater.« Aywen fasste ihn an den Schultern – sie fühlten sich an, als wären sie aus Pergament – und versuchte, ihn auf den Pfad zu bugsieren. Er hatte noch so viele Fragen, aber er ahnte, dass der Vater ihm keine Antworten geben würde, die seine Zweifel auslöschten, die die Leere in seinem Herzen füllten. Der König wehrte sich, schlug Aywens Hände weg. »Es wird Zeit, lasst uns gehen«, beharrte Aywen.

»Ja, es ist Zeit für mich zu gehen. Aber noch brauche ich keine Stütze. Ich bin der Herr der Nordlande, der Herr des …«, flüsterte der König. Er konnte sich vom Anblick des Meeres nicht lösen. »Du wirst König sein. Der Hirsch. Der Hirschkönig.« Ein grauer Schleier überzog seine Augen, eine seltsame Schwere seine Stimme, die ihn verstummen ließ.

Der Hirschkönig?

Was sollte das bedeuten?

Aywen wurde schwarz vor Augen. Würde er nächstes Jahr mit den Dorfbewohnern durch den Wald rennen, sein Haupt geschmückt mit einem Hirschgeweih, und sich vermählen? Mit der Mutter der Erde und seiner Gemahlin? Er hielt sich am Geländer fest. Warum sollte das seine Bestimmung sein?

Er konnte es sich nicht erklären. Das Gefasel des Vaters wirkte versponnen. Vielleicht hatte der König letzte Nacht zu viel Met getrunken? Aus Sorge um ihn? Nein, auch so kannte Aywen den Vater nicht. »Was redet Ihr, Vater? Was soll all das bedeuten?« Entsetzt sah Aywen den Vater an, rüttelte ihn an den Schultern. Der König war wirr. Sein Blick glasig, entrückt. Er schien die Berührungen des Sohnes nicht mehr zu spüren. Warum hatte Aywen das nicht kommen sehen? War er zu sehr mit sich beschäftigt gewesen? Zu sehr gefangen von Anwielle?

»Das ist die Bestimmung der Nyivalors.« Für einen flüchtigen Moment waren die Augen des Vaters wieder klar, der Ton bestimmt. Wie der des Königs der Nordlande.

»Was ist die Bestimmung der Nyivalors, Vater? Was?« Aywen erhob die Stimme. Die Wellen rauschten in seinem Kopf. »Ich werde den Namen der Nyivalors weitergeben, der Herr der Burg werden, das ist mir in die Wiege gelegt. Wie Euch und den Generationen vor Euch. Aber was hat all das mit Beltaneriten und der Mutter der Erde zu tun? Sprecht mit mir, Vater!«

»In einem Jahr wirst du es wissen, mein Sohn. Oder früher.« Der Vater hustete. Blutstropfen bedeckten die Hand, als er sich über den Mund wischte.

Aywen schluckte eine kindische Forderung nach einer Antwort herunter. Nächstes Jahr würde er erneut das Beltanefest besuchen. Er würde lachen und tanzen, zu viel Wein trinken und sich immer wieder neu in Anwielle verlieben. Auf die unheilvollen Weissagungen des Vaters würde er nichts geben. Sobald dieser abdankte, würde er der Herr der Burg werden. Aber er würde sich nicht den Wünschen der Mutter der Erde ergeben.

Aywen umfasste die Hüften des Vaters und schob ihn den rutschigen Weg zurück in den Burghof, erklomm gemeinsam mit ihm die Stufen, die zum Haupttor führten. Erst jetzt wurde er sich des Geweihes gewahr, das über dem Portal thronte.

Sein Schicksal.

Der Hirschkönig.

Kapitel fünfzehn

Erneuerung

Anwielle ging Aywen aus dem Weg. Nicht, weil sie sich ihrer Gefühle ihm gegenüber nicht klar war, nein, das war sie, sondern weil sie nicht wusste, wer oder gar was sie war.

Nachts hatte sie von Salzkreisen und Schneegestöbern geträumt, die um sie herumgetanzt waren, nur um sie danach voller Hohn und Spott von sich zu weisen. Sie hatte geschwitzt und gefroren, sie hatte das Fenster aufgerissen und den Wind herbeigerufen. Stundenlang hatte sie sich im Bett gewälzt, ehe sie vor Sonnenaufgang aufstand, sich anzog und in den Stall schlich. Sie fütterte die Pferde, striegelte sie, ging danach zu den Ziegen und Schafen und brachte sie hinaus auf die Ebene. Sie wusste, dass sie nicht allein gehen sollte.

Doch Anwielle konnte auch noch immer Lunrahs Augen sehen, als sie sie gestern zu ihren Gemächern begleitet hatte, nachdem sie von den Feierlichkeiten zurückgekehrt waren. Viel hatte Lunrah nicht gesprochen, obwohl das sonst nicht ihre Art war. Anwielle hatte eine harsche Rüge erwartet, aber nicht Augen, in denen Tränen standen.

Hatte sich Lunrah so um Anwielle und Aywen gesorgt? Doch Anwielle hatte nicht gewagt, ihr Fragen zu stellen. Gehorsam hatte sie sich zu Bett begeben und sich später umgekleidet, um dem König während der Mahlzeiten Gesellschaft zu leisten. Auch er war sonderlich still gewesen. Er hatte keine Belehrungen gehalten. Sie alle waren so still, so furchtbar still gewesen. Viel lieber hätte sie Vorhaltungen und Zurechtweisungen ertragen, viel lieber hätte sie gehört, dass sie den Königssohn absichtlich entführt und verführt habe, um sich einen Platz neben dem Herrscherthron zu erschleichen.

Deshalb war Anwielle in die Ställe gegangen. Deshalb war sie nach draußen gegangen. Denn die Tiere blickten sie nicht traurig an, sie behielten keine unausgesprochenen Fragen auf ihren Zungen. Sie freuten sich auf sie, weil sie es genossen, dass sie ihnen einen Hauch Freiheit schenkte.

Anwielle breitete eine wollene Decke auf der kargen Wiese aus, nicht, um sich vor der Kälte des grauen Morgens zu schützen, sondern damit die Kleidung, die Lunrah ihr hingelegt hatte, nicht nass und schmutzig wurde. Es war ein schlichtes braunes Kleid mit einer weißen Bluse und einem breiten Schal aus dicker Schafswolle. Anwielle kam sich vor wie eine Schäferin. Sie lachte. Einige der Schafe blickten erschrocken auf. Anwielle zupfte an einem Grashalm herum, steckte ihn sich zwischen die Lippen. Auf die Ellenbogen gestützt beobachtete sie die Herde, die heute bereits viel friedlicher war, am Gras knabberte und sich nur ganz selten gegenseitig zu Bocksprüngen und anderen Albernheiten anstachelte.

Angenehm kühl krochen der eisige Morgentau und der Wind, der von der Küste kam, Anwielle die nackten Beine hinauf. Sie sehnte sich nach Aywen. Nach einem Blick, nach einer Berührung. Sie wusste, sie hatte ihn verletzt und enttäuscht, nachdem der Salzkreis und die Runensteine ihr den Weg versperrt hatten. Doch Anwielle wusste kaum, wer sie war, noch was sie war – wie konnte sie da einen Mann lieben, dessen Zukunft wie in Stein gemeißelt zu sein schien?

Würde die Burg unter Aywen zu neuem Leben erblühen, bliebe sie immerzu diejenige, die man nur aus dem Augenwinkel wahrnähme – wenn überhaupt. Sie würde ein Anhängsel sein, eine, die sich den Thron zu erschleichen suchte. Sie würde immer die ohne Namen sein, die ohne Titel, über die man tuschelte und der man ein falsches Lächeln zuwürfe. Im besten Fall wäre sie die geheimnisvolle Fremde mit den tiefgründigen Augen. Aber sie könnte nie Anwielle sein.

Die Beltanefeierlichkeiten hatten die Schleier zwischen Aywens und ihrer Welt gelüftet und Raum für verbotene Träume geboten. Anwielle seufzte und beobachtete die weidenden Schafe und Ziegen, als sie spürte, wie sich ein Schatten über sie legte.

»Wusste ich doch, dass ich Euch hier finden werde!«

Anwielle zuckte zusammen, sprang auf und drehte sich geschwind um. Ihr Herz klopfte. Doch noch ehe sie ausholen konnte, um sich zu verteidigen, ergriff Aywen ihre Hände und drückte sie an seine Brust.

»Wen habt Ihr erwartet, Lady Anwielle?« Verblüfft zog Aywen die Augenbrauen hoch.

Anwielle wusste es selbst nicht. Doch seine Worte … Sie hatte sich ertappt gefühlt, erwischt, gefangen in einer Falle. Sie senkte den Blick, und Aywen kam den letzten Schritt auf sie zu. Er lehnte die Stirn gegen die ihre. Beinahe küssten sich ihre Nasenspitzen. Sollte sie seinem Werben nachgeben?

Alles, was sie hätte tun müssen, wäre, den Hauch zu überwinden, der sie voneinander trennte. Den Schleier zu durchbrechen, der ihre Welten heute wieder teilte. Doch sie vermochte es nicht. Rau strich Aywen mit dem Daumen über Anwielles Finger, küsste ihre Fingerknöchel. Jeden einzelnen. Tränen bahnten sich ihren Weg, und Anwielle wollte Aywen an sich drücken, ihn nie mehr loslassen, die Nacht der Freudenfeuer noch einmal auflodern lassen. »Das ist nur ein Traum. Ihr liebt nur einen nächtlichen Traum, Prinz Aywen. Einen Traum, nach dem Ihr Euch auch bei Tage sehnt, den die Beltanenacht zum Leben erweckt hat«, hauchte sie, weil sie ihre Worte selbst nicht hören wollte.

Aywen, der ihr soeben die wirren Haare aus der Stirn gestrichen hatte, hielt inne. Das Lächeln in seinem Gesicht verschwand, nur ein zittriges Schimmern blieb in seinen Augen.

Anwielle drehte sich von ihm weg, doch noch immer konnte sie seinen heißen Atem im Nacken spüren, sein Herz pochen hören. Sie wollte ihn nicht ansehen, wenn sie das aussprach, was sie für die Wahrheit hielt. »Ihr sehnt Euch nach einer bloßen Vorstellung von mir. Die Vorstellung von einer Frau, die ich niemals für Euch sein werde.«

»Ich sehne mich nach Euch, Lady Anwielle.« Seine Stimme war ein raues Flüstern, das ihren Rücken hinabrann und sie frösteln ließ.

»Das gestern, das war nur ein Traum. Hervorgerufen durch Musik und Tanz, rhythmische Trommeln und süßem Wein. Ein Tag im Jahr, an dem die Schleier gelüftet werden und Welten zueinanderfinden, die nicht zusammengehören.« Anwielle schluckte, Tränen tropften ihre Wangen hinab. »Ich bin keine Lady. Vielleicht ist mein Name nicht einmal Anwielle. Wer kann das schon sagen?« Tränen verschleierten ihr die Sicht, sickerten auf ihre Stimme, machten ihr jedes Wort schwer.

»Und wenn mir das gleichgültig wäre?« Er klang so ernst. Als ob er nicht nur durch alle Schleier dieser Welt schreiten, sondern Mauern durchbrechen und Grenzen überschreiten könnte. Die Frage in seiner Antwort war kaum wahrnehmbar.

»Und wenn es mir das nicht ist?« Sie klang viel schroffer, als sie es gewollt hatte, und dennoch legte Aywen ihr die Hände auf die Schultern, schmiegte die Wange an ihr gekürztes Haar. Er roch nach Äpfeln und Heu, Leder und brennendem Holz.

Anwielle war versucht, nach seinen Fingern zu greifen und sich an seine Brust zu lehnen, doch stattdessen machte sie sich von ihm frei und drehte sich zu ihm um. »Hört Ihr mir überhaupt zu? Habt Ihr jemals einer Frau zugehört?«

Aywen stand einfach nur da. Das war vermutlich nicht die Aussprache, die er sich erhofft hatte. Gestern noch hatte der Wein seine Sinne vernebelt und ihn zu Dingen verführt, die er sicherlich unter normalen Umständen nie gewagt hätte, heute dachte er vermutlich, er sähe durch den Wein klar. Bestimmt hatte er sie um ihre Hand bitten wollen.

Aber wie hätte sie Ja sagen können, wenn sie nicht wusste, wer sie war und was sie seiner Zukunft brachte? Sie fühlte, dass ein Fluch auf ihr lastete, etwas Unheilvolles, das bald den Bann brechen würde.

»Aber ich höre Euch zu, ich hörte Euch immer zu, selbst dann, als Ihr noch stumm wart.« Er fuhr sich durch die Haare. Er trug sie offen. So wie gestern, als sie auf dem Bett aus Stroh und Decken gelegen hatten und Anwielle die schmalen Zöpfe an seinen Schläfen gelöst und er den Sternenhimmel beobachtet hatte. Erst jetzt merkte Anwielle, dass seine Augen in grauen Schatten lagen.

»Oh, Ihr habt so viele unausgesprochene Fragen gestellt zu jener Zeit!«

Aywen kniff die Augen zusammen, als schnellte jedes einzelne Wort in sein Herz – wie ein Pfeil.

Anwielle tat ihm unrecht, das wusste sie, aber sie konnte ihm nicht gestehen, dass die Runen sie heimsuchten, dass sie ihn nicht in Gefahr bringen wollte. Dass sie nicht als verrückt gebrandmarkt werden wollte, weil sie die brennenden Zeichen immer noch sah.

»Ich habe Euch im Schnee entdeckt. Im dunkelsten Herz des Waldes, nackt und dem Tode nahe. Ich habe Euch auf die Burg gebracht, ohne zu wissen, wer Ihr seid oder woher Ihr stammt, warum Ihr verletzt und verlassen wart. Wer wäre ich, wenn keine Fragen auf meiner Zunge gebrannt hätten?« Aywen rang offensichtlich mit sich. Ein Muskel in seiner Wangen zuckte. Er sah aus, als wollte er einen Schritt auf sie zugehen und sich gleichzeitig umdrehen und sie stehen lassen.

»Ich werde Euch nie geben können, was Ihr Euch zu wünschen wagt. Wisst Ihr das nicht?« Ihre Stimme wurde lauter und lauter. Einige der Schafe hüpften aufgeschreckt davon.

»Dann wisst Ihr also, was ich mir wünsche?« Aywen lachte auf. Er klang bitter, wütend, enttäuscht.

»Ich muss das nicht wissen … ich fühle es«, flüsterte Anwielle und senkte kurz den Blick. Jetzt war sie diejenige, die am liebsten geflohen wäre.

Der Muskel in Aywens Wange hörte auf zu zucken. Seine Schultern entspannten sich. Er näherte sich ihr einen winzigen Schritt.

»Kommt nicht näher.« Sie streckte die Hände aus, um ihn auf Abstand zu halten – damit er die Möglichkeit hatte, sie an sich zu ziehen. Tränen brannten heiß auf den Wangen, verfingen sich im Saum der Bluse. »Ich bin nicht die, die Ihr hier zu sehen glaubt. Ich werde nie die sein, die Ihr Euch an Eure Seite wünscht.«

»Aber wer seid Ihr dann, Anwielle?« Aywen schritt auf sie zu. Vorsichtig klaubte er mit dem Daumen eine Träne von ihren Lippen, und Anwielle ließ es geschehen. »Sagt es mir.«

»Das weiß ich nicht! Ich kann es doch selbst nur erahnen. Ich kann lesen und schreiben, ich habe Tanzschritte und Melodien und Gedichte im Kopf. Ich kann reiten und sticken. Aber ich habe keine Schwielen an der Hand. Ich kann nicht kochen, noch nicht einmal ein gewöhnliches Mus aus Äpfeln bringe ich zustande. Wer bin ich also? Wer bin ich? Meine Vergangenheit ist ein Berg, der im Nebel liegt. Ich weiß nicht, ob ich ihn erklimmen will. Ob ich dazu imstande bin.«

»Und wenn Ihr mir genug wäret, ganz so, wie Ihr jetzt seid, und keinen Deut anders?«

»Und wenn mir das nicht genug wäre?« Sie schlug Aywens behutsame Hand weg. »Würdet Ihr einmal *nicht* an Euch denken? Oder könnt Ihr gar nicht anders, weil Ihr aus hohem Hause stammt? Und noch dazu ein Mann seid?« Die Worte schmerzten in der Kehle, noch bevor sie sie ausgesprochen hatte.

»Ein Hauch Gerechtigkeit würde auch Euch gut zu Gesicht stehen, *Lady Anwielle.*« Er sprach ihren Namen aus, als wollte er sie verspotten. Seine Augen funkelten.

»Dann gebt Ihr also zu, dass Ihr im Unrecht seid?« Anwielle wollte nicht in der Wunde bohren, die sie ihm zugefügt hatte, doch sie schämte sich, noch mehr von sich und ihren Ängsten preiszugeben.

»Ich gebe nichts zu. Ich habe nichts zuzugeben. Ich bin schließlich der Thronerbe Nyivalors.«

»Ist das alles, was Ihr zu sagen habt?«

Sie beide hatten den Kampf verloren, sich aus gekränktem Stolz nicht zu verletzen. Aus Frust wollte sie Aywen einen Schubs gegen die Brust verpassen, doch in einer blitzschnellen Handbewegung schnappte sich dieser ihr Handgelenk.

»Gibt es denn mehr zu sagen, außer dass Ihr nicht die meine sein könnt? Oder wollt Ihr es nur nicht?« Seine Augenbrauen schnellten nach oben, seine Nasenflügel bebten.

»Seht Ihr denn nicht, dass ich anders bin?« Sie versuchte, sich von ihm zu lösen, doch sein Griff war unnachgiebig.

»Bin ich denn nicht auch anders? Ich bin ein Thronerbe ohne Gefolgschaft. Ohne Macht. Ich werde ein König ohne Krone sein … oder mit der Krone eines Hirsches.«

Überrascht sah Anwielle zu ihm auf, ihr Blick wurde sanft, das Flackern in ihren Augen erlosch. Für einen Moment gab sie den Kampf gegen Aywen und sich selbst auf.

»Ja, auch ich bin nicht der, den Ihr vor Euch zu sehen glaubt. Ich werde der Hirschkönig sein, und die Mutter der Erde wird mir eine Braut schenken, sobald die Freudenfeuer nächstes Jahr wieder brennen.«

»Aber …?«

Sein Ton klang wieder versöhnlicher, und er ließ ihren Arm los, trat von ihr zurück. »Mehr weiß ich auch nicht. Mein Vater redete wirr. Die Bibliotheken sind leer. Aber ich spüre, dass es wahr sein muss.« Ruhelos strich er sich durch die offenen Haare.

Anwielle überwand den Schritt, der sie voneinander trennte, ihre Finger suchten zögerlich seine Nähe. Ihrer beider Vergangenheit ragte zwischen ihn auf wie eine tiefe, dunkle Schlucht. Mit den Fingerspitzen strich sie über Aywens Schläfe, fuhr durch eine Strähne, er unterdrückte ein Schaudern. »Die vielen Hirsche überall in der Burg. Auf Gemälden. Geweihe als Türgriffe und Geländer.« Voller Unglauben schüttelte sie den Kopf, biss sich auf die Unterlippe.

Aywen schluckte schwer, ehe er antworten konnte. »Auch ich weiß nicht mehr, wer ich bin.« Er schloss die Augen, als er ihre Hand nahm und einen Kuss auf den Handrücken hauchte.

»Wenn Euch Euer Vater keine Auskunft geben kann oder will, dann vielleicht Lunrah?«, fragte sie voller Behutsamkeit.

»Lunrah kam erst auf die Burg, nachdem meine Mutter und die Amme längst verstorben waren. Sie kennt nur ihre eigenen Geschichten.« Heiser lachte er auf.

»Womöglich verraten Euch die wenigen Bücher in der Bibliothek mehr über Eure Herkunft.«

Aywen runzelte die Stirn. »Die wichtigsten Bücher sind alle verbrannt. Ich habe heute Nacht jede Schublade geöffnet, jeden Schnipsel Papier, den ich finden konnte, gedreht und gewendet. Aber nichts bringt mich der Wahrheit näher.«

»Euer Vater, hat *er* sie verbrannt? Die Bücher?«

Eine Röte überzog Aywens Wange, er nickte kaum merklich. »Es ist gleichgültig.« Entmutigt zuckte er mit den Schultern. »Meine Vergangenheit ist ein Häufchen Asche. Mein ganzes Leben ist eine Lüge.«

»Wollt Ihr nicht aus der Asche emporsteigen? Wie ein Feuervogel?« Anwielle zupfte an einer losen Naht seines Hemdes herum.

»Hirsche können nicht fliegen.« Bitter und rau klang Aywens Stimme, die Augen verdüsterten sich. »Wenn sie sich auf der Flucht befinden, stürzen sie Schluchten hinab.«

Anwielle umfasste sein Gesicht und blickte ihm fest in die Augen. Aufgewühlte Funken tanzten darin. »Werdet nicht albern, Prinz Aywen. Tollvin hat es gemeistert, als Waisenkind seinen Platz zu behaupten. Ich …«

»Aber Ihr seid nicht glücklich, nicht zu wissen, wer Ihr seid«, unterbrach er sie barsch. Er konnte die Traurigkeit und die Hoffnungslosigkeit in der Stimme nicht verbergen. »Gebt nicht vor, dass für mich etwas anderes gelten könnte.«

Sie wollte ihm ihre Antwort ersparen, doch noch ehe sie zu Ausflüchten ansetzen konnte, hörte sie ein Rascheln hinter sich, dann ein Knistern. Es kam aus dem Wald. Anwielles Nacken prickelte, sie drehte sich um. Raben flogen kreischend auf, ein Rudel Rehe preschte aus dem Dickicht heraus und polterte über die Ebene.

»Wölfe!«, zischte Aywen. »Die Tiere! Wir müssen sie zurück auf die Burg bringen.«

Schafe und Ziegen rissen die Köpfe hoch und rotteten sich augenblicklich zusammen. Sie spitzten die Ohren, einige der Tiere stampften aufgeregt mit den Vorderbeinen auf.

Doch es waren keine Wölfe, die aus dem Wald herausgaloppierten und auf sie zuströmten. Es war der Wald selbst, der ihnen entgegenmarschierte. Zweige und Blätter lösten sich aus dem fernen und dunklen Dickicht. Sie raschelten und zitterten, als würde der Wind, der von der Küste kam, durch sie hindurchfahren. Starr vor Schreck beobachtete Anwielle, wie sie zu zischeln und zu glühen begannen, ehe sie in Flammen aufgingen. Rote und goldene Feuersäulen züngelten auf, verbanden sich in der Luft zu glimmenden Ornamenten und Zeichen.

»Sie haben mich gefunden«, hauchte Anwielle und taumelte einen Schritt zurück. »Sie haben mich schon wieder gefunden.«

Lodernde Runen kamen auf Anwielle und Aywen zu, und Anwielle stolperte in den Prinzen hinein, als sie fliehen wollte. Ihre Hände zitterten und sie verkrampfte sie zu Fäusten. Aywen hielt sie an den Schultern fest. Er krallte die Hände in den wollenen Schal.

»Bei der Mutter der Erde! Was soll das?«, raunte er ihr zu.

Rasch drehte sie sich wieder um. Die Runen schwebten über dem Boden, tänzelten auf sie zu. Funken sprühten auf, bildeten neue Zeichen, rhythmische Trommelschläge ertönten.

»Ihr seht sie auch?«, stammelte Anwielle, drehte den Kopf und blickte zu Aywen auf.

»Natürlich!« Er schob Anwielle hinter sich, baute sich vor ihr auf.

»Aber … ich dachte, nur ich könne sie sehen. Die flammenden Runen.«

»Flammende Runen?« Aywen ließ die Gefahr, die auf sie zuströmte, nicht aus den Augen. »Ich sehe nur Dorfbewohner, die auf uns zukommen. Sie tragen brennende Äste und zusammengebundene Strohfackeln. Hoch erhoben über den Köpfen.«

Anwielle kniff die Augen zusammen und konzentrierte sich. Noch immer sah sie Feuerzungen, die den grauen Himmel erleuchteten. Sie zitterte und schaffte es nicht, zur Besinnung zu kommen. »Ich sehe keine Menschen«, flüsterte sie.

Anwielle atmete ruhig ein und aus, versuchte sich zu beruhigen, all den Schmerz, der ihr im Wald widerfahren war, auszublenden, und nach einer Weile schälten sich Menschen aus dem flackernden Rot. Ja, es waren Menschen, etwa ein Dutzend, die ihnen mit brennenden Fackeln in den Händen entgegeneilten. Sie trugen lange Umhänge mit Kapuzen, unter denen sie ihre Gesichter verbargen. Die Menschen zeterten und schimpften, warfen ihnen Flüche entgegen, andere ballten die Fäuste oder schwangen Mistgabeln und Besen. Anwielles Puls raste, das Kribbeln in ihrem Nacken wurde stärker.

»Geht zurück auf die Burg, Anwielle. Sagt Tollvin Bescheid.« Er zögerte. »Und meinem Vater. Aber nur, falls es wirklich nötig sein sollte.«

»Ich werde Euch nicht allein lassen!« Anwielle stellte sich neben Aywen. »Ich bleibe an Eurer Seite!«

Aywen runzelte die Stirn. »Ich will mir nicht wieder anhören müssen, dass ich nie zuhören würde. Aber ich möchte, dass Ihr nun geht, Anwielle.« Er drückte die Schultern durch, wagte es nicht, die Menschenmenge aus den Augen zu lassen. »Auf der Stelle! Ich bin der zukünftige Herrscher über dieses Land. Wenn meinem Volk etwas auf der Zunge liegt – hier bin ich. Nicht umsonst habe ich ihnen gestern meinen Namen und meine Herkunft genannt. Sie sind sicherlich nur wegen einer Streitigkeit während der Beltanenacht hier. Vielleicht hat ein Betrunkener zu oft die falsche Frau angesehen. Oder jemand hat eine Kuh gestohlen. Es wird bestimmt nichts Ernstes sein.« Aywen klang nicht so, als schenkte er seinen eigenen Worten Glauben.

»Sie sind hinter mir her, Aywen. Hinter mir«, wisperte Anwielle und beobachtete, wie die Menschen immer näher kamen. Es waren nicht nur Männer, alte und junge, sondern auch Frauen und Kinder unter dem wütenden Mob. Anwielle presste die Lippen aufeinander.

Aywen drehte sich zu ihr um, griff nach ihrer Hand. »Was meint Ihr damit?«

Es gab keinen Grund mehr, ihm die Wahrheit zu verschweigen. »Ihr habt es nicht bemerkt, aber nach der Beltanefeierlichkeit, am nächsten Morgen, sind alle eilig aufgebrochen. Sie haben sich nicht einmal von uns verabschiedet.« Sie schluckte. »Und dann war da der magische Kreis. Aus Runensteinen und Salz. Ihr habt ihn nicht gesehen, aber Ihr wisst, was er bedeutet?«

»Lunrah hat mich früher mit Geschichten über Aberglaube und Hexenwerk geneckt.« Er nickte. »Was hat das zu bedeuten, Anwielle?«

»Sie haben den Schutzkreis nicht gelegt, um uns vor etwas zu schützen. Sie wollten sich vor uns in Sicherheit bringen. Vor mir.«

»Es tut mir leid, Anwielle. Ich verstehe immer noch nicht.« Sein Griff wurde fester, die Ader an seinem Hals pulsierte.

»Ich bin anders. Ich bin nicht die, die Ihr vor Euch zu sehen glaubt. Ihr seid der Hirschkönig. Ihr seid, ebenso wenig wie ich, nur aus Fleisch und Blut. Ihr seid dazu bestimmt, über Euer Volk zu herrschen und Fruchtbarkeit für Euer Land zu bringen. Ich bin … etwas anderes. Etwas, das die Menschen fürchten. Etwas, das ich selbst fürchte – und Ihr womöglich auch tun solltet.« Anwielles Stimme zitterte. »Vielleicht wurde ich von den Menschen verstoßen, als sie herausgefunden haben, wer ich bin. Vielleicht war dies der Grund, weshalb Ihr mich im Wald gefunden habt.«

»Ich fürchte Euch nicht, meine Liebste.« Die Finger seiner anderen Hand krallten sich um ihren Nacken und er küsste sie rasch auf die Stirn. Seine Lippen fühlten sich hart und rau an. Ohne ein weiteres Wort zu verlieren, wandte er sich von ihr ab und schritt auf die Fremden zu.

»Bleibt! Geht nicht!«, rief sie ihm hinterher. »Das ist nicht Euer Kampf.«

Doch Aywen schritt voran, als hörte er sie nicht mehr.

Immer lauter wurde das Gebrüll der Fremden, immer wilder fuchtelten sie mit den Fackeln. Funken stoben auf, bildeten neue Linien und Windungen in der Luft. Neue Zeichen entstanden am Himmel, und Anwielle konnte kaum einen Finger rühren, geschweige denn einen Schritt vor den anderen setzen. Lediglich die Male auf ihrer Haut begannen zu glühen, tanzten, als hörten sie eine fröhliche Melodie.

Die Menschen waren nicht in friedlicher Absicht gekommen. Nein, es konnte nicht sein, dass sie den König aufsuchten, weil sie einen Streit schlichten oder einen Dieb dingfest machen wollten. In der ganzen Zeit, in der sie auf Burg Nyivalor weilte, hatte kein einziger Untertan um Empfang beim König gebeten.

Sie hatten Stroh und Zweige zu Runen zusammengebunden, um sie wehrlos zu machen.

Anwielle brach der Schweiß aus, weil sie weder Hilfe holen noch Aywen zur Seite stehen konnte. Sie würde den Angreifern schutzlos ausgeliefert sein, wenn er nicht imstande sein sollte, sie aufzuhalten.

Die Schafe und Ziegen schreckten auf und galoppierten auf die steinerne Brücke zu. Ein Hund – er war groß und schwarz-weiß gescheckt – setzte ihnen hinterher, und die Tiere drohten voller Panik über die Klippen zu stürzen.

Anwielle krallte die Hände zu Fäusten, die Fingernägel bissen in das Fleisch der Handfläche. Knurrend schnappte der Hund nach den Hinterbeinen des langsamsten Schafes. Etwas in Anwielle verlangte danach, sich von ihr zu lösen. Sie versuchte, dem Hund in den Weg zu springen, um ihn abzuwehren, doch es gelang ihr lediglich, die Schultern durchzudrücken. Sie biss die Zähne zusammen und legte ihren ganzen Willen in ihren Blick. Als spuckte sie Feuer, begann der Hund plötzlich zu winseln, zog die Rute ein und hielt abrupt inne. Das Schaf rannte bockend davon. Mit angelegten Ohren drehte sich der Hund um und schlich davon.

Anwielle schüttelte sich, schloss kurz die Augen – sie hatte keine Ahnung, was soeben passiert war.

Ohne den Hund, der sie kopflos hetzte, galoppierte die Herde von den Klippen weg und auf die steinerne Brücke zu. Anwielle hoffte, dass sie den Weg in den Stall fänden und kein Tier ins rauschende Meer stürzte.

Nur noch wenige Schritte trennten Aywen von dem wütenden Mob. Er war nun so weit weg von Anwielle, dass sie kaum verstehen konnte, wie er versuchte, die Dorfbewohner zu beschwichtigen. Er hatte die Hände erhoben. Vielleicht, um zu zeigen, dass er nicht bewaffnet war, vielleicht auch, um die aufgebrachten Menschen davon abzuhalten, noch näher zu kommen. Doch sie drängten immer weiter auf ihn zu, schwenkten die brennenden Fackeln in der Luft, ohne Rücksicht darauf zu nehmen, auf wen die Funken regneten. Ihre Stimmen klangen nicht nur rasend vor Zorn, sondern sie zitterten ebenso vor Furcht.

Anwielle hörte, wie sie wie aus einem Munde skandierten: »Scheucht sie weg! Sie muss von hier verschwinden, die rote Hexe!«

Anwielle taumelte.

Andere Stimme ertönten.

»Unser Vieh hat zu wenig Futter. Die Milch wird sauer.«

»Die Nächte sind immer noch viel zu lang, die Tage viel zu kalt und dunkel. Heute Nacht hat es wieder geschneit.«

»Das Fohlen meiner Stute wurde heute Nacht tot geboren.«

»Das Feuer in unseren Öfen ist erloschen. Das Holz feucht.«

»Nichts ahnend haben wir sie auf unser Fest eingeladen, und zum Dank schenkt sie uns Leid und Verderben.«

»Nichts von alldem hat mit Lady Anwielle zu tun! Nichts! Sie ist ein Gast Eures Königs, meines Vaters. Respektiert dies und geht nach Hause, meine lieben Leute.« Aywen erhob die Stimme, um sich Gehör zu verschaffen.

»Der Tod wohnt auf Eurer Burg. Der Tod«, zischte eine alte Frau. Ihr Haar war wirr, doch ihre Stimme klang umso klarer.

Der Tod … eine Hexe …

Die Worte schwirrten in Anwielles Kopf umher. Vieles wäre ihr in den Sinn gekommen, aber nicht das. Sie war weder eine Hexe noch der Tod in Menschengestalt. Doch hatte nicht der König Ähnliches über sie gesagt? Sie verzauberte den Prinzen, stahl ihm sein Leben.

»Redet keinen Unsinn, Weib.« Aywen ballte die Fäuste. »Kehrt in Eure Häuser zurück. Mein Vater und ich werden uns um eine großzügige Entschädigung kümmern.«

Anwielle wusste, dass er sie nur hinhalten wollte. Des Königs Schatz- und Kornkammern würden keinen ganzen Landstrich ernähren, geschweige denn ihn ruhigstellen können. Selbst wenn die Bewohner jetzt abzögen, sie kämen wieder.

Und sie würden recht behalten. Sie war an allem schuld.

Wie Raubtiere umkreisten die Eindringlinge nun ihren Prinzen, reckten ihm Fäuste, Fackeln und spitze Mistgabeln entgegen. Er war verloren. Eine falsche Bewegung, ein falscher Schritt, ein falsches Wort. Sie würden sich nicht darum scheren, wenn es ihren Prinzen morgen nicht mehr gäbe. Anwielle konnte kaum hinsehen.

Doch dann rief einer der Männer: »Da hinten! Da ist sie, die Eishexe mit dem roten Haar!« Mit der Mistgabel deutete er in ihre Richtung.

»Dann holen wir sie uns selbst!«

Abrupt ließ die Meute von Aywen ab, er wurde zur Seite gestoßen und fiel zu Boden.

Die Fremden rannten auf sie zu, die Kapuzen rutschten auf die Schultern hinab, Anwielle meinte, Brianne und Kenrik zu erkennen. Nein, das konnte nicht sein! Nicht die beiden! Sie waren so gastfreundlich gewesen, so fröhlich, so glücklich. Vielleicht könnte sie die zwei zur Vernunft bringen, vielleicht würden sie ihr zuhören, wenn sie ihnen erklärte, dass … Doch was sollte sie ihnen erklären? Sie wusste ja selbst nicht, wer sie war, was sie war.

Es gab nur einen Ausweg. Sie musste von Nyivalor fort, um Aywen und all die anderen auf der Burg zu schützen. Möglicherweise würden die Angreifer sie in Frieden ziehen lassen, wenn sie nicht gänzlich von Sinnen waren.

»Bitte! Hört mir zu!«, begann Anwielle, die Kehle schmerzte, die Zunge fühlte sich wie gelähmt an, jedes Wort fiel ihr schwer.

Die Menschen stürmten weiter auf sie zu, beschimpften sie und warfen Steine nach ihr. Anwielle wollte sich ducken, doch die brennenden Runen machten ihr jede Bewegung unmöglich. Ein Stein traf sie an der Schläfe, Blutstropfen rannen ihre Wange hinab, doch sie bemerkte das Pochen kaum. Ihr Körper war taub.

Anwielle würde den Tod finden. Dessen war sie sich gewiss. Sie suchte Aywens Blick, er sollte wissen, dass er keine Schuld auf sich geladen hatte. Aber hinter all dem Feuer konnte sie ihn nicht ausmachen. Zwar hörte sie seine Stimme. Hörte, wie er versuchte, erneut die Menschen aufzuhalten, doch sehen konnte sie ihn nicht.

Die Angreifer hielten unverhofft inne. Als trennte sie eine unsichtbare Wand. Ihr Wüten und Schimpfen wurde ungehemmter, einen weiteren Schritt auf sie zu konnten sie trotzdem nicht machen.

Womöglich hielten die magischen Schriftzeichen nicht nur Anwielle in Schach, sondern sie hinderten auch die Menschen daran, Anwielle unmittelbar anzugreifen. Und keiner unter ihnen hatte den Mumm, seine schützende Fackel fallen zu lassen, um Anwielle von Angesicht zu Angesicht gegenüberzutreten und sich ihren Kräften zu stellen. Sie hegte die Hoffnung, dass die Menschen ihr nun Gehör schenken würden, aber als sich Aywen durch die wütende Menge kämpfte, erlosch auch dieser Lichtblick.

Als die Dorfbewohner bemerkten, dass sich Aywen unter ihnen befand, wandten sie ihre Aufmerksamkeit schlagartig ihm zu. Eine Alte spuckte ihm ins Gesicht, Aywen fuhr sich nicht einmal mit dem Ärmel über die Haut, er wollte sich keine Blöße geben. Ausdruckslosigkeit stand in seinem Gesicht. Ein Kind lachte gehässig auf. Der Mann neben der alten Vettel hieb Aywen den Stock eines Besens in die Magengrube. Aywen verzog den Mund und konnte ein Stöhnen nicht unterdrücken. Er krümmte sich.

»Die Nyivalors sind verflucht!«, schrie jemand aus der Menge. »Sie haben uns schon immer Unglück gebracht!«

»Brienne! Kenrik!«, rief Anwielle, doch niemand sah zu ihr hin. Sie wusste nicht, ob es ihr lieber gewesen wäre, Hoffnung in die beiden setzen zu können, oder dass sie sich getäuscht hatte und dass sich ihre Freunde nicht unter dem wütenden Mob befanden.

Die Angreifer rempelten Aywen an, manch einer machte sich ein Vergnügen daraus, Steine nach ihm zu werfen oder eine verglühende Fackel. Aywen duckte sich und schützte sich mit den Armen oder sprang zur Seite weg, doch die Menschen umkreisten ihn, und bald würden sie sich auf ihn stürzen und …

Geduckt schlichen sie um ihn herum, die Gesichter nur noch hasserfüllte Fratzen. Stetig lauter wurde die Forderung, ihnen die Hexe, die den Frühling verscheuchte, auszuliefern. Eine Gänsehaut überzog Anwielles Körper. Aywen versuchte, die wütende Menge zu beruhigen, ohne auf ihre abfälligen Bemerkungen und Verwünschungen einzugehen. Er war wahrlich ein König!

Unauffällig bahnte er sich währenddessen einen Weg zu Anwielle. Schritt für Schritt. Doch als er in zwei vermummte Gestalten in seinem Rücken stolperte, die ihn sofort von sich wegstießen und zu grölen begannen, sich auf ihn stürzten und zu Boden zwingen wollten, blieb dem Prinzen nichts anderes übrig, als sich nun doch mit den Fäusten zur Wehr zu setzen.

Von allen Seiten bestürmten sie ihn nun, Anwielle hörte kraftvolle Flüche und wildes Grunzen. Blut spritzte, Aywen strauchelte, fing sich jedoch wieder und teilte Hieb um Hieb aus. Doch als ihn eine Faust in der Magengrube traf und er erstaunt nach unten blickte, nutzte der Angreifer die Gelegenheit und verpasste ihm den nächsten Schlag, auf die Schläfe. Aywens Kopf wurde nach hinten geschleudert, Blut und Schweiß wirbelten auf, er verlor das Gleichgewicht und stürzte zu Boden.

Die Dorfbewohner begannen, ihn mit den Stiefeln zu traktieren, ließen ihre Wut an dem Thronfolger aus. Aywen krümmte sich zusammen, versuchte, Kopf und Magen zu schützen. Anwielle wollte ihm zu Hilfe eilen, doch die Runen banden sie an Ort und Stelle fest. Sie wehrte sich, als wollte sie Fesseln sprengen, aber alles Strampeln, Schlagen und Treten half nichts. Sie war gefangen, jedoch nicht mehr im eigenen Körper.

Anwielle hielt Aywens unterdrücktes Stöhnen nicht länger aus. »Wenn Ihr mich wollt, dann kommt mich holen!«, schrie sie mit brennender Kehle und bot den Dorfbewohnern sicherlich den Anblick, vor dem sie sich so sehr fürchteten. Ein vor Wut und Rachsucht entstelltes Gesicht, rote Haare, die im Wind loderten, glühende Augen, die kein Mitleid kannten, Male, die auf ihrer Haut pochten, als wären sie lebendig.

Augenblicklich ließen die Angreifer von Aywen ab und drehten sich zu ihr um.

»Ihr seid wegen mir hier. Nicht wegen ihm!« Sie breitete die Arme aus, als wollte sie sie willkommen heißen. Der Schmerz, als sie sich bewegte, züngelte durch ihr Blut und stachelte sie umso mehr an.

»Nicht, Anwielle, nicht!«, zischte Aywen. Er kniete inmitten der Menge, Blut quoll ihm aus dem Mund, perlte ihm übers Kinn. Schweiß glitzerte im zerzausten Haar.

Anwielles Hände zitterten. Sie wusste, die Runen würden sie auslöschen. Doch als die Menschen auf sie zustürzten, erloschen die Fackeln und brennenden Zweige, und Anwielle spürte, dass der Bann zu brechen begann, der sie davon abgehalten hatte, an Aywens Seite zu treten und mit ihm zu kämpfen. Sie bebte, biss jedoch die Zähne zusammen, um die Angst zu unterdrücken, die noch immer in ihr schwelte.

»Holt sie, die Hexe!«, geiferten die einen.

»Du wirst dafür büßen, was du uns angetan hast!«, zischelten die nächsten.

Sie warfen die abgebrannten Fackeln nach ihr, doch Anwielle fürchtete sich nicht mehr vor lodernden Runen und Verwünschungen, sie fürchtete die Menschen dahinter, die sich nicht scheuen würden, Hände, Zähne und Füße einzusetzen. Aus dem Augenwinkel nahm sie wahr, wie sich Aywen auf die Beine kämpfte und der Meute hinterherhumpelte. Schmerzverzerrt war sein Gesicht, die Augen verquollen, die Hände hatte er zu blutigen Fäusten geballt.

»Lasst sie in Ruhe!«, schrie er, Blut quoll aus dem Mund. »Seht doch nur, was euer Aberglaube anrichtet. Es wird keine Entschuldigung für eure Taten geben.«

Doch die nach Blut und Vergeltung gierenden Dorfbewohner hörten ihm nicht zu. Sie sahen die Möglichkeit gekommen, sich an Anwielle zu rächen.

Die ersten, die vor Anwielle standen, stießen sie zunächst nur zaghaft an. Mit erloschenen Fackeln, mit den Borsten eines Besens. Als ob sie sich vergewissern wollten, dass Anwielle ein Mensch aus Fleisch und Blut war. Doch die Vorsicht hielt nicht lange an. Sie fingen an, an ihren Haaren zu reißen, an ihrer Kleidung. Der Wollschal war bald nur noch ein Gespinst aus Fäden, das Hemd darunter bedeckte kaum ihre Blöße. Sie spuckten Anwielle ins Gesicht, warfen Dreck und Steine nach ihr. Sie schmeckte Blut.

Tröstlich warm war es, und plötzlich begann sich etwas in ihr zu regen. Es kratzte an ihrer Haut. Von innen. Wie die Katze, wenn sie aus dem Zimmer gelassen werden wollte. Mit langen Klauen und spitzen Zähnen. Anwielle schrie, es fühlte sich an, als krabbelten Spinnen und Käfer unter ihrer Haut. Sie krümmte sich vor Schmerz, und die Menschen wichen vor ihr zurück. Die feinen Linien auf ihrer Haut glühten und pochten, es fühlte sich an, als tauchte sie die Zehenspitzen in den eiskalten Ozean. Sie lösten sich von ihr, wirbelten um sie herum wie Schneeflocken. Oder Federn. Wie gebannt starrte sie den blauen Funken hinterher, ehe sie gen Himmel strebten, als ein unsichtbarer Wind durch sie hindurchfuhr.

»Die Hexe! Nun zeigt sie ihr wahres Gesicht!«

»Holt die Ketten!«

Reglos stand Aywen unter den tobenden und vor Angst zitternden Menschen, konnte den Blick nicht von Anwielle wenden. Tränen glitzerten in seinen blutunterlaufenen Augen.

Sie fiel auf die Knie, krallte die Finger in den steinharten Boden. Erde und Steine wühlten sich in die empfindliche Haut unter den Fingernägeln. Doch der Schmerz war nichts im Vergleich zu dem heißen Sturm in ihrem Bauch. Er breitete sich in ihr aus wie ein Orkan, der vom Meer kam und die Wellen an die Klippen drückte. Stoßartig, mit einer unbändigen Kraft. Bis in ihre Finger- und Fußspitzen hinein.

Anwielle erschrak, als ihre Finger immer länger wurden, sich zu Klauen formten. Zu Klauen einer Hexe. Die Umstehenden schrien, wichen Schritt für Schritt zurück, bis Aywen in vorderster Reihe stand. Sie konnte kaum sein Gesicht sehen, Tränen verschleierten den Blick.

Anwielle wälzte sich auf dem Boden hin und her, tausend glühende Nägel versengten die Haut, bohrten sich bis zur Wirbelsäule hindurch. Ein zweites Herz begann, gegen ihre Rippen zu hämmern. Es war wild und ungezähmt. Mit den Fingernägeln versuchte Anwielle, die pochende Haut von ihrem Körper zu kratzen – Blut rann ihr über die Finger, über die Wangen –, bis sie sich plötzlich nicht mehr bewegen konnte. Das Schmatzen von Fleisch und das Brechen von Knochen überschattete allen bisherigen Schmerz. Das Geräusch, als würde man Stoffe entzweireißen, übertönte ihr raues Wimmern, brannte sich in ihr ein.

Berstende Gebeine sprengten zuerst den zerfledderten Rock, dann die Fäden, die das Hemd noch zusammenhielten. Bleiche Knochen ragten aus ihrer zerfetzten Haut heraus, setzten sich neu zusammen. Fleisch legte sich darüber, Fell kroch über ihren neuen Körper wie ein kühler Windhauch. Es war rot wie ein Sonnenuntergang, glänzend wie winterlicher Schneefall.

Voller Erstaunen betrachtete Anwielle den dünnen, unförmigen Arm, die mit schwarzen Krallen bewehrte Hand, den mit weißem Flaum übersäten Bauch. Sie drehte den Kopf hin und her. Allmählich kam sie wieder zur Ruhe, die beiden Herzen hatten sich zu einem vereint. Der gemeinsame Schlag verlangsamte sich, auch ihr Atem kam nicht mehr stoßweise. Etwas Flauschiges und Weiches trudelte um sie herum, als wäre ein Kissen geplatzt. Stille nistete sich für einen Moment in ihr ein. Aber nur so lange, bis sie sich der Umstehenden wieder gewahr wurde.

Noch immer konnten sie den Blick nicht von Anwielle wenden. Sie hörte, wie sich die Eingeweiden vor Schreck verdrehten, wie schnell die Herzen schlugen, wie heiße Tränen über die Lippen tropften. Sie roch den Angstschweiß, der ihnen im Nacken hockte, die kalte Asche, das verbrannte süße Stroh, das viele, viele Blut. Nur noch schwach vernahm sie das Summen der Runen, den Bann, der in ihnen wohnte.

Als sie sich bewegte, wich die Meute einen Schritt zurück.

Hunger erwachte in ihr, unbändiger Hunger. Der Wunsch, den Menschen noch mehr Angst einzujagen, die Begierde, sie in den Wald zu treiben, bis die Dämmerung hereinbrach und sie vor Panik nicht mehr klar denken und sehen konnten.

Lediglich Aywen blieb stehen. Unglaube und Angst loderten in seinen Augen auf, das Herz flackerte wie die Flügel eines Raben im Wind. Sie legte den Kopf schief, ein winselnder Laut entkam ihren Lippen, sie streckte die Hand nach Aywen aus, doch er schüttelte bloß den Kopf. Wenigstens griff er nicht an die Stelle, an der er normalerweise das Schwert trug. Sie konnte kein Monster sein. Sie durfte kein Monster sein.

Doch wer war sie?

Was war sie?

Mit den Klauen betastete sie Gesicht, Nase, Lippen. Sie fühlte Fell, überall Fell. Sie wanderten weiter zu den Zähnen. *Autsch!* Ein Blutstropfen versickerte in dem rostroten Fell ihrer Hand. Nein, das konnte nicht sein! Sicherlich erwachte sie nur nicht aus einem bösen Traum! Vielleicht war sie aber auch tot. Doch der Schmerz, er war noch so nah ...

Anwielle versuchte aufzustehen, sie hatte Mühe, das Gleichgewicht zu finden, etwas zerrte an ihrem Rücken. Es schleifte über dem Boden. Auf allen vieren zu stehen war alles, zu dem sie sich imstande fühlte. Sie drehte den Kopf, blinzelte, sah wieder weg. Erneut wagte sie es, den Kopf zu wenden, ihren Körper zu begutachten.

Sie erschrak, als sie glänzend rote Flügel bemerkte, die aus ihrem wunden Rücken herausragten. Unwillkürlich schlug sie sie. Wind keimte auf, Schneeflocken und Federn wirbelten um sie herum, stiegen in den grauen Himmel empor. Es bereitete ihr Freude, und sie konnte gar nicht damit aufhören. Die Schneeflocken tanzten um sie herum, stieben durch die Luft. Es bereitete ihr noch mehr Freude, als die Menschen begannen, sich die Hände vors Gesicht zu halten, um sich vor den scharfen Eiskristallen zu schützen.

Nachdem sie aufgehört hatte, mit den Flügeln zu schlagen, ging ein Raunen durch die Menge, dann ein Tuscheln.

Warum verschwanden die Menschen nicht?

Warum flohen sie nicht vor ihr?

Lag das nicht in ihrer Natur?

Anwielle sah die aufgerissenen Münder der Menschen, die gebleckten Zähne, die gerunzelte Stirn. Sie roch den Zwiespalt, der in ihnen lauerte. Sollten sie sie angreifen? Oder sich mit bedachten Bewegungen zurückziehen?

Sie verlagerte das Gewicht nach vorne, duckte sich, ihr Mund zitterte, nein, es waren ihre Lefzen. Geifer tropfte an ihnen hinab. Das Fell auf ihrem Rücken sträubte sich, die Schwingen zuckten aufgeregt hin und her. Mit angelegten Ohren schritt sie auf die Menschenmenge zu. Sie roch so herrlich. Ihr Fleisch war so weich und verwundbar.

Anwielle setzte zum Sprung an.

Kapitel sechzehn

Eine Lawine aus Macht und Schnee

Aywen sprang Anwielle mit erhobenen Armen in den Weg. Mit voller Wucht prallte sie gegen ihn, ihm entwich der Atem mit einem Zug, die Krallen bohrten sich durch das Leder des Wamses, durch die Haut. Er biss sich auf die Zunge, um nicht laut aufzuschreien. Der Schmerz hinter den Schläfen pochte erneut auf, jeder Knochen in seinem Leib schmerzte, als die Wölfin ihn zu Boden schleuderte. Ihr Gewicht lastete schwer auf Aywens Brustkorb, die Pfoten schnürten ihm die Luft ab, die Lunge verkrampfte sich. Aywen unterdrückte einen Hustenanfall.

Er wusste nicht, warum er den wütenden Mob retten wollte. Vor wenigen Augenblicken noch hätten sie nicht gezögert, ihn zu töten, Anwielle zu opfern. Dennoch hatte er sich vor die Menschen gestellt. Vielleicht wollte er Anwielle vor sich selbst schützen, als er sich der Krallen und Zähne, ihrer ungeheuerlichen Kraft gewahr wurde. Vielleicht war er auch so töricht anzunehmen, Anwielle könnte ihn, den Prinzen, ihren Liebsten, erkennen, und würde sich ihm zuliebe wieder verwandeln. Doch nun thronte sie in der Gestalt eines Wolfes über ihm.

Sie war zierlicher als die Tiere, die ihn damals im Wald angegriffen hatten. Dennoch gefror ihm bei ihrem Anblick das Blut in den Adern. Das Fell hatte die Farbe von Zucker und Zimt, die Augen glühten wie reinster Bernstein, ihr Knurren dröhnte in seinen Ohren. Am beeindruckendsten waren jedoch die gefiederten Flügel, die bei jedem nervösen Schlag Schneeflocken regnen ließen, bis die Luft erfüllt von ihnen war. Aywen konnte die Umstehenden in dem Schneetreiben kaum ausmachen. Seine Welt bestand nur noch aus seinem gehetzten Herzschlag und Anwielles kaltem Atem auf seinem Gesicht.

Starr vor Schreck blickte er sie an, in der Hoffnung, Anwielle in den stechenden Augen wiederzuerkennen, das Menschliche in ihr – sollte sie jemals ein Mensch gewesen sein. Schlagartig wurde ihm bewusst, dass ihm die monströsen Wölfe damals im Wald schon nicht gänzlich tierischer Natur vorgekommen waren. Wie sie sich wissend angeblickt, wie sie seine Kampftechnik durchschaut hatten, wie sie Anwielle hatten an sich reißen wollen, ohne sie zu verletzen oder gar zu töten.

Doch je eindringlicher er sie ansah, umso mehr versteifte sich ihr Körper. Das Fell in ihrem Nacken stellte sich auf, die Lefzen vibrierten, ehe sie das ganze Gebiss entblößte. Die Spitze der Rute tänzelte aufgeregt hin und her.

Aywen war versucht, ihren Namen zu flüstern, ihr Gesicht zu berühren. Nein, an das Wort *Schnauze* wollte er nicht einmal denken. Immer noch wollte er Anwielle, das Mädchen, das in seinen Armen gelegen und seine Zöpfe gelöst hatte, in dem wilden Tier sehen. Zögerlich streckte er die zitternden Finger aus, ein tiefes Knurren entwich ihrer Kehle.

Aywen hielt inne. Für einen Moment kniff er die Augen zusammen. »Ihr seid noch da, Lady Anwielle. Ganz tief da drin. Ihr müsst nur genau hinhorchen.« Behutsam legte er die Hand auf sein eigenes laut pochendes Herz.

Die Wölfin neigte den Kopf. Genau so, wie es Anwielle stets getan hatte.

Ein leises Lächeln umspielte Aywens Lippen. »Ihr erkennt mich. Nicht wahr? Meine Stimme. Sie kommt Euch bekannt vor.«

Sie schnüffelte an seiner Wange, ihre Schnauze durchwühlte das offene Haar, kam an der pochenden Ader an seinem Hals zum Liegen.

Aywen schnappte nach Luft. »Ebenso erkennt Ihr meinen Duft«, raunte er. »Womöglich haftet auch noch der Eure an mir. Erinnert Ihr Euch an unsere gemeinsame Nacht auf der Lichtung?«

Ihre Nasenspitzen berührten sich.

Aywens Finger bebten, sein Atem ging schwer, als er sie schließlich nach Anwielle ausstreckte, zögerlich das Fell um ihre Augen berührte. Zweifel stand in ihnen. Sie erkannte ihn, wusste aber nicht, ob er Freund oder Feind war. Manchmal hatte sie das auch als Mensch nicht gewusst. Aywen verkniff sich ein Grinsen. Ein Entblößen seiner Zähne könnte sie vermutlich als angriffslustig empfinden.

Das Fell war weicher, als er es sich vorgestellt hatte, jedoch genauso kalt wie Anwielles Haut. Ihm fröstelte, und Angst überkam ihn, dass die Wölfin eine Schwäche darin sehen könnte. Sie wich vor ihm zurück. Das Gelbe in ihren Augen funkelte auf. Sie legte den Kopf in den Nacken und begann zu heulen. Sie sang das Lied der Nacht, das Lied, das ihre Gefährten herbeirufen würde.

»Die Hexe ist eine Winterwandlerin!«, rief eine Frau mit brüchiger Stimme. »Sie wird uns allen den Tod bringen.«

Anwielles wölfischer Gesang drang Aywen durch und durch. Mit jedem Ton schlich er sich in sein Herz. Genauso wie Anwielles Stimme, als er sie das erste Mal vernommen hatte. Unwirklich hörte sich ihr Gesang an. Dunkel und rau wie eine winterliche Nacht, klar wie ein Eiskristall und gleichzeitig hell und leuchtend wie der Vollmond. Atemberaubend schön war sie, als sie ihm ihre vibrierende Kehle präsentierte und heulte, als würde sie ihr menschliches Ich besingen und betrauern. Aywen wollte jeden Augenblick auskosten, womöglich hatte er sie soeben für immer verloren.

Zu spät bemerkte er, dass sich ihnen einer der Männer näherte. Er schwenkte eine neu entfachte Fackel hin und her und presste sie in Anwielles Flanken. Ihr betörender Gesang wich einem Jaulen, das Aywens Herz brach, sie sprang zur Seite. Der Geruch von verbranntem Fell stach in der Nase.

Die Wölfin ruckte mit dem Kopf herum, fixierte den Mann, der die Fackel vor Schreck fallen gelassen hatte. Wieder zitterten Anwielles Lefzen. Geduckt stellte sie sich über Aywen, der sich nicht sicher war, ob sie ihn beschützen oder ihre Beute vor dem Angreifer verteidigen wollte. Mit angelegten Ohren schlich Anwielle auf den Mann zu, und noch ehe Aywen ihr etwas zurufen, geschweige denn ihr Einhalt gebieten konnte, stürzte sie sich auf den Fremden. Sie riss ihn von den Beinen und verbiss sich in seinem Arm, dann in seinem Bauch. Sein Schreien war kaum zu ertragen. Sein Verstummen unerträglich.

Die Menschen hetzten in Panik davon, doch die Wölfin war so geschwind und leichtfüßig, dass sie sie im Nu eingeholt hatte, sobald sie ihre Fluchtversuche bemerkt und sie von dem Verstorbenen abgelassen hatte. Mit schlagenden Flügeln fegte sie die meisten ihrer Angreifer zu Boden, Schnittwunden scharfer Schwungfedern übersäten deren Wangen, zerfetzten deren Kleidung. Wild schnappte Anwielle um sich, während die Menschen Fackeln zu entzünden versuchten, um die Wölfin damit zu vertreiben. Aufkeimender Wind und in dicken Flocken fallender Schnee machten es aber nahezu unmöglich, das Feuer zu entfachen. Blind schlugen sie mit Besen und Holzstöcken um sich, doch Anwielle zahlte ihnen jeden Angriff mit doppelter Wucht heim.

Aywen kämpfte sich auf die Knie, aber Sturmböen raubten ihm nicht nur die Sicht, sondern auch das Gleichgewicht. Immer wieder stürzte er, bis er schließlich durch den frisch gefallenen Schnee robbte. Die Schneeflocken fielen dichter und dichter, Eiskristalle schnitten ihm ins Gesicht, und bald konnte er nur noch einer Spur aus Blut folgen, die ihn zu der wütenden Meute führte. Verborgen hinter einer Mauer aus Schnee kämpfte Anwielle um ihr Leben. Sie kämpfte für Rache.

Aywen sah die schlagenden Flügel, die durch Schnee und Haut fegten. Federn rieselten nahezu friedlich zu Boden, als sie aus allen Richtungen Seile nach ihr warfen, die zunächst ihre Hinterbeine fesselten, dann die Vorderpfoten, sich letztlich um ihren Hals schlangen. Sie holten Äxte und Messer. Sie versuchten sie festzuhalten, um ihr die Flügel abzuhacken. Er hörte, wie sie sich Anweisungen zubrüllten, er sah, wie sich einige Schatten davonschlichen.

»Kommt zur Besinnung!«, wollte er rufen, doch das Blut verklebte seinen Mund. Kein Wort wollte ihm mehr über die Zunge rollen.

Ein Donner, als würden Wolken aufeinanderprallen und der graue Frühlingshimmel zusammenstürzen, ließ die Meute aufhorchen. Ehrfürchtig blickten sie auf, als erschiene ihnen die Mutter der Erde. Über dem Nordklippenwald ballten sich die Wolken zu einer grauen Kugel zusammen, der Wind, der plötzlich vom Landesinneren kam, fuhr durch sie hindurch und die Wolken erweckten den Eindruck, als tanzten sie zu den Klängen der im Sturm rauschenden Kronen. Aywen konnte sich dem Naturschauspiel ebenfalls nicht entziehen, eine Gänsehaut rieselte ihm über den Rücken. Mit offenen Mündern standen die Angreifer da, ließen Äxte und Mistgabeln zu Boden sinken, vergaßen für einen Augenblick die sich vor Schmerz windende Wölfin, als die Wolken begannen, Schnee zu spucken. Wie ein Drache Feuer.

Statt Anwielle aufzuheben und in Sicherheit zu bringen, starrte Aywen die Schneewand an, die auf sie alle zuwalzte. Einer riesigen Welle gleich, die gegen die Klippen donnerte. Sie fällte Bäume, riss Stämme mit sich. Sie rollte auf sie zu, öffnete einen riesigen schwarzen Schlund und spie Geröll, Äste und Erde aus. Aywen duckte sich, und die restlichen Dorfbewohner eilten davon, ehe sie unter den Schneemassen begraben wurden.

Im Inneren des Schlundes tobten Blitz und Donner. Er war so groß, er könnte die Burg mitsamt dem Felsen verschlingen. Aywen kam wieder zu sich, löste sich von dem atemberaubenden Anblick, kämpfte sich auf die Füße. Seine mit getrocknetem Blut verkrusteten Finger griffen aus Gewohnheit an die Stelle, an der normalerweise das Schwert am Gürtel saß. Aber was hätte eine Klinge schon ausrichten können?

Die Schneelawine rauschte auf ihn zu, vor seinen Füßen kamen mitgerissene Baumstämme und Wurzeln zum Liegen, Schnee und Wind peitschten um ihn herum wie Wellen auf hoher See, Anwielle kauerte in Wolfsgestalt neben ihm, blutüberströmt. Es klebte im Fell, an den zerfledderten Flügeln. Sie war nicht in der Lage aufzustehen, geschweige denn zu fliehen. Doch Aywen wollte sie nicht zurücklassen, also bückte er sich zu ihr hinunter. Sie winselte, zuckte mit den Pfoten. Als seine Hände unter ihren Leib fuhren, um sie hochzuheben, schnappte sie nach ihm. Er schreckte zurück. »Keine Angst, ich bin hier, um Euch zu helfen«, stöhnte er und wagte einen erneuten Versuch. Doch sie war schwer und verletzt, sie strampelte um sich, zwickte in seine Finger, und Aywen war zu schwach nach dem Kampf. Er kniete sich hin und beugte sich über sie, wollte sie mit seinem Körper vor der Schneemasse schützen. Der Wind war eisig, er schmetterte Schneeflocken und Eiskristalle umher, als würden alle Fenster der Burg auf einmal zerbersten.

Weil Aywen zwischen all dem Tosen ein Heulen vernahm, blickte er auf. Tausende Luftströme wirbelten den Schneesturm auf, als galoppierte eine Herde wilder Pferde durch ihn hindurch. Die Lawine schien Gestalt anzunehmen, die Masse wandelte sich, als würde auf einer weißen Leinwand ein Gemälde entstehen. Kurz kniff er die Augen zusammen, um sich zu vergewissern, dass es sich hier nicht verhielt wie an einem Tag im Frühling, an dem er auf der Wiese lag und die Wolken beobachtete, die sich zu immer neuen Fabeltieren zusammensetzten. Doch aus den Wolkenfetzen formten sich auf einmal Beine, Pfoten, Krallen, eine riesige schneeweiße Schnauze, ein einzelnes eisblau leuchtendes Auge. Es blitzte ihn an und forderte ihn heraus.

Aywen biss die Zähne zusammen und stand unter Mühen auf. Er stellte sich mit zitternden Knien vor die Wölfin – breitbeinig, die Schultern durchgedrückt, das zerzauste Haar verfing sich im Wind – und machte sich bereit für das Ungewisse.

Rhythmisches Hecheln, jaulende Laute drangen aus der Wolke aus Schnee zu ihm. Anwielle spitzte die Ohren, winselte, war jedoch nicht einmal mehr imstande, den Kopf zu heben.

Aywens Aufmerksamkeit wurde abgelenkt, als er fernes Hufgetrappel vernahm. Er sah zur Burg. Zwei Reiter galoppierten über die steinerne Brücke. Durch das Schneegestöber sah er rotes und schwarz-weiß gescheckte s Fell aufblitzen. Estenidas und Tobi. Tollvin und sein Vater.

Aywen schwenkte die Arme. Er wollte die beiden aufhalten. Auch ihre Schwerter würden gegen diesen Schneesturm nichts ausrichten können, ihre Rüstungen würden ihm nicht standhalten. Doch sie konnten ihn weder sehen noch hören. Der Schnee verschluckte Aywens Rufe, seine Gestalt, er würde den Prinzen bald unter sich begraben.

Die Hetzlaute, als befänden sich Raubtiere auf der Jagd, wurden immer ohrenbetäubender. Der Schneesturm wirbelte um Aywen herum, er fühlte sich, als umzingelte ihn ein Rudel Wölfe. Jede Schneeflocke schnitt ihm ins Gesicht wie ein Hieb mit einer Kralle, wie ein Biss. Kalter Schweiß tropfte Aywens Rücken hinab, er ballte die Hände zu Fäusten, doch er wandte das Gesicht nicht ab. Der Instinkt riet ihm wegzurennen, aber die Liebe zu Anwielle befahl ihm, sich dem Ungewissen zu stellen.

Eine Böe blies ihm die offenen Haare aus dem Gesicht. Sie roch nach Wildkräutern, Blut, nassem Laub. Etwas brüllte ihn an. Aywen kniff die Augen zusammen, biss sich auf die Zunge, und im nächsten Moment schälte sich ein Wolf aus den Schleiern aus Schnee. Nicht irgendeiner. Es war der schneeweiße Wolf aus dem Wald, dem er ein Auge ausgestochen hatte. Eine klaffende dunkle Höhle prangte ihm an der Stelle entgegen, wo einstmals sein eisblau funkelndes Auge gehockt hatte.

Aywen stockte der Atem, unwillkürlich strich er mit den Fingern über die Narbe an seiner Wange.

Sie waren gekommen, um Anwielle zu sich zu holen.

Um ihr verlorenes Rudelmitglied mit sich zu nehmen.

Deshalb hatte sie sich nie auf der Burg zu Hause gefühlt. Deshalb hatte sie immer den Blick auf den Wald gerichtet und sich nach Freiheit gesehnt. Deshalb war Aywen weder Freund noch Feind für sie gewesen.

Aywen schluckte. Ihm wurde schwerlich bewusst, dass Anwielle nie zu ihm gehört hatte.

Kapitel siebzehn

Die Schwingen des Winters

Bauschige Schneeflocken rieselten auf Aywen hinab. Der weiße Wolf schlug mit den Flügeln. Sie waren gewaltig, und der Luftzug, den sie verursachten, ließ Aywen frösteln, er wich jedoch keinen einzigen Schritt zurück. Das Tier war so monströs, nur ein Hieb mit der Pfote und Aywen wäre verloren. Dennoch erhob er das Wort: »Wenn Ihr gekommen seid, um sie zu holen, dann müsst Ihr an mir vorbei!«

Regungslos stand der Wolf auf einmal vor ihm, das wache Auge auf ihn gerichtet. Das Fell war derart weiß, dass es Aywen beinahe blendete, und so dicht, er würde jeden noch so kalten Winter überleben. Trotzdem konnte Aywen jeden gestählten und angespannten Muskel darunter entdecken. Es war ihm, als blinzelte der Wolf ihm zu.

Zwei weitere Wölfe schälten sich aus dem wirbelnden Schnee heraus. Ihr Fell war dunkel – steingrau und rabenschwarz. Bernsteinfarben glühten ihre Augen. Genauso wie Anwielles. Sie waren einen Hauch kleiner als ihr Anführer, drahtiger, wendiger, weniger muskulös.

Aywen wusste, dass er bereits verloren hatte. Doch vor den Wölfen durfte er sich die Blöße nicht geben. Er blutete, konnte sich kaum auf den Beinen halten, der Magen schmerzte ihm, als lägen zentnerschwere Steine darin.

Die beiden dunklen Wölfe rempelten sich an, zwickten sich spielerisch gegenseitig in den Nacken, tollten herum wie junge Hunde, ehe das weiße Tier herumfuhr und sie anknurrte. Die zwei Jungspunde duckten sich, legten die Ohren an und kauerten sich zu Boden. Zufrieden wandte sich der Anführer wieder Aywen zu. Voller Argwohn umrundete er den Prinzen, die Ohren aufgestellt, die Rute hoch erhoben. Aywen erstarrte, fühlte er doch die Kraft, die das wilde Tier bei jedem Tritt ausstrahlte. Den Durst nach Rache. Der Wolf schnüffelte an Anwielle, die sich noch immer nicht gerührt hatte. Sanft schubste er sie mit der Schnauze an, winselte, weil sie nicht reagierte. Er wurde sichtlich nervöser, hechelte, die Rute pendelte hektisch hin und her.

Hufgetrappel und aufgebrachtes Wiehern ließen das Tier aufhorchen. König Radrann und Tollvin trabten heran, Estenidas stieg, weil er sich den Wölfen nicht nähern wollte. Unnachgiebig trieb der König die Fersen in den Leib des Hengstes, bis dieser nachgab. Doch seine Tritte blieben kurz und staksig, der Hals hoch aufgereckt. Tollvin hielt sich auf Tobi im Hintergrund, der unruhig auf der Stelle tänzelte.

Der Wolf duckte sich, verlagerte das gesamte Gewicht nach vorne. Schützend stellte er sich über die bewusstlose Anwielle und fixierte den König.

»Bleibt fort!«, rief Aywen, als der Vater das Schwert zog und auf den weißen Wolf zugaloppieren wollte.

Dieser schlug erneut mit den Flügeln, entfachte Wind und Schneegestöber, sodass der Hengst stockte und der König wütend an den Zügeln riss, die Beine gegen den Bauch klopfte. Doch sobald das Pferd anfing, nach hinten auszuweichen, verebbte auch der Wind. Fast schon sanft trudelten die letzten Schneeflocken zu Boden.

»Ihr habt hier nichts zu suchen!«, fauchte Radrann. Er trug die Rüstung, die er in den letzten Wochen immer wieder poliert hatte. Die mit dem Hirsch auf dem Brustkorb und dem stacheligen Geweih auf den Schultern. Aywen wurde heiß und kalt zugleich, der Vater hatte diesen Moment kommen sehen. »Dies ist mein Land. Nicht das Eure.« Er wirkte so zerbrechlich unter seiner schweren Rüstung, unter dem roten Umhang, der hinter ihm herwehte wie eine Blutspur. Wie ein Vorbote. Die Haut in seinem Gesicht war fahl. Grau und brüchig wie der Stein der Burg. Die Augen glitzerten vor Angst und Wut.

»Rückt die Winterwandlerin heraus, dann gehe ich in Frieden.«

Aywen erschrak, als er eine tiefe und raue Stimme vernahm, und drehte sich zu dem Wolf um. Doch vor ihm stand kein wildes Raubtier mehr. Ein Edelmann in silbern glänzender Rüstung. »Wer seid Ihr?« Aywen hatte Mühe, seine Stimme unter Kontrolle zu bringen.

Der Edelmann nickte ihm zu. Sein langes glattes Haar war weiß wie Schnee. Ein filigraner Reif zierte die Stirn. Die Nase schmal, die Wangen hoch, die Lippen hart und unnachgiebig, das Auge eisig blau. Einzig die schwarze Augenklappe störte in den sonst so edlen Gesichtszügen. Der Fremde schritt auf Aywen zu, eine Hand auf den Rücken gelegt verbeugte er sich vor ihm. Die metallenen Federn und Krallen auf den Schultern des Fremden klapperten leise. »Gestatten, Tiron Norhar.« Er zwinkerte Aywen zu. »Aus Vyntherbergen. Wir haben bereits Bekanntschaft geschlossen.« Er deutete auf die Wölfe, die hinter ihm standen und den Prinzen fixierten. »Das sind meine treuesten Gefolgsmänner, Andradon und Hilmur. Auch die beiden kennt Ihr bereits.«

Aywen schluckte, er konnte den Blick nicht von der ledernen Augenklappe lösen. Der weiße Wolf, dem er den Stock ins Auge gerammt hatte, um Anwielle und sich zu retten, war wie sie. »Aywen Nyivalor.« Er verbeugte sich nur leicht, ließ den Wolfsmann nicht aus den Augen.

Während sich Aywen und der Fremde anstarrten, verwandelten sich die beiden anderen Wölfe in stattliche Ritter. Der eine mit schwarzem lockigem Haar, der andere mit kurzem steingrauen Haar. Sie trugen dichte Bärte, und umso mehr stachen ihre bernsteinfarben glühenden Augen hervor. Metallene Wölfe grinsten Aywen vom Schulterschutz ihrer blank polierten und reichlich verzierten Harnische an. Der Beinschutz war Wolfsfell nachempfunden. Darunter trugen sie Hosen und Westen aus kupferfarbenem Leder.

Hinter ihnen tauchten mehrere Pferde aus den Schneeverwehungen auf. Voll beladene Packpferde und Reittiere, so elegant und muskulös, wie Aywen sie noch nie zuvor gesehen hatte. Die Gesichter waren fein gezeichnet, mit wachen, klugen und unerschrockenen Augen – wie die ihrer Herren. Die Mähnen lang und wellig, die Schweife nicht weniger dick und üppig. Sättel und Trensen waren von solch auserlesener Machart und mit funkelnden Edelsteinen bestückt, dass Aywen nicht umhinkam zu denken, dass nicht einmal sein feinster Zwirn daran heranreichen würde.

Die Männer fingen die Packpferde ein und lösten eingerollte Decken, mit denen sie die bewusstlose Wölfin einhüllten. Ohne Mühe hoben sie sie hoch, stets darauf bedacht, die Verbrennungen nicht zu berühren. Aywen wollte einschreiten, doch der eiserne Blick Tiron Norhars genügte, dass er innehielt.

»Wollt Ihr uns nicht Eure Gastfreundschaft anbieten, Aywen Nyivalor? Damit Lady Anwielle Éloran genesen kann?« Sein Ton hatte weniger etwas Mitfühlendes an sich, eher etwas Bestimmendes. »Immerhin haben wir Euch vor dem wütenden Mob gerettet. *Ich* habe Anwielle gerettet. Ihr wart dazu nicht imstande.« Die Steine in seinem Stirnreif begannen bläulich zu funkeln.

Aywens Vater drückte die Fersen in Estenidas' Leib. Für einen flüchtigen Moment bäumte sich der Hengst auf, beugte sich jedoch dem Willen des Königs. Zögerlich schritt das Tier auf Tiron Norhar zu, der das Pferd sofort in Augenschein nahm. Er runzelte die Stirn, betrachtete Estenidas von oben bis unten.

Aywen kochte vor Wort.

»Ein zähes Vieh. Nützlich für diese unwirtliche Gegend«, stellte Norhar fest, aber ehe er sein weiteres Missfallen zum Ausdruck bringen konnte, erhob der König von Nyivalor das Wort: »Tiron Norhar. Der Herr des Winters.« Er nickte dem Fremden zu, verbeugte sich nicht.

Der Herr des Winters.

Anwielle, die Winterwandlerin.

Aywen, der zukünftige Hirschkönig.

Aywen wurde schwindelig, er versuchte jedoch, sich sein Unwissen nicht anmerken zu lassen und drückte die Schultern durch, gleichgültig, wie sehr es schmerzte.

»König Radrann.« Tiron Norhar schmunzelte. Es sah aus, als zöge er die Lefzen hoch. »Ihr seid … alt geworden seit dem Tod Eurer Gemahlin.«

Aywens Vater zog das Schwert aus der Scheide, Estenidas wich bei dem Geräusch wiehernd zur Seite aus. Doch Norhars Gefährten zückten in Windeseile Pfeile aus Köchern, die an den Satteltaschen der Pferde festgebunden waren, und richteten die Spitzen auf den König. Auf die ungeschützte Stelle an seinem Hals.

Tiron Norhar schnalzte missbilligend mit der Zunge, hob die Hände. Beinahe unschuldig. Seine beiden Männer ließen die Pfeile sinken, doch Radranns Hand verweilte am Heft des Schwertes.

»So spricht niemand mit dem Herrn Nyivalors«, ging Aywen dazwischen.

»Verzeiht meine harschen Worte«, meinte Norhar spöttelnd. »Aber wollt Ihr Anwielle ein weiteres Mal dem Tode weihen?«

Aywen zögerte. Was wusste der König? Wusste er, dass sich Anwielle im Wald verirrt und geglaubt hatte, Runen hätten sie verbrannt? »Was meint Ihr?«

Tiron Norhar lachte auf. Er klang, als würde Packeis in sich zusammenkrachen. Estenidas schlug mit dem Kopf. »Ihr wisst nicht, wovon ich spreche, Gebieter des Frühlings?« Norhars Auge funkelte eisig.

Aywen verkniff sich eine Antwort, geschweige denn den Blick zum Vater. Ratlosigkeit machte sich in ihm breit – wie ein Fieber, das den Körper verzehrte und lähmte. War er nicht nur der Hirschkönig, sondern auch der Gebieter des Frühlings? War er ebenso ein Wandler wie Anwielle und Tiron Norhar? Etwas zerrte an seinem Herzen. War er womöglich gar nicht menschlicher Natur? Aywen schloss kurz die Augen, die zu Fäusten geballten Hände konnte er nicht verbergen. Er fühlte sich, als wäre er in einer Schlucht gefangen.

»Das werden lange Nächte werden!« Lachend klopfte er dem Mann mit dem steingrauen Haar auf die Schulter. Die Narbe, die Aywen seinem Gefolgsmann mit einem einzigen Hieb verpasst hatte, reichte von Wange zu Wange. Sie war vernarbt und wulstig. Aywen konnte kaum hinsehen. »Ich hoffe, es ist genügend Met da.«

»Seid still!«, erboste sich König Radrann. Die Knöchel an der Hand, die das Heft des Schwertes umfasst hielt, traten weiß hervor.

Tiron Norhar verbeugte sich gekünstelt. »Entweder Ihr erzählt ihm die Wahrheit, oder ich werde es tun, ehe er weiteren Schaden anrichtet.«

»Ich wusste, Ihr würdet kommen. Und ich wusste, dass der Sohn Eidolon Norhars seinem Vater ähneln würde.«

»Und der Eure Euch ebenso, König Radrann. Ist er doch im Begriff, die Braut eines anderen zu stehlen und Chaos in der Natur zu stiften.«

»Der Dieb seid Ihr, Tiron Norhar!« Erneut suchte Aywens Hand vergeblich das Heft des Schwertes. Er spürte das Pochen der Ader auf seiner Stirn.

»Eure Gastfreundschaft lässt zu wünschen übrig.« Tiron Norhar schüttelte beinahe unmerklich den Kopf, als er bemerkte, dass Aywen an die Stelle griff, an der man das Schwert trug. Der Winterkönig schnippte mit den Fingern und ein hochbeiniger Schimmel trabte auf ihn zu. Er trug einen ähnlichen Stirnriemen wie sein Herr, mit weißblau schimmernden Mondsteinen in Fassungen aus reinstem Silber. Das Edelmetall klapperte bei jedem Tritt. Die Decke, die auf seiner Kruppe lag, war prunkvoll bestickt. Der Sattel war ein Kunstwerk aus weichem Leder.

»Euer Tonfall ebenso.«

»Ihr habt sie mir einmal gestohlen, Aywen Nyivalor. Ich werde es kein zweites Mal zulassen.« Das eisblaue Auge des Winterkönigs funkelte bedrohlich, seine Stimme war plötzlich rau wie ein Wintersturm. »Und Ihr habt mir einen Teil meiner Sinne geraubt. Ihr steht in meiner Schuld. In vielerlei Hinsicht.«

Aywen brachte keinen Ton heraus. Die Schuld saß tief.

»Warum seid Ihr so früh in den Wald gezogen? Warum wolltet Ihr den Winter vorzeitig verscheuchen? Ließ Euer Vater Euch wirklich in Unwissenheit oder seid Ihr einfach nur ein Tölpel? Ein dummer Bauernbursche?« Tiron Norhar trat einen Schritt auf Aywen zu. Er spürte die Kälte, die der König verströmte, als fasste er in einen Bottich eiskalten Wassers. Sein Herz krampfte sich zusammen.

»Was behauptet Ihr da?« Ein Muskel in Aywens Wange zuckte, und er hasste sich dafür, dass er so unwissend war und der Angriff ihn derart geschwächt, wenn nicht sogar kampfunfähig gemacht hatte.

»Ich will Euch keine Schuld geben.« Tiron Norhar legte die Hand auf Aywens Schulter, als wären sie Freunde, Vertraute, aber Aywen schüttelte sie ab. Der Winterkönig ließ sich nichts anmerken, geriet nicht einmal ins Stocken, als er fortfuhr und den jungen Prinzen nicht aus dem Auge ließ. »Euer Vater hat Euch anscheinend nicht in die Geheimnisse Eures Erbes eingeweiht.« Ungerührt blickte er zu Aywens Vater auf, der das Schwert erhob und es an Tiron Norhars Kehle presste. »So geht man hier oben im Norden also mit Fremden um. Kein Wunder, dass der Mob hinter Euch her war.«

Radrann drückte fester zu, ein Blutstropfen versickerte im weißen Haar des Winterkönigs und Aywen spürte die Anspannung, die durch die kalte Frühlingsluft sirrte, überdeutlich.

»An Eurer Stelle würde ich davon absehen«, entgegnete Tiron Norhar in aller Gelassenheit. Geschlossen standen seine Männer hinter ihm. Mit einer beiläufigen Bewegung schob er die Klinge von sich. »Ihr seid alt, Radrann. Euer Sohn noch nicht geweiht. Ihr solltet vorsichtig sein mit dem, was Ihr tut. Ihr wollt mich doch nicht ein weiteres Mal erzürnen?«

Radranns Lippen bebten vor unterdrücktem Zorn. Widerwillig schob er das Schwert in die Scheide zurück. Der Klang hatte etwas Endgültiges an sich. Eine Niederlage ohne Kampf.

Tiron Norhar wandte sich erneut Aywen zu. »Eure Zeit war noch nicht gekommen, und dennoch seid Ihr in den Wald geritten. Anwielle ist bloß eine Winterwandlerin, keine geborene Königin. Ihr habt sie in einen Menschen verwandelt, weil Ihr zu ungeduldig wart, weil Ihr es nicht erwarten konntet, bis die Zeit reif war für den Frühling. Bis die Zeit reif war für Euresgleichen.«

Aywen wollte auf die Knie sinken, seinen Schmerz in die Welt hinausschreien. Anwielle war zerbrechlich. Wie eine Schneeflocke. Er hatte ihr Schicksal besiegelt, weil er die langen Winter auf der Burg sattgehabt, weil ihn die Langeweile heimgesucht hatte. Er war genauso selbstsüchtig, wie es Anwielle ihm vorgeworfen hatte. Wäre er an jenem Tag nicht in den Wald geritten, hätte er die Natur nicht durcheinandergebracht, dann hätte sie einer Schneeflocke gleich durch den Winter getanzt, bis ihre Zeit gekommen war. Und mit seiner Nähe, mit der Liebe zu ihr, hatte er sie bedrängt, hatte sie dem Tode nähergebracht als dem Leben.

Sie würde unter seinen Händen schmelzen …

»Anwielle ist die zukünftige Königin von Vyntherbergen. Sie gehört in mein Reich«, zischte der Herr des Winters, legte die Maske ab, unter der er seine wahren Gefühle versteckt hatte. »Zweifelt nie daran.« Der Wind wirbelte sein Haar auf, der Mondstein in seinem Stirnreif funkelte.

Aywens Gedanken rasten hin und her. Er wusste nicht mehr, wer er war. Er wusste nicht, was sein Vater ihm alles verheimlichte. Die Schuld, die er auf sich geladen hatte, war unermesslich. Doch sein einziger Wunsch war es, Anwielle nicht zu verlieren. Nicht heute. Nicht in diesem flüchtigen Moment. »Ich denke, Anwielle sollte selbst entscheiden, wohin sie gehört«, wagte er sich vor. Er vernahm Tollvins Schnauben, drehte sich jedoch nicht zu dem Jüngling um.

»Ihr habt es bereits für uns entschieden. Ihr steht in meiner Schuld, Prinz. Wir nehmen sie mit.« Der Winterkönig wandte sich von Aywen und Radrann ab, sein Umhang wirbelte Schnee auf. Es war ihm gleichgültig, was Vater und Sohn zu seinem Entschluss sagten. Er war der mächtigere König. Seine Männer folgten ihm.

Aywens Herz klopfte, doch er riss sich zusammen, versuchte, ein freundliches Lächeln aufzusetzen, die Hände zu entspannen. Ihm blieb nur diese einzige Möglichkeit. »Wartet.« Aywen harrte aus, bis der fremde König sich zu ihm umdrehte, neugierig, was der Prinz vorzuschlagen hatte. Er wollte sich nicht die Blöße geben und den Winterkönig anflehen, ihm zuzuhören. Also blieb er stehen, wartete, bis Tiron Norhar ihm seine Aufmerksamkeit schenkte. Aywen blickte ihn fest an. Er hatte kein Talent darin, sich zu verstellen. Höfische Ränkespiele kannte er nur aus Lunrahs Erzählungen, und das falsche Lächeln schmeckte bitter auf der Zunge, die angedeutete Verbeugung schmerzte nicht nur aufgrund der Verletzungen, die seinen Körper peinigten. »Seid unsere Gäste.«

Der Herr des Winters würde Anwielle mitnehmen, jetzt oder später. Aber wenn sie noch bliebe, vielleicht, vielleicht würde er die Möglichkeit erhalten, Tiron Norhar umzustimmen, vielleicht würde aber auch Anwielle zu ihm stehen und bleiben wollen. Der Fremde durfte nicht einfach so über ihr Schicksal entscheiden. Selbst wenn er ein König war – Anwielles König. Oder gar ihr Gemahl. Inständig hoffte Aywen, dass Anwielle nur Norhars Schwester oder Mündel war, um deren Ehre er sich sorgte. Doch die Blicke, die er der bewusstlosen Wölfin zuwarf, waren besitzergreifend, wenn nicht sogar liebevoll. Aywen ahnte, dass er sich nicht der Hoffnung hingeben sollte, Anwielle könnte etwas anderes für den Winterkönig sein als seine Gemahlin.

Womöglich würde Aywen sich nur Zeit erstreiten, um den Abschied noch schmerzhafter zu machen. Ihre Ahnungen bewahrheiteten sich hier und jetzt. Ihr war mehr bestimmt, als die Frau eines verarmten Königs zu werden. Es sollte ihre Entscheidung sein, welchen Weg sie einschlagen wollte. Und wenn es nötig sein sollte, den galanten Gastgeber zu spielen, den unterwürfigen Untertan, dann sollte es so sein.

König Radrann zürnte, doch Aywen warf geschwind ein: »Vater! Sie wird eine mehrtägige Reise durch die Wildnis bis nach Vyntherbergen nicht überstehen.« Vor Fremden hatte er noch nie das Wort gegen den Vater erhoben, aber es war nur zu Anwielles Schutz. Aywen hoffte, dass der Vater ihm verzeihen und Tiron Norhar Gefallen an seinem Vorschlag finden würde.

Radrann knirschte mit den Zähnen, wollte sich jedoch vor dem Gegner keine Blöße geben. Er erkannte die geheimen Zeichen nicht, die ihm sein Sohn zuwarf, um ihm zu verstehen zu geben, das Spiel mitzuspielen. Sie kannten sich nicht gut genug. »Ich heiße Euch willkommen auf Burg Nyivalor, Tiron Norhar, Herr des Winters«, brummte der alte König, verkürzte die Zügel und wendete das Pferd Richtung Burg.

»Wenn Ihr es wünscht.« Tiron Norhar nickte Aywen zu, dann dessen Vater, der ihm bereits den Rücken zukehrte. Der Winterkönig legte den Kopf ebenso schief, wie Anwielle es immer tat. Ein wölfisches Grinsen umspielte seine Mundwinkel.

»Du hast soeben dein Verderben auf die Burg eingeladen«, zischte König Radrann Aywen zu, als Tiron Norhar seinen Gefährten Befehle erteilte und sich auf den Schimmel schwang.

Und die Wahrheit, dachte Aywen, sehnsüchtig zu Anwielle blickend. Die Männer hatten die Wölfin auf eines der Packpferde gehievt und ritten ihnen hinterher, Richtung Burg.

Die grauen Schneewolken zogen sich hinter den Nordklippenwäldern zurück.

Kapitel achtzehn

Wolfsnacht

»Lunrah, zeig dem König und seinen Männern bitte ihre Gemächer. Aber vorher brauchen wir heißes Wasser und saubere Tücher!« Aywen eilte Tiron Norhar hinterher, der die bewusstlose Wölfin durch die Gänge der Burg trug, als ihnen die Dienstmagd aufgelöst entgegenschoss.

Lunrah blieb abrupt stehen, hielt Abstand. »Wer sind die drei? Was sucht der Wolf hier?«

»Später, Lunrah, später«, erwiderte Aywen gehetzt.

»Ich werde mich nicht in irgendeine Abstellkammer abschieben lassen«, entrüstete sich der Winterkönig, Anwielle in den Armen bergend. »Ich kümmere mich um Anwielle.« Er drehte sich zu Aywen um. »Habt Ihr noch immer nicht gemerkt, dass Ihr mehr Schaden anrichtet, Prinz Aywen, zukünftiger Herrscher über den Frühlingsthron?«, zischelte Tiron Norhar.

»Und ich werde mich nicht von Anwielle fernhalten!«, behauptete sich Aywen, die Arme vor der Brust verschränkt. »Nicht auf meiner Burg!«

»Immer mit der Ruhe, meine Herren«, ging Lunrah dazwischen, obwohl ihre Stimme zitterte und sie von der verletzten Wölfin respektvollen Abstand hielt. Sie begutachtete Aywen, bemerkte stirnrunzelnd die Platzwunden und das Blut in dessen Gesicht. »Will mir niemand sagen, was geschehen ist? Wo ist Anwielle?«

»Später, Lunrah! Wir müssen zunächst Anwielle versorgen.« Er schielte zu der Wölfin in den Armen des Königs. Ihre zerfledderten und mit Blut verschmierten Flügel schleiften über den Boden.

Lunrah stotterte: »Das ist … Anwielle?«

»Weiß auf dieser verdammten Burg denn niemand Bescheid?«, zürnte der Winterkönig. »Ich bin Tiron Norhar, der Winterkönig. Und Anwielle Éloran, meine Verlobte, ist eine Winterwandlerin. Sie braucht Medizin. Meine Männer werden dir zeigen, wie sie zuzubereiten ist. Ansonsten benötigt sie Ruhe und vor allem eins: Kälte. Also: Bring mich zu ihren Gemächern.«

Meine Verlobte …

Lunrah tauschte mit Aywen Blicke aus. Für einen Moment wirkte sie genauso verletzt wie er. Aywen sammelte sich und nickte ihr zu. Ohne ein weiteres Wort zu verlieren, stürmte Lunrah voran, die Männer ihr hinterher. In Windeseile richtete sie das Bett her, öffnete auf Anweisung des Königs die Fenster in Anwielles Zimmer und löschte das Feuer im offenen Kamin, obwohl es ihr sichtlich nicht behagte. Eisige Kälte eroberte im Nu den kargen Raum, und Tiron Norhar bettete die noch immer bewusstlose Wölfin auf die kühlen Laken.

»Es ist Zeit für Euch zu gehen, Prinz Aywen. Ihr könnt nichts für sie tun.« Der Winterkönig tupfte mit einem feuchten Tuch vorsichtig die wunden Stellen im Fell der Wölfin ab. Sie winselte und kam langsam wieder zur Besinnung. Als sie versuchte, nach dem König zu schnappen, wisperte er ihr behutsame Worte ins Ohr und sie beruhigte sich, die Atmung wurde einen Wimpernschlag lang flacher.

Unwillkürlich griff Lunrah nach Aywens Arm. »Was geht hier vor sich?«

»Ich erkläre es dir später«, flüsterte Aywen ihr zu, der den Blick nicht von der sich vor Schmerz windenden Wölfin lösen konnte. Jeder Klagelaut brach ihm das Herz.

Der Wind pfiff durch das Zimmer und ließ den Prinzen frösteln. Dunkle Wolken zogen auf, die ihnen bald Regen bescherten, und er wurde den Verdacht nicht los, dass der Winterkönig mit dem Gesang, den er soeben anstimmte, Wind und Wolken herbeirief. Eine Gänsehaut kroch über Aywens Rücken, Lunrahs Griff um seinen Arm wurde fester.

»Ich brauche die Kräuter, um ihre Wunden zu säubern und ihren Geist zu heilen. Rasch!«, unterbrach sich der König selbst.

»Aber ich kann Lady Anwielle nicht mit einem Fremden allein in ihren Gemächern lassen.« Lunrah stemmte die Hände in die Hüften.

»Such meine Männer auf und kümmere dich danach um den Prinzen, Weib.« Tiron Norhar funkelte die Magd an.

Lunrah sah fragend Aywen an, und erst als dieser ihr zunickte, antwortete sie dem König. Zähneknirschend. »Wie Ihr wünscht, Herr.« Rasch verbeugte sie sich und eilte rückwärts aus dem Raum hinaus.

»Geht, Prinz Aywen! Geht! Ich glaube kaum, dass Ihr bei der Rückverwandlung anwesend sein wollt. Sie ist schwach, und die Verwandlung wird schmerzhaft werden und andauern. Eure Anwesenheit wird den Heilungsprozess nicht erleichtern.« Der König drehte sich zu Aywen um, sah ihm direkt in die Augen, fixierte ihn, als wäre er noch immer in Tiergestalt. »Der Winter kann sich nicht behaupten, wenn die Sonne strahlt.«

Aywen musste einsehen, dass der König recht hatte. Lunrah und ihre Behandlungsmethoden waren nicht immer von Erfolg gekrönt gewesen. Anwielle war nie richtig genesen, seit sie in sein Leben geschneit war. Sie war schwach, von schlechter Konstitution, die Frühlingssonne hatte ihr ständig Kopfschmerzen beschert – zu oft hatte sie sich die Schläfen gerieben oder die Augen zusammengekniffen.

Einen einzigen langen Blick zurück wagte Aywen, ehe er widerwillig den Forderungen Tiron Norhars Folge leistete. Die Wölfin krümmte sich vor Schmerz, die mit Blut verschmierte Flanke hob sich viel zu rasch, die zerfledderten Flügel zuckten. Sie röchelte, das Blut, das an ihren Fangzähnen klebte, leuchtete rostrot. Aywen drückte die Schultern durch und schob den Türriegel zurück. Mehrmals schon hatte er Anwielle mit seiner bloßen Anwesenheit in Lebensgefahr gebracht, weil er jung und ungeduldig war, unwissend.

Er lehnte die Stirn an die Tür, ballte beide Hände zu Fäusten, sobald er die Tür von außen verschlossen hatte. Eine Weile harrte er so aus und lauschte den Geräuschen hinter der Tür. Noch immer konnte er Anwielles leises Wimmern vernehmen, das Klappern des Fensters im Wind, Tiron Norhars Wispern. Aywen sammelte sich erst und richtete Kleidung und Haar, als er Lunrahs eilige Schritte auf dem Steinboden vernahm.

»Setzt Euch und ruht Euch aus. Das, was Ihr hier tut, hilft niemandem weiter. Am wenigsten Euch selbst. Nehmt das. Ich sehe später nach Euch.« Lunrah drückte ihm eine Schale mit einer Salbe sowie ein in einen Kräutersud getunktes Tuch in die Hände, bevor sie in Anwielles Zimmer verschwand.

Notdürftig versorgte Aywen die Wunden im Gesicht, presste sich das wohlriechende Tuch gegen die Schläfe. Es schenkte ihm einen Hauch Frieden. Dennoch schaffte er es nicht, sich hinzusetzen, geschweige denn sich in seine Gemächer zurückzuziehen. Unruhig schritt er den Flur auf und ab, der Kopf dröhnte bei jedem Tritt, der Magen verkrampfte sich, achtlos warf er das Tuch weg.

Nachdem Lunrah heißes Wasser und Kräuterbündel in Anwielles Zimmer gebracht hatte, drang alsbald beißender Dampf durch die Ritzen der Holztür. Er roch nach Erde und Laub, Fichtennadeln und eisiger Kälte und ließ Aywen müde werden. Mit dem Rücken lehnte er sich an die Holztür und sank zu Boden, vergrub das Haupt in den Händen, die er nicht wagte anzusehen, so wund und geschwollen, wie sie sich anfühlten. Tiron Norhars Gesang schwoll an und wieder ab, wurde rau und tief, dann leise und sanft, sodass Aywen kaum mehr einen Ton vernehmen konnte. Der Gesang vermischte sich mit dem Heulen des Windes, dem Rauschen des aufgewühlten Meeres, den Schmerzlauten der Wölfin. Regen und Schnee peitschten um die Burg, die Schafe blökten im Stall. Die beiden Männer des Winterkönigs hatten sich wieder in Wölfe verwandelt, der eine schwarz wie die Nacht, der andere grau wie ein Winterhimmel. Sie tappten durch die leeren Gänge der Burg, ihr Heulen bescherte Aywen ein Kribbeln im Bauch und verschlimmerte die Unruhe, die darin hauste. Vor Übelkeit und Schmerz wurde ihm immer wieder schwarz vor Augen, doch keinesfalls wollte er sich in seine Zimmer begeben und Anwielle vollends den Händen des fremden Königs überlassen.

Aywen beauftragte Tollvin, die Ställe doppelt und dreifach zu verbarrikadieren und Wache zu halten. Aywen traute den Wölfen nicht über den Weg. Lunrah schnippelte mittlerweile Gemüse in der Küche und briet Fleisch, um später die Gäste zu bewirten, nachdem der Winterkönig sie rasch wieder aus dem Zimmer verbannt hatte. König Radrann hatte sich in den Turm zurückgezogen, in dem Aywens Mutter einst ihre Gemächer bezogen hatte.

Als die Schreie Anwielles lauter wurden, hielt es Aywen nicht länger aus. Er stürmte in ihr Zimmer, doch alles, was er zu Gesicht bekam, waren die Schwingen des Winterkönigs, die nahezu den gesamten Raum ausfüllten. In kreisenden Bewegungen schlugen sie auf und ab, Schnee und Federn wirbelten umher, rieselten sanft zu Boden. Die leichten Vorhänge wehten im Wind. Die langen Haare Tiron Norhars loderten auf wie weißes Feuer. Aywen wollte an ihm vorbeistürmen, diese Zauberei beenden, doch der Wind frischte auf, fegte den Schnee um ihn herum, hielt ihn an Ort und Stelle gefangen. Schützend legte er den Unterarm über die Augen, ehe der Sturm ihn gegen die Wand in seinem Rücken drängte. Vor Schmerz keuchte er auf, hielt sich die geprellten Rippen.

Der Winterkönig fuhr herum. Die menschlichen Züge waren aus seinem Gesicht wie weggewischt. Das eisblaue Auge lohte, Fell überzog die Wangen, die Nase war einer Schnauze gewichen, und dennoch konnte Aywen das edle Antlitz des Winterkönigs hinter dem Raubtier erahnen. Tiron Norhar knurrte ihn an, entblößte die Zähne, klackerte mit den Krallen, das Zimmer bebte unter dem Schlag seiner Schwingen, die Kerze auf dem Nachttisch erlosch. Mit einem Mal herrschte Finsternis. Aywen zuckte zurück, suchte hektisch den Türriegel im Rücken.

Wie der größte Tölpel kam er sich vor, als er aus dem Zimmer stolperte und die Tür hinter sich zuwarf. Er war ein solcher Feigling! Doch mit bloßen Händen konnte er keinen Wolf angreifen. Schon gar keinen Winterkönig! Vielleicht war es mutiger, in diesem Moment nicht seinen Mut zu beweisen. Um daran zu glauben, musste er es sich nur oft genug einreden.

Aywen konnte weder dem Vater die Stirn bieten noch dem fremden König. Er war dumm und unwissend, kannte nichts als die grauen Wände der Burg, die Klippen und den düsteren Wald. Er war reich an Unwissenheit und arm an Vermögen. Was konnte er Anwielle schon bieten? Ein Leben in Kargheit, ein Leben in ständiger Gefahr, dass seine Nähe sie krank machte.

Mit schmerzenden Fingern fuhr sich Aywen durch die zerzausten Haare, als ein gleißend blaues Licht durch den Spalt unter der Tür in den Gang drang. Anwielles Wimmern schwoll zu einem letzten Schrei an. Ein Schrei, als wäre sie soeben erst geboren worden. Einen Augenblick später öffnete Tiron Norhar die Tür und trat auf den Flur hinaus. Der Prinz wich zurück, doch das Antlitz des Königs war nicht mehr das eines Raubtieres. Ein Schatten lag um sein ungewohnt mattes Auge, die weißen Haare leuchteten im Zwielicht des Ganges nicht so auf, wie Aywen es vermutet hätte.

»Sie ist wieder ein Mensch«, raunte der sichtlich geschwächte König, und Aywen atmete erleichtert aus. Doch noch ehe er einen Blick in das Zimmer hinein wagen konnte, schloss der König die Tür. »Obwohl Ihr Euch nicht an meine Anweisungen gehalten habt.« Das matte Auge flammte kurz auf.

Aywen hatte Anwielle noch nicht ganz an den Winter verloren. Vielleicht würde die Mutter der Erde ihm noch einen Augenblick gönnen, in dem er seine Liebste in den Armen halten konnte.

»Sie behält ihre menschliche Natur. Für den Moment ist das das Wichtigste. Sonst wäre sie für immer verloren gewesen. Sie ist nicht stark genug, um außerhalb der kalten Jahreszeit die Wolfsgestalt zu behalten. Meine beiden Männer schenken ihr Kraft und Glauben, indem sie sich heute Nacht verwandeln. Um Mitternacht werden sie das Lied der Heilung anstimmen.« Der König setzte sich auf die Fensterbank und betrachtete die Sonne, die im Meer versank. Womöglich wartete er auf den Mond, der auch ihm neue Kraft schenkte. Solange würde er sicherlich versuchen, die zitternden Hände in den Taschen des Wamses zu verstecken, die gräuliche Haut und die eingefallenen Wangen vor Aywen und seinen Männern zu verbergen.

Aywen nickte, als hätte er jedes Wort verstanden, und schob den Riegel an der Tür zurück. Er wollte Anwielle sehen, jetzt, da sie außer Gefahr war. Doch Tiron Norhar packte ihn am Unterarm. Vor Schreck blickte Aywen auf, denn er hatte nicht mitbekommen, dass der König aufgestanden, geschweige denn zu ihm hinübergeeilt war.

»Ihr werdet auf keinen Fall einen Fuß in diesen Raum setzen!«

»Das habt Ihr nicht zu bestimmen!« Aywen erhob die Stimme, doch jedes Wort schmerzte in Lunge und Bauch.

»Ihr habt es immer noch nicht verstanden«, seufzte Tiron Norhar. »Ihr seid der Thronfolger des Frühlingshofes. Anwielle Éloran ist eine Winterwandlerin, meine zukünftige Gemahlin. Sie kann ihre Gestalt noch nicht halten, noch nicht beherrschen. Die Verletzungen lassen sie ihre menschliche Seite vergessen. Jede Unruhe, jede Störung, jede Aufregung … Ihr habt heute selbst gesehen, was dann geschehen kann. Ihr könnt die Magd nach ihr schicken, aber der künftige Hirschkönig wird sich nicht in ihrer Nähe aufhalten, solange sie nicht vollständig geheilt ist.«

Aywen öffnete den Riegel ein weiteres Stückchen, wie ein trotziges Kind. Er war sich dessen bewusst, dennoch konnte er nichts dagegen tun. Der Winterkönig hatte auf Nyivalor nichts zu bestimmen. Der Griff des Königs wurde eiskalt und fest, sodass Aywen zurückzuckte und Norhar den Arm losließ. Aywen fasste an die Stelle, sie fühlte sich an, als hätte der Wolf ihn gebissen. Erstaunt sah er zu ihm auf, maß er doch einen Kopf mehr als er.

»Ihr solltet dieses Gespräch nicht mit mir führen, sondern mit Eurem Vater. Die Gesetze der Mutter der Erde sollten endlich auch wieder für das Geschlecht der Nyivalors gelten. Oder seht Ihr nicht, mein Prinz, was dies mit Eurem Land angerichtet hat? Es wird kaum mehr Frühling, das Gras ist karg, die Kühe sind mager.«

Aywen wollte sich nicht eingestehen, dass der König womöglich recht haben könnte. Er reckte das Kinn. »Was wisst Ihr denn schon über unser Land?«

»Mehr als Ihr über das meine!« Tiron Norhar verschränkte die Arme vor der Brust, das kostbare Wams spannte sich über seinen Muskeln. »Die Dorfbewohner sind sicherlich nicht ohne Grund mit brennenden Fackeln und Mistgabeln hier erschienen. Sie sehen und spüren, was Ihr längst wissen müsstet.« Norhar funkelte Aywen an.

Ein seltsamer Schleier lag plötzlich über dem Auge. »Dass Anwielle nicht hierhergehört.« Seine Stimme war nur noch ein eisiger Hauch.

Aywen wandte sich ab, schritt auf das Fenster zu, ehe Tiron Norhar sehen konnte, dass sein Adamsapfel auf und ab hüpfte. Er wusste nicht, was er dem Winterkönig entgegnen sollte.

»Euer Vater ist ein schwacher König. Und genauso schwach ist sein Land. Ohne Gegenwehr könnte ich es mit meinen Männern einnehmen. Auf der Stelle. Hier könnte für immer eisiger Winter währen, sich die Kälte in jeden Knochen einnisten, die immerwährende Nacht sich in jeden Traum einschleichen. Doch jede Jahreszeit hat ihre Zeit, und die anderen Könige waren nachsichtig mit Eurem Vater in all den Jahren. Dennoch hat er seine Herrschaft an Euch abzutreten. Ihr müsst den Frühlingshof wieder aufblühen lassen. Ihr müsst Eure Kräfte kennenlernen. Wissen, wie Ihr sie kontrollieren könnt.« Der König stellte sich neben Aywen. Schulter an Schulter blickten sie in die Abenddämmerung, die über den Nordlanden lag. »Mit einer Winterwandlerin an Eurer Seite wird das Land entweder im Schnee versinken oder sie wird ihre Kräfte verlieren. Zu einem Schatten werden, zu einem flüchtigen Traum, der Euch davongleitet, wenn Ihr die Augen noch länger vor der Wahrheit verschließt und Euch nicht bewusst werdet, was Ihr angerichtet habt.«

Kapitel neunzehn

Schatten der Wahrheit

Wer war meine Mutter?« Aywen stürmte in die Gemächer von Königin Soljara.

Der Vater saß auf dem Himmelbett, die Hände im Schoß verschränkt, den Blick auf den Boden gerichtet. Eine einzelne Kerze brannte auf dem Nachttisch, daneben sah Aywen das aufgeschlagene Buch. Tausende goldene Sonnen tanzten auf der Rüstung, die der König noch immer trug. Das Schwert lag zu seinen Füßen. Er schwieg.

»War sie die zukünftige Gemahlin des Sommerkönigs?« Aywen blieb vor Radrann stehen, trotzig und aufgebracht. Legte seinen ganzen Mut, den er vor Tiron Norhar nicht aufbringen konnte, in seinen Blick. Doch der Vater sah nicht auf.

»Nein, sie war die Kronprinzessin des Sommerthrones. So wie du der Erbe des Frühlingshofes bist.« Die Stimme des Königs war rau und matt. »Sie hat sich in mich verliebt und mich geheiratet, anstatt den Thron in ihrer Heimat zu besteigen und einen ebenbürtigen König aus ihren Landen zu heiraten. Sie wurde von ihrer Familie verstoßen, schließlich wurde ihr jüngerer Bruder der Sonnenkönig.«

»Und das ist alles?« Aywen schloss und öffnete die Fäuste.

»Den Rest der Geschichte kennst du. Sie starb, weil sie dir das Leben schenkte und sie nicht gemacht war für das Leben an den rauen Klippen.« Der Vater stand auf, stützte sich an den Streben des Bettes ab. Er keuchte, als er weitersprach: »Dir wird das gleiche Leid widerfahren, solltest du Lady Anwielle nicht gehen lassen.« Das Licht der winzigen Flamme betonte seine eingefallenen Wangen, die Augen, die in dunklen Höhlen lagen.

»Wie konntet Ihr mir das die ganze Zeit verschweigen? Warum habt Ihr jedes Wort, das von ihrer Geschichte zeugt, vernichtet?«

König Radrann humpelte schwerfällig zu dem Fenster, vor dem der Apfelbaum blühte. Die Äste schwankten im eisigen Wind. »Ich konnte nichts ungeschehen machen. Ich konnte dich nur so gut es ging von der Außenwelt abschirmen.«

»Und deshalb habe ich nie ein Leben außerhalb der Burg kennengelernt?« Aywen knirschte mit den Zähnen. »Noch nicht einmal auf Papier?«

»Du solltest nicht von fremden Ländern träumen, indem du in Büchern von ihnen liest. Du solltest sie nicht bereisen, um dich nicht in fremde Länder und Sitten zu verlieben, um nicht eine Frau zu finden, die nicht für dich bestimmt ist.«

»Und die einzige Weise, die Euch dazu einfiel, war es, mich von allem und jedem fernzuhalten? Anstatt mich in das Erbe der Nyivalors einzuweihen, damit ich meine eigenen Entscheidungen treffen kann?« Aywen fuhr sich über das erschöpfte Gesicht. »Oder ich mich aus freiem Willen meinem Schicksal fügen kann?«

»Ich war von Trauer erfüllt und wusste mir nicht anders zu helfen.«

Aywen zog tief Luft ein, ehe er antwortete: »War das im Sinne meiner Mutter?«

Der König starrte aufs Meer hinaus. »Sie hat mich mit dir allein gelassen.«

»Und das soll Eure Entschuldigung sein?« Aywen schnaubte.

»Das ist alles, was ich dir geben kann.«

Aywen konnte den Vater kaum mehr verstehen. Nervös schritt er das Gemach der verstorbenen Königin ab, obwohl ihn jede Bewegung quälte. Er wagte es nicht, den Blick schweifen zu lassen, zu sehr würde es ihn schmerzen, die Mutter in einer Brosche auf der Kommode oder in einem gestickten Tuch zu entdecken. »Und warum habt Ihr mich nicht ins Vertrauen gezogen, als ich Anwielle auf die Burg gebracht habe? Warum nicht?« Verzweiflung mischte sich in Aywens Stimme. »Warum habt Ihr es so weit kommen lassen? Ihr habt doch etwas in ihr gesehen, was ich nie sehen konnte!«

»Du hättest mir ohnehin nicht geglaubt. Jedes Wort, das ich gesagt hätte, hätte dich an sie gebunden. Jedes Wort hätte dich weiter von mir weggetrieben.«

»Waren wir nicht schon immer einen Ozean voneinander entfernt?«

»Deine Mutter hätte das nicht gewollt.«

»Aber Ihr habt es zugelassen!« Aywen raufte sich das Haar, die Arme schmerzten. »Ihr habt aus mir einen dummen Jungen gemacht, der Pfeile schnitzen und Ställe ausmisten kann. Ihr habt mich in dem Glauben bestärkt, ich müsste später über ein karges Land herrschen, das kaum Untertanen hat. Aber ich bin der künftige Herr des Frühlings! Und ich werde genauso erbärmlich sein wie Ihr!« Aywen war sich sehr wohl bewusst, dass er es dem Vater gestattet hatte, dass er ihn all die Jahre so behandeln konnte und ihn in Unwissenheit gelassen hatte. Umso mehr nagte es an ihm, sich dies einzugestehen. Doch aussprechen konnte und wollte er die qualvolle Wahrheit nicht.

»Wenn deine Zeit gekommen ist, wirst du deine Kräfte zu beherrschen wissen.«

»Ich werde lernen müssen, den Scherbenhaufen, den Ihr hinterlassen werdet, aufzuräumen.« Aywen wusste, dass er mit diesen Worten den Vater verletzte, aber es war ihm gleichgültig. Wie ein dummer Junge hatte er vor dem Winterkönig und dessen Männern gestanden. Er war weder Anwielle würdig noch Tiron Norhar ebenbürtig. Doch Aywen war nicht unschuldig an seiner Lage, er hätte mehr hinterfragen müssen, den immerblühenden Apfelbaum nicht als gegeben sehen und die verbrannten Bücher nicht einfach hinnehmen dürfen. Aywen war nicht weniger wütend auf sich selbst als auf den Vater.

Statt hier Zeit zu verschwenden, sollte er sich um Anwielle kümmern. Doch auch das hatte er Tiron Norhar überlassen, seinen Worten vertraut.

König Radrann sah ihn an. Seltsame Schatten, die nicht von der Kerze herrührten, lagen auf seinem Gesicht. Wie Vorboten. »Aywen, du bist mein Sohn. Du bedeutest mir mehr als mein Leben. Mehr als diese Burg. Du hast auch deiner Mutter mehr bedeutet als ihre eigene Zukunft. Mehr als das Leben mit mir.« Seine Stimme bebte. »Schon immer nagte deshalb die Eifersucht an mir.«

Es fühlte sich seltsam an, seinen Namen aus dem Mund des eigenen Vaters zu hören. Das Gefühl höhlte Aywen aus, es kittete nichts in seinem Inneren. »Ihr habt eine seltsame Art, Eure Liebe zu zeigen, mein Vater. Mein König.« Aywen spuckte den Titel des Vaters förmlich aus. In dem Bewusstsein, ihn zu kränken. »Nichts fühlt sich in Eurer Gegenwart richtig an. Sicher. Oder wahr. Nichts.«

Mit hängenden Schultern wandte sich Radrann ab.

Ohne ein weiteres Wort zu verlieren, ließ Aywen den Vater in den Gemächern der verstorbenen Mutter zurück.

Bevor er die Tür schloss, drehte sich Aywen zu ihm um. Gebückt stand er am Fenster, den Blick auf den Apfelbaum und die im Wind wehenden Blüten gerichtet. Der Vater jagte einem Traum einer längst vergangenen Zeit hinterher, und als für einen Moment der Mond zwischen den Regenwolken aufblitzte, sah er sich statt des Vaters im Spiegelbild des Fensters.

Kapitel zwanzig

Ewige Heilung

Anwielle schlug die Augen auf. In ihrem Kopf herrschte ein Wintersturm, in ihrem Körper plätscherte ein erfrischender Eisregen. So wach hatte sie sich schon seit Langem nicht mehr gefühlt.

Die Fenster in ihren Gemächern standen offen, das Feuer im Kamin war erloschen. Sie lag im Bett, trug ein leichtes Nachthemd. Aus kühler Seide. Winzige Perlen zierten den Saum. Anwielle hatte es noch nie gesehen. War es ein Geschenk Aywens?

Ein Blutstropfen versickerte in dem feinen weißen Stoff, hinterließ einen hässlichen Fleck, als sie sich regte. Anwielle sprang auf, rempelte einen Holzschemel um, blickte bestürzt auf ihre Arme. Die Erinnerungen kamen zurück. Sie erwartete Fell, Pfoten, Krallen, noch mehr Blut. Doch sie hatte ihre menschliche Gestalt zurückgewonnen. Sie war wieder Anwielle.

Sie hatte einen Menschen getötet, unzählige verletzt. Tränen standen ihr in den Augen, sie krallte die Hände zusammen, doch der Schmerz wollte nicht nachlassen. Sie betastete den Rücken, erinnerte sie sich doch an Schwingen, aus denen Schnee rieselte. Aber sie spürte nur verschorfte Wunden, auf denen Reste eines Kräutersuds klebten. Anwielle schüttelte den vor Schmerz dröhnenden Kopf, augenblicklich kam ihr Galle hoch. Sie war eine Wölfin mit Flügeln, die Pein und Leid brachte, Wind und Schnee.

Die Tür zu ihren Gemächern öffnete sich. Lunrah kam herein. »Ihr seid wach, Mylady. Alles in Ordnung?«, flüsterte sie, senkte den Blick und lief rasch zu dem Nachttisch, um den mitgebrachten Krug dort abzustellen. Sie trug eine dicke Weste aus Schafswolle, um sich vor der zugigen Kälte im Zimmer zu schützen.

Anwielle nickte und log damit.

»Ja, mit den richtigen Heilmitteln geht eine Genesung schnell vonstatten.« Ein Fremder drängte sich an Lunrah vorbei, direkt auf Anwielle zu, die neben dem Bett stand. Er war groß, noch größer als Aywen, schlank, seine Gesichtszüge von edler Natur, die Haut funkelte wie Bergkristall, das weiße Haar glänzte wie frisch gefallener Schnee. Er konnte kein Mann der Nordlande sein. Nein. Er trug eine mit Edelsteinen besetzte Augenklappe. Das gesunde Auge funkelte wie ein eisiger Winterhimmel. Klar und doch so unerbittlich. Kleider, kostbar und von heller silberner Farbe. Er passte genauso wenig wie sie selbst auf Burg Nyivalor. Doch wer war er? Was suchte er in ihren Gemächern? Warum ließ sich Lunrah von ihm einschüchtern?

Anwielle wollte sich bedecken und griff nach dem Laken auf dem Bett. Schmerz schoss ihr durch die Glieder, sie fasste sich an die Seite und spürte einen Verband aus Leinentüchern. Blut sickerte durch die Tücher und die feine Seide. »Wer seid Ihr? Wo ist Aywen?«

Der Fremde grinste sie an. »Ich dachte nicht, dass ich mich vorstellen müsste, Mylady … meine Liebste. Ich bin Tiron Norhar, der Herr des Winters.« Er verbeugte sich. Der Stirnreif, der sein Haar zierte, funkelte in der Abendsonne. »Euer Verlobter.«

Anwielle schluckte. »Wo ist Aywen?«, wiederholte sie. Sie wollte nicht über seine Worte und deren Bedeutung nachdenken, konnte sie doch unmöglich die Verlobte dieses Edelmannes sein.

Tiron Norhar räusperte sich. »Der Herr des Frühlings war bei Eurer Genesung nicht gerade hilfreich, wenn ich das so sagen darf.

Habt Ihr das die ganze Zeit nicht bemerkt? Seine aufdringliche Hitze? Eure Fieberschübe?«

Anwielle schüttelte den Kopf, biss sich auf die Unterlippe … aber doch, ja, er hatte recht. Immerzu hatte sie es auf die klaffenden Lücken in ihrem Gedächtnis geschoben, auf ihr mangelndes Vertrauen, hierherzugehören, dass sie in Aywens Gegenwart leicht errötete und sich Hitze von ihrem Bauch bis in Finger- und Zehenspitzen ausbreitete. Dennoch verstand sie die Worte des Fremden nicht. Er behauptete, er sei der Herr des Winters, Aywen der Herr des Frühlings. Und sie? Was war sie? Sie war ein Raubtier in Menschengestalt. Ihr schwindelte, behutsam nahm sie auf dem Bett Platz, kühlte sich die Stirn mit dem Handrücken. »Was wollt Ihr hier?«

Tiron Norhar setzte zu einer Antwort an.

»Ihr solltet Lady Anwielle nun in Ruhe lassen«, forderte Lunrah vorsichtig. Tiron Norhar wollte etwas entgegnen, doch die Magd schnitt ihm erneut das Wort ab. »*Ihr* seid nicht Herr auf Burg Nyivalor, selbst wenn Ihr Euch so benehmt. König Radrann herrscht über dieses Land und ich unterstehe seinen Befehlen. Ich soll mich um Lady Anwielle kümmern, und das kann ich nicht, solange fremde Männer in ihren Gemächern herumstolzieren.«

Anwielle grinste in sich hinein, erleichtert darüber, dass Lunrah wieder zu ihrem alten Tonfall gefunden hatte.

»Geht nun!«, setzte Lunrah nach, als der Herr des Winters keine Anstalten machte, den Raum zu verlassen. »Ihr habt Eure Arbeit getan, jetzt muss ich meine erledigen.« Sie öffnete ihm die Tür und zeigte in den Gang hinaus.

Tiron Norhar knirschte mit den Zähnen, sein angedeutetes Lächeln hatte etwas Verbissenes an sich, als er sich vor Anwielle verbeugte. »Mylady.« Lunrah warf er einen missbilligenden Blick zu, bevor er die Gemächer hocherhobenen Hauptes verließ.

Sobald er die Tür hinter sich geschlossen hatte, stand Anwielle auf und schnappte sich Lunrahs Arm. »Sag mir, Lunrah, was ist hier los? Wo ist Aywen? Wie lange war ich ohne Bewusstsein?«

Lunrah zuckte zusammen. Ihr Puls beschleunigte sich. Anwielle fühlte ihn unter den Fingerspitzen, selbst jetzt. »Ihr habt mehr als einen Tag durchgeschlafen. Wir waren alle krank vor Sorge«, stotterte sie, vermied es, sie anzusehen.

»Du weichst mir aus, Lunrah. Was ist hier los? Wo bleibt Aywen? Ist er tot?« Die wütenden Menschen, der Angriff, Aywens Machtlosigkeit. Die Erinnerungen kehrten mit voller Wucht zurück, trafen sie in der Magengegend, genauso wie die Schläge und Tritte der Angreifer. Anwielles Stimme zitterte, Tränen bahnten sich ihren Weg. Doch schlagartig wurde sie sich bewusst, dass sich Lunrah nicht wegen Aywen so seltsam benahm, sondern wegen ihr. Sie hatte gehört, was sie war, zu was sie imstande war. Sie hatte das Blut gesehen, das an ihrem Körper geklebt hatte. Womöglich hatte sie sie sogar gewaschen.

»Er ist am Leben. Seine Wunden heilen.« Besorgt blickte Lunrah auf Anwielles festen Griff um ihren Arm, die weiß hervortretenden Knöchel.

»Hast du auch Angst vor mir? Vor dem, was in mir steckt? Ist Aywen deshalb nicht hier?« Abrupt ließ Anwielle Lunrahs Arm los, trat beiseite, senkte den Blick.

Zögerlich legte Lunrah die Hand auf Anwielles Schulter. »Nein, mein Kind. Ihr seid eine Winterwandlerin. Was geschehen ist, ist nicht Eure Schuld. Es ist Eure Natur. Aber …« Ihre Stimme zitterte.

»Was, Lunrah? Was?« Sie drehte sich um, viel zu schnell für einen Menschen, die Magd hielt sich vor Schreck am Bettpfosten fest. Anwielle benahm sich wie ein Raubtier auf der Pirsch. Der Gedanke gefiel ihr ganz und gar nicht, doch sie konnte ihn nicht abschütteln.

»Es ist nicht an mir, Euch die Wahrheit zu sagen.«

»Ihr seid Augen und Ohren auf Burg Nyivalor«, versuchte Anwielle es eine Spur versöhnlicher. »Wie viel Zeit bleibt mir noch hier? Wie viel als Mensch?« Heiße Tränen brannten in ihren Augen. »Ihr habt den Herrn des Winters gehört. Ich bin seine Braut. Bitte, Lunrah, sag mir die Wahrheit!«

Lunrah zögerte, nur widerwillig begann sie zu sprechen: »Ihr hättet nie hier sein dürfen. Das alles ist nur passiert, weil Aywen zu ungeduldig war. Ihr seid vom Himmel gefallen und habt Euch in einen Menschen verwandelt, weil er nicht abwarten konnte, bis seine Zeit gekommen war.« Sie stockte, strich Anwielle eine verschwitzte Strähne hinters Ohr. Blut klebte daran. »Weil ihm König Radrann die Wahrheit seiner Herkunft verschwiegen hat.«

Anwielle wandte sich ab, ging zum offenen Fenster hinüber, fasste sich an die wegen der Verbrennungen schmerzende Seite. Der Wind schenkte ihr Linderung, das Laken, das sie sich noch immer vor die Brust hielt, flatterte hin und her.

»Ich wusste es doch selbst nicht.« Lunrah setzte sich aufs Bett, vergrub das Gesicht in den schwieligen Händen. »Ich habe es nur die ganze Zeit geahnt. König Radrann hat aus den Gemächern seiner verstorbenen Gemahlin einen Schrein gemacht. Einen Schrein aus Sommer und Sonne, vergangenem Glück und verwehtem Lachen.« Rasch stand sie auf, vermutlich weil sie bemerkte, dass es sich nicht schickte, sich auf das Bett einer Dame von höherem Rang zu setzen. Ohne Umschweife strich sie Decke und Kissen glatt.

»Dann war Königin Soljara die Herrscherin über den Sommer?« Vor Erstaunen schlug Anwielle die Hand vor den Mund, überging Lunrahs Fauxpas.

Lunrah nickte. »Und die Heirat mit dem Herrn des Frühlings war gegen das Gesetz der Mutter der Erde. Königin Soljara opferte sich für das Leben ihres Kindes. Für Aywen. Womöglich hat ihr aber auch dieses unwirtliche Land so zugesetzt. Sie war für das raue Leben hier im Norden nicht gemacht.«

»Weiß Aywen Bescheid?«

»Ich habe das eine oder andere aufgeschnappt, als er seinen Vater zu einem Gespräch aufgefordert hat.« Eine leichte Röte überzog Lunrahs Wangen.

»Dann ist er also der Herr des Frühlings.« Anwielle krallte die Fingernägel in die Fensterbank, das Laken flog durch das offene Fenster davon. Sie atmete tief durch, ehe sie ihre Gedanken laut aussprach: »Und ich … eine Winterwandlerin. Was auch immer das bedeutet.«

»Vielleicht solltet Ihr mit Tiron Norhar darüber sprechen. Nicht mit mir. Ich kann nur das wiedergeben …«

»Was du zufällig aufgeschnappt hast.« Ein sachtes Lächeln kämpfte sich zu Anwielles Mundwinkeln durch. Es fühlte sich menschlich an.

Lunrah zuckte mit den Schultern.

»Und warum ist Aywen nicht hier? Wieso aber dieser ungehobelte Kerl?«

»Als ungehobelt würde ich ihn nicht bezeichnen. Er ist … ein König. Ein machtvoller Herrscher. Und was Eure andere Frage betrifft: Sorgt Euch nicht. Aywen hilft mir in der Küche. Er schält Kartoffeln. Der Herr des Winters und seine Männer haben einen großen … Appetit.« Lunrah hüstelte. »Aywen versucht, allem und jedem aus dem Weg zu gehen.« Abermals zupfte sie an der Bettdecke herum. »Norhar hat ihm verboten, Euch aufzusuchen. Er würde Eure Genesung gefährden.« Sie strich Falten glatt. »Ich befürchte, er hat recht.«

»Aber Tiron Norhar kann doch von einem Thronfolger nicht verlangen, Kartoffeln zu schälen«, erhitzte sich Anwielle.

Lunrah zog die Schultern hoch. »Glaubt mir, Aywen treibt sich lieber in der Küche und den Ställen herum, als dem König des Winters Gesellschaft zu leisten.«

Anwielle schluckte schwer. »Aywen fürchtet sich vor mir. Ist das nicht auch ein Grund, warum er meinen Gemächern fernbleibt?«

»Ich kann es nicht leugnen. Er hat gesehen, was geschehen ist.«

»Er hat zu viel gesehen.«

»Und er fürchtet sich vor sich selbst.«

Den Blick aufs Meer gerichtet, das seit der Ankunft Tiron Norhars aufgewühlt und unberechenbar zu sein schien, versuchte Anwielle, Klarheit in ihre Gedankenwelt zu bringen. Doch sie schaffte es nicht. »Ich fürchte mich auch. Ihm das erste Mal in die Augen zu blicken. Mich das erste Mal im Spiegel zu betrachten.«

»Ihr habt keine Zeit mehr, eine Aussprache hinauszuzögern. Euer zukünftiger Gemahl wartet.«

Anwielle fuhr herum. Die verbrannte Haut ziepte, die Augen loderten. »Nein! Er kann unmöglich mein Verlobter sein. Er kann nicht … er darf es einfach nicht.« Mit jedem Wort wurde ihre Stimme leiser, das Funkeln in ihren Augen verglühte.

»Es scheint die Wahrheit zu sein. Warum sollte er sich in Gefahr begeben, Euch retten und den Hof eines anderen Herrschers ohne Einladung aufsuchen, wenn Ihr eine Fremde wärt?«

Anwielle seufzte. »Aber ich kann nicht mit einem Fremden mitgehen, geschweige denn ihn heiraten. Ich wollte nicht hier auf der Burg bleiben und mich an einen Mann, an Aywen, an ein Leben, binden, weil ich nicht weiß, wie meine Vergangenheit aussieht, wie meine Zukunft aussehen könnte. Ich kann nicht mit Tiron Norhar mitgehen! Ich kann es einfach nicht!« Sie vergrub das Gesicht in den Händen.

Für einen Moment herrschte Stille in dem kargen Raum. Nur der Wind pfiff hindurch, fast so, als wollte er Anwielle an ihr Schicksal erinnern.

»Ihr seid eine Winterwandlerin. Aywen ist der zukünftige Herrscher über den Frühlingsthron hier in den Nordlanden. Ihr wisst, was das bedeutet.« Lunrah bemühte sich um einen sanften Tonfall.

»Ich bin der todbringende Winter. Aywen ist der Frühling, der Leben schenkt.« Anwielle biss sich auf die Innenseite der Wangen, um die Tränen zurückzuhalten, die fließen wollten. Erschöpft setzte sie sich auf das frisch gemachte Bett. »Aber ich kann auch nicht mein Leben in die Hände eines mir Unbekannten legen.«

Lunrah nahm neben Anwielle Platz und streichelte sacht über ihren Rücken, sie zuckte zusammen, erwartete den Schmerz der verletzten Flügel. »Womöglich bleibt Euch nichts anderes übrig, als den fremden Mann kennenzulernen.«

»Aber mein Leben kann doch nicht dazu bestimmt sein, mich für den einen oder anderen Mann zu entscheiden!«

»Nein, aber Ihr seid dazu auserwählt worden, über ein Land zu regieren, indem Ihr die Frau eines Königs werdet. Ihr seid eine Winterwandlerin. Und um ehrlich zu sein: Erst an der Seite des Winterkönigs, in Vyntherbergen, werdet Ihr lernen, Eure Kräfte zu kontrollieren.« Lunrah machte eine Pause, bevor sie behutsam fortfuhr: »Ihr wisst, was sonst passiert.«

»Dann ist die Entscheidung bereits gefallen. Selbst wenn sie in einem anderen Leben getroffen wurde.«

»Burg Nyivalor ist nicht der richtige Platz für Euch. Nicht, wenn Ihr dem Prinzen und Euch das Schicksal von König Radrann und Königin Soljara ersparen wollt.«

»Ist das Land deshalb so rau und unwirtlich, kehrt hier deswegen nie richtig der Frühling ein, weil der König alt und schwach geworden ist? Weil er seine Macht verloren hat?« Anwielle betrachtete die Perlen am Saum des Nachthemdes. Sie funkelten wie frisch gefallene

Schneeflocken. Es musste ein Geschenk ihres Verlobten sein. Sie wandte den Blick ab.

»Ich kann es nur vermuten. Seit Jahren wird das Land von Winterstürmen, Donnerwellen und Eisregen beherrscht. Die Nordlande brauchen einen neuen König.«

»Und eine Frühlingsprinzessin. Keine mit Klauen aus Eis und Schwingen aus Schnee.«

Kapitel einundzwanzig

Die Melodie des Winters

Aywen schritt in der Küche auf und ab, wenn er sich nicht gerade die Hände über dem offenen Feuer wärmte. Denn seit Tiron Norhar sich mit seinen Männern auf der Burg breitgemacht hatte, herrschte in den Gängen eisiger Wind.

»Wollt Ihr Euch nicht allmählich für den großen Abend umziehen?« Lunrah schnippelte das letzte gute Gemüse aus der Vorratskammer in die Fleischbrühe hinein. Aywen hatte es aufgegeben, Lunrah zu sagen, dass Gastfreundschaft auch ihre Grenzen hatte.

»Für wen wird es ein großer Abend werden?« Aywen betrachtete die noch immer wunden Hände.

»Für Euch sicherlich nicht, wenn Ihr jetzt schon kampflos aufgebt.« Lunrah sah nicht auf, als sie Karottenstücke in die Suppe warf.

»Anwielle ist eine Winterwandlerin. Ich bin der zukünftige Herr des Frühlings. Unser Schicksal ist vorherbestimmt.« Er seufzte. »Ich habe den Winterkönig doch nur auf die Burg eingeladen, weil ich die Hoffnung gehegt hatte, Anwielle könnte selbst eine Entscheidung treffen. Jetzt ist alle Hoffnung dahin.«

»Ihr seht zu schwarz, mein junger Herr.«

»Tue ich das? Du weißt doch auch, was aus meinem Vater geworden ist, weil er sich nicht dem Gesetz der Mutter der Erde unterworfen hat. Das Land ist genauso öd wie sein Herz.« Aywen raufte sich die Haare, die Arme schmerzten noch vom Kampf.

Lunrah rührte in der heißen Brühe herum, schmeckte sie mit Kräutern und Salz ab. »Aber wäre etwas dagegen einzuwenden, dass sich die Höfe des Frühlings und des Sommers annäherten? Zumindest in freundschaftlicher Hinsicht?«

»In freundschaftlicher Hinsicht?« Aywen lachte auf. Er klang bitter. »Ich wüsste nicht, wie ich das überstehen sollte. Sie wird Tiron Norhar heiraten. Außerdem: Ich habe dem König ein Auge ausgestochen. Einer seiner Männer trägt eine hässliche Narbe über dem Mund. Und der vierte scheint tot zu sein.«

Ein verschwörerisches Grinsen stahl sich auf Lunrahs schmale Lippen. »Zumindest solltet Ihr Tiron Norhar nicht einfach den Vortritt lassen. Er breitet sich hier aus wie ein Geschwür. Als würde ihm Nyivalor gehören.«

»Tollvin hat er auch längst in Beschlag genommen. Der Junge kann gar nicht mehr aufhören, von den Pferden des Winterkönigs zu schwärmen. Dabei hat er Angst vor seinem eigenen Schatten.«

»Ich befürchte, Ihr schiebt Euer Erbe nur vor, um Anwielle nicht von Angesicht zu Angesicht gegenübertreten zu müssen.«

Aywen roch an den Kräuterbündeln, die zwischen den Kupfertöpfen an der Steinwand hingen. Er atmete tief aus, ehe er antwortete: »Wäre das nicht verständlich?«

»Ich habe sie heute bereits gesehen. Sie ist aus Fleisch und Blut. Ein Mensch. Wie Ihr.«

»Ich bin mehr als das. Ich bin der Gebieter des Frühlings. Ich kann die Sonne herbeirufen, die Erde fruchtbar machen. So glaube ich zumindest. Sie ist … der Tod.« Aywen zerrieb ein Blatt zwischen den Fingern.

Lunrah erhob die Stimme. »Und seid Ihr nicht auch des Winters Verderben? Ihr könnt den Schnee zum Schmelzen bringen, die

Kälte vertreiben, den Eiswind bezwingen. Im Winter wandelt sich die Welt. Und jeder Wandel ist ein Neuanfang. Wohnt nicht auch dem Winter ein Zauber inne? All das glitzernde Weiß, die Eisrosen am Fenster, der Frost, der im Pelz der Tiere hockt. Die Natur kommt zur Ruhe, schöpft neue Kraft für das kommende Jahr. Altes Leben erlischt, neues erwacht.«

»Ach Lunrah.« Aywen setzte sich an den langen, schweren Holztisch. »Ich habe den Tod gesehen, der ihr innewohnt. Das Blut an ihren Krallen, an ihren Lippen. Wie soll ich ihr in die Augen blicken? Wie soll ich all das vergessen?« Mit den Fingerspitzen strich er die Maserung des Holzes nach. »Zumal ich nicht einmal weiß, welches Geheimnis in mir lauert.«

»Ihr dürft nicht vergessen, was sie ist, mein Prinz.« Lunrah sah von ihrer Arbeit hoch und blickte Aywen eindringlich an. »Sie wird immer eine Winterwandlerin bleiben. Ihr seid der kommende Hirschkönig. Vermutlich wird es keine gemeinsame Zukunft für Euch geben, aber Euch bleibt dieser Abend.«

»Aber wird das den Abschied nicht umso schwerer machen?«

»Ohne einen Abschied werdet Ihr nie von ihr loskommen. Es wird nie ein Ende geben, nie einen neuen Anfang.«

»Ich würde dich gern fragen, woher du all das weißt. Du bist weder eine Weissagende noch eine gelehrte Frau, und dennoch weißt du so viel mehr als ich«, sagte Aywen.

»Der eisige Wind des Winterkönigs saust durch Hallen und Flure, trägt Dinge durch die Gänge, die nicht für meine Ohren bestimmt sind. Er flüstert mir nicht nur Geschichten zu, sondern auch Wahrheiten.« Lunrah zwinkerte, wischte sich mit dem Handgelenk eine widerspenstige Locke aus der Stirn.

»Ist das eine Umschreibung für Lauschen?«

»Es ist geheimes Wissen. Und ich glaube, die Burg will nicht länger all die Geheimnisse für sich behalten. Viel zu lange dämmerte sie im Verborgenen vor sich hin. Viel zu lange erzählte man sich keine Geschichten an Bankettischen mehr, tanzte man nicht im großen Thronsaal, knüpfte man keine neuen Verbindungen.«

»Wie lange hast du schon geahnt, dass Anwielle eine Winterwandlerin ist? Und ich der Hirschkönig?«

Lunrah setzte sich zu Aywen, legte das Messer beiseite. »Seht Euch doch nur um, Aywen! Überall Hirsche, Rehe, Symbole des Waldes und des Frühlings. Euer Vater, der in den Frühlingsmonaten angeblich immer auf Reisen war, und später, im Alter, als er vermutlich nicht mehr gänzlich die Gestalt ändern und bewahren konnte und sich den größten Teil des Tages und in der Nacht in seine Gemächer zurückgezogen hat.«

»Das nächtliche Gepolter«, raunte Aywen.

Lunrah nickte. »Tollvin und mir ist es strengstens verboten, seine Gemächer aufzusuchen. Oder die Bibliothek. Es sind seine Rückzugsorte. Warum, glaubt Ihr, nimmt er immer die Dienstbotengänge? Oder die Geheimgänge?«

»Weil er seine Verwandlung nicht mehr kontrollieren kann«, stellte Aywen stirnrunzelnd fest. »Und er schnelle Fluchtwege braucht.«

»Darum habe ich Geschichten erfunden, damit Ihr nachts in Eurem Bett bleibt, wenn die Verwandlung einsetzt und Euren Vater quält, als Ihr noch ein Kind wart.«

»Oder auf die alte Burg geschoben. Steine, die sich lösen und polternd ins Meer fallen. Der Wind, der an Türen rüttelt.«

Lunrah senkte den Blick. »Es tut mir leid. Auch ich trage Schuld auf meinen Schultern. Eine Last. Aber ich durfte Euch doch nie mit meinen haltlosen Vermutungen aufregen, den König gar damit in Verruf bringen. Im Alter hat er, soweit es ihm möglich war, seine Verwandlung vor uns allen zu verbergen versucht. In den abgelegensten Räumen der Burg. Es war jedoch immer nur eine Ahnung. Nicht mehr. Hätte ich ihn darauf angesprochen, stünde ich heute nicht mehr in seinen Diensten. Oder Schlimmeres wäre mit mir geschehen … Womöglich hätte er die Schmerzensschreie auch bloß auf die Gicht in seinen alten Knochen geschoben.«

»Aber warum habe ich dies all die Jahre nicht bemerkt?« Aywen nahm sich einen Löffel, blickte sein Spiegelbild darin gedankenverloren an.

»Vielleicht wolltet Ihr es nicht sehen. Vielleicht wolltet Ihr ein ganz normaler Bursche sein. So wie Tollvin. Ein junger Mann ohne Vergangenheit, den die Zukunft anlächelt.«

»Aber mein Vater …«

»Womöglich wollte er Euch erst die Bürde auferlegen, wenn es nicht mehr anders geht.«

»Ich hätte es dennoch spüren müssen.« Aywen schüttelte den Kopf.

»Als ich noch ein Kind war, hat man uns Geschichten von Frauen erzählt, die Schnee über dem Land ausschütteln. Wie Federn aus einem Kissen. Von Männern, die so stark sind, dass ihr Atem die Segel von Schiffen aufblähen kann. Von Meerjungfrauen, die das Wasser aufwühlen und Schiffe verschlingen, um einen Liebsten zu finden. Von Elfen, die Blüten zum Blühen bringen, wenn sie lachen. Für uns Kinder waren dies nur Geschichten. Doch als ich auf die Burg gezogen bin, nahmen die am Küchenfeuer erzählten Worte allmählich Gestalt an. Die Gemächer Eurer verstorbenen Mutter, der schweigsame König, der Apfelbaum, der immerzu Früchte trägt. Hier ist so vieles wie bei uns Menschen – und doch ganz anders. Für Euch, mein Prinz, war diese finstere Burg schon immer Alltag, Eure Bestimmung. Sie ist unentrinnbar mit Eurem Schicksal verknüpft. Ihr habt die Details nicht gesehen, weil sie schon immer da waren. Genauso wie das Meer oder die Felsen, der Wald. Ich schon. Ich hab mich an die Beltanenächte erinnert, bei denen ich als junge Frau zugegen war. Ihr hingegen wart blind, weil Ihr ein Königssohn seid, der nicht um seine Zukunft kämpfen muss.«

»Wenn du wüsstest, Lunrah.« Er strich sich über den Nacken.

»Ich weiß.« Sacht berührte sie seinen Handrücken. »Euer Vater. Er ist kein einfacher Mensch. Wahrlich nicht. Ihr musstet immer um Anerkennung ringen. Aber nicht um Eure Position. Ihr seid der Thronfolger. Ihr wart blind für die Dinge, die sich andere erkämpfen müssen.«

»Warum hast du nie etwas angedeutet?« Aywen blickte Lunrah ernst an, seufzte.

»Ich bin nur die Dienstmagd.«

»Du bist mehr als das.« Er legte seine andere Hand auf die ihre.

»Und wenn ich meine Worte nicht mit Bedacht wähle, bin ich vielleicht bald nicht einmal mehr das.« Sie zuckte mit den Schultern.

»Du weißt genau, dass du immer einen Platz auf Nyivalor haben wirst. Selbst wenn du mich einen Kopf kürzer machst.« Ein Schmunzeln stahl sich auf Aywens Lippen und er stibitzte ein Stückchen Karotte vom Tisch.

»Um das zu vermeiden, solltet Ihr Euch schleunigst für das Abendmahl umziehen.«

Aywen stand auf, wollte bereits die Küche verlassen, als er innehielt und sich mit der flachen Hand am Türrahmen abstützte. Er wollte Lunrah nicht danach fragen, nicht noch mehr von sich preisgeben, aber die Worte verließen seinen Mund, ohne dass er etwas dagegen ausrichten konnte. »Warum hast du mich nicht vor ihr gewarnt?« Er knirschte mit den Zähnen.

Trauer und Schmerz ließen ihr Lachen rau und wehmütig klingen. »Dafür muss man keine weise Frau sein, um zu wissen, dass Ihr Euch nie davon hättet abbringen lassen, etwas für sie zu empfinden. Euer Herz hat Euch den Weg gewiesen. Ihr hättet die Ratschläge einer alten Frau ohnehin in den Wind geschlagen. Oder sie einen Kopf kürzer gemacht.«

Aywens Hände zitterten, als er die Flügeltüren, die zum Thronsaal führten, öffnete. Die Katze witschte an ihm vorbei, tapste über den Tisch und rollte sich dann auf dem Thron des Vaters zusammen. Überall brannten bereits Kerzen – auf Beistelltischen, Kommoden, Fensterbänken. Das frisch gebackene Brot roch köstlich, der Duft des Apfelmets drang in Aywens Nase.

Er atmete erleichtert aus, weil er sich bis auf die Gesellschaft der Katze allein im Saal befand. König Radrann hielt sich noch in seinen Gemächern auf, der Winterkönig, seine Männer sowie Anwielle waren ebenfalls noch nicht anwesend. Aywen ging zu den Fenstern, setzte sich auf die Bank davor, versuchte die Stille und die Zeit, die ihm allein blieb, zu genießen.

Wie ein böser Traum kamen ihm die letzten Tage vor. Alles verschwamm vor seinen Augen, wenn er versuchte, sich die letzten Stunden ins Gedächtnis zurückzurufen. Nicht an jedes Wort, das gewechselt wurde, konnte er sich erinnern. Doch der Gesang Tiron Norhars und der seiner Männer, Andradon und Hilmur, klebte ihm noch immer im Ohr. Die Erinnerung daran ließ den Nacken prickeln. Es war spät in der Nacht gewesen, er hatte bereits im Bett gelegen, als das Heulen der Wölfe die Mauern der Burg erzittern ließ. Er hatte sich vorgestellt, wie sich Anwielle vor Schmerz krümmte, als sich Knochen und Fleisch an ihrer wiedergewonnenen Position beruhigen mussten, wie ihre Taten sie heimsuchten, während der Wind um die Burg pfiff, die Wellen gegen die Mauern donnerten und der König des Winters neben ihrem Bett kniete.

Bei der bloßen Vorstellung ballte Aywen die Hände zu Fäusten. Eisiger Wind hatte durch Anwielles Bettstätte zu wehen, sie durfte nicht zugedeckt, der Kamin nicht eingeheizt werden. Nicht einmal in der Nähe ihrer Gemächer durfte er sich aufhalten, während Tiron Norhar nicht von ihrer Seite wich. Er sah ein, dass die Anwesenheit des zukünftigen Frühlingskönigs ihrer Genesung nicht zuträglich war. Dennoch fiel es ihm schwer, sich den Anweisungen Tiron Norhars zu beugen und sich nicht selbst vergewissern zu können, wie es um Anwielle stand. Jedes Mal, wenn er versucht hatte, sie aufzusuchen, sah er die Augen der Wölfe versteckt in einer dunklen Nische aufglimmen, hörte er ihr Tapsen im Rücken, wenn er um die Ecke bog. Sie beobachteten ihn, hielten Wache und ließen es ihn wissen. Und Aywen schämte sich dafür, dass die Wölfe ihm die Entscheidung abgenommen hatten und er erleichtert darüber gewesen war. Er fürchtete sich vor Anwielle, ihrem Antlitz, ihrem endgültigen Entschluss.

Als sich nun die schwere Flügeltür öffnete, zuckte Aywen zusammen. Sein Herz machte einen Satz, erwartete er doch Anwielle und den Winterkönig, ihren Verlobten. Aywen schluckte schwer. Herein kam sein Vater, gestützt auf einen Stab aus Holz. Wie sein Sohn trug er die prächtigsten Gewänder, die in den Kleidertruhen der Burg zu finden waren. Während König Radranns Weste in sanftem Grün gehalten war, trug Aywen ein Wams aus rostrotem Samt, dazu passende Hosen. Nicht ohne Grund hatte Lunrah jene Farbe gewählt. Gleichgültig, was Anwielle tragen würde, Aywens Kleidung würde stets mit ihrer Haarfarbe harmonieren. Ein Lächeln stahl sich auf seine Lippen. Für einen flüchtigen Moment wärmte es sein Herz.

König Radrann humpelte zu seinem Thron, die letzten Stunden, die Wahrheiten, die er unerwartet hatte preisgeben müssen, schwächten ihn. Er kam Aywen zerbrechlicher und hagerer vor als noch vor wenigen Tagen. Als würde der eisige Wind, der seit Norhars Ankunft durch die Burg zischelte, dem König die letzte Kraft rauben, die noch in ihm weilte. Doch der Vater musste durchhalten, bis nächstes Jahr Beltane anstand und Aywen den einundzwanzigsten Geburtstag feierte. Aywen wusste nicht, was dem Land und der Burg bevorstünde, wenn der Vater vor seiner Zeit verstarb, weswegen er sich fragte, ob Tiron Norhar etwas in der Hinsicht beabsichtigte. Aywens Fingernägel krallten sich in die Handflächen. Breitete sich der Winterkönig derart auf Nyivalor aus, um dem Vater zuzusetzen, um den Nordlanden noch mehr Schaden zuzufügen? Er wünschte, er trüge das Schwert bei sich. Doch an dem Festtagsgewand war kein Platz für Waffen. Das einzige Metall, das er trug, war eine prunkvolle Kette aus Gold, verziert mit schimmerndem Sonnenstein. Ein Geschenk der Mutter an den Vater, so vermutete Aywen. Die Kette war derart kostbar, man hätte die Nordlande sicherlich Jahrzehnte damit ernähren können, und Aywen traute sich nicht, darüber nachzudenken. Aber vermutlich war sie lediglich edel genug, um Tiron Norhar ein müdes Lächeln zu entlocken.

Aywen stand auf, strich sich die offenen Locken hinters Ohr, richtete die Kette und schritt zum Vater hinüber. Der stützte das Kinn auf der Hand auf, die Katze hatte sich davongeschlichen. Sie waren Vater und Sohn, König und Thronfolger. Als Einheit wollte Aywen dem Winterkönig gegenübertreten, selbst wenn Lügen und Wahrheit ihre nie vorhanden gewesene Beziehung überschatteten. Vielleicht suchte Aywen auch nur Halt, um den Abend zu überstehen. Denn trotz allem fiel es ihm schwer, nicht auf ein aufmunterndes Wort des Königs zu hoffen. Wenn nicht er, wer dann sollte den einsamen Prinzen besser verstehen? Doch seit der Nacht, in der er nicht anders konnte, als den Sohn in das wahre Erbe des Throns von Nyivalor einzuweihen, schien der Vater in sich zusammengefallen zu sein, als hätten ihn nur noch Lügen aufrechterhalten. Kein Wort kam ihm über die Lippen.

Aywen drückte die Schultern durch und reckte das Kinn, als sich der Türriegel regte und die beiden Männer des Winterkönigs die Flügeltür aufstemmten. Er wollte sich keine Blöße vor seinem Widersacher geben, selbst wenn die verheilenden Wunden in seinem Gesicht und auf seinen Händen nicht zu übersehen waren. Als die Männer Platz machten, um Tiron Norhar und Anwielle Éloran den Vortritt zu lassen, hielt Aywen den Atem an. Die Hand krallte sich um die Armlehne des Throns, die Knöchel wund und verschorft. Dass die beiden den Thronsaal in Wolfsgestalt aufsuchen würden, hatte er zwar nicht befürchtet, dennoch hatten sich Zweifel in ihm breitgemacht, nichts Menschliches mehr in Anwielle finden zu können, nachdem er gesehen hatte, welcher Fluch in ihr wohnte.

»Lass es dir nicht anmerken«, raunte der Vater kaum merklich, hustete jedoch, als er weitersprechen wollte. Er spuckte Blut.

Rasch reichte Aywen ihm ein Tuch, zu erstaunt, dass der Vater das Wort an ihn richtete. Aywen atmete aus, versuchte, ein unverkrampftes Lächeln aufzusetzen, als sich sein Blick unweigerlich auf Anwielle heftete. Ihre Augen leuchteten wie das Feuer, das im offenen Kamin loderte und gegen die unbarmherzige Kälte ankämpfte, die durch die Burgmauern fegte. Das rostrote Haar hatte Lunrah Anwielle aufgesteckt, vereinzelte Locken küssten ihren Hals, berührten ihre bloßen Schultern. Auf der Stirn trug sie einen verschnörkelten silbernen Reif, der mit bläulich glitzerndem Mondstein bestückt und sicherlich dem des Winterkönigs nicht unähnlich war. Das Kleid war aus weißem Brokat, über und über mit Sternen bestickt, die im Kerzenschein silbergold funkelten. Der Stoff schmiegte sich an ihre Taille, nur um in ausladenden Wellen auf den Boden zu fallen. Eine lange Schleppe wogte hinter ihr her wie eine Schneelawine und erinnerte ihn an ihre erste Begegnung. Draußen im Wald, im Schnee. Ihr Anblick schnürte Aywen den Hals zu, das Kleid hatte ihr Tiron Norhar mitgebracht. Wie so viele andere Geschenke, die in Truhen und Ledersäckchen auf die Packpferde geschnallt gewesen waren.

Am Hof in Vyntherbergen müsste Anwielle weder die abgetragenen Gewänder des Winterkönigs tragen noch die einer Magd. Auch müsste sie nicht das alte Pferd, das sonst dem Stallburschen genügte, reiten. Denn Tollvin hatte Aywen verraten, dass im Stall eine edle

Stute stand, die der König seiner Verlobten zu schenken gedachte, sobald sie sich auf die Heimreise begeben würden.

Aywen biss sich auf die Unterlippe, er wollte sich nicht anmerken lassen, dass er aufgeregt war und sich ihrer nicht würdig fühlte. Als die beiden näher kamen, nickte er zunächst Anwielle zu – ohne ihr in die Augen zu sehen –, dann Tiron Norhar. Seine Gewänder waren aus nachtschwarzem Brokat gefertigt, die Verzierungen und Stickereien glänzten wie die Sonne, wenn sie im Meer versank. Sein schneeweißes Haar loderte wie eine eiskalte Flamme in der Dunkelheit. Doch als Aywens Blick auf Anwielles Hand fiel, stockte ihm der Atem. Sie lag in der des Winterkönigs. Fest und ohne Scheu. Wie Vertraute schritten sie auf den Frühlingskönig zu, während die beiden Männer im Hintergrund blieben und die Tür bewachten. Anwielle deutete einen Knicks an, Tiron Norhar eine Verbeugung, als sie vor dem Thron standen.

Aywen suchte ihren Blick, doch sie mied jede Regung in seine Richtung. Womöglich war sie verzaubert von dem beeindruckend wirkenden Winterkönig, hatte den Prinzen von Nyivalor längst vergessen. Womöglich aber verbarg sie unter den kostbaren Gewändern und dem filigranen Schmuck, dem ebenmäßigen Antlitz und dem höflichen Lächeln nur allzu geschickt die Schrecken der letzten Stunden. Denn beinahe nichts erinnerte mehr an die Verletzungen; das dustere Kerzenlicht tat sein Übriges. Vielleicht würde Aywen, wenn er den Mut dazu aufbrachte, den Blick länger auf ihr ruhen zu lassen, glasig schimmernde Augen entdecken, Schatten darunter, zitternde Hände, ein bebendes Herz. Möglicherweise wagte sie es auch bloß nicht, Aywen in die Augen zu sehen, wusste sie doch um all das, was er beobachtet hatte, nachdem sie sich in eine Wölfin verwandelt hatte.

»Seid willkommen, Tiron Norhar aus Vyntherbergen, Herr des Winters, und Lady Anwielle Éloran«, erscholl plötzlich die Stimme des Vaters. Ganz so, als wäre er nicht nur Haut und Knochen. Ganz so, als würde er täglich Wölfen gegenübertreten und sie auf seine Burg einladen. »Nehmt Platz. Genießt den Abend.« Er versteckte das mit Blut getränkte Tuch in der Hand.

»Ich danke Euch für Eure Gastfreundschaft, die Euch in all den Jahren der Düsternis und Einsamkeit doch nicht abhandengekommen zu sein scheint, König Radrann von Nyivalor.« Der Winterkönig lächelte dreist.

Anwielle schlug die Augen nieder, während Aywen darum kämpfte, nicht die Fassung zu verlieren.

»Auch Euch danke ich für Eure Einladung, Prinz Aywen.« Tiron Norhar verbeugte sich vor Aywen.

Aywen schluckte den Trotz hinunter, presste die Lippen aufeinander. »Es ist mir eine Ehre, Herr des Winters«, zischte er, nickte nur leicht und fixierte Tiron Norhar, der seinem Blick standhielt, bis Lunrah und Tollvin den Thronsaal mit Schüsseln voller Speisen betraten.

Sie nahmen am großen Holztisch Platz. Der Vater an der Stirnseite, Aywen an der langen Seite gegenüber dem Winterkönig und Anwielle. Lunrah und Tollvin tischten die Speisen auf. Warmes Brot, Suppe, Fleisch, Gemüse, einen Krug mit Apfelmet. Aywen verspürte große Lust, den Abend in Alkohol zu ertränken. Doch vielleicht sollte dies sein letzter Abend mit Anwielle werden, und er wollte jeden Moment, sei er noch so flüchtig – ein Augenaufschlag, ein wissender Blick, der Duft ihres Haares –, auskosten.

Der Winterkönig konnte gar nicht genug davon bekommen, von seinem Hof, seinen Ländereien, seinen Untertanen zu schwärmen, als wäre Aywens Welt in den letzten Stunden nicht in tausend Stücke zerfallen. Aywen schenkte seinen ausschweifenden Erzählungen kaum Gehör, nickte hier und da abwesend, beobachtete die Frostrosen, die an den Fenstern zu sprießen begannen, je mehr Tiron Norhar seine Ausführungen ausschmückte. Selbst der Vater hörte nur zu, kam spärlich zu Wort. Aber was hätte der alternde König auch zu sagen gewusst? Auf Nyivalor gab es mehr Mäuse und Ratten als Untertanen, Estenidas und Tobi waren längst nicht so edel wie die Rösser des Winterkönigs und die Burg war ein düsterer Ort, der nicht weniger verlassener und verwitterter hätte sein können.

Kaum einen Bissen brachte der Prinz hinunter. Er stocherte im Teller herum, zupfte an einer Brotscheibe, nippte an dem vollen Kelch, während Tiron Norhar einen Becher Met nach dem anderen trank, obwohl er zunächst argwöhnisch an dem Gebräu gerochen hatte. Doch dank Lunrahs Geschick für Kräutermischungen verschmähte er den Met nicht, selbst wenn er zu Hause Besseres gewohnt zu sein schien.

Aywen beobachtete, dass Anwielle die Katze heimlich unter dem Tisch fütterte, und genauso heimlich zupfte ein leises Lächeln an seinen Lippen. Sie war immer noch Anwielle. Das Mädchen, mit dem er durch die Freudenfeuer getanzt war. Er wusste, dass das Raubtier in Anwielle momentan bloß schlief und dies nur einer jener kostbaren Augenblicke war, nach denen er sich gesehnt hatte, nachdem er Zeuge ihres Erbes geworden war. Aywen schenkte ihr Met nach, nur um die Möglichkeit zu erhalten, ihr einen Hauch näher zu kommen, vielleicht sogar rein zufällig ihre Fingerspitzen berühren zu können, sobald sie den Kelch in die Hand nahm. Doch nichts dergleichen geschah. Sie achtete darauf, ihm keinerlei Aufmerksamkeit zu schenken. Stattdessen heftete sich ihr Blick nur auf den Teller vor ihr oder Tiron Norhar.

Die wenigen Bissen, die Aywen zu sich genommen hatte, lagen ihm schwer wie Blei im Magen. Er verkniff sich ein Seufzen, ein Augenrollen, das Schlagen mit der flachen Hand auf den Tisch, damit sie alle dieses Schauspiel beendeten. Der Winterkönig, dessen zweite Haut nicht nur der Wolf war, sondern auch die Hochstapelei. Der Frühlingskönig, der sich seine Schwäche nicht anmerken lassen wollte. Anwielle, die vermutlich weder hier noch am Hof von Vyntherbergen sein wollte. Und er, der Prinz von Nyivalor, der vorgab, den fremden König mit offenen Armen zu empfangen und sich seinem Willen zu beugen.

So viel gab es mit Anwielle zu bereden, aber stattdessen betrieben sie höfliche Konversation, während der der Winterkönig ständig Spitzen fallen ließ, um den Frühlingskönig und dessen Burg herabzusetzen. Aywen würde kampflos aufgeben, wenn er weiterhin untätig sitzen bliebe und Tiron Norhar den Vortritt ließe. Doch er biss nur die Zähne zusammen und bewahrte Haltung, während sich Wut in seinem Bauch sammelte. Beinahe erleichtert atmete Aywen aus, nachdem Lunrah und Tollvin den Nachtisch – Apfelmus mit Nüssen – aufgetischt hatten, und er hoffte, die Gesellschaft löste sich allmählich auf. Vielleicht könnte er in aller Heimlichkeit Anwielles Gemächer aufsuchen, sie um ein Gespräch bitten. Doch als der Winterkönig plötzlich aufstand und Anwielle die Hand reichte, krallte Aywen die Fingernägel in die Oberschenkel.

»Darf ich Euch zum Tanz auffordern, Lady Anwielle?«, säuselte Tiron Norhar und verbeugte sich zwinkernd vor seiner Verlobten. »Ihr habt doch nichts dagegen einzuwenden, dass Eurem Gast der erste Tanz gebührt?« Er warf Aywen einen Blick zu, der so flüchtig war, dass er dessen Zähneknirschen und die pochende Ader auf der Stirn sicherlich nicht registrierte.

Anwielle räusperte sich, sie hatte während des ganzen Abends kaum eine Silbe über die Lippen gebracht. »Tanzen? Zu welcher Musik?«

»Zu der Musik des Winters. Ihr werdet schon sehen!« Er hielt ihr immer noch die Hand hin, erwartete eine Reaktion.

Schüchtern senkte Anwielle die Augenlider, dennoch ergriff sie Norhars Hand und stand auf. Im Nu wirbelte der Winterkönig sie im Kreis herum und Rock und Schleppe stoben auf wie Schnee, durch den der Wind fuhr. Strähnen rutschten aus der Hochsteckfrisur, Anwielle warf Aywen einen ersten und letzten Blick zu. Er brach Aywen das Herz. Sie würde den Abend mit dem stolzen Winterkönig verbringen, nicht mit ihm. Vielleicht sollte er die Erinnerung in sich bewahren, dass sie noch vor wenigen Stunden in seinen Armen gelegen hatte, aber umso mehr schmerzte es ihn, sie nun mit einem anderen zusammen zu sehen. Einem Mann, dem sie versprochen war. Aywen konnte kaum hinsehen und doch konnte er sich an ihrem Anblick nicht sattsehen. Die Strähnen, die um ihren Nacken tanzten, die glänzenden Augen, der Schwung ihres nackten Halses.

»Ihr entschuldigt uns«, frohlockte der Winterkönig und wirbelte mit Anwielle im Arm davon, die lange Schleppe fegte hinter ihnen her.

Im Nu pfiff eisiger Wind durch die Mauerritzen, der die zarten Kerzenflammen erzittern ließ. Der Winterkönig verbeugte sich erneut vor Anwielle, die einen leichten Knicks andeutete, ehe sie eine schickliche Tanzhaltung einnahmen. Sie stellten sich nebeneinander auf, Anwielles Hand auf die rechte des Königs gelegt. Beide blickten sie in Richtung des Throns, auf dem der Vater mittlerweile wieder Platz genommen hatte. Aywen gesellte sich zu ihm, versuchte, sich die schmerzenden Glieder nicht anmerken zu lassen, und bei jedem einzelnen Tanzschritt, den die beiden sich voneinander wegbewegten und wieder aufeinander zu, wurde der Griff um die Armlehne des Thrones fester. Die Katze schlummerte satt und zufrieden unter dem Sitz.

Als sich Tiron Norhar und Anwielle nun gegenüberstanden und Anwielle Aywen den Rücken zuwandte, schmerzte ihn jeder Atemzug. Der Winterkönig lächelte sie zufrieden an und entblößte zwei riesige weiße Schwingen auf dem Rücken. Ihr Rauschen ließ die Kerzenflammen flackern, der eiserne Kronleuchter wackelte im Windzug, Schneeflocken und Federn rieselten umher.

Sachte drehten sie sich im Kreis, tanzten im Takt zu einer Melodie, die nur das Königspaar zu hören schien.

»Ich habe dem Sommer die Braut gestohlen«, raunte König Radrann dem Sohn zu. »Wir haben keine Jahre voller Glück geerntet. Euch wird es nicht anders ergehen.« Er legte die Hand auf Aywens ab. Sie fühlte sich kalt an, rau, fast wie Papier. »Du bedeutest mir mehr als dieses Königreich, mein Junge. Mehr als mein Leben. Aber die Menschen brauchen den Frühlingshof. Träume nicht vom Winter.«

Aywen dröhnte der Schädel, die Magengrube schmerzte. Der Met würde es nur verschlimmern. Dennoch kippte er den Inhalt des Kelches, den er in den Händen hielt, in einem Zug hinunter.

Wie ein Schneesturm bei Nacht wirbelten der König und seine Verlobte durch den schmucklosen Saal. Der Wind, den seine Flügel entfachten, fegte über die halb leeren Kelche und Krüge, die auf dem Tisch standen, und ließ eine eigenartige Musik ertönen, während die Federn der Schwingen im Takt sirrten, als spielte jemand eine Harfe. Die Male auf Anwielles Haut begannen zu funkeln, leuchteten an ihren Armen auf, blitzten durch die durchsichtigen Ärmel hindurch. Auch an den Händen und dem Hals des Winterkönigs schimmerten plötzlich Male. Die Zeichen spiegelten sich in den Eiszapfen wider, die von den Kronleuchtern und Kandelabern sprießten. Glänzende Tropfen perlten an ihnen herab.

Aywen fröstelte und zog das Wams enger um sich. Schneeflocken setzten sich in seinen Haaren fest, auf seiner Kleidung. Frost legte sich auf Wimpern und Lippen. Es dauerte nicht lange und der Saal versank beinahe im Schnee, der im Takt der Musik immer wieder aufwirbelte und Stühle und Tische, das restliche Essen bedeckte.

Aywen konnte den Anblick von Anwielle und dem Winterkönig kaum ertragen. Noch vor wenigen Stunden hatte sie in seinen Armen gelegen, ihre Zukunft war ungewiss gewesen. Nun war Aywen der kommende Frühlingskönig und Anwielle eine Winterwandlerin, halb Mensch, halb Wölfin. Kurzerhand entschuldigte er sich bei seinem Vater und verließ den Saal. Die beiden Männer des Königs, Andradon und Hilmur, öffneten ihm die Tür.

Aywen eilte durch die Gänge, riss die Tür zu seinen Gemächern auf und knallte sie hinter sich zu. Ohne darüber nachzudenken, nahm er einige der Bilder, die er von Anwielle gemalt hatte, zerfetzte sie oder warf sie in das Feuer, das im offenen Kamin vor sich hin knisterte. Er raufte sich die Haare, schritt ruhelos durch sein Zimmer, unternahm aber nicht einen Versuch, eines der Gemälde aus den Flammen zu retten. Anwielles rotes Haar loderte mit dem Feuer um die Wette und er wärmte sich die vor Kälte schmerzenden und prickelnden Finger daran. Doch weder die Hitze noch das Zerfallen seiner Zeichnungen schenkten ihm Linderung.

Kapitel zweiund-zwanzig

Der Herr des eisigen Schlafes

Aywen drehte sich nicht ein einziges Mal um, als er aus dem Saal eilte.

Um sich nicht anmerken zu lassen, wie verletzt sie war, drückte Anwielle die Schultern durch und biss sich auf die Unterlippe. Wie bereits den gesamten Abend. Die Wunden an ihrem Rücken pochten, die Verbrennungen an der Seite stachen wie tausend Messerstiche. Doch sie tanzte weiter. Sie nickte. Sie lächelte schüchtern, wenn der Winterkönig ihr ein Kompliment machte.

So viele Fragen lagen Anwielle auf der Zunge – sie wollte wissen, wer ihre Eltern waren, wo sie sich aufhielten, wie ihr bisheriges Leben ausgesehen hatte –, doch Tiron Norhar begrub jede ihrer Fragen in Schmeicheleien. Warum? Hatte er etwas zu verbergen? Denn er konnte sich ihrer doch gewiss sein, schließlich hatten sie sich beide das Versprechen gegeben zu heiraten. Oder heuchelte der Winterkönig nur Selbstsicherheit, weil er spürte, dass ihre Gefühle Aywen galten? Dass jedes Lächeln, das sie dem Winterkönig schenkte, ein Schauspiel war, das ihr die letzten Kräfte raubte?

Wie gern wäre sie Aywen hinterhergeeilt, doch der Griff Tiron Norhars war mächtig und stark. Genauso wie der des Winters, der Burg Nyivalor grau und tristlos hielt. Denn nicht weniger Fragen quälten sie, Zweifel, was Aywen und sie betraf. Sie hatten miteinander getanzt und gelacht, sich gar geküsst, ehe sie ihn von sich gestoßen hatte – zuerst mit Worten, dann mit ihrer Wolfsgestalt.

»Was ist mit Eurem Haar geschehen, Liebste?«

Nachdem Aywen den Saal verlassen hatte, war ihm wenige Augenblicke später König Radrann gefolgt. Auf einen Wink Tiron Norhars hin hatten sich auch Lunrah und Tollvin zurückgezogen. Anwielles Herz raste, die Finger zitterten, weil sie sich nun allein auf der Tanzfläche befanden. Andradon und Hilmur hatten sogar die Flügeltüren hinter sich geschlossen, nachdem der König ihnen kaum merklich zugenickt hatte. Der Wind seiner Schwingen ließ die zarten Kerzenflammen tanzen, ehe er sie küsste und auslöschte.

Der Winterkönig hielt inne und ergriff eine der roten Strähnen, die sich aus der Hochsteckfrisur gelöst hatte. Anwielle erschauderte. Sie fühlte sich nicht wohl in seiner Gegenwart. »Was ist mit Eurem Haar geschehen?«, wiederholte er, als er ihren verwirrten Blick bemerkte, weil ihre Gedanken bei Aywen weilten.

Sollte sie dem König die Wahrheit verschweigen? Sie seufzte. Es machte keinen Sinn. Er wusste ohnehin, dass sie sich in den Nordlanden in Gefahr befand. »Die Dorfbewohner haben bereits zuvor versucht, mich zu vertreiben.« Anwielle räusperte sich. »Mit brennenden Runen.« Es fiel ihr nicht leicht, darüber zu sprechen.

Tiron Norhar hielt zischend die Luft an. »Der Aberglaube der Menschen. Er ist nicht auszurotten«, fluchte er zwischen zusammengebissenen Zähnen. Er ließ die Strähne durch die Finger rieseln und schluckte schwer, ließ einen Wimpernschlag lang die Maske fallen. »Sie wollten den Winter austreiben.«

Wie auf dem Beltanefest. Ein Kloß setzte sich in Anwielles Hals fest. Es war ein Fest, um sie zu töten, den Winter.

»Hätte ich gewusst, dass Ihr in solcher Gefahr schwebt, wäre ich früher gekommen.« Aufgebracht flatterten die Flügel hin und her, bescherten Anwielle eine Gänsehaut. Genauso wie sein eindringlicher Blick. »Aber meine Verletzungen hielten mich davon ab. Sie haben mir die Rückverwandlung in meine menschliche Gestalt erschwert. Ich hätte es nicht geschafft, meine Rage, das Raubtier in mir, im Zaum zu halten.« Unbewusst strich er über die mit Edelsteinen besetzte Augenklappe. »Außerdem war es der Respekt vor König Radrann. Kein König sucht uneingeladen den Hof eines anderen Herrschers auf, wenn es nicht seine Jahreszeit ist.«

»Es sind nur Haare …«, murmelte Anwielle beinahe leichthin und setzte ein falsches Lächeln auf.

»Nein!« Sein Blick wurde streng, beinahe eisig, das schlechte Gewissen plagte ihn. »Ich habe zu lange gezögert. Ich wäre beinahe zu spät gekommen. Verzeiht mir.« Mit jedem Wort wurde seine Stimme leiser, sein Blick sanfter, ganz so, als fegte eine leichte Sommerbrise durch ihn hindurch.

Es gab nichts zu verzeihen. Selbst der König wusste dies. Anwielle musste es nicht aussprechen. Burg Nyivalor war für sie eine neue Heimat geworden, beinahe eine Festung. Sie hatte hier Schutz gefunden und Prinz Aywen würde sich vor sie stellen, was immer geschähe.

Tiron Norhar seufzte. »Wann wird den Menschen endlich bewusst werden, dass der Winter nicht nur ein Ende ist?« Ein grauer Schleier legte sich über sein schimmerndes Auge. »Auch für Euch ist der Winter nicht nur das Ende einer Geschichte. Er kann auch der Anfang einer anderen sein.« Er nahm ihr Kinn zwischen Zeigefinger und Daumen und die Male auf seiner Hand glühten so hell wie das Innerste einer Flamme.

Anwielle spürte, dass sich erste Tränen Bahn brachen, sie wollte dem Blick des Königs ausweichen, doch er hielt sie gefangen, und für einen Moment fühlte es sich nicht wie ein Gefängnis an. Seine Worte spendeten ihr Trost. Hoffnung. Er verstand sie wie kein anderer. Auch er musste damit leben, dass viele in ihm nur den Herrn des eisigen Schlafes sahen.

»Ich bringe nicht nur Tod und Verderben. Genauso wenig wie Ihr.« Sein Daumen strich über ihre Lippen, als eine Träne über sie perlte.

Sie zuckte zurück.

»Wir bringen Ruhe, Sanftmut und Friedlichkeit über das Land. Wir bereiten den Weg für neues Leben.«

Er sprach nur die halbe Wahrheit aus. Lange Winter brachten den Tod, sie leerten die Kornkammern, ängstigten die Menschen. Warum sprach der König das nicht aus? Wollte auch er ihr ein Teil ihres Erbes verheimlichen – so wie König Radrann? Um sie zu schützen oder zu besänftigen?

»Ich fühle mich nicht wohl. Entschuldigt, wenn ich mich ebenfalls zurückziehe«, versuchte Anwielle, sich von Tiron Norhar zu verabschieden.

Widersprüchliche Regungen tobten in ihr. Mit einem Mal konnte sie das Gefühl nicht abschütteln, ein Gefängnis gegen ein anderes auszutauschen, wenn sie sich vom Winterkönig betören ließ und seinen Worten Glauben schenkte und ihm blindlings folgte. Und doch wusste sie, spürte sie mit allen Sinnen, dass er wahrhaftig hinter seinen Worten und Taten stand. Genauso wie Aywen. Plötzlich sah sie seinen fragenden Blick, als er das erste Mal ihre Gemächer betreten hatte, sein Lachen und seine verschränkten Arme, als sie auf Tobi über den Burghof geritten war, fühlte seine zittrigen Lippen, die bebende Brust, als er sie das erste Mal geküsst hatte.

Sie wollte fort. Klarheit in ihre strudelnden Gedanken bringen. Und das konnte sie nur allein. Sie war halb Mensch, halb Wolf. Überall war sie der Tod und der Neubeginn. Und ihr Herz begann für zwei Welten zu schlagen.

Doch Tiron Norhar hakte sich bei ihr unter, legte die andere Hand auf ihre. »Lasst uns nach draußen gehen. Die Frische der Nacht wird Euch guttun, Mylady. Die Anwesenheit des Frühlingskönigs und dessen Sohn war sicherlich zu viel für Euch nach den letzten Stunden.« Tiron Norhar öffnete die Tür, die auf einen schmalen Balkon führte. Er war wieder ganz der Winterkönig, der keine Schwächen zuließ, weder bei sich noch bei anderen, und über alles herrschte und gebot.

Anwielle verstand, weswegen sie nickte und nicht darauf bestand, auf ihr Zimmer zu gehen. Er ließ ihr keine Wahl. Der Winter lässt niemandem eine Wahl.

Gemeinsam traten sie über die Schwelle, die ins Freie führte. Sterne blitzten zwischen den grauen und stürmischen Wolken auf, Fledermäuse flogen über die Zinnen der Burg, das in Dunkelheit liegende Meer rauschte unbändig.

»Ich sehne den Tag herbei, an dem Ihr nach Hause kehrt, Lady Anwielle.« Tiron Norhar war ans Geländer getreten und blickte zum Mond hinauf. Noch immer hielt er ihre Hand fest.

Der Wind blies Anwielle die Strähnen ins Gesicht, die Schleppe des Kleides blähte sich auf wie eine Welle, die gegen die Klippen brandete.

Nach Hause …

Irgendwann war Nyivalor in den letzten Wochen unweigerlich zu ihrem Zuhause geworden. Sicher fühlte sie sich hier, geborgen. Trotz des Frühlingskönigs und der Bewohner, die sie vertreiben wollten. Wie würde sich Vyntherbergen für sie anfühlen? Fremd und kalt? Oder würden die Erinnerungen an ihr früheres Heim zurückkehren, sobald sie den ersten Fuß in das Land des Winterkönigs setzte? »Werden meine Eltern dort sein?«, wagte sie die eine Frage, die seit der Ankunft Tiron Norhars in ihrem Herzen brannte.

Doch der König schwieg, starrte auf den Mond, der die Male an Hals und Händen tanzen ließ. Es sah aus, als spiegelte sich der Sternenhimmel auf seiner Haut. Er schluckte, ehe er antwortete. Seine Stimme war so leise, dass er beinahe flüsterte. Er war wieder nur Tiron, nicht Tiron Norhar, der Gebieter über den Winter. »Großherzog Uthren und seine Gemahlin Tymonah …«

Das waren also ihre Namen, Uthren und Tymonah. Wie fremde Länder klangen die Namen von Mutter und Vater in ihren Ohren, und Anwielle schämte sich dafür.

»Sie sind immer dort, wo Ihr auch seid, Lady Anwielle. Aber sie werden nicht in Vyntherbergen auf Euch warten.«

Anwielle wusste, was das bedeutete. Er musste es nicht in aller Deutlichkeit aussprechen. Sie wandte sich von ihm ab, stützte sich auf die steinerne Brüstung, musste Atem schöpfen.

Doch der Winterkönig trat hinter sie und breitete die weißen Schwingen aus. Sachte flatterten sie auf, weiche Schneeflocken rieselten auf ihre nackten Schultern. Es war des Königs Art, ihr Trost zu spenden. »Ihr seid das Mündel meiner Eltern, Mylady. Ihr wart noch ein junges Mädchen, als Ihr als Waisenkind nach Vyntherbergen gekommen seid und meine Eltern sich Eurer angenommen haben. Wenige Jahre später wurde ich an einen anderen Königshof geschickt. Wir haben uns erst vor wenigen Monaten wiedergesehen. Es war der

Wunsch meiner Eltern, König Eidolon und Königin Myranthia, und der Eurer Eltern, dass wir über Vyntherbergen herrschen werden.« Zögerlich legte er eine Hand auf ihre Schulter. Die Kälte brachte ihrem geschundenen Körper Linderung. »Ich bin für Euch verantwortlich«, hauchte er auf ihre Haut. »Es ist ein Versprechen, das ich gegeben habe.«

Einen Moment lang schloss Anwielle die Augen, hielt den Atem an. Wie sollte sie das Versprechen einhalten, das ihren Eltern gegeben wurde, ohne sich selbst zu verlieren? Sie konnte doch nicht einfach Ja zu einem Mann sagen, den sie nicht kannte. Anwielle kämpfte mit den Tränen. Sie war die künftige Herrscherin über den Winterthron. Durfte sie ihre persönlichen Wünsche und Sehnsüchte über die des Reiches stellen? »Haben … haben wir uns geliebt?« Die Worte verließen kaum ihre Lippen.

»Wir waren füreinander bestimmt. Wir sind füreinander bestimmt. Ich habe Euch geneckt, Ihr habt mich gehasst dafür.« Ein wehmütiges Lächeln umspielte seine schmalen Lippen, als Anwielle den Kopf drehte. »Damals waren wir noch Kinder. Später, später waren wir uns zugetan.« Er schwieg eine Weile. »Aber ich kann Euch nicht sagen, ob die Anziehungskraft dem Band des Winters geschuldet war oder unseren Herzen.« Ein Muskel in seiner Wange zitterte, der filigrane Reif auf seiner Stirn funkelte im Mondlicht, der große Mondstein, der die Mitte zierte, glänzte in den Farben des Winters und der Nacht. Und für einen Moment sah Anwielle den weißen Wolf mit den mächtigen Schwingen vor sich. Ihr Ebenbild.

»Ich bin so wie Ihr«, stotterte sie. »Aber ich kenne weder Euch noch mich.« Sie sah, wie er durch den Wald galoppierte, jedes einzelne Haar seines Fells, das im Zwielicht schimmerte wie ein kostbares Juwel. Beinahe sehnte sich Anwielle danach, an seiner Seite zu rennen und durch wilde Flüsse zu schwimmen, die gleiche Freiheit und Leidenschaft zu spüren, die er genoss.

»Ich verstehe, wenn Ihr mir nicht Euer Vertrauen schenkt. Eure Zuneigung«, füllte Tiron Norhar die Stille aus. »Ihr erinnert Euch nicht an mich. Ich könnte Euch von gemeinsamen Ausritten im Wald, von Spaziergängen im Schnee, Jagdausflügen und Tanzabenden erzählen. Aber ich vertraue darauf, dass Ihr eines Tages spüren werdet, was zwischen uns war und sein kann.«

Anwielle entspannte die Schultern und atmete tief durch. Unwillkürlich lehnte sie sich an Tiron Norhars Brust. Sie spürte, dass er nun derjenige war, der die Luft anhielt. Sein kalter Atem ließ ihren Nacken prickeln, sie sog die Unterlippe ein. Sie wusste, sie musste Nyivalor verlassen, nicht, weil sie ein unsichtbares Band zwischen sich und dem Winterkönig spürte, das bei jedem seiner Worte zu vibrieren begann. Sie musste in die Heimat ihrer Kindheit zurückkehren, um einen Teil ihres Lebens zurückzuerhalten. Ein schwerer Kloß saß in ihrem Hals fest, als Tiron Norhar die kühlen Lippen auf ihr Haar presste.

»Es wird ein langer Weg werden«, raunte er, seine Schwingen flatterten sachte auf, der aufkommende Wind trocknete die Tränen auf Anwielles Wangen. »Vielleicht werdet Ihr mich an einer Geste erkennen. An einem Blick.« Er räusperte sich. »An einer Berührung.«

Anwielles Herz raste, die Fingerspitzen zitterten, als sie das brüchige Geländer umgriff. »Ich werde mit Euch kommen, mein König.«

Tiron Norhar umschlang ihre Taille, schmiegte sich an ihren Rücken. Seine kühle Sanftheit verschaffte ihren Wunden Linderung.

Anwielle atmete tief durch. »Aber ich werde nicht als die Eure mit Euch gehen.«

Blitzartig drehte der Winterkönig sie zu sich um, der Wolf spiegelte sich in seinem Antlitz wider, Anwielle erschrak, lehnte sich zurück. Sein blaues Auge loderte, als jagte er sie. Doch auch ihr Blick verlor nicht an Intensität, als sich ihre Blicke kreuzten. Das Herz schlug ihr bis zum Hals, war der König doch keine Widerworte gewohnt. Die Schwingen flatterten, der Wind keimte auf, wehte ihr beider Haar auf, verflocht es miteinander. Er neigte den Kopf, behutsam strich er plötzlich mit dem Daumen über ihre mit Tränen benetzte Wange, über ihre bebenden Lippen. »Das ist nicht die Antwort, die ich erhofft habe.«

»Und ich kann Euch keine andere geben. Nur im Heimatland meiner Eltern kann ich vollständig genesen, doch mein gebrochenes Herz wird nie heilen.« Sie wich dem wachen Auge des Königs nicht aus, dessen Herz noch immer an ihrem klopfte. »Ihr müsst es verstehen.« Anwielle schüttelte langsam den Kopf. »Ich werde Euch nicht als Verlobte folgen, sondern als Untertanin.«

Seine Halsschlagader pochte, nervös zuckten seine Flügel hin und her. »Wenn das Euer Wunsch ist, Mylady.« Tiron Norhar biss sichtlich die Zähne aufeinander.

Anwielle nahm ihren ganzen Mut zusammen. Sie spürte ein Band zwischen sich und dem König, und sie hegte die Hoffnung, dass er die Wahrheit bereits erahnte. »Ich weiß nicht, wer ich war. Ich weiß kaum, wer ich bin, geschweige denn dass ich wüsste, wer ich einmal sein möchte. Jede vergangene Stunde verbirgt ein Geheimnis, jeder Wimpernschlag verspricht eine neue Erkenntnis. Ich kann mich nicht in Eure Hände begeben und Euch heiraten.«

Der Winterkönig nickte leicht, selbst wenn das Kinn angespannt wirkte, er das Auge verengte.

»Ich muss mich selbst finden, ehe ich zu einem Mann finden kann.« Die Stimme zitterte, lehnte sie sich doch gegen ihren Verlobten auf, ihren König. Womöglich war es bloß eine weitere Flucht in ihrem Leben …

»Euer Wunsch ist mir Befehl. Aber nur, weil ich das Versprechen abgegeben habe, Euch zu Diensten zu sein. Wenn es nach meinen persönlichen Vorstellungen ginge …« Tiron Norhar brach ab, die Male an seinem Hals zuckten wild hin und her.

Anwielle blickte dem Winterkönig tief ins Auge, der Winter rauschte darin. »Ich will Euch nicht erzürnen. Aber genauso wenig möchte ich mich verlieren.«

»Aber mit Prinz Aywen Nyivalor habt Ihr Euch verloren?«

Etwas in Anwielle begann zu brodeln. Rasch hob sie die Hand, holte aus, doch der König griff schnell zu, küsste zärtlich ihre Handfläche. Ein allzu spitzer Eckzahn schabte über ihre Haut, hinterließ einen im Mondlicht glänzenden Blutstropfen, etwas zog sich in ihr zusammen. Heiß und kalt zugleich.

»Wagt es kein weiteres Mal.« Mit schief gelegtem Kopf grinste er sie an. Es hatte etwas Raubtierhaftes an sich.

»Ich wüsste nicht, was Euch das anginge!«, antwortete sie zum Trotz, doch das Blut auf ihrer Hand und der leichte Schmerz umfingen sie beinahe sanft. Widersprüchliche Gefühle tobten in ihr. Sie wusste, würde sie ihm jetzt noch tiefer in das gesunde Auge blicken, sie würde nicht nur ihre Heimat darin entdecken, sondern das gleiche schreckliche Raubtier, das auch in ihr lauerte und ihr soeben einen köstlich schmerzhaften Moment beschert hatte. Sie wollte nicht, dass sie etwas mit ihm verband, doch ihr Körper hatte ihr die Entscheidung bereits abgenommen. Sie waren zwei Wesen und doch eins. Sie waren der Winter, die beißende Kälte, ein süßer Tod.

Der König senkte den Blick, das wölfische Grinsen verschwand. Er presste die Lippen auf die verletzte Stelle, und als er mit der Zungenspitze das Blut von ihrer Haut klaubte, lief ihr ein Schauder über den Rücken. Sie sog die Unterlippe ein, ehe ihr ein leises Stöhnen entwich. »Ihr habt recht. Ihr seid nicht meine Gemahlin. Ich habe all das auf mich genommen, aber Ihr brecht nicht nur Euer Herz. Ich hoffe, Ihr bringt nicht nur Verständnis für Euch selbst auf.« Anwielle öffnete den Mund, um ihm zu widersprechen, doch Tiron Norhar legte den Zeigefinger auf ihre Lippen. »Versucht nicht, Euch zu erklären, wenn Ihr weder meine Familie noch mich kränken wollt. Lasst mir wenigstens einen Funken Hoffnung, dass ich Euch eines Tages an meiner Seite wissen darf.« Er ließ die Schwingen sinken und umarmte sie mit dem weichen Gefieder, nahm ihre Hände, presste sie an seine Brust.

Er schwieg eine Weile, ehe er das Wort erneut an sie richtete. »Ihr liebt ihn, nicht wahr?«

Anwielle hob den Kopf, wollte sich bereits verteidigen, ihm etwas Schnippisches entgegnen, doch dann nahm des Königs Stimme einen sanften Klang an. Er ließ ihre Hände los, weil er ihr vertraute, und Anwielles Widersetzlichkeit schmolz wie eine Schneeflocke im Feuer.

»Er Euch auch. Vom ersten Moment an.« Es war ihr, als unterdrückte der stolze König ein Seufzen.

»Aywen hat Euch das angetan?« Ihre Stimme war ein einziges Beben, und wie zur Entschuldigung strich Anwielle sachte mit den Fingerspitzen über den Stoff der Augenklappe, über die glatten Edelsteine. Tirons Nasenflügel blähten sich. Fast wünschte sie sich, er würde die Lippen ein weiteres Mal öffnen und sie mit ihren Zähnen liebkosen.

Doch er hielt zischend die Luft an, verflocht die Finger mit ihren, als könnte er ihre Gedanken lesen. »Er hat gekämpft. Wie einer von uns.« Beinahe schwang Anerkennung in seinen Worten mit. »In Euch schlagen zu viele Herzen, Mylady.«

Unwillkürlich schmiegte sie sich an die kühlen Federn des Königs und seufzte. Er war ihre Heimat, das konnte sie nicht leugnen. Doch war er auch ihre Zukunft?

Ihr Blick richtete sich auf die Türme der Burg. Sie erkannte einen dunklen Schatten zwischen den Zinnen. Ein Umhang wehte im Wind.

Sie blieb dem König eine endgültige Antwort schuldig.

Kapitel dreiundzwanzig

Feuer und Eis

Aywen stand einfach bloß da. Der Wind, der um den Turm sauste, ließ ihn frösteln. Der Umhang, in den er sich eingewickelt hatte, flatterte unbändig umher.

Er wusste nicht, warum er die Stufen erklommen hatte, die zu den Gemächern der Mutter führten. Warum er ins Freie getreten war und Anwielle und den Winterkönig heimlich beobachtete. Sie standen auf dem winzigen Balkon vor dem Thronsaal. Aywen hätte gehen können, dennoch blieb sein Blick auf den Flügeln Tiron Norhars haften, die Anwielle umschlungen. Sachte rieselte Schnee von ihnen herab. Das Federkleid glitzerte silbern im Mondlicht, die Zeichen auf seiner Haut funkelten wie ein Meer aus Kristallen, verbanden sich mit denen Anwielles, als er sie berührte. Wie blau schimmernde Rauchfahnen stiegen sie in den schwarzen Himmel hinauf und bildeten ihr eigenes Sternenzelt. Die Federn tanzten im Wind. Wie Schneeflocken. Der König küsste Anwielle aufs Haar, sie schmiegte sich an ihn. Sie wirkten, als wären sie füreinander bestimmt. Als würden sie zu einer Einheit verschmelzen.

Die Gebieterin und der Gebieter des Winters hielten sich eng umschlungen, während er, der Kronprinz des Frühlingshofes, wie ein Verbrecher in den Schatten lauerte und die beiden mit angehaltenem Atem beobachtete. Aywen warf den halb leeren Krug mit Met beiseite, den er in der Küche stibitzt hatte, ballte die Hände zu Fäusten, sein Herz verkrampfte sich. Plötzlich riss er die Arme nach oben. Er würde Anwielle nicht kampflos aufgeben.

War es Wut, Eifersucht, Leidenschaft oder die geheimen Kräfte, die ihm innewohnten, die in diesem Moment in ihm aufflackerten? Oder der viele Met zu so später Stunde? Der Nachthimmel klärte auf, Wolken stoben auseinander. Die Sterne, die die verflochtenen Hände Anwielles und Norhars bildeten, erbebten und erloschen am Firmament.

Anwielle sah nach oben, der Winterkönig folgte ihrem Blick und Aywen trat aus den Schatten heraus. Seine Finger zitterten, das Herz raste. Tiron Norhar drehte sich von Anwielle weg, breitete die Schwingen aus, um den Wind wieder anzufachen. Doch Aywen reckte weiterhin die Fäuste in die Luft. Er wusste nicht, was er tat, zu was er fähig war. Doch in seinem Bauch brodelte ein Kessel mit heißem Wasser, in den Adern pulsierte der Alkohol, und er konnte nicht aufhören, dem Winterkönig die Stirn zu bieten. Aywen spürte, dass er mit Kräften spielte, mit denen er nicht umzugehen vermochte. Er spielte mit dem Feuer. Denn die Sonne begann, sich aus dem Meer zu erheben. So langsam, als wäre sie schläfrig. Es war mitten in der Nacht, dunkel und kalt, und sie glühte wie ein Feuerball, beschien die Wellen, die anfingen, sich aufgeregt hin und her zu wiegen. Wie flüssige Flammen schossen sie an Land und wieder zurück, Fische wirbelten durch die Luft. Der Mond leuchtete stumm vor sich hin, während der neu entfachte Wind die Wolken auseinandertrieb wie eine Herde Schafe. In Fetzen strömten sie über den heller werdenden Himmel.

»Das könnt Ihr nicht tun, Aywen Nyivalor!«, dröhnte Tiron Norhar.

»Aywen!«, keuchte Anwielle und hielt sich die Seite. Blut sickerte durch den weißen Brokat auf den Boden.

»Ihr könnt den Winter nicht mit Gewalt vertreiben«, setzte König Tiron Norhar nach. Der Mondstein auf seinem Stirnreif blitzte auf.

»Aber ich kann Euch vertreiben!« Aywens Stimme überschlug sich, der Met sprach aus ihm. Die unbändige Eifersucht.

»Das wagt Ihr nicht, Aywen!«, warnte ihn Anwielle.

Feuer brodelte in seinem Bauch, Aywen konnte sich nicht dagegen wehren, es kämpfte sich durch seine Eingeweide. Es war zu spät. Es pochte durch die Adern, bahnte sich seinen Weg bis in die Fingerspitzen hinein. Sonnenstrahlen schossen plötzlich aus ihnen hervor, rot und golden, und sprengten Zinnen. Aywen wurde zurückgeschleudert. Gesteinsbrocken spritzten auf, lösten Gerölle auf dem Felsen aus, auf dem die Burg stand. Sein Zuhause bebte. Wellen peitschten gegen den Stein.

Der Winterkönig donnerte Befehle über den aufziehenden Sturm hinweg, und im nächsten Augenblick hörte Aywen bereits, dass seine Wölfe die Treppe erklommen, die den Turm hinaufführte. Aywen drehte sich zu ihnen um, als sie durch die geschlossenen Fenster sprangen und das Glas splitterte. Sie schüttelten die Scherben aus dem zottigen Fell, kaum dass sie den Boden berührten. Mit vibrierenden Lefzen schlichen sie auf Aywen zu, der mit dem Rücken an eine zerstörte Zinne stieß, als er versuchte, ihnen auszuweichen. Steine brachen ab, Staub rieselte durch seine Finger, während er mit dem Oberkörper über dem Abgrund baumelte. Schweiß rann ihm über die Stirn, sein Bauch verkrampfte sich.

Die Tiere setzten zum Sprung an, für einen Moment kniff Aywen die Augen zu, sie würden ihn töten und gemeinsam mit ihm in den Abgrund stürzen. Um sich zu verteidigen, streckte er die Hände aus, doch erneut strömten gleißende Strahlen aus seinen Fingerspitzen. Er konnte es nicht verhindern. Blitzen gleich zuckten sie durch die kalte Luft und versengten das Fell der Wölfe, jaulend wichen sie aus. Aywen kämpfte sich wieder hoch, atmete aus, schüttelte die Hände, vielleicht würde das Feuer dann versiegen, aber es loderte nur noch mehr auf. Die Wölfe hatten sich mittlerweile wieder aufgerappelt und schlichen mit geduckten Köpfen und gesträubtem Fell auf Aywen zu, die Lefzen hochgezogen, Speichel tropfte daran hinab. Er wollte sie nicht töten, doch wenn sie ihn weiter bedrohten … er wusste nicht, was die Kräfte anstellen würden.

Der Mond stand voll am Himmel, die Sonne war aufgegangen und wanderte zu ihm hinüber. Silbern und golden strahlten sie die Erde an, tauchten sie in eine Flut aus funkelnden Farben. Beinahe nebeneinander wachten sie am Firmament und brachten den Ozean durcheinander. Die Wellen sausten gegen die Klippen, zogen sich in Windeseile zurück. Vögel flatterten aus dem Nordklippenwald auf, Fledermäuse zogen ihre Kreise um Nyivalor. Schnee peitschte um sie herum.

Aywen brachte die Sonnenstrahlen nicht unter Kontrolle, unbeherrscht schossen sie aus den Fingern, sprengten Mörtel und Stein. Die Wölfe schlichen um Aywen herum, während der Winterkönig die Mauer hochkletterte und sich über die Zinnen nach oben zog. Zischelnd rief er sie zur Räson und die Tiere krochen winselnd zu ihrem Herrn, ließen Aywen jedoch nicht aus den Augen. Ihre Lefzen zuckten nervös, als sie sich neben den König setzten.

»So wollt Ihr also Anwielle zurückgewinnen?« Tiron Norhar baute sich vor Aywen auf, reckte das Kinn. Sein schwarzes Wams war staubig und nass, das blonde Haar loderte unbändig im Wind.

Aywen, zu stolz, seine Schwäche zuzugeben, versuchte, vor dem Winterkönig zu verbergen, dass er seine Kräfte nicht zu beherrschen wusste. Er biss die Zähne zusammen, doch unvermittelt wuchsen gelbe Flammen aus den Fingerspitzen, versengten des Winterkönigs verzierte Schuhe. Dessen Schwingen wirbelten Wind auf, der Aywen gegen die Burgmauer drückte. Flamme um Flamme wuchs aus seinen Händen, doch Tiron Norhar wehrte mit den Flügeln jeden Funken ab, schritt ungerührt auf Aywen zu. Seine Männer, noch immer in Tiergestalt, trabten neben ihm her. Der Schnee verwandelte sich wegen der Hitze, die um sie herum tobte, in Regen. Tropfen perlten an des Königs Kinn hinab, doch sein Blick blieb eisig.

Je näher Tiron Norhar und seine Wölfe kamen, desto greller wurde das hervorschießende Feuer, und der Winterkönig fachte den Wind an. Feuerspiralen wirbelten umher, sprengten Dachziegel und Fensterscheiben. Sie bliesen dem König das Haar aus dem Gesicht, Federn lösten sich aus seinen Schwingen und fegten durch die Luft.

Aywen wusste nicht, was er tat, er betrachtete lediglich die geröteten Fingerspitzen, spürte das Blut, das in ihnen kochte. Schweiß brach ihm aus, das Herz raste.

Die Sonne stand nun neben dem Mond, strahlte, als wäre der Sommer hereingebrochen. Stürmische Wellen rauschten an Land, knallten auf den Felsen. Immer höher türmten sie sich, überfluteten bereits den Innenhof. Schafe und Ziegen blökten in ihren Ställen, die Pferde wieherten aufgeregt. Lunrah und Tollvin eilten aus der Burg hinaus, über den Hof, dann zu den Tieren.

Die Türme erbebten, als Wasser und Wind miteinander kämpften, die Sonnenstrahlen den Mörtel, der die Burg zusammenhielt, zerbröselten. Aywens Finger krallten sich in den Stein in seinem Rücken. Der Winterkönig geriet ins Schwanken, seine Flügel zitterten. Die Wölfe an seiner Seite jaulten, schlitterten über den nassen Stein, als die Wellen gegen den höchsten Turm von Nyivalor peitschten.

Plötzlich tauchte Anwielle auf. Sie hatte die Stufen erklommen, die zum Turm hinaufführten, und kämpfte sich mit gerafften Röcken durch Feuer und Sturm, Regen und Steinschlag. Immer wieder fiel sie auf die Knie, robbte voran, zwang sich aufzustehen, selbst wenn der Blutfleck auf ihrem Kleid nicht mehr zu übersehen war. Obwohl Tiron Norhar ihr befahl, wieder in die Burg zurückzukehren, stand sie nun vor Aywen. Das weiße Kleid war nass, die Schleppe schwarz vor Ruß und Staub. Einzelne Strähnen klebten ihr im Gesicht, blutende Schrammen zierten ihr Antlitz. »Nehmt meine Hand!«, rief sie Aywen über das Getöse zu.

»Ich kann nicht. Geht! Ich werde Euch verletzen«, flehte er mit rauer Stimme.

»Und ob Ihr könnt!« Sie fasste nach Aywens Hand, ließ ihn nicht los, obgleich die Hitze ihre Fingerspitzen versengte und ihren Arm hinaufkroch. Sie biss die Zähne aufeinander, schloss die Augen wie in Trance, ehe die Kühle ihrer Haut, ihres Wesens durch ihn hindurchfloss. Erst wie zaghafte Regentropfen, dann schwoll der Schauer zu einem Bach an und schoss schließlich einem reißenden Fluss gleich durch ihn hindurch. Sie schenkte ihm Linderung, die Feuerstrahlen ebbten allmählich ab, sein Herzschlag verlangsamte sich. Nur noch vereinzelte Funken strömten aus seinen Fingern. Doch ihr Blick beschämte ihn, als der Schmerz nachließ und sie die Augen wieder öffnete. Was sah er darin? Mitleid? Angst? Zerstörtes Vertrauen? Die Erinnerungen an die Runen und seine Reaktion, weil er ihr nicht geglaubt hatte?

Der Turm wackelte, Steine bröckelten hinab, Fensterscheiben klirrten, zersprangen, die sonnengelben Vorhänge, die in den Gemächern der verstorbenen Mutter hingen, wehten im Wind. Aywen hätte sich am liebsten die Ohren zugehalten, als das Schreien der Tiere unerträglich laut wurde und er Estenidas' Wiehern in all dem Lärm heraushören konnte. Er vernahm Lunrahs Rufe, Tollvins Erwiderungen, das hektische Treiben bei dem Versuch, die Tiere in Sicherheit zu bringen.

»Was habe ich angerichtet?« Ihm schwindelte.

Der Winterkönig rief den Wölfen Anweisungen zu, und vor Aywens Augen verwandelten sie sich wieder in Männer. Ohne sichtliche Mühen oder Qualen wechselten sie die Gestalt, verformten sich Knochen, Fleisch und Sehnen. Anwielles Hand krallte sich in die Aywens bei dem Anblick, erinnerte sie sich doch nur zu gut an ihren eigenen Schmerz. Sie keuchte auf.

Die Männer des Königs hetzten den einstürzenden Turm hinab, in den Innenhof, um Lunrah und Tollvin zu helfen, während die Burg wankte und der Fels bebte, als würde ein Donner durch sie hindurchfahren.

»Das, was Liebe anstellt. Und Unwissenheit«, behauptete Tiron Norhar.

Anwielle knurrte den König an. Oder war es ein Zischen? Wie menschlich war sie noch?

Aywen sah sie an. Die Augen loderten, sie duckte sich – wie ein Wolf in Lauerstellung. Das wirre Haar, Ruß, Staub und Blut im Gesicht, das zerschlissene Kleid ließen sie fremd wirken. Die Male auf ihrer Haut schimmerten bläulich, Anwielle keuchte. Sie stand kurz vor der Verwandlung. Es könnte ihre letzte sein.

»Ihr wisst nicht mit Euren Kräften umzugehen, Prinz Aywen. Noch dazu wohnt Euch die unbändige Wucht des Sommers inne.«

Aywen fühlte sich schwach in der Gegenwart des Königs. Dumm. Umso stärker wühlte sich erneut das Feuer durch seine Eingeweide, quälte sich durch die Arme hindurch und schoss aus den Fingerspitzen. Anwielle zuckte erschrocken zurück, ließ ihn los. Im gleichen Moment versiegte der kühle Strom in seinem Inneren. Aywen griff nach ihr, doch das Feuer schlug wie Peitschen aus, versengte den Saum ihres Kleides. Sie riss die Augen auf, während sie mit den Händen nach den Flämmchen schlug, um sie zu löschen. Aywen wollte ihr helfen, doch sie wehrte ihn ab. Er war ihr Feind – genauso wie die Runen. Schlangen gleich züngelten die Flammen aus seinen Fingern und auf sie zu, als kannten sie nur ein Ziel. Das Ende des Winters.

Als sich Aywen von ihr abwandte, um sie nicht zu verletzen, loderte das Feuer abermals auf. Mit doppelter Wucht. Zischelnd schoss es auf den Winterkönig und seine schneeweißen Schwingen zu.

Tiron Norhar setzte sie sacht in Bewegung, um die Flammen zu vertreiben. Zu spät! Das Feuer züngelte die ausladenden Schwungfedern hinauf, fraß sich im Nu durch die Flügel wie ein gieriger Wurm. Augenblicklich schmeckte die Luft nach Ruß und Asche, Tod und Verderben. Schwarz verkohlte Federn rieselten durch die kalte Luft, vermischten sich mit den Schneeflocken, die der Winterkönig aufwirbelte. Doch je mehr er sich bewegte, umso mehr gewann das Feuer an Kraft. Anwielle wollte ihm zu Hilfe eilen, doch der König schickte sie zurück. »Geht! Bringt Euch in Sicherheit! Geht!«, rief er mit brüchiger Stimme, ehe er das Gesicht vor dem Feuer schützte, das nun auch nach seinem langen Haar griff.

Als spuckte ein Drache Feuer, loderten die Flammen um den Winterkönig, spiegelten sie sich in seinem eisblauen Auge.

Tiron Norhar war verloren. An nichts anderes konnte Aywen denken. Und mit ihm er selbst.

Doch der Herr des Winters gab nicht auf, er stimmte ein Lied an, das das Prasseln des Feuers kaum übertönte. Seine Kehle vibrierte, die Hände zitterten, die Male auf seiner Haut wiegten sich hin und her, als wären sie lebendig und würden einen Schutzzauber weben. Doch es dauerte nicht lange, bis sein Gesang an Kraft und Volumen gewann und aus der Ferne beantwortet wurde. Von überall her drang auf einmal Wolfsgeheul, erfüllte die Luft. Wie Kirchenglocken, die alle zur selben Zeit läuteten. Vielleicht waren es andere Winterkönige, die sein Leid hörten? Seine Familie? Sein Rudel?

Eine Gänsehaut rieselte über Aywens Rücken, während Anwielle auf die Knie sank, den Mund öffnete und in seinen Gesang einstimmte. Verstörend schön sah sie aus, als sie den Kopf in den Nacken legte und ihre Kehle präsentierte, die Haare wirr, das Kleid so zerfetzt, als wäre sie ihrem eigenen Grab entstiegen.

Würde sie sich jetzt verwandeln, gab es womöglich keinen Weg zurück für sie.

Der Wind schwoll dank der Hilfe anderer Winterwandler zu einem letzten Sturm aus scharfen Eiskristallen und glühenden Federn an. Aywen hielt nach Anwielle Ausschau, die noch immer auf dem Boden kauerte und nicht aufhörte, für den Winterkönig zu singen. Der Schnee verwandelte sich wegen der Hitze, die noch immer in der Luft sirrte, in Regen, der in großen Tropfen gegen die Burg prasselte. Bald waberten dichte Nebelschwaden um den Turm. Der Gesang des Königs verebbte, das Heulen in der Ferne wurde stetig leiser. Das Feuer in den Schwingen des Königs versiegte und ließ allmählich vom König ab, doch Schuld und Angst, die Aywen ergriffen hatten, blieben. Funke um Funke erlosch, sie hinterließen einen beißenden Gestank, eine stetige Erinnerung.

»Das habt Ihr vor, Prinz Aywen? Einen offenen Krieg zwischen den Höfen des Frühlings und des Winters?«, zürnte Tiron Norhar mit rauer Stimme. Ruß benetzte seine Wangen, bedeckte die verbrannte Haut, die schimmernden Zeichen darauf. Die Edelsteine auf der Augenklappe hatten sich in seine Haut gefressen. Er breitete die Schwingen aus. Es fiel ihm sichtlich schwer, selbst wenn er die Zähne zusammenbiss. Die einstmals weißen Flügel sahen aus wie der Wald nach einem Gewitter und einem verheerenden Brand. Gerippe und Glut, fahle Leere und graue Ödnis, wo sonst Üppigkeit geherrscht hatte. »Mit Mächten, die Ihr nicht kennt?« Ein gequältes Lachen drang durch das Tosen, Aywen konnte den König durch den Nebel kaum mehr sehen, und er spürte feige Erleichterung. Aschewölkchen legten sich auf Tiron Norhars Haupt und seine Krone, Rauch waberte um die Flügel, verhöhnte sie, denn die grauen Schwaden erweckten den Eindruck, als wären die Schwingen unversehrt. »Ohne eine Armee, die Ihr befehligt?« Letzte flauschig weiße Federn tanzten um ihn herum.

Die eiskalte Luft schnürte Aywens Kehle zu. Er warf einen raschen Seitenblick zu Anwielle. Ihre Augen glühten. Blut sickerte durch den Stoff und sie drückte die Hände auf die Stelle, um den Blutfluss zu stoppen. Als wüsste sie nicht, zu welcher Seite sie gehörte, stand sie zwischen ihnen.

»Ich kämpfe für meine Liebe! Ich raube sie nicht.« Aywens Stimme war in Alkohol getränkt.

»Genau das hat Euer Vater auch immer gesagt. Und seht, wohin es Euch geführt hat!« Der Winterkönig spreizte die Flügel – das, was von ihnen übrig war –, der Sturm schwoll zu einer heftigen Böe an und fegte Aywen und Anwielle beinahe von den Beinen. Des Königs Auge loderte eisblau, den Mund hatte er zu einem Strich zusammengekniffen.

Aywen hielt sich den Arm vors Gesicht, als Tiron Norhar Hagelkörner schickte.

»Ihr habt mir einen meiner Männer geraubt, dann beinahe mein Augenlicht! Meine Flügel! Und jetzt Anwielle? Das werde ich nicht zulassen!«, dröhnte der König und hob die Arme.

Er sandte Donner, die die Burg erschütterten, und Eisblitze, die Aywen mit zuckenden Feuersäulen erwiderte. Wolken krachten aufeinander, spuckten Regen und Schnee. Zu Aywens Füßen breitete sich augenblicklich ein See aus Eis aus. Er spiegelte sich darin, und was er zu sehen bekam, gefiel ihm ganz und gar nicht. Sein vor Wut und Schmerz verzerrtes Antlitz, die Feuerstrahlen, die nicht versiegen wollten, der Schreck – die Abscheu – in Anwielles Augen.

Um den Anblick zu vergessen, schüttelte Aywen den Kopf, trat auf den König zu, sie fixierten sich, während der Himmel über ihnen fauchte wie ein feuerspeiender Drache, das Meer unter ihnen wütete und Fische und Wale spie und Nyivalor Stein für Stein in sich zusammenbrach.

»Und was wollt Ihr mir rauben? Seid Ihr nur hier, um Eure Braut mit Euch zu nehmen? Oder seid Ihr hier, um die Burg einzunehmen und den König zu stürzen?«

Tiron Norhar lachte auf. Es hörte sich an wie das Heulen eines Wolfes. »Wenn ich das gewollt hätte, hätte ich das schon bei meiner Ankunft getan. Ohne dass Ihr auch nur einen Finger hättet rühren können. Obwohl ich nicht einmal wüsste, was ich mit solch einer maroden Burg und einem solch kargen Land anstellen sollte!«

Blitze und Eissäulen trafen aufeinander, kämpften miteinander wie brunftige Hirsche, deren Geweihe sich ineinander verkeilten.

»Hört auf! Hört endlich auf!«, schrie Anwielle und stellte sich zwischen die beiden Widersacher. Zur Beschwichtigung hob sie die

Hände. »Das muss ein Ende haben!« Feuer und Eis tobten um sie herum, ihr Kleid bauschte sich auf wie eine Welle, die roten Haare loderten im Wind. Tränen standen ihr in den Augen, Blut sickerte durch den weißen Stoff, tropfte auf den glatten Boden. »Ich werde diesen unsinnigen Kampf nicht zulassen!«

Das Auge des Königs glitzerte eisig auf, der Wolf in ihm kämpfte um die Oberhand. Sein Geist sträubte sich dagegen, doch sein Körper hieß ihn sichtlich willkommen. In einem Wirbel aus Federn und Schneeflocken blitzte seine Wolfsgestalt immer wieder auf, und Aywen ahnte, dass der König dazu in der Lage war, ihn zu verschonen, das Raubtier ihn aber töten würde.

Eine gewaltige Böe fegte um den Turm, mit einem Knall schlug ein Blitz ein, die unversehrten Fenster zersprangen unter dem Druck, Steine und Dachziegel schnellten zu Boden, der hölzerne Dachstuhl fing sofort Feuer. Aywen hörte das Ächzen und Knistern des morschen Holzes. Flammen züngelten die im Wind wehenden Vorhänge auf und ab.

»Geht! Geht, solange der Turm noch steht!«, rief Aywen Anwielle zu. Regentropfen perlten in seinen Mund, als der Turm seiner verstorbenen Mutter begann, in sich zusammenzustürzen. Geröll versperrte augenblicklich die Tür, Blitze zuckten über den Himmel.

Der Boden wackelte, der Turm neigte sich zur Seite, Steine trafen Aywen im Gesicht, fliegende Funken verfingen sich in seinem Haar, Blut benetzte die Wange. Die Wunden ignorierend versuchte er, nach Anwielles Hand zu greifen, um sie mit sich zu ziehen. Fort! Einfach nur fort von hier! Selbst wenn er nicht wusste wohin. Steine und Feuerfunken, Hagel und Regen schossen um ihn herum, erschwerten ihm die Sicht. Er konnte nicht mehr klar sehen, nicht mehr klar denken. Ein glutheißer Blitz schnellte aus seinen Fingerspitzen und schleuderte Anwielle gegen die Mauer, ihr Schrei ging in dem Tosen unter. Der einstürzende Turm bebte unter dem Gewitter, und Aywen verlor den Boden unter den Füßen. Er knallte auf die Knie, Pein fuhr ihm durch die Knochen. Mit den Fingernägeln krallte er sich fest, auf dem rutschigen Stein fand er jedoch keinen Halt, Schweiß perlte die Stirn hinab, die geschundenen Arme ächzten unter dem Schmerz.

Eine heftige Böe verfing sich in den Schwingen des Königs und Tiron Norhar verlor das Gleichgewicht. Er trudelte auf den Abgrund zu, wechselte immer wieder zwischen menschlicher und tierischer Gestalt hin und her, ehe er drohte, den Turm hinabzustürzen. Hektisch fing er an, mit den Flügeln zu schlagen, als er den Boden unter den Füßen verlor, doch sie waren zerfetzt, die Kiele zerbrochen, sie konnten ihn nicht in der Luft halten. Sein Körper war zu schwer.

»Tiron!«, schrie Anwielle.

Aywen robbte auf den Abgrund zu, die Schräge weiter hinab. Der König durfte nicht sterben. Das durfte nicht geschehen!

Plötzlich ließ der Schneeregen nach, ebenso der Wind. Ehe Aywen den Blick in die Dunkelheit wagte, biss er sich auf die Unterlippe. Mit einer Hand hielt er sich an einer Zinne fest, die unter seinem Griff zerbröckelte. Stückchen für Stückchen kroch er nach vorne, sein Puls raste, sein Atem rasselte, als plötzlich Finger nach ihm griffen. Der König hing über der dunklen Leere, das Meer toste unter ihm, mit nur einer Hand hielt er sich an dem Vorsprung fest. Verzweiflung stand in seinem Auge, Angst.

Aywen umfasste sein Handgelenk, versuchte, den König mit nur einer Hand hochzuziehen. Doch der abflauende Wind fuhr immer wieder in die gespreizten Schwingen, die aufgewühlten Wellen leckten an ihm, und im nächsten Moment knurrte der Wolf Aywen an, zwickte ihn in die Finger, damit er ihn losließ. Aber Aywen kam seinem Wunsch nicht nach. Krampfhaft hielt er ihn fest, ließ die Bisse über sich ergehen, bevor sich der König wieder in menschlicher Gestalt zeigte.

Der Turm neigte sich mehr und mehr, und die Schmerzen in Armen und Fingern waren kaum mehr auszuhalten. »Nehmt Eure andere Hand hinzu!«, zischte Aywen.

»Wir werden beide sterben«, röchelte Tiron Norhar.

»Dann werden wir sterben. Aber nicht ohne einen weiteren Versuch.« Aywen blickte ihn fest an, es war das erste Mal, dass nackte Angst im Auge des Königs schimmerte.

Aywen biss die Zähne zusammen, als der König versuchte, mit der zweiten Hand nach Aywen zu greifen, um sich nach oben zu ziehen. Blut strömte über ihre Hände, und Aywen konnte kaum ausmachen, wessen es war, doch es machte des Königs Griff glitschig und er rutschte immer wieder ab. Sie krachten ein Stück nach unten, als der Dachstuhl zusammenbrach und die Burg erschütterte. Vor Schreck öffnete Aywen die Hand, mit der er die Zinne umklammert hatte, und die beiden schlitterten über den Vorsprung, dem Abgrund entgegen. Tiron Norhar baumelte über der unendlichen Tiefe des Meeres. Der silberne Stirnreif glitt aus seinem Haar, Aywens Blick folgte ihm, bis er im Ozean versank und ein letztes Mal so hell aufblitzte wie der Mond.

Aywen stieß einen markerschütternden Schrei aus, als er mit der zweiten Hand nach Tiron Norhar griff. Er versuchte, ihn an den Schultern zu packen und mit einem Ruck den König und sich selbst weg vom Abgrund zu wuchten. Die Adern auf seinem Handrücken stachen hervor wie Flüsse auf einer Landkarte, der Stoff an Norhars Wams krachte unter der Last.

Plötzlich spürte Aywen, wie sich etwas in seinen Stiefeln, dann in seinen Hosenbeinen verbiss. Er wagte einen Blick nach hinten. Es war Anwielle, die sich in eine Wölfin verwandelt hatte und voller Verzweiflung versuchte, die beiden festzuhalten. Hinter ihr loderten die Gemächer Königin Soljaras in einer wütenden Feuersbrunst auf. Schwarzer Rauch waberte um das eingestürzte Turmzimmer. Ein Teil der Vergangenheit, die Aywen nicht kannte, stürzte ins tobende Meer. Anwielle knurrte und zerrte an seinen Hosen, schüttelte den Kopf, stemmte sich mit den Vorderpfoten in den glatten Boden. Doch auch in Wolfsgestalt war sie nicht stark genug, zwei Männer zu retten.

Mittlerweile hing Aywen mit dem gesamten Oberkörper über dem Abgrund, seine Kraft schwand, und er konnte sich kaum noch festhalten, geschweige denn den König. Die Arme zitterten, die Finger verkrampften sich, die Pein in seinen Beinen schwoll an, als Anwielle Haut und Fleisch erwischte. Gemeinsam mit der Wölfin rutschte er auf den Abgrund zu, er hörte, wie ihre Krallen über den Boden schleiften, wie sie hechelte.

Der Boden neigte sich mehr und mehr dem Abgrund entgegen, Steine fielen hinab, Bücher und Kerzenständer aus den Gemächern der Mutter trudelten an ihm vorbei. Auf den tosenden Abgrund zu.

»Lasst mich gehen, Prinz Aywen«, krächzte Tiron Norhar. Schweiß stand auf seiner Stirn, die Augenklappe hatte sich mittlerweile gelöst, eine klaffende dunkle Höhle und rot verbranntes Fleisch prangerten Aywens Schuld an.

Gischt spritzte ihnen entgegen, als der Turm in einem Ruck Richtung Meer sackte. Steine und Felsbrocken schossen um sie herum, Aywen wurde abermals an der Schläfe und an der Brust getroffen. Anwielle schnappte nach seinem Umhang. Er ächzte, ihm wurde kurz schwarz vor den Augen.

»Ich werde Euch nicht loslassen!«

»Warum? Weil Ihr mir nicht auch noch mein Leben rauben wollt?« Ein gequältes Grinsen umspielte des Winterkönigs blutverschmierte Lippen. »Wir sind alle dem Tode nahe. Setzt nicht das Eure und das meiner Winterbraut aufs Spiel!« Seine Stimme war nur noch ein heiserer Hauch.

»Ich … ich kann nicht«, stöhnte Aywen. Die Glut der Flammen leckte an seinen Beinen, an seinem Rücken. »Ich werde Anwielle das nicht antun.« Sein Griff wurde fester, obwohl er wusste, dass er es nicht schaffen würde, sie alle zu retten.

»Ihr habt vieles falsch gemacht, zukünftiger König der Nordlande. Ich habe vieles falsch gemacht. Aber jetzt habt Ihr die Möglichkeit, etwas richtig zu machen.« Tiron Norhar presste die Lippen aufeinander, die Ader auf seiner Stirn pochte. »Rettet Euch und Lady Anwielle«, er hustete, spuckte Blut, »ehe es für uns alle zu spät ist.« Das Feuer in Aywens Rücken spiegelte sich im Auge des Königs wider.

Aywen spürte, wie sich Tränen in seinen Augen sammelten. Die Arme fühlten sich an wie saure Milch, der Magen verkrampfte sich, doch er lockerte seinen Griff nicht. Tiron Norhar änderte die Gestalt. Fell kroch über seine Wangen, die Zähne verlängerten und spitzten sich zu. Die verletzten Flügel flatterten im Wind, benetzt von der Gischt.

Des Königs Pfoten drohten aus Aywens Händen zu gleiten, doch Aywen robbte ein weiteres Stückchen nach vorne, während sich Anwielle verzweifelt in seinem Umhang verbiss und daran zog und zerrte. Es war Aywen, als schüttelte der Wolf den Kopf und schloss für einen flüchtigen Moment die Augen, ehe er die Zähne in Aywens

Handgelenk schlug. Vor Schmerz zuckte Aywen zurück, und der Winterkönig trudelte dem Meer entgegen.

Aywen streckte die blutenden Hände nach ihm aus, doch es war zu spät. Die Schwingen krachten gegen den Felsen, das Toben der See übertönte das Geräusch, als sie brachen. Wie Arme griffen die Wellen nach dem stürzenden Körper und verschlangen ihn, als hätten sie schon Ewigkeiten auf ihn gewartet.

Weiße Federn schwammen auf dem Schaum, der auf den Wellen tanzte.

Kapitel vierundzwanzig

Der Weg des Schicksals

Anwielle schlug die Augen auf. Etwas kratzte an ihrer Haut. Es war ein Umhang aus gefilzter Wolle. Rauch biss in ihrer Nase, Funken stoben durch den grauen Himmel, Ascheflocken, rosig weiße Blüten. Die Sonne war bereits aufgegangen, das Zwitschern der Vögel erfüllte die Luft. Blut sickerte auf den Boden, sie schmeckte es auf der Zunge. Sie lag auf einem Felsvorsprung, kaltes Wasser schwappte an ihren nackten Beinen auf und ab. Ein Blick hielt sie fest, Arme. Es war Aywen.

»Ihr lebt«, flüsterte er und küsste ihre Stirn. Seine Lippen waren rau und eisig.

Pferde grasten auf der Ebene, ebenso Schafe und Ziegen. Hühner und Gänse flatterten um sie herum.

Anwielle wusste nicht, wie sie sich in Sicherheit gebracht hatten, wie sie den Flammen entkommen waren. Ihr Körper schmerzte, er erinnerte sich an die gestrige Nacht. Besser als sie.

»Wie?« Ihre Stimme war ein heiseres Krächzen. »Wo sind wir?«

Aywen strich ihr eine Strähne hinters Ohr. Mit dem Kopf lag sie auf seinem Schoß. »Wir sind hinabgestürzt. Die Äste des Apfelbaumes … ich weiß nicht, wie … aber sie haben unseren Sturz abgefangen. Als wäre er lebendig geworden. Danach habe ich Euch ein Stück getragen. Ihr wart immer noch in Wolfsgestalt.« Er räusperte sich. »Meine Kräfte haben mich verlassen und dann habe ich gewartet, bis Ihr aufwacht. Hier auf dem Felsvorsprung unter der Burg.« Tränen lauerten in seinen rot unterlaufenen Augen, Ruß, Staub und Blut benetzten seine Wangen, verklebten sein Haar.

Ihr Blick wanderte nach oben. Die Krone des Apfelbaumes thronte über ihnen. Wie ein schützendes Dach. »Woher wusstet Ihr, dass ich keine Wölfin bleiben werde?« Ihr Mund war trocken, jedes Wort fiel ihr schwer.

Gemächlich ließ er die Strähne durch die Finger gleiten, ehe er antwortete. Sie waren sichtlich steif vor Kälte, und sie fragte sich, ob er sie die ganze Nacht in den Armen gehalten hatte, obwohl er unter ihren Kräften litt. »Ich habe zur Mutter der Erde gebetet. Andradur und Hilmur haben ihre Gesänge angestimmt.« Er schluckte schwer. »Mir blieb nichts als hoffen, dass Ihr den Weg zurückfindet.«

»Und der Winterkönig? Wo … wo ist er?«, wisperte sie, als die Erinnerungen an die letzten Stunden allmählich zurückkamen.

Sie versuchte aufzustehen, doch Aywen hielt sie fest, schüttelte den Kopf. Bedauern ließ seine Augen feucht schimmern. »Seine Männer haben den Strand abgesucht.« Er sprach so leise, sie konnte ihn kaum verstehen. Er drückte sie an sich, küsste ihr Gesicht wieder und wieder. Tränen rannen über seine Wangen, benetzten ihre Haut, sie schmeckte Salz. »Es tut mir leid. Ich habe Unglück über uns gebracht. Nur ich«, murmelte er immerzu.

Doch Anwielle konnte seine Zuneigung nicht erwidern, geschweige denn ihm seine Schuld vergeben, ihm ihre Dankbarkeit zeigen. Sie sah und spürte seine verkrusteten Fingerspitzen, die Tränen, die sich mit ihren vermischten. Sie entriss sich seiner Umarmung und stand auf, schwankte, stützte sich am Felsen ab. Die Menschenbeine wollten ihr noch nicht gehorchen. Die Welt um sie herum drehte sich. »Ich muss ihn finden! Er muss leben.« Verzweiflung mischte sich in ihre Stimme,

Tränen. Sie wickelte den Umhang, den Aywen ihr umgelegt haben musste, fester um sich.

»Der Winter lebt. Er wird wiederkommen.« Aywen räusperte sich. Er klang sanft, so sanft, obwohl sie ihn abgewiesen hatte. Wieder einmal. »Bloß in anderer Gestalt.« Er blickte aufs Meer hinaus. Die Blüten des Apfelbaums trudelten auf dem Schaum umher. Oder waren es weiße Federn?

Anwielle rieselte ein eisiger Schauder über den Rücken. »Ihr meint doch nicht …?«

Aywen nickte, Tränen klebten in seinen Wimpern. »Ihr seid nun die Gebieterin des Winters.« Er verstummte.

Die Gebieterin des Winters.

»Ihr wisst, was das bedeutet?« Aywen erhob sich, sichtlich fiel ihm jede Bewegung schwer. Er biss die Zähne zusammen, schloss immer wieder die Augen. Er trat neben sie, beide blickten sie nun aufs Meer hinaus. Ihr Umhang flatterte im Wind, Aywen fröstelte, er ballte die Hände zu Fäusten. »Ihr müsst mit den Wölfen rennen. Mit ihnen das Lied der Nacht anstimmen. Nur so könnt Ihr völlig genesen. Und über Euer Land herrschen.«

»So wie Ihr über das Eure.«

»Uns bleiben nur noch Wimpernschläge zu zweit, Anwielle.«

»Ehe der Sommer naht.«

»Und Eure Wolfsgestalt nur noch ein Schemen im Nebel Eurer Erinnerungen ist.« Aywen nahm ihre Hand, es war, als führe ein Blitz durch sie hindurch. Anwielle zuckte zusammen.

Lunrah weinte, als Anwielle ihre Sachen zusammenpackte und sich ankleidete. In ein Reitgewand, das Tiron Norhar ihr mitgebracht hatte. Rock und Reitstiefel aus feinstem Wildleder, ein Mantel mit Stehkragen und einem Gürtel, auf dem ein silberner Wolf prangte.

Die Männer Tiron Norhars warteten bereits unten im Burghof auf sie, als sie die Treppe hinabschritt. In Wolfsgestalt trabten sie unruhig von einer Ecke zur nächsten und wieder zurück. Es dürstete sie nach Rache, doch Anwielle war nun ihre Gebieterin und sie unterstanden ihren Befehlen. Ein schneller Aufbruch schien ihr trotzdem sicherer zu sein, um Nyivalor nicht einer erneuten Gefahr auszusetzen. Ihr Pferd, der rötlich glänzende Apfelschimmel, das Geschenk des Winterkönigs, stand gesattelt neben Tollvin. Aywen saß auf dem Rand des Brunnens, schnitzte Pfeile. Als er ihre Schritte hörte, blickte er auf. Sein Gesicht war gezeichnet von der gestrigen Nacht. Graue Schatten umspielten die Augen, Schürfwunden zierten die Wangen, seine Haare hatte er achtlos zu einem Zopf geflochten. Behäbig waren seine Striche, als er mit dem Messer über das Holz fuhr. Sein Lächeln wirkte gequält, selbst wenn es seine Augen zum Funkeln brachte, als er sie ansah und jeden Moment auskostete.

Zur Begrüßung neigte Anwielle leicht den Kopf, doch Aywen blieb sitzen, Pfeil und Messer in den Händen, und beobachtete sie bloß. Zu viel stand zwischen ihnen, um jetzt noch mit Reden anzufangen. Er ließ sie gehen. Etwas, was der Winterkönig womöglich nicht vermocht hätte.

Lunrah streichelte ihr ein letztes Mal über die Wange, konnte ihr nicht in die Augen blicken, kein Wort mit ihr wechseln. Stattdessen wandte sich die Magd abrupt von ihr ab, schnürte die Beutel voller Proviant an den Sätteln der Packpferde fest, schniefte, wischte sich die Nase ab. Anwielle ging zu Tollvin, küsste ihn zum Abschied auf die Stirn, der lief rot an, fing an zu brabbeln.

»Du musst nichts sagen. Niemand muss etwas sagen«, flüsterte sie ihm zu.

Rauchfahnen schwebten durch die Luft. Andradon und Hilmur hatten im Lauf des Tages in jeder Himmelsrichtung Fackeln entzündet. Um der Seele des Winterkönigs den Weg zu weisen. Um dem Verstand des Königs den Weg zur Burg zu weisen, falls er doch überlebt haben sollte. Anwielle hatte ihn kaum gekannt und dennoch trauerte sie um ihn. Sie mied den Blick nach oben, dorthin, wo einstmals der Turm von Aywens Mutter hoch über der Burg gethront und Tiron Norhar den Tod gefunden hatte. Dorthin, wo König Radrann trauerte und zürnte.

Sie wusste, dass an ihnen allen Schuld klebte. Am Frühlingskönig, der seinem Sohn die Wahrheit verheimlicht hatte, an Aywen, der seine ihm unbekannten Kräfte aus Zorn und Eifersucht heraufbeschworen, und am Winterkönig, der die Provokation nicht gemieden, sondern herausgefordert hatte. An ihr selbst. Weil sie eine Entscheidung getroffen und nur an sich gedacht hatte.

Aywen näherte sich ihr, und jeder Schritt stach ihr in der Brust. Doch er kontrollierte bloß den Bauchgurt des Sattels, vergewisserte sich, dass das Zaumzeug richtig saß. Wortlos gingen sie über die Zugbrücke, die Wölfe galoppierten ihnen voll Ungeduld voraus, die Packpferde zockelten gemächlich im Schritt hinter ihnen her. Anwielle führte die Stute am Zügel, Aywen das Reitpferd des toten Winterkönigs. Es kam ihr seltsam vor, den eleganten Schimmel an Aywens Seite laufen zu sehen.

Ihr Herz fühlte sich an wie ein kalter, schwarzer Stein, weil sie sich auf die Welt jenseits der Klippen freute, zumal sich ihre freie Hand beim Gehen in die Aywens schlich. Denn sie hoffte, dass der Klang ihrer Schritte und der Hufe der Pferde auf der Brücke noch lange in ihr nachhallen würde, als sie auf die Ebene hinaustraten und das Gras den Klang ihrer Tritte verschluckte. Sie war noch nicht bereit, Aywens Hand loszulassen, geschweige denn den Fuß in den Steigbügel zu stellen und davonzugaloppieren. Ohne einen Blick zurück.

Doch Aywen nahm ihr die Entscheidung ab, als er sie in seine Arme zog. Vor Erstaunen ließ sie die Zügel ihres Reittieres fallen. »Erste Regel …«, flüsterte er in ihr Haar.

»Niemals die Zügel loslassen.« Unwillkürlich lächelte sie, selbst wenn ihr nicht danach zumute war.

»Niemals die Zügel loslassen«, wiederholte er. Trauer floss über seine Stimme. Er las die Zügel vom Boden auf und hielt nun die edelsten Tiere von Vyntherbergen in den Händen, schenkte ihnen jedoch keinerlei Beachtung.

»Niemals loslassen.« Tränen rannen ihr über die Wangen, als sie sich erneut an ihn schmiegte und seinen Geruch einsog. Heu und Leder, Flammen und Rauch, Apfel und Salz. Ihre Hände glitten zu seinem Nacken, lösten den Zopf, die offenen Haare erinnerten sie an die Beltanenacht.

Aywen hielt zischend den Atem an. Er nahm ihr Gesicht in die Hände, streichelte mit den Daumen ihre Wangen. »Ich werde auf Euch warten. Ich werde nach Euch suchen. Beim ersten Schneefall.«

Sie beobachtete die Tränen, die auf Aywens Wimpern glitzerten – das Meer spiegelte sich in ihnen –, nicht fähig, ihm in die Augen zu sehen. »Es wird noch eine Weile dauern.«

»Hier oben im Norden kehrt der Winter stets sehr früh nach Hause.« Mit einem sanften Lächeln küsste er die Tränen weg, die über ihre Lippen tropften.

Nach Hause. Nyivalor war nicht mehr ihr Zuhause. Kurz schloss sie die Augen. »Wartet nicht auf mich.« Anwielle strich ihm über die Brust, ihr stetiges Heben und Senken schenkte ihr Mut, Worte auszusprechen, die ihr so unendlich schwerfielen, das raue Leder unter den Fingerspitzen beruhigte sie. »Tanzt nicht mit Geistern in den Hallen Eurer Ahnen.«

Aywen zog die Augenbrauen hoch, doch ehe er etwas erwidern konnte, legte Anwielle den Zeigefinger an seine Lippen, stellte sich auf die Zehenspitzen und küsste ihn. Er schmeckte nach dem Salz des Meeres und seiner Tränen. Aywen umfasste ihre Taille, drückte sie fest an sich. Seine Finger fühlten sich an wie Sonnenstrahlen, die sie durchfluteten, machten sie müde. Nachgiebig. Am liebsten wäre sie in seinen Armen versunken, nie wieder aufgetaucht. Dann wäre sie geblieben.

Um sich in seiner Umarmung und seinem eindringlichen Kuss nicht vollends zu verlieren, machte sie sich rasch von ihm los. Ein letztes Mal strich sie ihm eine Strähne hinters Ohr, glitt mit den Fingern über seinen Mund, spürte seinen Atem, die Bitte, die auf seiner Zunge brannte. Trotz allem.

Mit den Fingerspitzen zeichnete sie den Schwung seiner Augenbraue nach, die Linie seiner Nase, die Narbe auf seiner Wange. Eine stetige Erinnerung an ihre erste Begegnung. Jede Feinheit seines Gesichts wollte sie sich einprägen, auf dass sie den Frühling niemals vergessen würde, gleichgültig, wie lange der Winter währte.

Aywen nahm ihre Hand, küsste sie, ehe er seine Stirn an die ihre lehnte. Sie hielten inne, als könnten sie die Jahreszeiten in Vergessenheit geraten lassen, sogen den Atem, die Hoffnung des anderen ein.

Anwielle senkte die Lider, wandte sich von Aywen ab. Sie ertrug es nicht, sich in seinen Augen zu spiegeln. Sie nahm ihm die Zügel ab, stellte den linken Fuß in den Steigbügel, schwang sich in den Sattel.

Aywen strich der zimtfarbenen Stute über den Hals, verharrte dort mit der Hand, ehe er Anwielle zunickte.

Behutsam presste sie die Schenkel an den Leib des Tieres. Es bäumte sich auf, galoppierte sofort los. Der Wind zog an Anwielles Haaren, trocknete ihre Tränen. Nie hatte sie sich freier gefühlt. Rasch blickte sie zurück, ließ das Pferd sich einmal im Kreis drehen, bevor sie es über die Ebene davonpreschen ließ. Zögerlich hob Aywen die Hand, sein Umhang flatterte leicht im Wind.

Die Wölfe galoppierten vor Anwielle her, die anderen Pferde hinter ihr. Sie musste sich nicht umsehen, um zu wissen, dass Aywen so lange an Ort und Stelle verweilte, bis der Wald sie verschluckte, der Klang der Hufe verebbte, das Hecheln der Wölfe sich mit dem Rauschen der Kronen vermischte.

Kapitel fünfund-zwanzig

Ein Bett aus Asche

Auf Burg Nyivalor vergingen die Tage und Nächte. Dunkler und trister wurden sie, und Aywen sperrte sich auf der Burg ein, obwohl der Turm der Mutter in Schutt und Asche lag und Arbeit auf ihn wartete, Estenidas und Tobi. Bald kehrten Herbst und Winter zurück, und während Aywen keinen Schlaf fand, hoffte er auf ein Zeichen von Anwielle. Ein Heulen in der Nacht, das Leuchten von bernsteinfarbenen Augen aus dem Dickicht des Waldes heraus, ein unheimliches Tapsen auf den Gängen.

Doch sein Hoffen war vergeblich.

Der Winter ging und der Frühling hielt Einzug. König Radranns Verwandlung stand bevor, doch er war fiebrig und schwach, krümmte sich im Bett vor Qual, schlug und trat im Wahn um sich. Aywen und Lunrah flößten ihm gesüßten Tee ein, kühlten Wangen und Stirn, hielten ihn fest. Fell spross an seinem Hals, ein zartes Geweih schälte sich aus der Stirn, doch wenige Augenblicke später lag kein erwachen wollender Hirschkönig in den feuchten Laken, sondern ein alter Mann, der sterben wollte.

Der Tag kam, an dem sich sein Wunsch erfüllte, und die restlichen drei Bewohner der Burg schenkten dem toten König ein Grab im Feuer, sodass die Asche dem Land einen letzten Funken Leben bescherte.

Die Flammen waren kaum erloschen, als sich das Hirschblut in Aywen regte. Er nahm ein Bad im eiskalten Meer, so lange, bis sich die Haut blau verfärbte und er Zehen und Fingerspitzen kaum mehr fühlen konnte. Doch noch immer pulsierte etwas Wildes in ihm, selbst als er noch spät in der Nacht am Rand der Klippe saß und die Hände in den eiskalten Stein krallte. Obwohl Haare und Kleidung durchnässt waren, er am ganzen Leib zitterte und die Sonne bereits untergegangen war, wusste Aywen, dass er die Verwandlung nicht aufhalten konnte. Vielleicht für diese eine Nacht, doch die Kraft der Sonne war bereits zu stark und der Funken Wärme in seinem Körper wollte nicht verhauchen. Er durfte diesen Frühling kein Mensch mehr bleiben. Aywen war der Kronprinz, er konnte das Schicksal nicht besiegen, weil er sich dem Nachtwind hingab und hoffte, dass die zitternde Kälte seine Zukunft veränderte.

Seufzend zog er sich in seine Gemächer zurück, und es fühlte sich an, als galoppierten mehrere Rehe durch ihn hindurch, als er das Feuer im Kamin löschte und die Fenster aufriss, um den letzten Winterhauch auf die Burg einzuladen. Er dachte an Anwielle und ihren langsamen Herzschlag, die kühlen Fingerspitzen, den Frost auf Wangen und Lippen, als er sie im Wald entdeckt hatte. Doch all die Erinnerungen ließen den heißen Funken in seinem Bauch nur noch mehr auflodern. Er riss sich das Hemd vom Leib, warf es auf den Boden, betrachtete die Bilder, die er von Anwielle geschaffen und zerstört hatte. In Fetzen hingen sie an der Wand oder lagen auf dem Boden. Aywen schlug die geballten Fäuste in die Steinmauer, lehnte die fiebrige Stirn an den kühlen Stein, während die Verwandlung einsetzte. Die Fingernägel krallten sich in das weiche Fleisch der Handflächen, der Hauch eines Schmerzes konnte die Unruhe, die in ihm hauste, jedoch nicht vertreiben. Schweiß brach ihm aus, die Adern in seinem Handgelenk pochten, als flössen brennende Flüsse hindurch. Er schloss die Augen, drehte sich um, lehnte den Kopf gegen die Wand. Er war noch nicht bereit. Er wollte sein menschliches Dasein noch nicht loslassen. Der Vater hatte ihn kaum darauf vorbereitet, was mit ihm geschehen würde, denn nach dem Tod des Winterkönigs und dem Abschied von Anwielle waren wieder Stille und Schweigen auf der Burg eingekehrt. Jedes Wort, jede Geschichte hatte er ihm entlocken müssen, und bald hatte Aywen nicht mehr gewusst, was dem Verstand des verstorbenen Vaters entsprungen war und was dem Wahnsinn.

Aywens Herz raste, als hetzten ihn Wölfe durch den Wald, als spränge er durch ein Flussbett und einen steilen Hang hinauf, bis er einen zweiten Herzschlag vernahm. Ängstlich, scheu und wild. Ein dumpfes Pochen hinter der Stirn ließ seinen Kopf dröhnen, Galle kämpfte sich die Speiseröhre hinauf. Ein Geräusch, als zerschellte ein Tonkrug auf dem Steinboden, erschreckte ihn. Dann ein Schmatzen und Gurgeln. Etwas wuchs aus seiner Stirn. Bald gaben die Beine unter ihm nach und er sank auf die Knie. Aywen wagte es nicht, die Augen zu öffnen und seine Beine zu betrachten. Sie fühlten sich anders an. So wackelig.

Er versuchte, sich den Schweiß aus der Stirn zu wischen, doch seine Finger waren Hufen gewichen. Das warme Horn spürte er nur allzu deutlich. Die Bewegung war ihm unmöglich.

Aywen hatte sich verwandelt.

Er sprang auf, als hätte ihn ein Donnerschlag wachgerüttelt, oder der Ruf eines Wolfes. Der Holzboden war glatt, Aywen schlitterte über das Parkett. Mit dem Geweih stieß er einen Krug und einen Kelch um, zerschlitzte die Gemälde. Er krachte in den Spiegel neben dem Bett, rutschte auf dem ausgeschütteten Wasser auf. Er wollte raus! Nur raus! Das war der einzige Gedanke, der ihn beschäftigte.

Aywen polterte gegen die Holztür, wieder und immer wieder, er hörte laute Rufe, sehen konnte er niemanden. Ihm machten das Trampeln und die Schreie Angst. Er wollte fliehen, doch er war gefangen zwischen vier Wänden, egal, wohin er sich wandte. Aywen stieg und galoppierte im Kreis, sein Herz raste. Das fremde ebenso. Er stellte die Ohren auf, witterte Menschen. Sie näherten sich ihm. Unaufhörlich.

Die Tür flog auf, eine Frau und ein junger Mann erschienen im Türrahmen. Aywen zog die Lippen hoch. Er kannte die beiden, kannte ihre Gerüche. Lunrah. Tollvin. Lunrah roch nach Kräutern, Tollvin nach anderen Tieren. Die beiden waren seine menschlichen Gefährten gewesen. Doch jetzt, jetzt waren sie sein Feind. Er roch die Aufregung, die durch ihre Adern pulsierte. Ihre Furcht. Sie hatten die Augen aufgerissen, dennoch versuchten sie, mit leisen Stimmen auf ihn einzureden. Sie hielten die Hände hoch, machten ihm dadurch nur noch mehr Angst. Aywen drehte sich im Kreis.

»Aywen«, flüsterte die Frau. »Wir sind es. Alles ist gut.«

»Ich glaube, wir sollten ihn gehen lassen.« Der Junge mit den verwuschelten Haaren und den verschlissenen Hosen blickte ihm tief in die Augen.

Die Frau schüttelte den Kopf, schlug sich mit der Hand auf den Mund und wandte sich ab. »Nicht auch noch er«, schluchzte sie.

»Er wird wiederkommen, Lunrah.«

»Und wenn nicht?« Unter dem Wimmern war sie kaum zu verstehen.

Der Junge zwinkerte ihr zu. »Dann herrschen wir über Nyivalor.«

»Du verrückter Kerl!« Sie schnippte ihm die Kappe vom Kopf, sie fiel auf den Boden und der Junge schnappte nach ihr.

Aywen erschrak ob der plötzlichen Bewegung und stürmte aus der Tür. Er eilte durch dunkle Gänge, sprang in Rüstungen, die laut klapperten, warf Büsten und Tische um. Er irrte durch den steinernen Wald, die aufgebrachten Stimmen und die hallenden Schritte hinter sich. Bald wusste Aywen nicht mehr ein noch aus, er schlitterte über den Boden, galoppierte im Kreis. Die kleinen Flammen, die überall loderten, neckten ihn, scheuchten ihn immer weiter.

Er schnaubte, als die Menschen ihn wieder eingeholt hatten. Sie wisperten, sie duckten sich weg, als er den Kopf senkte, drohend auf sie zuschritt, das Geweih als seine mächtigste Waffe einsetzte. Er wollte nur weg von ihnen. Er roch Blut an den Händen der Frau, Schmerz und Leid. Es hockte unter ihren Fingernägeln, und Aywen stampfte mit dem Vorderhuf auf.

»Ich lass die Zugbrücke herunter!«, rief der Bursche.

»Die Zugbrücke?«

»Ja! Aywen kennt uns nicht mehr. Wir müssen versuchen, ihn nach draußen zu scheuchen.«

»Wir … wir … sollen ihn gehen lassen?« Die Magd strich sich mit fahrigen Bewegungen das Haar hinters Ohr, knirschte mit den Zähnen.

»Er wird wiederkommen. Im Sommer wird er wiederkommen.«

Die Frau verstummte. Tränen sammelten sich in ihren Augen, als sie die Worte des Jungen wiederholte: »Im Sommer wird er wiederkommen.«

Bedeutete Aywen ihr etwas? Was verband die beiden?

Der Junge eilte davon. Aywen schüttelte den Kopf, als die Frau plötzlich einen Stock schwang und ihm näher kam.

»Geh, Aywen! Geh!«, flüsterte sie, schwenkte das Holz sachte in seine Richtung.

Ein weiteres Mal schüttelte Aywen den Kopf, die Frau ließ beinahe den Stock aus der Hand fallen, als sie vor ihm zurückschreckte. Doch die Zischlaute, die sie nun von sich gab, ließen Aywen davongaloppieren. Er setzte durch die Gänge, die Frau hetzte ihm hinterher.

Da! Dort vorne sah er Licht!

Er hielt darauf zu, stürmte ins Freie, galoppierte über einen steinernen Weg, direkt über dem Meer, bis er endlich eine weite Ebene erreichte und Gras unter den Hufen spürte. Er rannte weiter, immer weiter, sehnte sich nach dem Schutz des Waldes, der sich nicht weit entfernt von ihm in den Himmel reckte. Das Laub konnte er bereits riechen, die Vögel zwitschern hören, den Tau auf der Zunge schmecken.

Kapitel sechsundzwanzig

Der König des Waldes

Aywen irrte durch den Wald, ständig war er auf der Suche nach Nahrung und Wasser, Artgenossen. Überall da, wo er die Hufe aufsetzte, schmolz der Schnee, verfärbte sich das Gras grün. Der Himmel klärte auf, Knospen sprossen, Eichhörnchen hüpften keckernd von Ast zu Ast. Der Frühling kehrte ein, neues Leben erwachte. Es fühlte sich an, als gehörte es sich so. Allmählich wurden die Tage länger, die Nächte milder. Jeden Morgen rann frischer Tau seine Kehle hinab, Hunger und Kälte quälten ihn nicht mehr so sehr.

Aywen schenkte dem Wald Leben und der Wald ihm, dennoch konnte er das Gefühl nicht abschütteln, als wäre er ein Fremder, ein Eindringling. Er war auf der Hut vor Wildschweinen, die ihn mitten in der Nacht weckten und tiefer in den düsteren Wald hineintrieben. Um Schutz zu suchen, versuchte er, sich anderen Rehen anzuschließen, doch voller Misstrauen reckten sie die Hälse, sobald sie ihn wahrnahmen, und hetzten durch das Dickicht davon. Bald verlor er sie aus den Augen, kannten sie sich doch besser in den Wäldern an den Klippen aus, setzten sie trittsicherer die Hufe.

Aber Aywen war nicht gewillt aufzugeben. Immer wieder spürte er die kleine Gruppe auf, bis deren Anführer ihn zum Kampf herausforderte, weil er ihn als Widersacher betrachtete. Ihre Geweihe verhakten sich ineinander, stundenlang trotzten die beiden dem aussichtslosen Kampf, verloren sich darin. Aywen ging als müder und verletzter Verlierer daraus hervor. Einsam streifte er durch die Wälder, ruhte sich bei Tage im hohen Gras aus. Zitternd versteckte er sich im Gebüsch, wenn die Nacht einkehrte und er das Tapsen von Pfoten hörte, das Schlagen von wilden Herzen. Das Heulen der Wölfe jagte durch den Wald, und Aywen betrachtete den vollen Mond, der durch die Kronen schimmerte. Etwas in ihm regte sich. Eine ferne Erinnerung. Tief in seinem Herzen. Er konnte sie nicht fassen, sie war so weit entfernt wie die Wolken über ihm. Der Körper des Hirschs bebte, als der Gesang der Wölfe aus allen Richtungen zu ihm drang, und dennoch sehnte er sich danach, jeden einzelnen Ton zu vernehmen, ihr Fell zu berühren. Aus Angst vor sich selbst sprang er aus dem Gestrüpp heraus und eilte durch das dornige Unterholz. Weg von den singenden Wölfen, die ihn zu sich riefen, bis er das Rauschen des Meeres hörte. Die Wellen, die gegen die Klippen schlugen, die Rufe der Männer auf rauer See, das Knirschen des Holzes, das Rattern der Segel.

Als er den Waldrand erreichte, stutzte der Hirsch. Warum zog es ihn ausgerechnet hierher? An das Ende der Welt?

Er kehrte wieder in die Dunkelheit des Dickichts zurück, bis er am nächsten Tag erneut voll frisch gewonnenen Mutes den Waldrand auf und ab schritt, als wartete er auf irgendetwas, als wartete jemand auf ihn. Stundenlang hielt er sich im Schatten der Bäume auf, wagte es jedoch nicht, auch nur einen Huf auf die Lichtung zu setzen. Tage verstrichen, in denen der Hirsch wie ein heimlicher Wächter die Burg beobachtete. Manchmal sah er einen jungen Mann, der auf der Ebene Ziegen und Schafe hütete. Doch jedes Mal, wenn er in die Richtung des Hirschs blickte, duckte sich dieser in die Schatten zurück. Der Bursche hielt sich die Hand über die Augen, weil ihn die Sonne blendete, mit der anderen zeigte er auf ihn. Schnaubend trat Aywen einen Schritt rückwärts, schüttelte unwillig den Kopf.

Hatte der Junge ihn gesehen? Würde er den prächtigen Hirsch jagen? Er hatte die Menschen kennengelernt. Das Feuer, das durch ihre Adern wummerte, wenn sie Beute witterten. Die Erbarmungslosigkeit, wenn sie unter Hunger litten.

Aywen harrte aus und traute sich erneut aus dem Wald heraus, nur einen winzigen Schritt, als der Junge sich ins feuchte Gras setzte und stumm und still gen Wald blickte und wartete.

Sollte er zu ihm hinübergehen?

Der Geruch von Neugierde ging von dem Burschen aus, von Hoffnung, Freude.

Aywen machte einen weiteren Schritt auf die Ebene hinaus, die Sonne im Rücken. Stolz präsentierte er sich dem Jungen, der beeindruckt schien, als er durch die Finger pfiff. Die Schafe stoben auseinander und Aywen erschrak, flüchtete in die schützende Dunkelheit des Waldes. Er rannte und rannte, bis er nur noch seinen rasselnden Atem hörte, das unbändige Pochen seines Herzens. Er setzte über alles hinweg, was ihm vor die Hufe fiel. Tiefer und tiefer begab er sich in den Wald, bis die Dunkelheit hereinbrach und er erneut den Gesang eines Wolfes vernahm. Aywen hielt inne und lauschte der Melodie des Waldes und des Todes. Sie war klar und hell wie ein gurgelnder Bach und düster und rau wie ein Wintersturm. Plötzlich sah er eine Tänzerin im wallenden weißen Kleid, ihr Haar loderte wie der Sonnenuntergang. Sie bewegte sich zu der Melodie, die durch die Zweige tanzte wie Finger auf einer Harfe. Der junge Hirsch stampfte mit dem Vorderhuf auf und schüttelte den Kopf, er wusste nicht, woher diese Bilder stammten. Doch die Bilder hörten nicht auf, durch seinen Kopf zu wehen und sein ganzes Sein durcheinanderzubringen. Eine junge Frau mit einer Krone aus leuchtendem Stein wirbelte durch einen Saal voller brennender Kerzen und funkelnder Eiszapfen. Sie schenkte ihm einen Kuss inmitten eines Meeres aus Mohnblumen, Veilchen und Gänseblümchen. Sie schenkte ihm einen letzten Kuss und galoppierte davon. In einem Gestöber aus rostrotem Fell und Federn. Feuer wühlte sich durch den Bauch, verbrannte sein Herz.

Ehe sich weitere Erinnerungen an die Oberfläche kämpfen konnten, preschte Aywen aus dem Wald heraus, hielt auf das Ende der Welt zu. Steine rieselten hinab, als er schlitternd auf dem nassen Boden zum Stehen kam. Eine dunkle Unendlichkeit lag unter ihm, das Meer donnerte gegen die Klippen, verschlang seinen Atem. Sein Herz pochte wild. Rasch trat er einen Schritt zurück, schüttelte den Kopf.

Was hatte ihn hierhergezogen?

Sein Blick schweifte umher. In nicht allzu weiter Ferne thronte eine Burg auf einem Felsen. Nur eine Kerze brannte in einem der Türme, ganz so, als könnte ein Bewohner nicht schlafen ... oder hielt nach etwas oder jemandem Ausschau.

Das Licht hypnotisierte Aywen, er konnte den Blick nicht abwenden. Er scheute die Menschen, ihre Ansiedlungen, genauso wie er sich von Wölfen und Wildschweinen fernhielt. Manches Mal lauschte er aus sicherer Entfernung ihren Geschichten. Geschichten über einen Prinzen, der sich in den Winter verliebte und dessen Herz zu Eis erstarrte.

Was geschah mit ihm? War seine Eigenartigkeit der Grund, warum ihn die anderen Tiere mieden? Was war er? Wer war er? Warum legte er seine natürliche Scheu vor allem Unbekannten, vor allem Gefährlichen ab?

Aywen schauderte.

Gedanken, Erinnerungen, Worte flogen an ihm vorüber. Wie Vögel.

Worte?

Ein Strom an Gefühlen sauste durch ihn hindurch, es fühlte sich an, als ergösse sich ein Regenschauer in ihm.

Trauer, Schmerz, Liebe.

Er liebte.

Er hatte geliebt.

Er fühlte Heimweh. Doch war nicht der Wald seine Heimat, selbst wenn er sich wie ein Fremder darin vorkam?

Ein zweites Herz begann in seiner Brust zu schlagen. Es brachte das des Hirsches aus dem Takt.

Mit gespitzten Ohren schritt er auf die Burg zu, das Geräusch kam ihm bekannt vor, als seine Hufe die steinerne Brücke betraten. Klipp, klapp. Er blieb stehen und reckte den Hals, lauschte in die nächtliche Stille hinein. Er vernahm das Rascheln von Stroh, das leise Brummeln eines Pferdes. Es hieß ihn willkommen. Einen Huf setzte er vor den anderen, das Leben in der Burg zog ihn an, die Wärme, das Feuer. Das Licht im Fenster ließ er nicht aus den Augen, doch er konnte niemanden entdecken, der hinausschaute.

Als er schließlich die Brücke überquert hatte und vor dem offenen Tor stand, stockte er. Sollte er diesen letzten Schritt wagen? Würde er dort finden, was auch immer er suchte?

Der junge Hirsch durchschritt den Torbogen, überquerte den Hof, und weil jeder zittrig-laute Herzschlag ihn verriet, drückte er sich in jeden Schatten, den er finden konnte. Aywen folgte den Geräuschen und Gerüchen, die aus dem niedrigen Holzstall drangen, und öffnete mit der Nase die angelehnte Tür.

Augenblicklich reckten zwei Pferde die Hälse über eine halb hohe Tür und starrten ihn an. Die Ohren gespitzt stießen sie fauchend den Atem aus, schüttelten aufgebracht die Mähnen. Aywen schritt auf sie zu, senkte das Haupt. Flehmend zogen die Tiere die Lippen hoch, brummelten, nachdem sie ihn beschnuppert und wiedererkannt hatten.

Genüsslich knabberten sie wieder am Heu, nachdem sich Aywen inmitten der Stallgasse ins Stroh gebettet hatte. Er hörte ihren beruhigenden Kaugeräuschen zu, ihrem wohligen Schnauben, dem Scharren ihrer Hufe. Plötzlich fühlte sich Aywen heimisch, und er schlief so tief und fest wie schon lange nicht mehr.

Als die Pferde mit den Nasen durch sein braunes Haar wuschelten, wachte Aywen auf. Er streckte sich, gähnte, der Magen grummelte. Ein aufgeschlagenes Ei wäre schön. Eine heiße Ziegenmilch. Unwillkürlich streichelte er die Nüstern der Pferde. Allzu neugierig reckten sie sie ihm entgegen und ließen ihm beinahe keine andere Wahl. Sie bliesen ihm den warmen Atem ins Ohr, kitzelten ihn mit den Tasthaaren.

»Ich habe euch auch vermisst«, raunte Aywen mit heiserer Stimme, und bemerkte erst jetzt, dass er überhaupt eine besaß.

Sein Blick glitt zu den Fingern, den Händen, den nackten Oberarmen. Erde, Gras und getrocknetes Blut klebten daran. Eine Gänsehaut rieselte über den Rücken, er fröstelte. Erst da begriff Aywen, dass er wieder ein Mensch war. Mühsam kämpfte er sich auf die Beine – es fühlte sich ungewohnt an nach all der Zeit im Wald auf vier Hufen – und vorsichtshalber lehnte er sich gegen die Holzwand. Estenidas und Tobi beschnüffelten ihn, gruben die Nasen in sein Haar, das nun über seine Schultern reichte und in dem Baumnadeln, Laub und Gras hockten. Er strich sich durch die verfilzten Strähnen, betrachtete die schmutzigen, schwieligen Finger. Ein Lächeln stahl sich auf seine Lippen. Aywens Hände krallten sich in die Mähne des Hengstes, als im Nu alte Erinnerungen auf ihn einprasselten wie Hagelkörner.

Aywen war der Herr von Nyivalor.

Er war der Hirsch des Frühlings, der Hirschkönig.

Die Vermählung mit der Mutter der Erde stand ihm kurz bevor. Doch er wollte doch nur die Eine.

»Er ist hier, Lunrah. Er ist wieder da!« Die Stalltür wurde aufgestoßen, das morgendliche Sonnenlicht blendete Aywen. »Ich wusste doch, dass er es ist. Ich wusste, er würde zurückfinden.«

Eine Frau stürmte hinter dem Jungen in den Stall, presste Aywen an die Brust. »Ihr seid hier! Ihr seid endlich hier!« Tränen erstickten ihre Stimme. Es war Lunrahs.

Erleichtert sank Aywen in ihre Umarmung und ließ die tausend Küsse über sich ergehen, die vielen Male, in denen sie mit Zeigefinger und Daumen in seine Wangen kniff und ihn begutachtete und abermals in die Arme schloss.

»Eure Haare.« Sie weinte. »Euer Geruch.« Sie hielt Aywen auf Abstand. »Ich werde Euch ein Bad machen.«

Tollvin hustete.

»So schlimm wird es doch nicht sein?«, wollte Aywen wissen.

»Nur aus Höflichkeit halte ich die Nase nicht zu.« Der Junge verzog das Gesicht.

»Tollvin!« Lunrah stupste den Burschen in die Seite. »Aywen ist immer noch der Herr der Burg.«

Der Herr der Burg …

Es wurde Aywen schmerzlich bewusst, dass er der König von Nyivalor war, als er die Eingangshalle der Burg betrat und im ersten Moment den argwöhnischen Vater erwartete und das Genick einzog. Doch es waren keine Schritte auf der Treppe zu hören, auch nicht das Flattern des Umhangs des Königs. Der wurde zusammen mit dem Vater verbrannt. Das Einzige, das Aywen vernahm, war das Tapsen der Pfoten der Katze auf dem steinernen Boden, ihr Schnurren, als sie schließlich um seine Beine strich.

»Keine Sorge, ihre Lieblingsplätze sind immer noch der Thron und die Küche.« Lunrah zwinkerte ihm zu. »Ihr Bauch ist also bestens gefüllt.«

Seine Schritte fühlten sich seltsam hohl an, als er zu seinen Gemächern ging und die Tür öffnete. Lunrah hatte aufgeräumt, die verbrannten und kaputten Bilder entfernt, die zerbrochene Karaffe, das umgeworfene Mobiliar aufgestellt. Er fühlte sich fremd zwischen diesen Wänden, obwohl er sie seit Jahrzehnten bewohnte. Aber nicht nur das. Seine Haut fühlte sich fremd an, der Klang seiner Stimme, das Beisammensein mit anderen Menschen.

Er wollte nicht daran denken, Prunkgewänder anziehen zu müssen, seine Untergebenen einzuberufen, den Hof wieder zum Leben zu erwecken.

Er wollte einfach nur Aywen sein. In den Wäldern umherstreifen, mit Estenidas an den Klippen entlanggaloppieren, mit den Fingerspitzen durch Anwielles seidiges Haar fahren.

Die Winterwandlerin. Er hatte sie nicht vergessen. Die Monate als Hirsch hatten die Erinnerungen an sie nur beiseitegedrängt. Aywen fasste sich ans Herz, umgriff mit der anderen Hand die Lehne des Stuhls. Fast wäre es ihm lieber gewesen, noch unter den Sternen zu schlafen. Mit verloren geglaubten Bildern.

Doch sein Leben war nicht mehr gewöhnlich, darin war kein Platz mehr für banale Träume. Er musste die Nordlande regieren, den Landadel zusammenrufen.

Er strich sich durch das verfilzte Haar, Laub und Harz blieben an den Fingern kleben. Das Leben in den Wäldern war so weit weg. Aywen schritt zum Fenster, betrachtete die Ebene, das satte Grün, die sprießenden Blumen, die Tiere, die darauf weideten. Hellgrüne

Knospen und Blätter säumten den Waldrand, Rehe knabberten daran, Eichhörnchen sprangen von Ast zu Ast, Füchse eilten durch das Unterholz. Seine Sehkraft war immer noch geschärft, sein Gehör fein. Zufrieden sah er auf sein Land hinab. Er hatte ihm den Frühling geschenkt.

Ein flaues Gefühl machte sich in seinem Magen breit. Die Vermählung mit der Mutter der Erde stand ihm bevor. Er ertrug die Vorstellung nicht, mit fremden Mädchen zu tanzen, mit ihnen zu lachen, ihnen Komplimente zu machen, wenn er sich doch nur nach Anwielle verzehrte. Er wollte den Sommer nicht willkommen heißen, er wollte die Kälte riechen, den ersten Schnee rieseln sehen, ihn unter seinen Schuhsohlen knirschen hören, ihn unter den Fingerspitzen fühlen.

So ließ Aywen die Beltanenacht verstreichen, saß auf der Ebene und lauschte dem Schnauben des Hengstes, der genüsslich am Gras knabberte. Estenidas schritt auf ihn zu, als er bemerkte, dass Aywen ihn beobachtete, durchwühlte dessen Haar mit der Nase. Der König strich über die weichen Nüstern, der Ärmel mit den silbernen Stickereien rutschte hinab und entblößte den weißen Rüschensaum. Die Festtagskleidung für die Beltanefeierlichkeiten, die Lunrah für ihn angefertigt hatte. Der Hengst blies Aywen den warmen Atem ins Gesicht und bescherte ihm eine Gänsehaut. Fast hätte der Frühlingskönig vergessen, dass er der Mutter der Erde versprochen war. Doch die Nacht im Freien, der Tau unter den Füßen und der Wind im Haar, ganz so, als wäre er immer noch ein Hirsch, ließen ihn sein Schicksal für einen Augenblick vergessen. Fast fühlte er sich wie ein einfacher Bauernbursche, der die Tiere hütete … oder heimlich auf seine Liebste wartete.

Das Herz wurde Aywen bei dem bloßen Gedanken schwer, doch die Erinnerung an Anwielle war so weit entfernt wie der Winter selbst in dieser milden Frühlingsnacht. Er lehnte sich auf die Ellenbogen und betrachtete den mit Sternen übersäten Himmel, der allmählich der aufgehenden Sonne wich. Beinahe befürchtete er, die Mutter der Erde und ihre Gefolgschaft würden kommen, um ihn zu entführen, weil er sich ihr widersetzt hatte. Doch der Wald blieb friedlich, das Pferd ruhig.

Aywen schloss die Augen, genoss die Einsamkeit und die Einfachheit des anbrechenden Tages.

»König Aywen von Nyivalor!« Lunrahs Stimme störte die morgendliche Stille, Aywen riss die Augen auf und drehte sich um. Estenidas schreckte auf, reckte argwöhnisch den Hals. »Was tut Ihr hier? Warum seid Ihr nicht bei den Freudenfeuern?« Sie rannte auf ihn zu, Rock und Schürze gerafft, die Haare zerzaust.

»Ich habe es mir anders überlegt.«

»Ihr könnt es Euch nicht einfach anders überlegen. Ihr seid der König von Nyivalor. Es ist Eure Pflicht, Euer Erbe, Euch mit der Mutter der Erde zu verbinden. Ihr müsst ihr Gehorsam leisten.« Falten standen auf Lunrahs Stirn, ließen sie im Zwielicht besorgt und alt wirken.

Aywen seufzte, lehnte sich wieder auf die Ellenbogen zurück und betrachtete die verglimmenden Sterne am Himmel. »Ich habe die Vorstellung einfach nicht ertragen.« Er schluckte schwer. »Ich konnte es nicht tun. Ich konnte mich keiner anderen versprechen, wenn doch …« Er verstummte. »Ich bin durch den Wald geritten, ich habe die Lieder der Feiernden vernommen, ich habe die Menschen mit ihren Masken gesehen, wie sich Liebende im Tanze wiegten. Und dann bin ich umgekehrt.«

»Und seitdem ruiniert Ihr Eure Kleidung?«

Aywen zuckte mit den Schultern. Wie ein kleiner Junge.

»Die Zeit des Müßiggangs ist vorbei, mein König.« Lunrah stemmte die Hände in die Hüften. »Nyivalor muss zu neuem Leben erwachen. Sonst sind wir alle verloren.« Sie stockte. »Auch Ihr.«

Aywen sog zischend Luft ein und fuhr sich durch die Haare, die wieder schulterlang waren und an den Schläfen geflochten, nachdem er aufgestanden war. »Ich weiß.« Seine Stimme war ein raues Flüstern.

Die Magd legte ihm die Hand auf die Schulter, Aywen zitterte. »Wenn es in meiner Macht stünde, würde ich die Last von Euch nehmen.«

»So wie all die Jahre?«

»So wie all die Jahre.« Lunrah räusperte sich. »Es ist an der Zeit, Euer Schicksal anzunehmen. Wenn Ihr es annehmt, lauft Ihr Eurer Zukunft entgegen und nicht länger vor ihr davon.«

Kapitel siebenundzwanzig

Wenn der Frühling naht

Geduld gehörte noch immer nicht zu Aywens Stärken.

Er hatte den Sommer damit verbracht, seine Ländereien zu bereiten und seine Untertanen zu besuchen. Das Misstrauen ihm gegenüber hatten sie noch nicht abgelegt, aber wenigstens ließ die Ernte nicht mehr zu wünschen übrig. Er war ihr König und sie zollten ihm Respekt. Die Abende versuchte er sich mit Festessen und Bällen zu vertreiben, selbst wenn der Adel teilweise seine Einladungen ausschlug. Es wärmte sein Herz, dass die Burg allmählich begann, bunter und lauter zu werden. Der Apfelmet tat sein Übriges.

Schützend hatte die Mutter der Erde die Hand über das Land gelegt. Aywen stellte sich gern vor, dass sie seinen Ungehorsam ihr gegenüber heimlich bewunderte. Er wusste, dass es Unsinn war. Er hatte lediglich sein Versprechen aufgeschoben. Es war nur eine Frage der Zeit.

Mit dem Sommerkönig trank er an lauen Abenden dessen süßen Wein, mit der Herrin des Herbstes genoss er nach atemberaubenden Ausritten köstliches Wildschwein. Auf Lunrahs Anraten hatte er die Beziehungen zu den anderen Jahreszeitenhöfen der Nordlande wieder aufleben lassen, sie betrieben Handel und feierten rauschende Feste. Bloß aus Vyntherbergen trafen weder Abgesandte noch Boten ein. Aywen tanzte mit jungen Frauen mit loderndem blondem Haar und einem breiten Lächeln im Gesicht. Er scherzte mit ihnen, verteilte Komplimente, ließ sich in ihre Arme fallen, doch es gab keinen Wimpernschlag, bei dem er nicht an Anwielle denken musste.

Doch erst als sich die Laubbäume der Nordklippenwälder gelb und rot verfärbten, das Fell der Pferde zu sprießen begann und die Nächte allmählich kühler wurden, machte sich Hoffnung in Aywen breit. Und Rastlosigkeit. Tagsüber wanderte er durch die Burg, hörte Gesprächen mit Bauern oder Adeligen nur mit einem Ohr zu, im Essen stocherte er herum – sehr zum Missfallen Lunrahs. Er konnte es kaum abwarten, bis die Tage kürzer wurden und am Abend die Temperaturen fielen, der größer werdende Hofstaat sich in seine Gemächer zurückzog. Dann stand Aywen auf der steinernen Brücke, die die Burg mit dem Festland verband, und hielt wie ein kleiner Junge nach dem Winter Ausschau. Sehnsüchtig wartete er auf die erste Schneeflocke. Doch der König des Frühlings musste sich in Geduld üben, als Wind seinen Umhang aufblähte und Schneeregen in sein Gesicht peitschte.

Und auch als Frost Gras, Zinnen und Dächer bedeckte, musste sich Aywen immer noch in Geduld üben. Der Wind wurde eisiger, die Wellen rauer, die Kälte, die sich unter der Kleidung einnistete, hartnäckiger. Doch der Schnee ließ auf sich warten.

Manchmal schreckte er nachts im Schlaf auf, weil er glaubte, einen Wolf heulen zu hören. Aber dann war es doch nur der Wind, der durch die Burgmauern pfiff.

Und auch als die ersten Schneeflocken vom Himmel rieselten und das Land bedeckten, Aywen morgens aus dem Bett sprang und ans Fenster eilte, stand Anwielle nicht in Fleisch und Blut auf der Ebene. Ihr Haar wehte nicht im Wind, ihr Rock flatterte nicht umher – wie ihre rostroten Flügel in Tiergestalt. Enttäuschung erschütterte sein

Herz, und er kam sich dumm vor, gehofft zu haben, eine Winterkönigin würde einfach so vom Himmel fallen.

Erneut kehrte Alltag auf Burg Nyivalor und in Aywens Herz ein, als der Winter über das Land fegte und es in Frost und Eis erstarren ließ und es immer noch kein Zeichen von Anwielle gab. Erzherzöge und Fürsten stellten Aywen ihre Töchter vor, in weiser Voraussicht, dass die Beltanefeierlichkeiten bald wieder anstanden. Der junge König kam sich vor wie auf einem Pferdemarkt. Mit einem gelangweilten Lächeln auf den Lippen saß er auf dem Thron, wunderte sich und teilte Belanglosigkeiten aus, als ihm Boten Gemälde von Adelstöchtern präsentierten oder die Väter ihre Töchter gar selbst bei Hofe einzuführen gedachten. Burg Nyivalor war immer noch eine Ruine, der Turm der Mutter nicht wiederhergestellt, die Gänge düster und schaurig, die Mauern feucht und modrig. Kein Ort, an den man seine Tochter schickte. Nicht, wenn der Burgherr auch noch einen zweifelhaften Ruf innehatte.

Am liebsten hätte sich Aywen Wams und Hose vom Leib gerissen und den Frühling einberufen. Doch Amt und Höflichkeiten verboten ihm dieses Spektakel. Den Ellenbogen auf der Armlehne aufgestützt, hüstelte er bei der bloßen Vorstellung in die Hand hinein, was die jungen Mädchen stets als Koketterie auslegten und ihm daraufhin heimliche Blicke zuwarfen. Aywen hatte dieses Spiel am Hofe satt. Er wollte doch nur sein Land regieren, dessen Bewohner in Sicherheit und mit vollen Bäuchen wissen. Er wollte niemandem falsche Hoffnungen machen, denn sein Herz gehörte nur dem Wald.

Es gehörte Anwielle.

Als sich der Winter dem Ende entgegenneigte, spürte Aywen den Ruf des Hirsches in sich. Der Schnee lag noch auf der Ebene, zuckerte die Zinnen, die Pferde sprühten vor Kraft und Übermut. Doch der König des Waldes verlangte bereits nach Aywen.

Überall auf Nyivalor brannten die Kandelaber, in eisernen Körben loderte Feuer. Sie hielten ein Frühlingsfest ab, das schon seit Tagen andauerte. Bauern von nah und fern, Gaukler, Sänger und Tänzer, Edelmänner und Edelfrauen hatten sich auf die Burg gesellt, um das nahende Ende des Winters zu feiern und ihrem Frühlingskönig die Ehre zu erweisen. Die Tische waren reich gedeckt, Wein und Met flossen im Überfluss.

Zuerst dachte Aywen, es könnte der herbe Wein sein, der durch seine Adern pochte, doch die Hitze schwoll unaufhörlich an und er krallte die Hände in die Armlehne des Thrones. Auf Stelzen flanierten Gaukler durch den Saal, verteilten Blumen und Frohsinn, Mädchen fassten sich gegenseitig an den Händen und tanzten im Kreis, eine Sängerin bot ein Lied dar, das vom Frühling kündigte. Und dieselben Erzherzöge und Fürsten feixten um Aufmerksamkeit für ihre unverheirateten Töchter.

Aywen ahnte, dass er es nicht aus dem Saal herausschaffte, ehe die Verwandlung einsetzte. Sein Blick wanderte durch den vollen Raum, auf der Suche nach Tollvin. Doch der wirbelte gerade ein Mädchen herum, hatte keinen Blick für seinen König übrig. Aywen biss sich auf die Lippe, bis er Blut schmeckte, hoffte, dass der Schmerz den Hirsch zurückzwang. Aber das Tier gehorchte ihm nicht. Er hörte ein Käuzchen im Wald, das heisere Bellen eines Fuchses, den Gesang der Wale im Meer, obwohl die Musiker die Instrumente strapazierten und die Unterhaltungen der Gäste, ihr Lachen, den Saal erfüllten. Verzweifelt hielt er sich die Ohren zu.

Es war zu früh, viel zu früh!

Aywens Haut fühlte sich an, als wollte sie platzen, und bald spürte er zwei Herzschläge in der Brust. Die Hitze, die in ihm aufwallte, hielt er kaum mehr aus. Als hätte man einen Kessel kochenden Wassers in ihm ausgekippt. Im Aufstehen riss er sich Wams und Hemd vom Leib, stieß einen markerschütternden Schrei aus. Die Sängerin verstummte sofort, die Tanzenden hielten inne, wichen ihm aus, als er einen Ausweg suchte und sich durch den Raum kämpfte. Immer wieder gaben seine Beine nach, er torkelte, als hätte er zu viel Met zu sich genommen. Aufgebrachtes Zischen und empörtes Gemurmel drangen durch die Menge, als Tollvin die Gäste zur Seite scheuchte und dem König zu Hilfe eilte. Aywen stützte sich auf den Burschen, und gemeinsam verließen sie den Thronsaal.

Betroffene und argwöhnische Blicke wurden ihnen von den Gästen zugeworfen, die durch die mit Ähren und getrockneten Blüten geschmückten Korridore spazierten. Sie hielten die Hände vor den Mund, ehe sie miteinander tuschelten. Die Geschichte vom verrückten Frühlingskönig war noch immer allgegenwärtig und nur mit Wein und Met ertränkt worden. Für die Menschen war es ein Märchen, das man sich am Herdfeuer erzählte, oder bei einem Ausritt, wenn bereits die Dunkelheit hereinbrach.

Besorgt sah Tollvin ihn an, nachdem sie eine abgelegene Nische in den Gängen gefunden und Tollvin ihn hineingezogen hatte.

»Es geht los. Die Verwandlung setzt bereits ein«, keuchte Aywen, Blut quoll aus seinem Mund, Schweiß rann ihm über die Brust.

»So früh schon?«

»Etwas ruft mich. Aus den Wäldern.«

»Wir müssen Euch nach draußen schaffen, Herr. Weg von den Blicken der Gäste.«

»Sie haben erlebt, wie ich mir die Kleider vom Leib gerissen habe.« Aywen versuchte sich an einem schmerzhaften Grinsen, hielt sich den Bauch. »Es ist bereits zu spät.«

»Dann wissen sie jetzt wenigstens, dass der Herr des Frühlings besser aussieht als der Herbstkönig Lorian von Rintelweid.« Mit den Händen deutete der Stalljunge einen allzu dicken Wanst an.

Aywen rollte mit den Augen.

»Und Isabella von Tarry, die Tochter des Großherzogs von Tarry, würde ohnehin nicht die Katze im Sack kaufen.« Tollvin zwinkerte seinem Herrn zu, über dessen Brust, Schultern und Arme rötlicher Flaum kroch. »Aber gut, mit den Blicken hat sie Euch eh schon ausgezogen.«

Die Erwiderung des Frühlingskönigs ging in einem Brunftschrei unter.

Die Verwandlung war nicht so quälend wie beim ersten Mal. Vielleicht, weil Aywen den Schmerz annahm, ihn willkommen hieß. Weil er sich auf die Zeit im Wald freute, auf das Leben im Hier und Jetzt. Selbst wenn das bedeutete, dass ein weiteres Jahr ohne Anwielle vergangen war. Aber zumindest konnte er das Leben auf der Burg hinter sich lassen, all die Verantwortung und Last, die er auf den Schultern trug, für wenige Monate vergessen.

Er trabte über die steinerne Brücke, preschte über die Ebene, um schnellstmöglich den schützenden Wald zu erreichen. Aywen atmete durch, als er die Schatten der Bäume über sich spürte, und verweilte einen Augenblick, die Burg betrachtend. Frei und unbändig fühlte er sich auf einmal, als hätte er ein Korsett gesprengt. Ein Korsett aus höfischen Spielen und falschen Höflichkeiten.

Der Hirschkönig trabte hocherhobenen Kopfes durch den Wald. Dort, wo seine Hufe den Boden berührten, kämpften sich Gräser durch die Schneeschicht, reckten Knospen ihre Köpfchen empor. Er hinterließ ein Band aus Grün und Gelb in dem weißen Meer, obwohl die Sonne mittlerweile untergegangen war. Nebel zog auf, doch Geister jagten ihm keine Schrecken mehr ein. Er stockte erst, als er den Gesang eines einzelnen Wolfes vernahm. Die Ohren zuckten bei jedem Ton, Aywen fing an zu zittern. Aber Aywen war noch er selbst. Schnee begann zu rieseln, und er spürte, dass Anwielle ihm einen Willkommensgruß schickte.

Er folgte der Melodie. Sie klang wie ein Eiszapfen, von dem das Wasser perlte. Wie Frost, der über eine Fensterscheibe tanzte. Wie das Rauschen von Flügeln im Wind.

Anwielle.

Aywen kämpfte sich durch das Dickicht, gelangte auf eine Lichtung. Der Mond schien hell, Nebelschwaden tanzten um seine Hufe wie silbernes Geschmeide. Er hielt inne, als er das Tapsen von Pfoten im Schnee hörte, das Schlagen eines weiteren Herzens. Dann sah er ein Augenpaar, das bernsteinfarben glühte. Wie zwei Monde stach es aus der Dunkelheit heraus. Aywen reckte den Hals. Ein Schatten schälte sich aus den Nebeln, erst eine Pfote, dann die nächste. Rostrotes Fell schimmerte durch die kahlen Zweige hindurch, ehe sie auf die Lichtung trat. Die Wölfin setzte sich, stimmte erneut ihr Lied an.

Vögel flogen auf, umkreisten sie. Sachte spreizte Anwielle die Flügel, Schneeflocken wirbelten um sie herum, flatterten mit ihren Lauten davon.

Aywen machte einen Schritt auf sie zu, lauschte ihrem Gesang, Schnee benetzte sein Fell. Ihre Stimme schwoll an, dann wieder ab, wie das Gurgeln eines Baches, sie wurde tief und rau wie ein Winterwind, nur um im nächsten Moment hell wie die Frühlingssonne zu werden. Als sie Aywens Blicke auf sich ruhen spürte, verstummte sie, sah dem jungen Hirsch tief in die Augen.

Es war Aywen, als blickten sie sich eine Ewigkeit an, als drehte sich die Welt weiter, während die ihre stehen blieb. Doch sein Herz, das schlug, als befände er sich auf der Flucht. Sie neigte den Kopf, genau so, wie sie es als Mensch stets getan hatte.

Sie schlich auf Aywen zu, Schritt für Schritt in geduckter Haltung, die Ohren gespitzt, ehe sie in den Trab fiel. Argwöhnisch trippelte Aywen zur Seite, aber die Wölfin wandte den Kopf ab, machte einen Bogen und wirkte im Nu weniger bedrohlich. Dennoch schnaubte der Hirsch, stampfte mit einem Vorderbein auf. Sie setzte zum Sprung an. Aywens Blut brodelte. Der Hirsch in ihm wollte fliehen, einfach nur fort. Doch es faszinierte Aywen, die Wölfin zu beobachten. Das Spiel aus Licht und Schatten auf ihrem Fell, die vor Lebensfreude funkelnden Augen, das Auf und Ab ihrer Flanken, die zitternden Federn ihrer Schwingen. Der Atem, der ihr in weißen Wölkchen entwich.

Sie galoppierte an Aywen vorbei, blickte immer wieder zu ihm zurück, als forderte sie ihn auf, ihm zu folgen. Er kam ihrer Einladung nach, und bald hatte er sie eingeholt. Nebeneinander preschten sie über die Lichtung, das Mondlicht auf dem Fell. Beinahe schwindelig wurde ihm, so schnell rannten sie. Immer wieder stupste Anwielle Aywen in die Seite, streifte ihn mit den Flügeln, knurrte spielerisch.

Eigentlich war das alles, nach dem Aywen verlangte.

Hier im Wald konnten sie sie selbst sein. Ohne Zwänge, Regeln und Vorbehalte, und er würde jeden Moment auskosten.

Bis zum Morgengrauen galoppierten sie durch den Wald, Aywen hinterließ eine Spur aus knospenden Blüten, Anwielle einen Hauch aus glitzernden Schneeflocken, die sich wie Tau auf das frische Grün legten. Füchse und Kaninchen kreuzten ihren Weg, winzige Vögel schlürften das eisige Nass. Erschöpft fielen Anwielle und Aywen auf ein Bett aus Moos.

Aywen keuchte laut auf, als unvermittelt die Verwandlung einsetzte. Er biss sich auf die Zunge, ballte die Hände zu Fäusten und öffnete sie wieder, der Schmerz war kaum zu ertragen. Er wusste, er hatte sich dieses Jahr zu früh verwandelt, dass das unbeschwerte Herumtollen durch den Wald ihn zu viel Kraft gekostet hatte, die er zu einem solch frühen Zeitpunkt in Tiergestalt noch nicht besaß. Mit umso mehr Wucht kämpfte der Mensch in ihm um die Oberhand. Er schloss die Augen, krampfte, spuckte Blut, krallte die Hände in den weichen Boden. Aywen wollte sich nicht vorstellen, was geschehen würde, wenn er in Menschengestalt neben der Winterwölfin aufwachte.

Die Welt tauchte ab in einen düsteren, kalten Ozean, und er hieß die Momente willkommen, in denen der Schmerz ihn verließ und er nichts mehr spürte. Erst als Anwielles samtige Schwingen ihn an der Wange streiften, kam er wieder zu Bewusstsein. Sein Körper hatte sich beruhigt, sein Atem ging flach, die Hitze war aus seinem Leib gewichen. Aywen traute sich kaum, die Augen zu öffnen. Was passierte, wenn die Wölfin ihm gegenüber plötzlich Misstrauen hegte?

Die Federn fuhren durch sein Haar, kühlten seine pochenden Schläfen, legten sich auf seine warmen Lippen. Aywen blinzelte und sah, dass Anwielle mit den Fingerspitzen seine Mundwinkel küsste.

Ende